전원 범인, 하지만 피해자, 게다가 탐정

ZENIN HANNIN, DAKEDO HIGAISHA, SHIKAMO TANTEI

Copyright © Atsushi Shimomura 2024
First published in Japan in 2024 by Gentosha, Inc.
Korean translation rights arranged with Gentosha, Inc.
through JM Contents Agency Co.
Korean edition copyright © 2025 by Iarchitect Co., Ltd. (BOOK PLAZA)

전원 범인, 하지만 피해자, 게다가 탐정

시모무라 아쓰시 지음
남소현 옮김

BOOK PLAZA

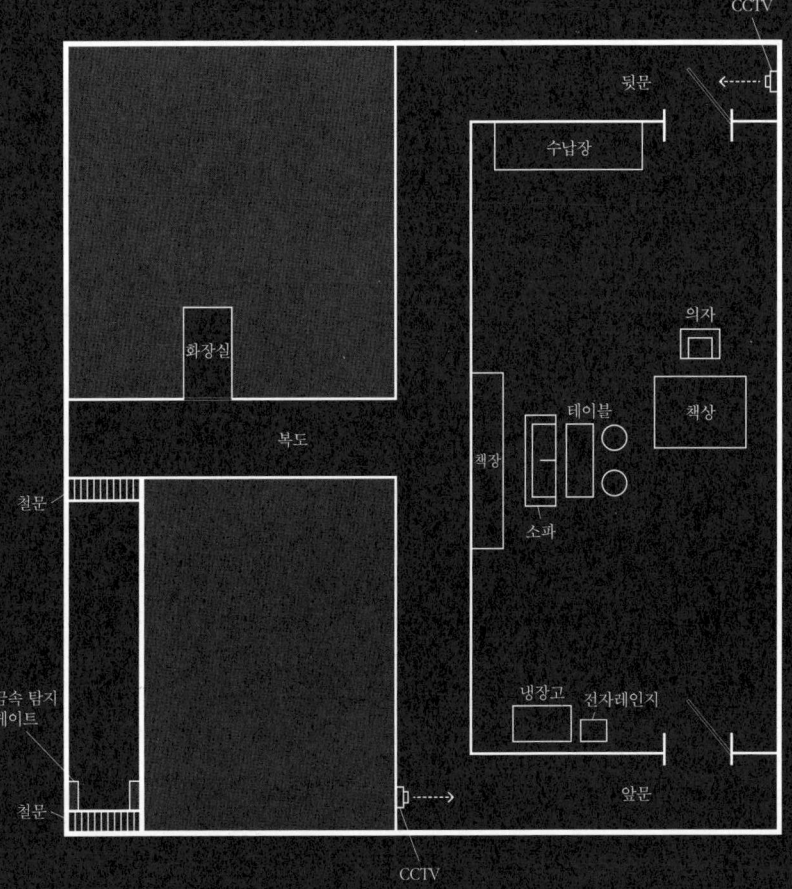

폐허의 구조

목차

프롤로그

전원 범인, 하지만 피해자, 게다가 탐정
결말인 동시에 시작 3

밀실, 하지만 사장실, 게다가 처형실
1~2
그냥 과거 1
3~5
그냥 과거 2
6~8
결말인 동시에 시작 2
9~13
결말인 동시에 시작 1
14~22

종막

『시카가와 사장, 기만에 찬 기자 회견』

『시카가와사(社) 결함 은폐!』

『'라피도'로 인한 사망자 3명으로 늘어』

『'결함에 관한 보고서는 받은 적이 없다' 시카가와 사장의 진술이 거짓임을 증명하는 음성 확보』

『아내에게 낙태 강요 '여자아이는 필요 없다! 남자아이를 낳아라!' 임신 중절 수술 동의서 복사본 단독 입수!』

『분노한 유족들의 항의 시위, 비통한 부르짖음 '우리 아버지를 살려 내라!'』

『시카가와사 제품은 사지 마세요! 시민 단체가 불매 운동 전개』

어두운 방 안에는 신문과 주간지에서 오려낸 기사가 한쪽 벽을

가득 메우고 있었다. 매체에 실린 기사뿐 아니라 SNS 등 인터넷
에 올라온 게시물도 섞여 있었다.

"시카가와 쿄이치는 죽음으로 죗값을 치러라!"
"시카가와사 제품은 NO!"
"경찰은 빨리 체포해라!"

시카가와는 벽에 붙은 수많은 기사와 게시물을 보고 있었다. 1분, 2분… 아니 10분 이상 가만히 들여다보고 있었다.
　세상 사람 모두가 정의감과 분노에 불타오르고 있었다. 시카가와사 사장으로서 경제적으로나 사회적으로나 남부러울 것 없이 성공한 인생을 살아왔지만, 이번 일과 직접적으로 관련이 없는 사생활 문제까지 낱낱이 파헤쳐지면서 한순간에 모두가 증오하는 악의 화신이 되어버렸다.
　시카가와는 그대로 뒤돌아서 책상으로 돌아왔다. 마흔네 번째 협박장을 내려다보며 조용히 숨을 내쉬었다.

시카가와 쿄이치.
　너는 죄인이다. 용서받지 못할 죄를 저질러 놓고 그 사실을 숨긴 채 떵떵거리며 살고 있는 죄인.
　죄를 고백하고 세상의 심판을 받아라.
　그렇지 않으면 지옥의 심판대에 오르게 될 것이다. 아무리 발버둥 쳐도 심판은 피해 갈 수 없다. 목숨을 부지해 보고자 무슨 수를 쓴다 한들 소용없다. '요새'는 죽음의 관이 될 것이다.

죄인에게는 그에 걸맞은 결말이 기다리고 있다.
시카가와 쿄이치를 기다리고 있는 것은 죽음뿐이다.

이때까지만 해도 시카가와는 2주 후에 자신이 죽음을 맞이하게 될 것이라고는 상상조차 하지 못했다.

전원
범인,

하지만
피해자,

게다가 탐정

결말인 동시에 시작 3

"저는 지옥을… 세상에서 가장 끔찍한 지옥을 봤습니다."

온기라고는 찾아볼 수 없는 살풍경한 방 안에서 탐정과 마주한 카미시마 테츠는 안락의자에 앉아 떨리는 목소리로 사건의 전말을 떠듬떠듬 털어놓기 시작했다. 때때로 몸의 떨림을 억누르려는 듯 양팔로 자기 자신을 힘껏 끌어안으며….

역을 빠져나온 카미시마는 강하게 내리쬐는 햇살에 눈을 찌푸리며 황량한 전원 풍경을 둘러보았다. 저 멀리 민가가 점점이 흩어져 있고, 나머지는 온통 푸르른 대지와 하늘뿐이었다. 도시와는 달리 하늘이 끝없이 넓게 펼쳐져 있었다.

작열하는 9월의 태양이 머리 위에서 이글거리고, 깃닐처럼 투명한 햇빛이 대지에 날카롭게 내리꽂혔다. 후덥지근한 열기가 피부에 달라붙어 가만히 있어도 땀이 흘러내렸다.

카미시마는 전봇대 옆에 서 있는 흰색 밴을 발견했다. 보아하니 3열 구조로 된 8인승 차량인 듯했다.

차가 있는 쪽으로 다가가자 갑자기 운전식 문이 벌컥 열리더니 나이가 쉰 정도 되어 보이는 배 나온 중년 남자가 밖으로 나왔다. 전체적으로 희끗희끗한 곱슬머리에 둥글넓적한 얼굴에는 깊은 주름이 파여 있었다. 수수한 색상의 체크무늬 셔츠는 여기저기 눌리고 구겨져서 안 그래도 추레한 용모에 후줄근한 느낌을 더해 주고 있었다.

어디선가 본 적이 있는 얼굴이었다.

"어라, 당신은…."

눈을 끔벅이며 카미시마를 쳐다보던 남자의 입이 떡 벌어졌다.

"카미시마 씨…."

중년 남자, 쿠라모치 타카시가 당황한 표정으로 중얼거렸다.

"오랜만입니다, 쿠라모치 씨. 지난번에는 정말 감사했습니다. 설마 이런 데서 또 뵙게 될 줄은 몰랐네요."

쿠라모치는 구겨진 손수건으로 연신 이마의 땀을 닦아냈다. 적당한 대답이 생각나지 않는지 불안정한 시선으로 주위를 두리번거렸다.

"그렇게 오그라들지 마시고."

"오그라들지 말라고요?"

"긴장하지 말라는 뜻입니다. 제가 나고야 출신이라서 가끔씩 그쪽 사투리가 튀어나오곤 합니다."

3년 전까지 대형 신문사의 나고야 지국에서 일했다. SNS에서 정치적 의견이 다른 상대와 설전을 벌이다가 그만 흥분해서 폭언을 퍼부었고, 그 일로 본사에 항의 전화가 빗발쳐서 징계 처분을 받았다. 그렇게 쫓기듯 회사를 나와 프리랜서 기자가 되었다.

"지난번 일에 대한 답례로 다음에 나고야 특산품이라도 보내 드릴까요? 쿠라모치 씨가 위험을 감수하고 큰일을 해 주셨으니까요."

"아… 그 얘기는 이제 그만…."

쿠라모치는 다 끝난 일을 다시 들추지 말라는 듯 겁먹은 표정으로 눈을 피했다.

카미시마는 이해한다는 듯 쓴웃음을 지었다.

"그건 그렇고 쿠라모치 씨가 안내자 역할인 건가요?"

쿠라모치가 "네?" 하고 고개를 들었다.

"운전석에 앉아 계셨죠? 대충 사정을 알고 있는 거 아닙니까?"

쿠라모치의 시선이 또다시 허공을 맴돌았다.

"저는 아무것도…."

"그렇습니까? 뭔가 특별한 포지션인 줄 알았는데요."

"천만에요. 그런 거 아닙니다. 저는 그저 운전기사 역할을 맡으라는 지시를 받고 이 자리에…."

"그 말은 곧 쿠라모치 씨도 편지를 받았다는 겁니까?"

쿠라모치는 잠시 머뭇거리다가 고개를 끄덕였다.

"흐음. 운전은 운전기사에게 맡긴다라…. 과연 합리적인 선택이네요."

카미시마는 웃으며 차 안을 들여다보았다. 아무도 없는 줄 알았는데 자세히 보니 세 번째 줄 창가 쪽 자리에 여자가 앉아 있었다.

어라, 저 여자는….

머리를 짧게 친 마흔 정도 되어 보이는 여자였다. 구찌의 레이스 블라우스에 베이지색 여름 니트. 몸에 걸친 것은 모두 명품이었고, 그중에서도 특히 화려하게 빛나는 금목걸이는 뚜렷한 존재감을 드러내고 있었다. 오른손으로 머리카락을 쓸어올릴 때 언뜻 보인 검지에 낀 반지는 다이아몬드였다.

도도해 보이는 인상의 여자는 주위에는 아무 관심 없다는 표정으로 스마트폰을 만지작거리고 있었다.

시카가와 카나에.

조명 기구, 에어컨, 세탁기 등 다양한 종류의 가전제품을 제조 및 판매하는 중견기업 시카가와사의 사모님답게 온몸을 치장하는 데 아낌없이 돈을 쏟아부은 듯했다.

카미시마는 한차례 심호흡을 한 뒤 손등으로 차창을 가볍게 두드렸다. 시카가와 부인이 천천히 고개를 돌렸다.

카미시마는 고개를 살짝 숙이며 눈인사를 건네고 시카가와 부인이 창문을 내리기를 기다렸다.

하지만.

시카가와 부인은 꼼짝도 하지 않았다.

카미시마는 그 자리에 가만히 서서 차 안을 들여다보며 기다렸다. 상대가 꺾일 때까지.

이윽고 시카가와 부인이 창문을 내렸다.

"누구시죠?"

목소리에서 가시가 느껴졌다. 상대가 누구인지도 모르면서 이렇게 대한다는 건가.

카미시마는 상대의 고압적인 말투에 쓴웃음을 지었다.

"프리랜서 기자인 카미시마입니다. 시카가와 부인."

시카가와 부인의 붉게 칠한 입꼬리가 움찔했다.
"아아…."
반응을 보니 자신이 쓴 기사를 읽은 적이 있는 모양이었다. 여자의 얼굴에는 혐오감이 가득했다.
"그래서 용건이 뭐죠? 이런 데까지 따라온 건가요? 노코멘트. 할 말은 아무것도 없어요."
"아닙니다, 오해이십니다. 저는 편지를 받고 온 겁니다. 제 생각에는 부인도 마찬가지일 것 같은데요."
"당신 기사 때문에 이 사달이…. 절대로 용서하지 않을 거예요."
"그렇게 말씀하시면 안 되죠. 저는 조사한 사실에 근거해서 기사를 쓴 것뿐입니다. 사회 정의를 위해서요."
시카가와 부인이 기가 막히다는 듯 코웃음을 쳤다.
"회사가 사실을 은폐하지 않고 신속하게 리콜을 실시했더라면 피해를 최소한으로 줄일 수 있었을 거라는 생각은 안 하십니까? 기업에 사회적 책임을 묻는 것은 당연하다고 봅니다만."
"…내 남편이 죽은 것도 당연하다는 건가요?"
죽은 시카가와 사장 얘기가 나와서 순간 멈칫했다. 하지만 카미시마는 짐짓 아무렇지 않은 척 어깨를 으쓱해 보였다.
"그건 결과론에 불과합니다. 시카가와 사장님은 죄의식을 견디지 못하고 극단적인 선택을 하신 거죠. 책임을 추궁당해 괴로워하기보다는 문제를 제대로 마주했다면 좋았을 텐데요."
"사실을 날조하는 엉터리 기자 주제에 잘난 척은."
"그런 말은 명예 훼손에 해당합니다. 뭐 여긴 공직인 자리도 이니니 이번 한 번은 그냥 넘어가 드리죠."

시카가와 부인은 발끈한 표정으로 이쪽을 매섭게 쏘아보다가 아무 말도 하지 않고 창문을 다시 올렸다. 유리창이 두 사람 사이를 가로막았다.

카미시마는 어깨를 으쓱 추켜올렸다.

설마 사장 부인과 대면하게 될 줄이야. 시카가와 부인은 대체 어떤 내용의 편지를 받고 불려 나온 걸까. 물어봐도 대답해 줄 가능성은 낮아 보였다.

"…카미시마 씨."

자신을 부르는 목소리에 뒤를 돌아보니 쿠라모치가 서 있었다. 이마에서 흘러내리는 땀을 연신 손수건으로 닦아내면서.

"네?"

쿠라모치가 역 쪽을 눈으로 가리켰다.

"저기…."

카미시마는 쿠라모치의 시선을 따라가 보았다. 무인역 앞에 남자 둘이 서서 주위를 두리번거리고 있었다. 한 명은 키가 크고, 다른 한 명은 중간 정도였다.

"저희 일행인 걸까요?"

"아무래도 그런 것 같네요."

계속 쳐다보다가 그들과 눈이 마주쳤다. 두 남자는 서로 눈빛을 교환하더니 이쪽으로 걸어왔다.

키가 작은 쪽이 "저어…" 하고 말을 걸어왔다. "두 분도 편지를 받고 오셨나요?"

전반적으로 찌질해 보이는 외모였다. 머리숱이 적고 이마가 벗겨진 데다가 코는 펑퍼짐했다. 인생의 비애가 고스란히 녹아든 얼굴이었다. 땀에 젖은 흰색 긴팔 셔츠와 싸구려 회색 바지를 입고 있었는데, 걷은 소매 아래로 털이 수북한 팔이 드러나 보였다.

"두 분은?"

"아, 소개가 늦었습니다." 중키인 남자가 명함을 꺼냈다. "저는 이시와다 칸이라고 합니다."

명함에는 '시카가와사 개발부 과장'이라는 직함이 적혀 있었다.

"흐음…." 카미시마는 받은 명함을 앞뒤로 꼼꼼히 살펴보았다.

"당신이 바로 그…."

이시와다의 짙은 눈썹이 움찔하고 반응했다.

"뭡니까?"

카미시마는 입꼬리를 씩 올리며 대답했다.

"『주간정의』에 실린 고발 기사, 잘 읽었습니다."

이시와다는 노골적으로 당황한 기색을 내비쳤다.

"그건 고발하려고 한 게 아니라…."

"겸손해하실 필요 없습니다. 개발부 과장 I 씨."

"그 호칭은…."

"회사 직원 중에 '개발부 과장 I 씨'가 누구인지 모르는 사람은 아무도 없을 겁니다. 이제 와서 아닌 척해 봐야 소용없지 않나요?"

"그, 그건…."

"뭐죠?"

"…100% 익명을 보장하겠다는 기자의 꼬드김에 넘어가서…."

"저런, 많이 당황하셨겠군요. 하지만 그 덕분에 고발 내용의 신빙성이 높아진 건 사실입니다. 직책을 그대로 내보낸 기자의 판단은 옳았다고 봅니다. 사내 반응은 어떤지 몰라도 당신이 한 일은 누구도 부정할 수 없는 훌륭한 공적이니까요."

중년의 비애가 깃든 이시와다의 얼굴에 한층 더 어두운 그림자가 드리워졌다.
"설마 일이 그렇게 커질 줄이야…."
"시카가와 사장이 진실을 은폐했다는 사실을 폭로했으니 당신은 정의를 실현한 겁니다."
"그건…."
"더 당당해지셔도 됩니다. 다만 지금은 좀 자제하셔야겠지만요."
"네? 그게 무슨…?"
카미시마는 턱으로 밴을 가리켜 보였다.
"사장 부인도 와 있거든요."
이시와다의 두 눈이 당장이라도 튀어나올 것처럼 커다래졌다. 얼굴에 핏기가 사라지고 숨 쉬는 법을 잊어버린 사람처럼 입만 뻐끔거렸다.
카미시마는 간단히 자기소개를 한 뒤 이시와다 옆에 있는 장신의 남자를 돌아보았다. 아까부터 계속 이시와다를 냉소적인 시선으로 쳐다보고 있는 것이 신경 쓰였다.
"뭔가 이시와다 씨한테 하실 말씀이라도?"
흑요석처럼 새까만 남자의 눈동자에는 멸시와 경멸이 일렁이고 있었다. 표정과는 달리 상쾌한 향기가 은은하게 느껴졌다.
"과장님이 한 일 때문에 회사에서는 그 뒤처리를 하느라 난리도 아니었습니다. 경솔한 행동이었다고 봅니다."
이시와다가 잔뜩 주눅이 들어서 몸을 움츠리며 "죄송합니다" 하고 고개를 숙였다.
"그쪽도 같은 시카가와사 직원이십니까?"

"네. 오늘은 일로 온 게 아니어서 명함은 갖고 있지 않습니다만…. 저는 시카가와사 영업부 부장인 린도 모토야입니다."

뚜렷한 이목구비를 가지고 있는 장신의 남자는 상당히 젊어 보였다. 평소 헤어스타일에도 신경을 많이 쓰는 편인지 머리카락 한 올까지 완벽하게 세팅되어 있었다. 반팔 폴로셔츠 안에 숨어 있을 날씬하면서도 단단한 근육질 몸매가 어렵지 않게 그려졌다. 갈색 가죽 구두는 새것처럼 빛이 났다. 패션 잡지에 나오는 모델 같은 느낌이었다.

"오오, 부장님이시라고요? 부서는 다르지만 직급은 이시와다 씨보다 더 높다는 말이군요. 아직 많이 젊으신 것 같은데."

"…스물여덟입니다."

"진짜 젊으시군요. 그 나이에 부장이라니 실력이 정말 뛰어나신가 보네요."

아무래도 영업 쪽 일을 하다 보니 상대방에게 주는 인상을 중시하는 듯했다. 이시와다와는 대조적인 모습이었다.

린도는 옆에 있는 이시와다를 힐끗 쳐다보며 말했다.

"주위에 민폐를 끼치는 건 생각도 하지 않고 경솔하게 행동하는 인간보다는 실력이 있다고 생각합니다."

이시와다가 어깨를 움츠렸다. 린도의 가시 돋친 비아냥에 아무 말도 하지 않았지만 자세히 보니 주먹을 꽉 움켜쥐고 있었다.

카미시마는 린도에게 말했다.

"제 경험에 비추어 보았을 때 권력에 빌붙어 알랑대는 사람일수록 출세가 빠르고, 올바른 신념과 정의감을 가진 사람일수록 조직에서 내우빋지 못하는 경향이 있더군요."

"…저희 두 사람 보고 하는 얘기입니까?"

"왜 그렇게 생각하시죠? 뭔가 찔리는 구석이라도 있으십니까? 다른 뜻은 없었습니다만."

"누가 봐도 다른 뜻으로 한 말이지 않습니까."

자못 불쾌하다는 듯 쏘아붙이면서도 수완 좋은 영업맨답게 얼굴은 시종일관 미소짓고 있었다. 표정을 자유자재로 컨트롤하는 기술이 뛰어난 듯했다. 하지만 눈은 웃고 있지 않았다.

"누가 뭐래도 이시와다 씨는 자신의 양심에 따라 정의감에 불타서 회사를 고발한 겁니다. 행여나 무슨 불똥이라도 튈까 싶어 모르쇠로 일관한 다른 수많은 사원들보다는 훨씬 훌륭하다고 봐야 하지 않을까요? 그렇게 생각하지 않으십니까?"

"훌륭하다고요? 애초에 상품의 결함은 개발부 책임 아닙니까. 이건 무슨 짜고 치는 고스톱도 아니고."

"짜고 치는 고스톱이요?"

"자기네 부서에서 문제가 발생했는데 그걸 자기 입으로 고발하고 무슨 정의의 사도라도 되는 것처럼 구는 거 아닙니까. 자기 손으로 불을 질러 놓고 소화기 들고 뛰어오는 격이지요. 개발부에서 처음부터 제대로 된 물건을 개발했다면 사고는 일어나지 않았을 겁니다. 제품의 성능을 믿고 하나라도 더 팔아 보고자 발바닥에 불이 나도록 뛰어다닌 영업부 입장은 뭐가 됩니까? 저희가 얼마나 많은 거래처에 죄인처럼 사과하며 돌아다녔는지 아십니까?"

"사장이 사실을 숨기라고 지시하지만 않았더라면 피해는 늘어나지 않았을 겁니다. 이시와다 씨는 부도덕한 사장의 죄를 고발한 것이고, 그건 옳은 행동이었습니다."

린도가 고개를 절레절레 저었다.

"설마 여기서 기자를 만나게 될 줄이야…."

"무슨 문제라도 있습니까? 린도 부장님은 무슨 편지를 받고 오신 겁니까?"

"제가 그걸 알려드려야 할 이유가 있나요?"

"그냥 궁금해서 물어본 겁니다. 저랑 같은 내용의 편지였다면 왜 부장님한테 그런 편지가 간 건지 이해가 안 가서요."

"저는 기자님이 어떤 편지를 받았는지 모릅니다."

"뭐 저도 일단은 노코멘트로 해 두겠습니다."

"…그렇습니까. 딱히 궁금하지도 않습니다만. 저희는 사모님께 인사를 드려야 하니 이만 실례하겠습니다."

린도가 더 이상 이야기하고 싶지 않다는 듯 뒤로 돌아 밴이 있는 쪽으로 걸어갔다. 이시와다는 카미시마에게 말없이 고개 숙여 인사한 다음 린도의 뒤를 따라갔다.

운전기사인 쿠라모치도 그렇고 아무래도 시카가와사 문제와 관련이 있는 사람들을 불러 모은 듯했다. 하지만 그런 기준이라면 시카가와 사장의 은폐 사실을 고발한 개발부 이시와다 과장은 그렇다 치더라도 영업부 린도 부장은 왜 여기에 있는 걸까.

저 멀리서 린도가 밴의 창문을 정중하게 두드리는 것이 보였다. 잠시 후 창문이 열렸다.

시카가와 부인과 두 남자가 뭔가 이야기를 나누는 듯했지만 대화 내용은 들리지 않았다. 이시와다는 대화 도중 몇 번이고 고개를 숙였다.

"회사를 팔아먹은 배신자!"

시카가와 부인의 분노에 찬 목소리가 들렸다. 하지만 곧 기자가 가까이에 있다는 사실을 의식해서인지 목소리 톤을 낮추는 바람에 다시 아무 소리도 들리지 않았다.

그때 역 쪽에서 분홍색 셔츠에 흰색 청바지를 입은 여자가 걸어왔다. 각진 턱을 가리듯 갈색 머리를 길게 늘어뜨리고 있었다. 쌍꺼풀진 두 눈은 가느다란 편이었고, 입가에 힘이 들어가 있었다.

여자는 카미시마를 위아래로 훑어보더니 수상한 사람을 경계하는 듯한 눈빛으로 물었다.

"당신, 관계자예요?"

"글쎄요, 보기에 따라서는 관계자라고 할 수도 있겠네요."

여자의 눈에서 증오에 가까운 감정이 느껴졌다.

카미시마는 두 손을 들고 저항하지 않겠다는 의사를 밝혔다.

"오해하지 마십시오. 관계자라고는 해도 굳이 말하자면 그쪽에 더 가까운 입장이니까요."

시카가와사 제품의 결함으로 인해 여러 명의 사상자가 나왔다. 그리고 피해자와 유족들이 이번 사태에 분노의 목소리를 높이고 있었다.

유족 대표, 센바 유메코.

그녀의 얼굴은 몇 번인가 기자 회견장에서 본 적이 있었다. 센바 유메코는 수많은 기자들 앞에서 시카가와사와 시카가와 사장을 규탄했다. 정치 단체의 가두선전을 방불케하는 항의 시위에서도 매번 선두에 서 있었다. 나이는 서른둘인가 셋 정도였을 것이다.

"당신도 유족인가요?"

카미시마는 고개를 저으며 "아니요" 하고 대답했다. "저는 프리랜서 기자인 카미시마라고 합니다. 시카가와사 사건을 계속해서 취재해 왔습니다. 유메코 씨에 대해서도 잘 알고 있습니다."

"그래요?"

유메코는 시큰둥하게 대꾸하더니 고개를 돌려 밴을 쳐다보았다. 이시와다와 린도를 보고 "그럼 저 사람들이 시카가와사 사람들인가요?" 하고 물었다.

'그럼'?

유메코도 편지를 받고 여기 온 거라면 그 편지에는 시카가와사 관계자들이 온다고 적혀 있었던 걸까.

"맞습니다. 차 안에는 사장 부인도 타고 있습니다."

유메코는 딱히 놀란 기색도 없이 무표정한 얼굴로 밴을 노려보았다.

일이 재밌어지는군. 카미시마는 내심 미소를 지었다.

세간의 비난을 받고 있는 시카가와사 관계자들과, 시카가와사를 규탄하며 손해배상 청구를 진행 중인 유족 대표라니. 기사로 쓰기에는 최고의 조합 아닌가.

무슨 일이 일어날 것만 같은 냄새가 풀풀 났다.

카미시마는 밴으로 다가가서 세 사람에게 말을 걸었다.

"새로 오신 분을 소개해 드리죠." 카미시마는 유메코 쪽을 눈으로 가리키며 말했다. "유족 대표인…."

"센바 유메코…."

시카가와 부인이 노골적으로 싫은 기색을 드러내며 중얼거렸다.

"오오, 역시 알고 계시는군요. 부인 입장에서 보면 유메코 씨는 회사를 상대로 네거티브 캠페인을 벌이고 있는 철천지원수라고 할 수 있겠네요."

시카가와 부인이 쯧 하고 혀를 찼다. 그리고 차창 너머로 카미시마를 노려보았다.

"이거, 당신이 계획한 건가요?"

목소리에서 노기가 느껴졌다.

"무슨 말씀이신지…?"

"사람들이 좋아할 만한 기사를 쓰기 위해 일부러 의미심장한 편지를 보내서…."

"아니요, 그런 거 아닙니다. 오해하지 마십시오. 저도 편지를 받고 온 제삼자에 불과합니다."

"나더러 그 말을 믿으라고요?"

"제가 받은 편지를 보여드릴까요?"

"됐어요. 마음만 먹으면 그런 편지 정도는 얼마든지 조작할 수 있을 테니까."

"아무래도 단단히 오해하고 계신 것 같네요."

"뻔뻔하긴."

"괜찮으시다면 부인이 받은 편지를 볼 수 있을까요?"

"그런 걸 일일이 챙겨 들고 다닐 리 없잖아요."

"뭐라고 적혀 있던가요?"

"사실을 날조하거나 하는 기자한테 가르쳐 줄 의무는 없는 것 같은데요."

"정말로 그 편지를 보낸 사람이 저라면 저한테 내용을 말씀해 주셔도 상관없는 거 아닌가요?"

시카가와 부인이 표정을 찌푸렸다.

"만약 아니라면 나만 손해 보는 거잖아요."

카미시마는 알겠다며 일단 한 발 물러선 뒤 유메코가 있는 쪽을 힐끗 쳐다보고는 시카가와 부인에게 말했다. "오월동주. 이것도 인연이라면 인연인데 유메코 씨와 인사라도 나누는 게 어떻겠습니까?"

"내가 왜 그래야 하죠?"

"사적인 감정이야 어떻든 상대는 유족, 시카가와사의 피해자입니다. 최소한의 성의는 보여야 하지 않을까요?"

"저는 남편 사업에는 일절 관여하지 않았으니 아무런 책임이 없어요."

"그래서 유족도 무시하겠다고요?"

시카가와 부인은 이시와다를 쏘아보며 "과장님이 다녀오세요. 조금이라도 회사에 도움이 되어야 하지 않겠어요?" 하고 명령했다.

이시와다가 등을 꼿꼿이 세우며 대답했다.

"아, 네."

"…알고 있겠지만 회사 입장을 생각해서 선을 넘지 않도록 주의하세요."

잘못을 인정하지 말고 사과도 하지 말라는 뜻이었다. 말 한마디 잘못해서 꼬투리라도 잡혔다가는 현재 동시 진행 중인 여러 건의 손해배상 청구에서 불리해질 수도 있기 때문이다.

이시와다는 긴장한 얼굴로 유메코를 향해 걸어갔다. 시카가와 부인은 볼일은 다 끝났다는 듯 스마트폰을 만지작거리기 시작했다.

그때 이쪽으로 다가오는 발소리가 들렸다. 카미시마가 시선을 돌리자 깡마른 중년 남자가 숨을 헐떡이며 달려오는 모습이 보였다. 훌러덩 벗겨진 머리에 땀에 젖은 머리카락이 달라붙어 있었다.

"늦어서 죄송합니다. 여기… 맞죠? 사람들이 모여 있는 곳이 여기밖에 없던데…."
"편지를 받고 오신 거라면 여기 맞습니다."
"그러니까 시카가와 사장님과 관계가 있는…."
중년 남자가 말끝을 흐렸다.
일곱 번째 멤버의 등장이었다.
"저는 프리랜서 기자인 카미시마라고 합니다. 저 말고는 시카가와사 관계자들이 몇 명 와 있고요. 당신은?"
"아, 저는… 청소 일을 하는 하야시 소타로라고 합니다."
"청소요?"
"네, 잘 부탁드립니다."
"시카가와사와는 관계가 어떻게 되십니까?"
"관계랄 것까지는 없고… 사장실이 있는 층의 청소를 담당했습니다."
"아, 그러셨군요."
그 말을 들으니 이해가 갔다.
카미시마의 짐작이 맞다면 이 남자는 중요 인물임이 틀림없었다.
"이봐요!"
시카가와 부인의 짜증 섞인 목소리가 울려퍼졌다.
카미시마는 밴을 돌아보았다.
"적당히 좀 하죠? 더워 죽겠는데 대체 언제까지 기다리게 할 거예요?"
운전기사인 쿠라모치가 헐레벌떡 뛰어와서 "죄송합니다, 사모님…" 하고 허리를 굽신거리며 사과했다.
"앞으로 몇 명이나 더 와야 하는데요?"

"지금 바로 확인해 보겠습니다!"

쿠라모치가 역으로 뛰어가더니 5분 정도 지나서 돌아왔다. 이마에서 흘러내리는 땀을 손수건으로 닦으며 말했다.

"역 안에 남아 있는 사람은 없습니다. 다음 열차는 30분 후에 도착할 예정이니 지금 모인 사람이 전부인 것 같습니다."

시카가와 부인이 한숨을 내쉬며 "하마터면 더 올 사람도 없는데 계속 기다릴 뻔 했잖아요." 하고 투덜거렸다.

"다들 차에 타면 바로 출발하겠습니다."

카미시마는 쿠라모치에게 물었다.

"목적지는 알고 있습니까?"

쿠라모치가 얼떨떨한 얼굴로 대답했다.

"조금 전에 지도가 첨부된 문자를 받았습니다."

"문자로요? 우리한테 편지를 보낸 사람과 직접 연락을 주고받을 수 있다는 겁니까?"

"제가 받은 편지에 연락처가 적혀 있길래 문자를 보냈더니 답장이 왔습니다. 8인승 밴을 렌트한 다음 이 날짜 이 시간 이 장소에서 '참가자들'을 기다리라고요."

지정된 밴의 좌석 수를 생각하면 역시 멤버는 지금까지 모인 사람이 다인 듯했다. 한 자리 남기는 하지만 역 안에는 아무도 없다고 하니 여기 있는 일곱 명이 전부라는 말일 것이다.

"다른 정보는요?"

쿠라모치는 고개를 저으며 "그것 말고는 들은 바가 없습니다" 하고 대답했다.

"정말입니까?"

"…저도 몇 가지 질문을 해 봤지만 그에 대한 답은 없었고 일방적으로 지시를 할 뿐이었습니다."

아무리 봐도 수상한 점투성이였지만 그래서 더 흥미로웠다.

시카가와사 사장 부인, 개발부 과장, 영업부 부장, 그리고 유족 대표, 운전기사, 청소부. 편지를 보낸 사람은 이 사람들을 불러내서 뭘 하려는 걸까. 지금까지 들은 이야기를 종합해 보면 각각이 받은 편지가 모두 동일한 내용인 것 같지는 않았다.

그렇다면….

시카가와 부인이 더는 참지 못하겠다는 듯 "이봐요!" 하고 또 소리를 질렀다. "출발할 거예요? 말 거예요?"

쿠라모치가 허둥지둥 대답했다.

"바로 출발하겠습니다!"

쿠라모치는 "여러분, 어서 타세요!" 하고 외치며 서둘러 운전석에 올라탔다. 일단 자기라도 타면 시카가와 부인의 화가 누그러질 거라고 생각하는 듯했다.

카미시마는 조수석에 앉았다. 두 번째 줄에는 시카가와사 직원인 린도와 이시와다, 청소부 하야시가 자리를 잡았다.

마지막 순서인 유메코는 밴의 문 앞에서 팔짱을 낀 채 가만히 버티고 서 있었다.

카미시마가 물었다.

"왜 그러십니까?"

"지금 저보고 여기 앉으라는 건가요?"

유메코는 인상을 찌푸리며 세 번째 줄을, 아니, 시카가와 부인을 노려보고 있었다.

무슨 말을 하고 싶은 건지 알 것 같았다.

"차는 한 대뿐이니 유메코 씨가 참는 수밖에요."

유메코는 모두에게 들으라는 듯이 크게 한숨을 내쉬더니 사장 부인이 앉아 있는 세 번째 줄에 가서 앉았다. 유메코도 시카가와 부인도 각자 창 쪽에 붙어 앉아 창밖을 내다보았다.

"그, 그럼 출발하겠습니다."

쿠라모치가 말하는 것과 동시에 차가 출발했다. 린도와 이시와 다조차도 서로 대화하지 않는 차 안에는 불편한 침묵이 흘렀다.

"즐거운 여행이 될 것 같네요."

카미시마는 백미러로 뒤쪽을 살피며 말했다.

유일하게 반응을 보인 사람은 시카가와 부인이었다. 시선은 여전히 창밖을 향한 채 불쾌하다는 투로 내뱉었다.

"자리는 좁고, 착석감도 안 좋고, 덥고…. 에어컨 좀 세게 틀어 줘요."

운전기사인 쿠라모치는 자기 잘못도 아닌데 연신 "죄송합니다" 하고 사과했다. 쿠라모치가 한쪽 손으로 스위치를 조작하자 송풍구에서 부웅 하고 팬 돌아가는 소리가 났다.

밴은 15분 정도 한적한 시골길을 따라 달리다가 울창한 숲으로 들어갔다. 커다란 나뭇잎이 엮여서 만들어진 녹색 천장이 하늘을 가리고 있었다. 길이 닦여 있지 않아서 차가 덜컹덜컹 흔들렸다.

오후 1시 40분. 날씨는 맑음. 하지만 내리쬐는 햇살이 녹음에 가려져서 주위는 흡사 저녁처럼 어두컴컴했다.

카미시마는 조수석 창틀에 팔을 얹고 턱을 괸 상태로 창밖을 내다보았다.

편지를 보낸 자는 이 사람들을 잘도 불러 모았구나 싶었다. 우리를 기다리고 있는 것은 대체 무엇일까.

"…어디까지 들어가는 거예요?"

이번에는 시카가와 부인이 아니라 유메코가 물었다. 목소리에서 짜증이 묻어났다. 엄밀히 말하자면 밴으로 이동하는 데 지쳤다기보다는 원수 같은 시카가와사 사람들과 같은 차를 타고 있다는 사실이 마음에 들지 않는 것 같았다.

"죄송합니다." 쿠라모치가 어쩔 줄 몰라 하며 사과했다. "문자로 보내온 지도에 표시된 장소라고밖에 설명을 못 하겠는데요…."

"그게 이렇게 깊은 숲속에 있다고요?"

"네…."

"그런 말은 못 들었는데요."

카미시마가 백미러를 들여다보며 물었다.

"그럼 무슨 말을 들으셨는데요?"

유메코는 입술을 잘근 깨물더니 흥 하고 콧방귀를 뀌면서 눈을 피했다.

카미시마는 다시 창밖으로 시선을 돌렸다.

숲 안쪽으로 들어갈수록 키 큰 나무들이 하늘까지 닿을 것처럼 가지를 높이 뻗고, 나무 아래에도 풀이 빼곡히 솟아 있었다. 길이라고 할 만한 것이 없어서 장애물이 없는 쪽을 골라 나아가는 느낌이었다.

갑자기 차 안에 스마트폰 착신음이 울려퍼졌다.

몇몇이 그 소리에 반응했다.

쿠라모치가 급히 차를 세웠다.

"죄송합니다. 제 핸드폰인 것 같습니다. 문자가 왔나 보네요."

유메코가 또 한숨을 내쉬었다.

쿠라모치가 문자를 확인한 뒤 다시 운전대를 잡았다. 차는 계속해서 숲속을 달려나갔다.

그로부터 10분쯤 지났을 때였다.

"이봐요." 시카가와 부인이 입을 열었다. "이 길, 아까 지나지 않았어요?"

쿠라모치가 운전을 하면서 대답했다.

"아, 아닙니다…."

"이 길이 맞는 거 확실해요?"

"무, 물론입니다. 제대로 목적지로 향하고 있으니 안심하셔도 됩니다."

시카가와 부인은 대답하지 않고 고개를 휙 돌렸다.

카미시마는 멍하니 밖을 내다보며 시간을 때웠다. 슬슬 좀이 쑤시기 시작했다.

스마트폰을 꺼내서 문자를 보내려고 했지만 신호가 잡히지 않아서 보낼 수가 없었다.

"신호가 안 잡히네요…."

혼잣말로 중얼거리자 뒷좌석에 앉아 있던 시카가와 부인이 "뭐라고요?" 하고 목소리를 높였다.

백미러를 들여다보니 자신의 스마트폰을 꺼내 확인하고 있었다. 시카가와 부인은 쯧 하고 혀를 차더니 스마트폰을 다시 가방에 넣었다.

"진짜 못 해먹겠네. 짜증나게."

카미시마는 운전석을 보며 물었다.

"쿠라모치 씨는 조금 전에 문자를 받으신 거죠?"

쿠라모치는 차의 속도를 낮추더니 한손으로 스마트폰을 꺼내 화면을 들여다보았다.

"아니요, 지금은 저도 신호가 안 잡힙니다."

신호가 안 잡히다니. 환영할 만한 상황은 아니었다. 하지만 사실 대화를 녹음할 녹음기만 정상적으로 작동한다면 큰 문제는 없었다.

시카가와 부인과 유메코가 동시에 한숨을 내쉬었다.

다시금 차 안에 침묵이 흘렀다.

서로가 즐겁게 대화를 나눌 사이도 아니기 때문에 이런 상황에서 시간을 보낼 방법이라고는 차창 너머로 죄다 똑같아 보이는 숲을 내다보는 것뿐이었다.

30분쯤 지났을 때, 갑자기 몇 겹씩 겹쳐진 나무 벽이 열리고 파란 하늘 아래 인공적인 건축물이 모습을 드러냈다.

"저건…."

카미시마는 눈앞의 건물을 바라보았다.

"여기인 것 같습니다."

쿠라모치가 차를 세우고 자신의 스마트폰을 꺼냈다. 지도를 보고 있는 듯했다. 새로 문자를 보내거나 받는 것은 불가능하지만 과거에 받은 문자를 확인하는 것은 가능했다.

눈앞에 보이는 것은 콘크리트로 지어진 건축물이었다. 여기저기 이끼가 낀 직사각형 모양의 단층 건물로, 주변에는 잡초가 무성하게 자라 있었고, 정면에는 빨갛게 녹이 슨 철문이 보였다.

"이게 대체…."

시카가와 부인은 기념일에 싸구려 백반집에 불려 나온 사람처럼 불쾌함과 당혹스러움이 뒤섞인 표정을 하고 있었다.

"이건 그냥 폐허 아니에요…?"

유메코가 혼잣말처럼 중얼거렸다.

청소부 하야시가 "폐허네요" 하고 맞장구를 쳤다.

카미시마는 차에서 내려 폐허를 살펴보았다. 과거에는 찬란하게 빛나는 흰색이었을지도 모를 벽은 칙칙하고 빛바랜 잿빛을 띠고 있었고, 군데군데 금이 가고 갈라진 곳이 눈에 띄었다. 방치된 지 몇십 년은 되어 보였다.

다른 사람들도 하나둘 차에서 내려 서로 얼굴을 마주 보았다.

"뭔가 으스스하네요…."

이시와다가 말했다. 일선에서 물러난 노인처럼 인생의 피로가 짙게 새겨진 얼굴을 하고 있었다.

린도가 주위를 둘러보았다.

"사람 그림자도 안…."

"저기 좀 보세요."

유메코가 손가락으로 가리키는 쪽에 입간판이 세워져 있었다. 카미시마는 간판이 있는 쪽으로 다가갔다. 방수 처리가 된 알루미늄 복합 패널에는 이렇게 적혀 있었다.

규칙 ① 문 옆에 있는 상자에 소지품을 넣어라..
규칙 ② 모두가 안으로 들어간 후에 문을 닫아라. 그러면 앞으로 나아갈 수 있다
규칙 ③ 한 명이라도 규칙을 어기면 모든 것이 끝난다.

옆에 다가온 이시와다가 "이게 뭘까요?" 하고 고개를 갸웃거렸다.

"간판은 새것이니 아마도 편지를 보낸 사람이 우리에게 보내는 메시지겠지요."

"말도 안 돼요!" 시카가와 부인이 소리쳤다. "전후 설명도 없이

갑자기 이런 바보 같은 규칙을 따르라니!"

이시와다가 중간 관리직답게 재빨리 동의를 표했다.

"맞습니다. 이유도 모른 채 지시에 따를 필요는 없다고 생각합니다."

"동감입니다." 린도가 고개를 끄덕였다. "애들 장난도 아니고."

유메코가 시카가와사 관계자 세 명을 쏘아보며 도발하듯 말했다.

"무서운가요?"

시카가와 부인이 눈썹을 찡그렸다. 부인은 프라다 로고가 박힌 비싸 보이는 검은색 구두를 신고 있었다.

"무섭냐고요?"

"네."

"무슨 뜻인지 모르겠네요. 우리가 뭘 무서워한다는 거죠? 이런 곳에 뜬금없이 이런 간판이 놓여 있고, 가져다 놓은 사람이 누구인지도 모르는데 이런 상황에서는 경계하는 게 당연하지 않나요?"

"당신들, 아무것도 모르고 온 거예요?"

"네?"

유메코는 분홍색 손가방에서 편지를 꺼내 펼치더니 이쪽으로 쑥 내밀었다.

"'이곳에 오면 시카가와사 관계자들을 만나 시카가와사가 저지른 죄의 진상을 알 수 있다', 저는 편지에 이렇게 적혀 있길래 온 거거든요."

유메코가 편지를 접어서 다시 가방에 넣었다.

시카가와 부인은 당황한 표정으로 아무 말도 하지 못했다. 이시와다는 눈이 휘둥그레졌다. 린도는 지극히 태연해 보였다. 속으로는 동요하고 있을지도 모르지만 겉으로는 전혀 드러나지 않았다.

"진상을 알아내기 위해 여기 온 거니까 도망치는 건 용납할 수 없어요."

유메코의 눈빛에는 확고한 결의와 강한 분노가 어려 있었다.

"…무슨 말을 하는 건지 모르겠네요."

"진상이 밝혀져도 두려울 게 없으면 그냥 따르면 되잖아요. 그게 아니면 뭐죠? 알려지면 곤란한 사실을 숨기고 있기라도 한 건가요?"

명백한 도발이었다.

지금 한 말이 사실이라면 센바 유메코는 '진상'이라는 미끼에 낚여서 여기까지 왔다는 건가. 유족 대표라는 입장을 고려하면 그럴 만도 하겠다는 생각이 들었다.

그렇다면.

"저도 같은 의견입니다." 카미시마가 말했다. "저 역시 동일한 내용의 편지를 받고 흥미를 느꼈기 때문에 진상 규명에 참가하기로 마음먹은 겁니다. 여기까지 와서 그냥 돌아갈 생각은 없습니다."

시카가와 부인의 분노에 찬 시선이 유메코에게서 카미시마에게로 옮겨 왔다.

"당신들, 한패 아니에요?"

"아까도 말씀드렸지만 저 역시 편지를 받고 불려 나왔을 뿐입니다. 현재 상황이 좀 당황스럽기는 하지만 동시에 강한 호기심을 불러일으키는 것도 사실이고요. 반응을 보아하니 부인이 받은 편지는 저희와 같은 내용은 아니었나 보네요. 이런 수상한 초대에

응하게 된 동기가 무엇인지 궁금합니다만….”
 "당신하고는 상관없잖아요! 아무튼 난 싫다고요. 쿠라모치! 당장 차를 준비하세요. 나는 돌아갈 테니까.”
 갑자기 이름이 불린 쿠라모치는 이마에 난 땀을 닦으며 다른 사람들을 둘러보았다.
 "하, 하지만….”
 "지금 내 말을 못 듣겠다는 거예요? 운전기사 주제에?”
 "그런 걸 갑질이라고 하는 겁니다, 시카가와 부인.” 카미시마가 말했다. "쿠라모치 씨가 회사 소속 운전기사인 건 맞지만 지금은 업무 중이 아니니 아무리 상대가 사장 부인이라 해도 무리한 요구에 무조건적으로 따를 의무는 없습니다.”
 시카가와 부인의 콧등에 깊은 주름이 잡혔다. 젊어 보이려고 공들여 화장한 얼굴에 주름이 잡히자 실제 나이보다도 훨씬 더 늙어 보였다.
 카미시마가 말했다.
 "죄송하지만 시카가와 부인 혼자만 돌아가게 내버려둘 수는 없습니다.”
 "하지만 이게 만약 함정이라면….”
 이시와다가 조심스럽게 시카가와 부인을 옹호하고 나섰다. 사실 실권을 쥐고 있는 것은 아니지만 사장 부인 앞에서 저도 모르게 비위를 맞추게 되는 것은 직장인으로서 자연스러운 반응이었다. 배신자 낙인을 찍힌 상태에서 조금이라도 점수를 만회하고자 하는 발버둥 같아 보이기도 했다.
 카미시마는 이시와다를 쳐다보며 말했다.
 "사장의 죄를 고발한 용기 있고 정의로운 이시와다 씨는 그쪽편에 서시는 겁니까?"

이시와다가 머쓱한 표정으로 눈길을 피했다.

시카가와 부인도 이시와다에게 배신당한 기억이 떠올랐는지 이시와다를 날카롭게 노려보았다. 하지만 얼마 없는 자기편을 잃고 싶지는 않은지 대놓고 비난은 하지 않았다.

카미시마는 주위를 둘러보다가 외따로 떨어져 서 있는 청소부 하야시를 보고 물었다.

"하야시 씨는 어떻게 생각하십니까?"

하야시는 갑작스러운 질문에 당황한 듯 눈을 끔벅였다.

"저 말입니까?"

"네, 의견을 말씀해 주시지요."

"저는 어느 쪽이라도…."

"그런 소극적인 태도는 곤란합니다. 하야시 씨도 편지를 받고 여기 온 것이니 제 생각에는 뭔가 중요한 열쇠를 쥐고 있는 게 아닌가 싶은데요."

"그렇게 말씀하셔도… 저는 일개 청소부일 뿐입니다. 여러분의 결정에 따르겠습니다."

"…알겠습니다."

"저…." 쿠라모치가 망설이는 투로 물었다. "소지품을 넣으라는 건 가방째 맡기라는 걸까요?"

"글쎄요." 카미시마가 잠시 생각하더니 입을 열었다. "소지품을 전부 넣었는지 아닌지 어떻게 확인하겠다는 건지…." 폐허 주변을 둘러보았다. "어딘가에서 살펴보고 있는 걸까요?"

쿠라모치도 카미시마를 따라 꺼림칙한 표정으로 주위를 돌아보았다.

적어도 눈에 보이는 범위 안에는 아무도 없었다.

편지를 보낸 사람은 폐허 안에서 기다리고 있는 것일까. 이 일곱 명을 무작위로 불러낸 것은 아닐 테니 동기와 목적이 있을 텐데 그게 무엇인지 궁금했다. 대체 무엇을 알고 있는 것일까. 정체는?

카미시마는 폐허의 출입구를 막고 있는 철문을 열었다. 희미하게 빛나는 알전구가 걸린 콘크리트 복도는 무미건조한 느낌이었고, 곳곳에 어둠이 깔려 있었다.

이런 폐허에 전기가 들어올 리는 없으니 발전기나 배터리를 사용하는 게 아닐까 싶었다.

간판에 적힌 지시에 따르지 않으면 어떻게 되는 걸까.

카미시마는 복도에 발을 내디뎠다.

공포 영화에서처럼 갑자기 덫이 작동하거나 하는 일은 없겠지만….

그 순간, 귀를 찢는 듯한 경고음이 울려퍼져서 화들짝 놀랐다.

소리가 나는 곳을 찾아보니 입구를 둘러싸는 형태로 검은색 게이트가 설치되어 있었다.

금속 탐지 게이트.

카미시마는 뒤로 돌아 폐허 밖으로 나왔다. 몇 초가 지나자 경고음이 멎었다.

"뭐죠…?"

시카가와 부인의 표정이 딱딱하게 굳었다.

이시와다가 폐허에 가까이 가기를 꺼리듯 멀리 떨어진 곳에 서서 "지금 그건 대체…" 하고 중얼거렸다.

"입구에 금속 탐지기가 설치되어 있습니다. 공항에서 볼 수 있는 것 말입니다."
 린도가 말했다. "그렇다는 건 곧…."
 "적어도 금속은 가지고 들어갈 수 없다는 말이지요." 카미시마가 말을 이었다.
 "무시하고 지나가면 되는 거 아닌가요?"
 "한번 해 볼까요?"
 카미시마는 다시 폐허로 들어갔다. 금속 탐지기의 경고음을 무시하고 복도 안쪽으로 향했다. 복도 끝에 다시 철문이 나타났다. 문을 열기 위해 손잡이를 잡고 돌렸다.
 하지만 문은 잠겨 있었다.
 …그런 건가.
 카미시마는 왔던 길을 다시 돌아나왔다. 밖에서 기다리고 있던 사람들을 향해 어깨를 으쓱해 보였다.
 "앞으로 나아갈 수가 없네요."
 "그게 무슨 말입니까?" 린도가 의아하다는 듯이 물었다. "길이 막혀 있나요?"
 "안쪽에 문이 하나 더 있는데 잠겨 있습니다. 모두가 지시에 따르면 열어 주겠다는 말인 것 같습니다."
 카미시마가 솔선수범해서 상자를 열고 자기가 가지고 있는 물건 중 금속 탐지기에 반응할 만한 것들을 넣었다. 스마트폰과 녹음기를 손에 들고 가만히 들여다보았다.
 편지를 보낸 사람이 이런 지시를 하는 것은 녹음이나 녹화를 하지 못하게 하려는 의도인지도 모르겠다는 생각이 들었다.
 이렇게 된 이상 앞으로는 자신의 눈과 귀에 의지하는 수밖에 없었다.

전원 범인, 하지만 피해자, 게다가 탐정 **45**

카미시마는 문득 떠오른 생각에 뒤를 돌아보며 쿠라모치에게 말을 걸었다.
"현 위치를 알고 싶습니다만."
"현 위치요?"
"지인에게 지금 있는 곳을 말해 두려고요. 문자로 받았다는 지도, 갖고 계시죠?"
"아, 네, 그게…."
"저도 좀 볼 수 있을까요?"
쿠라모치가 이마의 땀을 닦으며 스마트폰을 꺼내더니 서툰 손놀림으로 화면을 몇 번인가 눌렀다.
"이겁니다."
카미시마는 스마트폰을 받아서 화면을 들여다보았다. 숲의 조감도였다. 녹색 지도에 방위와 함께 빨간색으로 경로가 표시되어 있었다.
"꽤 안쪽까지 들어왔네요. 이 문자를 제 핸드폰으로 전송해 주시겠습니까?"
"그게…." 쿠라모치가 곤혹스러운 표정으로 말했다. "신호가 안 잡히는데요…."
카미시마는 자신의 스마트폰을 확인해 보았다. 쿠라모치 말대로 안테나가 하나도 뜨지 않았다.
너무 깊은 숲속이라 전파가 닿지 않는 건가.
"지도를 받은 사람은 쿠라모치 씨뿐입니다. 오늘 쿠라모치 씨가 이곳에 온다는 사실을 알고 있는 사람이 있습니까?"
"아니요." 쿠라모치가 주눅이 든 표정으로 대답했다. "모두가 모이면 자기한테 문자를 보내라고 해서 그렇게 했더니 지도를 보내

준 거라서⋯."

"그러니까 쿠라모치 씨도 출발 직전이 되어서야 목적지가 어디인지 알았다는 거군요."

"네⋯."

카미시마는 지도를 닫았다. 파일이 닫히자 문자 내용이 표시되었다.

『최종 목적지는 첨부된 지도를 참조할 것』

필요 최소한의 지시만이 적혀 있을 뿐, 편지를 보낸 사람의 목적을 유추할 만한 정보는 찾아볼 수 없었다.

쿠라모치에게 스마트폰을 돌려주려는데 문득 문자를 수신한 시각이 눈에 들어왔다.

48분 전.

"⋯이상하네요."

"네?"

"우리가 역에 도착한 건 2시간 전입니다. 그런데 이 문자를 수신한 시각은 48분 전. 이게 대체 어떻게 된 일입니까?"

"그건⋯."

시카가와 부인이 "당신, 우리한테 뭐 숨기는 거 있어요?" 하고 따져 물었다.

"아, 아닙니다. 실은 문자를 두 통 받았는데⋯."

"두 통이요?" 카미시마가 되물었다.

"아, 네. 모두가 모인 시점에 연락해서 받은 지도가 첫 번째였고, 그 지도를 따라서 가고 있는데 중간에 문자가 한 번 더 왔습니다."

그러고 보니 생각나는 게 있었다.

"숲속에서 잠깐 차를 세웠을 때 말입니까?"
"네."
"그때 받은 문자가 이겁니까?"
카미시마가 스마트폰 화면을 들이대며 물었다.
"…네, 맞습니다."
"그러니까 지도를 두 번 받았다는 겁니까?"
"네."
"처음에 받은 지도와 뭔가 다른 점이 있습니까?"
"지도에 표시된 목적지가 달랐습니다."
"무슨 뜻이죠?"
"저도 잘 모르겠습니다. 처음에 받은 지도를 보면서 목적지로 향하고 있는데 두 번째 문자가 왔고, 새로 받은 지도에는 처음과는 다른 장소가 표시되어 있었습니다. 첫 번째 문자에 목적지가 어디인지 다른 사람들에게는 말하지 말라고 적혀 있었기 때문에 아무 말도 하지 않고 코스를 변경해서 이리로 온 겁니다."

편지를 보낸 사람은 왜 문자를 두 번이나 보냈을까? 처음에 지도를 잘못 보냈다는 사실을 깨닫고 다시 보낸 건가? 아니다, 이렇게나 용의주도한 사람이 그런 초보적인 실수를 했을 리가 없다.

뭔가 의도가 있는 건가?

카미시마는 발신자 정보를 다시 확인해 보았다.

주소는 유명 도메인을 사용하고 있었다. 정식으로 소송을 걸어서 재판에서 도메인 업체 측에 개시 청구라도 하지 않는 한 보낸 사람을 특정하기는 어려워 보였다.

정보가 없으니 의미도 알 수 없고, 현재 상황이나 위치를 다른 사람에게 알리는 것도 불가능해졌다.

좋은 조짐은 아니었다.

카미시마는 체념한 듯 한숨을 내쉰 다음 스마트폰과 녹음기를 상자에 넣었다.

"자." 카미시마는 다른 사람들을 돌아보았다. "여러분도 넣으시죠."

"네?" 시카가와 부인이 한쪽 눈썹을 치켜올렸다. "나는 싫다고 했잖아요. 이런 수상한 지시에 따르라는 게 말이 된다고 생각해요?"

"말이 안 되지는 않죠."

"뭐라고요?"

"부인이 받은 편지에 뭐라고 적혀 있었는지는 모르겠지만 고생해서 여기까지 온 걸 보면 부인한테도 그럴 만한 이유가 있었던 것 아닙니까? 그런데 이대로 그냥 빈손으로 돌아가겠다고요?"

시카가와 부인은 입술을 깨물며 고민에 잠겼다.

"편지를 보낸 사람이 이렇게까지 철저하게 준비해서 우리를 불러낸 이상, 이곳에는 그에 걸맞은 진상이 숨어 있을 겁니다."

유메코가 이쪽으로 걸어오더니 보란 듯이 자기 가방을 상자에 넣었다. 그러고는 도발적인 눈빛으로 시카가와 부인과 린도와 이시와다를 쏘아보며 어떻게 할 거냐는 듯 턱을 들어 보였다.

시카가와 부인은 상자를 노려보더니 자신의 금목걸이를 움켜쥐고 누구에게랄 것도 없이 "이것도 넣어야 하나요?" 하고 물었다.

카미시마가 대답했다.

"보통 지퍼라든지 반지 같은 작은 물건에는 반응하지 않는다고 알고 있습니다."

"…그보다 이 상자, 정말 안전한 거 맞아요?"

시카가와 부인이 상자를 내려다보며 의문을 제기했다. 상자 뚜껑에는 열쇠가 꽂힌 자물쇠가 걸려 있었다.

카미시마는 자기도 모르겠다는 듯 어깨를 으쓱였다.

"이봐요." 시카가와 부인이 하야시에게 명령했다. "저 상자, 한번 들어서 옮겨 봐요."

자기보다 아랫사람인 청소부를 대하는 태도에서 부인의 인간성이 드러나 보였다.

하야시는 당혹스러운 표정으로 "아, 네…" 하고 대답하며 이쪽으로 다가와서 상자를 들려고 시도했다. 얼굴이 시뻘게지도록 힘을 주었지만 상자는 꿈쩍도 하지 않았다.

"아… 안 되는데요."

하야시가 숨을 헉헉거리며 시카가와 부인을 돌아보았다.

"그래요?" 부인은 시큰둥하게 대답했다. "누가 상자째 훔쳐갈 위험은 없다는 거네요."

유메코가 "재수 없어…" 하고 들으라는 듯이 중얼거렸다. 시카가와 부인도 분명 들었을 텐데 못 들은 척 무시했다.

카미시마는 모두를 둘러보았다.

"자, 이러고 있어 봐야 시간만 아까우니 어서 움직입시다."

카미시마가 재촉하자 시카가와 부인은 내키지 않는 표정으로 소지품을 상자에 넣었다. 장신구는 뺄 생각이 없어 보였다.

이시와다와 린도가 뒤를 이었고, 마지막으로 쿠라모치와 하야시가 짐을 넣었다.

"이러면 된 걸까요?"

모두가 소지품을 넣은 것을 확인한 후 카미시마가 자물쇠를 채우고 열쇠를 뽑아 들었다.

"열쇠는 제가 책임지고 잘 가지고 있겠습니다."

"뭐라고요?" 시카가와 부인이 정색을 하며 달려들었다. "열쇠는 내가 갖고 있겠어요. 당신은 믿을 수 없으니까."

카미시마는 어깨를 으쓱하며 "그러시죠" 하고 열쇠를 내밀었다. 부인은 열쇠를 홱 낚아채더니 자기 스커트 주머니에 넣었다.

"그럼 가 볼까요."

카미시마는 입구 쪽으로 가서 첫 번째로 금속 탐지기를 통과했다. 경보는 울리지 않았다.

모두가 문제없이 금속 탐지기를 통과하고 마지막으로 쿠라모치가 철문을 닫은 순간.

삐빅 하고 전자음이 울렸다.

"뭐죠?"

시카가와 부인이 불안한 목소리로 물었다.

"잠금장치가…." 이시와다가 당혹스러운 얼굴로 대답했다. "작동할 때 나는 소리 같은데요…."

"설마."

시카가와 부인이 철문으로 달려가 손잡이를 움켜잡고 아래로 힘껏 당겼다. 손잡이는 움직이지 않았다.

"이럴 수가. 잠겼어요!"

부인이 철문을 부서져라 두드렸다.

"이 문 열어요!"

콘크리트로 된 폐허에 새된 목소리가 울려퍼졌다.

"갑자기 이게 어떻게 된 일일까요?" 하야시가 겁에 질린 표정으로 좌우를 둘러보며 말했다. "왜 잠금장치가…."

유메코가 "밖에서 잠근 거예요?" 하고 물었다.

"대체 누가 뭘 위해서…." 이시와다가 폐허 안을 둘러보았다. "꼼짝없이 갇혀버렸네요."

"말도 안 돼."

시카가와 부인이 "당장 열라고요!" 하고 철문에 대고 소리쳤다. 하지만 대답은 돌아오지 않았다.

"…일단 진정하시죠. 흥분해도 상황은 달라지지 않으니까요."

카미시마가 시카가와 부인이 잡고 있던 철문 손잡이를 잡고 흔들었다. 철컥철컥 소리만 날 뿐 열릴 기미는 보이지 않았다.

"거기 누구 있습니까?"

카미시마는 철문 밖을 향해 물었다. 대답은 없었다. 외부 소음이 완전히 차단되는지 아무 소리도 들리지 않았다.

"어쩌면…." 카미시마가 모두를 향해 돌아섰다. "원격 조종으로 잠갔을 가능성도 있어 보이네요."

"원격이라니…." 시카가와 부인이 고개를 들어 천장 주변을 살폈다. "우리를 감시하고 있다는 거예요? 안 보이는 곳에 카메라를 설치해 두고?"

카미시마도 집중해서 주위를 살펴보았다. 알전구의 희미한 빛마저 닿지 않는 부분은 어둠에 가려져 있기 때문에 만약 어딘가 벽에 구멍을 뚫고 몰래 카메라를 설치해 두었다고 해도 그걸 발견하는 것은 불가능해 보였다.

복도 안쪽에서 삐빅 하는 전자음이 들렸다.

카미시마는 다른 사람들과 얼굴을 마주 보았다.

"들으셨습니까?"

이시와다가 "네" 하고 고개를 끄덕였다.

"저쪽에 있는 문이 열린 건지도 모르겠네요. 간판에 적힌 규칙에 따라서 말입니다."

― 모두가 안으로 들어간 후에 문을 닫아라. 그러면 앞으로 나아갈 수 있다.

입간판에 적혀 있던 내용 그대로였다.

카미시마의 시선이 복도 안쪽으로 향했다.

"…가 볼까요?"

몇몇이 걸음을 망설였다.

카미시마는 앞장서서 걷기 시작했다. 안쪽 철문 앞에 도착해서 심호흡을 한 뒤 손잡이를 돌렸다.

철문이 열렸다.

뒤를 돌아보자 다들 저마다 불안과 공포가 뒤섞인 표정으로 우두커니 서 있었다.

"계속 가 보자고요?"

"출입구가 봉쇄된 이상 앞으로 나아가는 수밖에 없지 않습니까. 뭘 만나게 될지는 모르겠지만…."

"불길한 소리 하지 마십시오."

철문을 통과하자 오른쪽으로 통로가 나 있었다. 창문이 없어서 전체적으로 어두컴컴했다. 천장에 달린 알전구가 으스스한 분위기를 자아내고 있었다.

등 뒤에서 철문이 닫히는 묵직한 소리가 들리는가 싶더니 곧이어 전자음이 울렸다. 모두가 일제히 뒤를 돌아보았다.

시카가와 부인이 "그 문을 왜 닫아요!" 하고 쿠라모치에게 호통을 쳤다.

"아, 아니, 그게, 그러니까…."

부인이 철문 손잡이를 쥐고 철컥철컥 흔들었다.

"잠겼잖아요!"

"죄송합니다. 간판에 문을 닫으라고 적혀 있었던 게 기억이 나서…."

"그건 출입구를 말한 거잖아요!"

"죄송합니다, 사모님."

쿠라모치가 연신 고개를 숙였다. 시카가와 부인은 분이 풀리지 않는다는 듯 "멍청하긴!" 하고 앙칼지게 쏘아붙였다.

"그만하시죠." 카미시마가 두 사람 사이에 끼어들었다. "이 문이 열려 있든 닫혀 있든 어차피 건물 밖으로는 나갈 수 없습니다. 결과적으로 달라질 건 없으니 너무 그렇게 화내지 마십시오."

조금 걸어가자 왼쪽에 나무로 된 문이 보였다.

"이리로 들어가라는 걸까요? 이래 놓고 문이 안 열린다거나 하지는 않겠죠?"

문은 잠겨 있지 않았고 쉽게 열렸다. 작은 방 안에 수세식 변기가 하나 놓여 있었다. 변기에 뚫린 구멍이 지옥의 심연까지 이어져 있는 것 같아 보였다.

카미시마는 벽에 붙은 스위치를 찾아서 불을 켰다. 다른 사람들도 안을 들여다볼 수 있도록 옆으로 비켜섰다.

"화장실이네요."

시카가와 부인이 인상을 찡그리며 코를 감싸쥐었다.

"어휴, 지저분해. 이런 화장실은 절대로 사용하고 싶지 않네요. 빨리 볼일을 끝내고 돌아가도록 하죠."

그 말을 들은 하야시가 혼잣말처럼 툭 하고 내뱉었다.

"…돌아갈 수 있을까요?"

"무슨 뜻이죠?"

시카가와 부인이 하야시를 매섭게 노려보았다.

"상대의 의도를 알 수가 없으니 과연 우리를 순순히 풀어 줄지 걱정이 되어서요."

솔직히 말해 정체불명의 누군가에게 주도권을 빼앗긴 채 끌려다니기만 하는 이런 상황은 그다지 유쾌하지 않았다.

하지만 준비가 워낙 철저하고 완벽하다 보니 호기심을 자극하는 측면이 있는 것은 사실이었다.

편지를 보낸 사람을 빨리 만나보고 싶었다. 그는 대체 누구이고, 무엇을 알고 있는 걸까. 왜 이 사람들을 불러낸 걸까. 궁금한 점이 한둘이 아니었다.

카미시마는 복도를 따라 쭉 걸어갔다. 복도 끝에 다다르자 길이 좌우로 갈라져 있었다.

이시와다가 "어느 쪽으로 갈까요?" 하고 물었다.

"일단 오른쪽부터 가 보죠."

카미시마는 오른쪽으로 몸을 돌렸다. 그 순간, 시카가와 부인의 신경질적인 목소리가 폐허에 울려퍼졌다.

"혼자서 멋대로 정하지 말아요!"

카미시마는 걸음을 멈추고 뒤를 돌아보았다.

"그럼 왼쪽부터 갈까요? 시카가와 부인의 지시에 따르도록 하지요."

"…오른쪽부터 가요."

카미시마는 어깨를 으쓱 추켜올렸다.

"왜요, 뭐 하고 싶은 말이라도 있나요? 멋대로 리더 행세를 하면서 혼자서 다 정해버리는 게 마음에 들지 않는 것뿐이에요. 잘못됐을 때 책임을 지지도 못할 거면서."

"책임지지 못하는 건 다들 마찬가지일 텐데요. 아무튼 그럼 가시죠."

오른쪽으로 돌아서 조금 나아가자 이번에는 길이 왼쪽으로 꺾였다.

"앗, 저기 좀 보세요!"

등 뒤에서 하야시가 소리쳤다.

뒤를 돌아보자 하야시는 손가락으로 천장을 가리키고 있었다. 폐허에는 어울리지 않는 최신식 CCTV가 설치되어 있었다. 카메라 렌즈는 왼쪽으로 꺾인 복도 쪽을 향하고 있었다.

"…우리를 감시하고 있는 걸까요?"

이시와다가 동요가 묻어나는 목소리로 중얼거렸다.

카미시마는 코웃음을 쳤다.

"용의주도하네요."

카미시마는 CCTV가 찍고 있는 복도를 천천히 걸어갔다. 창문에는 전부 콘크리트를 발라서 막아버렸기 때문에 창문을 통해 밖으로 나가는 것은 불가능했다.

"원래부터 이랬던 걸까요?" 이시와다가 콘크리트 벽을 손으로 쓸어내렸다. "아니면 우리가 오는 것 때문에 일부러 창문을 막아버린 걸까요? 만약 그렇다면…."

목적은 감금….

그다지 생각하고 싶지 않은 가능성에 등골이 오싹했다.

바보 같은 생각이었다. 우리를 감금할 이유가 뭐가 있단 말인가?

카미시마는 고개를 절레절레 저으며 다시 걸음을 옮겼다. 복도 끝은 벽으로 막혀 있었고 왼쪽에 나무로 된 문이 하나 있었다.

문을 안쪽으로 밀자 슥 하고 열렸다. 눈앞에는 폐허에는 어울리지 않는 광경이 펼쳐져 있었다.

"이건…."

카미시마는 놀란 표정으로 방 안을 둘러보았다.

모던한 인테리어로 통일된 실내에 직사각형 티 테이블과 검은색 가죽 소파가 놓여 있었다. 정면에 보이는 중역용 책상은 양쪽으로 서랍이 달려 있고, 책상 위에는 모니터가 놓여 있었다.

방 안쪽에는 심플한 형태의 수납장이 하나 있었고, 그 위에는 화병과 탁상시계가 놓여 있었다. 장식품은 그게 전부가 아니었다. 화려한 장식이 달린 칼집에 든 단검도 있었다. 모조 단검은 조용하면서도 의미심장하게 자신의 존재를 주장하고 있었다.

"이건 뭐죠…?"

유메코가 당혹스럽다는 투로 중얼거렸다.

아무도 대답하지 않았다.

어째서 폐허에 이런 평범한 방, 아니, 이렇게 으리으리한 방이 존재하는 것인가.

카미시마는 왼쪽에 있는 책장으로 다가갔다. 가지런히 꽂혀 있는 비즈니스 서적 사이로 법률 관련 전문서가 간간이 눈에 띄었다. 책장 선반을 검지로 슥 훑었다. 먼지는 쌓여 있지 않았다. 도심에 있는 사무실 하나를 통째로 옮겨온 듯한 분위기였다.

폐허가 되기 전에 쓰던 가구가 그대로 남아 있는 것은 아닌 듯 했다. 최근에 누가 일부러 가져다 놓은 것이 분명했다.

"이게 대체 어떻게 된 일인지…."

이시와다가 하야시와 얼굴을 마주 보았다. 하야시의 얼굴은 하얗게 질려 있었다.

남들과는 다른 반응이 신경 쓰여서 이유를 물어볼까 했지만 일단 지금은 실내를 관찰하는 게 우선이라고 판단했다.

뒤로 돌아서자 린도가 입구의 나무문 앞에 서서 잠금장치를 살펴보고 있었다.

"전자식은 아니네요. 여기는 문을 닫아도 갇힐 위험은 없어 보입니다."

린도가 문을 닫았다.

"잠깐만요!"

시카가와 부인이 소리를 질렀다.

린도는 안쪽에서 문을 잠근 다음 문이 열리지 않는 것을 확인한 후 바로 다시 열었다.

"아무 문제 없습니다."

"뭔가 특별한 장치가 숨겨져 있어서 갇힐 수도 있잖아요…."

"이 문은 나무로 만들어져 있으니 만일의 사태가 발생해도 부술 수 있을 겁니다."

카미시마는 방 안쪽에 하나 더 있는 나무문을 쳐다보았다.

저 문은 어디로 통하는 걸까.

확인하러 가려다가 문득 중역용 책상 아래에서 사람의 형체를 발견하고 저도 모르게 비명을 지를 뻔했다.

남자는 양다리를 V자로 뻗은 채 바닥에 주저앉아 있었고, 목에 걸린 노끈이 철제 행거와 이어져 있었다.

목매달아 죽은 시체였다.

카미시마는 눈이 휘둥그레져서 뒤로 물러섰다. 숨이 막혀서 비명도 나오지 않았다.

정말로 놀랐을 때는 소리도 나오지 않는다는 사실을 깨달았다.

심장이 미친 듯이 뛰고 식은땀이 솟았다.

"왜 그러십니까?"

고개를 돌리자 이시와다가 의아한 표정으로 이쪽을 보고 있었다.

주위를 둘러보자 모두의 시선이 이쪽을 향하고 있었다.

"저기…."

카미시마는 목 졸려 죽은 시체를 손가락으로 가리켰다. 몇몇이 걸음을 옮겨 중역용 책상 뒤쪽으로 다가왔다. 그리고….

시카가와 부인이 비명을 질렀다.

이시와다는 "힉!" 하고 숨을 들이마셨다.

쿠라모치가 갈라진 목소리로 "뭡니까, 이게…" 하고 내뱉었다.

"이럴 수가…."

린도의 중얼거림에도 동요가 묻어났다. 목소리가 희미하게 떨렸다.

"설마…" 하야시가 눈을 크게 떴다. "이건… 말도 안 돼…."

카미시마는 정신을 차리고 충격에서 벗어나 하야시에게 따져 물었다.

"말도 안 된다니, 뭐가 말이 안 된다는 겁니까? 하야시 씨는 뭔가 알고 있는 겁니까?"

하야시가 겁먹은 표정으로 주춤거리며 뒷걸음질 쳤다.

"아, 아니, 저는…."

얼굴이 백짓장처럼 창백해진 하야시 주변으로 사람들이 모여들었다. 하야시를 둘러싼 모두의 얼굴에는 불신이 가득했다.

"뭐냐고요!"

시카가와 부인이 호통을 쳤다. 히스테릭한 쇳소리에는 뭐라 표현하기 어려운 공포가 섞여 있었다.
"사, 사장님…."
사장?
하야시가 겁에 질린 표정으로 현실을 부정하듯 고개를 절레절레 저었다.
"이, 이런 건, 말도 안 돼요…."
"그러니까 뭐가 말이 안 된다는 건데요!"
시카가와 부인이 하야시의 어깨를 붙잡고 마구 흔들었다.
"저, 저건…."
"뭔가 알고 있는 게 있으면 빨리 말해 봐요!"
"저, 저는…."
하야시는 금붕어처럼 입을 뻐금거리기만 할 뿐 제대로 말을 하지 못했다.
카미시마가 답답해서 가슴을 치는데 갑자기 시카가와 부인이 하야시의 뺨을 후려쳤다. 콘크리트로 된 벽에 날카로운 소리가 울려퍼졌다.
"정신 차리고 똑바로 말해 봐요!"
하야시는 빨갛게 부어오른 뺨을 어루만지며 멍하니 서 있었다. 따귀를 맞아서 조금 정신이 들었는지 침을 꿀꺽 삼켰다. 목울대가 위아래로 움직였다.
"저, 저건… 시카가와 사장님입니다."
하야시의 입에서 의미를 알 수 없는 말이 튀어나왔다.
"뭐라고요?" 시카가와 부인이 얼굴을 찌푸렸다. "내 남편은 이미 한 달 전에 죽었어요. 목매달아…." 거기서 말을 멈추더니 눈을 부릅떴다. "잠깐만요, 그렇다면 이건 설마…."

"네, 맞습니다." 하야시가 쭈뼛거리며 고개를 끄덕였다. "시카가와 사장님이 돌아가셨을 때 상황과 완전히 똑같습니다. 이 방도…."

카미시마는 다시 한번 방 안을 둘러보았다.

말을 듣고 보니 벽이 콘크리트로 되어 있다는 점을 제외하면 전체적인 인테리어는 그야말로 사장실 같은 분위기였다.

카미시마는 하야시에게 물었다.

"시카가와 사장이 사용하던 사장실을 그대로 재현했다… 라는 겁니까?"

"네. 가구 종류도 그렇고, 배치도…. 주 1회 사장실을 청소하는 것이 제 일이었기 때문에 똑똑히 기억하고 있습니다."

이 방에 들어온 순간, 하야시의 표정이 딱딱하게 굳은 이유를 이제야 알 것 같았다.

왜냐하면 그는 시카가와 사장이 목매달아 죽은 시체를 최초로 발견한 사람이었기 때문이다.

언론 보도에 따르면 시체의 최초 발견자는 남자 청소부라고 했다. 그걸 기억하고 있었기 때문에 처음에 하야시가 자신의 직업을 말했을 때부터 어느 정도 짐작은 하고 있었다.

역시 중요 인물이었던 건가.

"남편의 시신은 이미 화장한 지 오래라고요!"

시카가와 부인이 다시금 소리쳤다.

"하, 하지만…." 린도의 목소리도 희미하게 떨렸다. "그, 그렇다면 저 시체는 대체 누구란 말입니까?"

"내가 알 리 없잖아요, 정말이지 이게 뭐 하자는 건지…."

부인의 목소리가 조금씩 작아지는가 싶더니 이내 운전기사인 쿠라모치를 날카롭게 째려보며 명령했다.

"확인해 보세요."

회사를 팔아넘긴 중년 직원이라든지 명백한 약자인 청소부나 운전기사를 대하는 부인의 태도는 오만하고 고압적이었다. 스물여덟 살에 부장이 될 정도로 유능한 젊은 직원을 대할 때의 태도와는 판이하게 달랐다.

"제, 제가요…?"

"네. 그 정도는 도움이 되어야 하지 않겠어요?"

쿠라모치는 당장이라도 울 것만 같은 표정이었다. 지금 같은 상황에서는 얼마든지 거절할 수 있을 텐데 윗사람의 명령에 절대복종하게 되는 것은 천성인 듯했다.

쿠라모치는 고개를 끄덕이며 겁에 질린 목소리로 "네, 네" 하고 대답했다.

모두가 멀찍이 떨어져서 지켜보는 가운데 쿠라모치가 목매달아 죽은 시체에게 다가갔다. 시체는 고개를 숙인 자세로 주저앉아 있었고, 머리카락에 가려 얼굴이 보이지 않았다.

누가 숨을 들이쉬기만 해도 모두가 그 소리를 들을 수 있을 듯한 정적이 영원히 이어질 것처럼 여겨졌다.

쿠라모치가 자세를 낮추더니 부들부들 떨면서 시체의 얼굴을 향해 손을 뻗었다. 손가락이 얼굴에 닿은 순간 흠칫 놀라 반사적으로 몸을 뒤로 뺐지만, 이내 다시 자세를 가다듬고 심호흡을 한 뒤 제대로 머리카락을 걷고 얼굴을 확인했다.

"응…?"

쿠라모치가 의아한 표정으로 모두를 돌아보았다. 그러고는 결심한 듯 시체의 턱을 잡고 얼굴을 위로 향하게 했다.

그것은, 인형이었다.

여기저기서 당혹감에 찬 신음 소리가 흘러나왔다.

인형은 시카가와 사장의 얼굴을 그대로 본떠 만든 것이었다. 마치 시간을 거슬러올라가 시카가와 사장의 시체를 발견한 순간을 직접 경험하고 있는 듯한 착각이 들 정도였다. 화장해서 재가 된 인간이 다시 육체를 손에 넣어 현세에 되살아난 듯한 느낌이었다. 섬뜩하고 소름이 돋았다. 모두가 비슷한 생각인지 아무도 말이 없었다.

인형의 얼굴은 매우 정교하고 리얼하게 만들어져 있어서 마치 시카가와 사장의 데스마스크를 보고 있는 것 같았다.

"이게 대체 뭐죠?"

시카가와 부인이 혼잣말처럼 중얼거렸다.

옆에서 유메코가 쯧 하고 혀를 찼다.

"진짜 악취미네요. 기분 나쁘게."

"마, 맞습니다." 이시와다도 유메코의 의견에 동조했다. "장난이 지나치네요. 이런 건 돌아가신 사장님을 모욕하는 행위입니다."

그 말에 시카가와 부인이 반응했다.

"뻔뻔하기는. 남편을 자살로 몰고 간 사람이 할 말은 아닌 것 같네요."

"저는…."

이시와다가 할 말을 잃었다.

유메코가 도발적인 말투로 끼어들었다.

"피해자인 척 좀 그만하시죠? 가해자가 도망치듯 죽어버리는 바람에 안 그래도 찜찜한데. 어디까지나 피해자는 이쪽입니다만."

"나 역시 남편을 잃은 유족이라고요!"

"사실을 은폐하려고 한 게 잘못된 거죠. 자기가 저지른 나쁜 짓이 밝혀진 것뿐이잖아요. 자업자득 아닌가?"
"회사 경영이라는 게 그렇게 간단한 일이 아니라고요."
유메코가 코웃음을 쳤다.
"회사 경영? 사장이 벌어오는 돈으로 호화롭고 사치스러운 생활만 하던 아줌마가 회사는 고사하고 사회가 뭔지는 알아요?"
"뭐라고요?"
두 사람은 서로를 죽일 듯이 노려보았다.
누가 무슨 목적으로 이런 일을 꾸민 걸까. '시카가와 사장의 죽음의 진상을 알 수 있다'라는 편지의 내용과 무관할 리가 없었다. 진상을 밝히기 위한 무대 장치인 건가?
카미시마는 중역용 책상에 놓인 모니터의 방향을 이쪽으로 틀었다. 화면은 반으로 나뉘어 있었고, 각각 아무도 없는 통로를 보여주고 있었다.
화면을 들여다 본 시카가와 부인의 미간에 주름이 잡혔다.
"CCTV 영상…."
"이상하네요." 카미시마가 말했다. "지금 같은 상황에서 CCTV 영상을 확인하고자 할 사람은 당연히 편지를 보낸 쪽일 텐데 왜 이 방에서 영상을 확인할 수 있게 한 걸까요? 보통은 별실에 모니터를 설치할 텐데 말입니다."
"그러고 보니…." 이시와다가 불안한 표정으로 말했다. "의미를 알 수 없으니 점점 더 꺼림칙하네요."
대체 뭐가 어떻게 돌아가고 있는 걸까.
"왜 여기에 모니터가 있는지는 알 것 같습니다."
그렇게 말한 사람은 하야시였다.

"왜죠?"

카미시마가 하야시를 돌아보며 물었다.

"…실제로 사장실에도 똑같은 모니터가 있었고, 사장님은 늘 그 모니터를 들여다보며 복도를 감시하고 계셨거든요. 그걸 그대로 재현한 것 같습니다."

"그렇군요. 사장실에 정기적으로 드나들던 하야시 씨가 보기에 이 방은 완벽해 보입니까?"

"네. 어디까지나 제가 보기에는 그렇다는 말입니다만…."

"그렇다면 역시 문제는 사장실을 똑같이 재현한 이유가 무엇인가, 라는 건데…."

편지를 보낸 사람이 직접 나타나지 않는 이상 여기서 아무리 이러쿵저러쿵 말해 봤자 소용이 없었다.

카미시마는 반대쪽에 있는 나무문을 쳐다보았다.

편지를 보낸 사람은 저쪽에서 등장하는 건가? 하지만 아무리 기다려도 문손잡이가 돌아갈 낌새는 보이지 않았다.

언제까지고 기다리고 있을 수만은 없었다.

카미시마는 반대쪽 문으로 향했다.

"잠깐만요! 어디 가는 거예요!"

뒤에서 시카가와 부인의 화난 목소리가 쫓아왔다.

카미시마는 뒤도 돌아보지 않고 대답했다.

"반대쪽에 뭐가 있는지 확인하려는 겁니다."

"허락도 없이 멋대로 행동하지 말아요!"

카미시마는 문손잡이를 잡은 채 뒤를 돌아보았다.

"허락? 누구의 허락 말입니까? 우리가 언제 '만일의 사태가 일어났을 때 모든 책임을 질 리더'를 정했던가요?"

시카가와 부인의 표정이 일그러졌다.

"저도 같이 가겠습니다" 하고 린도가 달려왔다.

다른 사람들도 이끌리듯 따라왔다. 뿔뿔이 흩어져서 움직이는 게 불안해서인지 아니면 서로 감시하려는 것인지는 알 수 없었다.

"다 같이 확인해 봅시다." 이시와다가 말했다. "어딘가에 밖으로 통하는 길이 있을지도 모르고…."

그럴 가능성은 희박해 보였다. 이렇게 치밀하게 모든 것을 준비했는데 탈출 수단을 남겨뒀을 리가 없었다.

카미시마는 바깥쪽으로 열리는 문을 열어젖혔다. 문밖은 복도였다. 분위기가 어딘지 모르게 익숙한 느낌이 들었다.

"CCTV…."

카미시마는 모두가 복도로 나온 것을 확인한 다음 문을 닫았다.

모니터에 비친 각도를 생각하면….

카미시마는 오른쪽 위를 올려다보았다. 2미터 높이의 벽에 설치된 CCTV가 눈에 들어왔다.

방을 사이에 두고 CCTV 두 대로 양쪽 복도를 각각 촬영하고 있는 것 같았다.

하야시가 말했다.

"사장실이 있는 꼭대기 층 복도에도 이것과 똑같은 위치에 CCTV가 설치되어 있었습니다."

똑같은 위치에?

린도가 "왜 그렇게까지?" 하고 중얼거렸다.

카미시마는 어깨만 으쓱해 보였다.

다른 사람들이 받은 편지의 내용을 모르는 상태에서 자신이 추측하는 바를 말해 봤자 좋을 게 없었기 때문이다.

카미시마는 복도를 따라 걸어갔다. 왼쪽으로 꺾자 처음에 들어온 갈림길이 나왔다. 반대쪽에서 방을 따라 반 바퀴 돌아온 셈이었다.

그런 건가.

사장실을 본떠 만든 방을 ㄷ자로 된 복도가 감싸고 있는 구조였다.

"하야시 씨." 카미시마가 물었다. "이 복도도 똑같습니까?"

"…네. 사장실이 있는 꼭대기 층과 같은 구조입니다."

CCTV 위치를 포함해 실제 사장실과 복도를 완벽하게 재현했다는 말인가.

복도를 다시 반 바퀴 돌아 방으로 돌아왔다. 그리 많이 걷지도 않았는데 모두의 얼굴에 피로가 묻어났다.

"출입구도 없고, 창문도 없고, 아무것도 없잖아요." 시카가와 부인이 짜증을 내며 실내를 둘러보았다. "우리, 이 폐허에 갇힌 거예요?"

창문은 하나도 남김없이 콘크리트로 덮여 있고, 유일한 출입구는 전자 잠금장치가 달린 철문으로 가로막혀 있었다.

유메코는 동요한 기색 없이 버릇처럼 코웃음을 쳤다.

"뭐가 그렇게 웃겨요?" 시카가와 부인이 버럭 소리를 질렀다. "역시 당신이 꾸민 거 아니에요?"

"내가 왜 이런 짓을 하겠어요?"

"너무 침착한 게 수상하잖아요, 안 그래요?"

시카가와 부인은 이시와다에게 동의를 구했다. 사실 동의를 구한다기보다는 강요하는 쪽에 가까웠다.

이시와다는 박쥐처럼 이도 저도 아닌 태도를 유지하며 긍정인지 부정인지 구분하기 어려울 정도로 애매하게 고개를 끄덕였다. 시카가와사 직원이기는 하지만 여러모로 복잡한 입장이다 보니 태도를 정하지 못하고 있는 것 같았다.

아니면 단순히 사장 부인의 오만한 행동거지에 질린 것 같아 보이기도 했다.

"딱히 수상할 건 없죠." 유메코가 대답했다. "나는 켕기는 게 없을 뿐이에요. 시카가와사 분들은 뭔가 걸리는 게 있으니까 조바심이 나는 거 아닌가요?"

유메코는 피해자 유족이다. 기자 회견과 항의 시위를 통해 진상 해명을 요구했고, 시카가와사를 철저하게 규탄해 왔다. 편지를 보낸 사람은 유메코를 자기편이라고 생각하고 있을지도 모른다. 진상을 미끼로 불러냈다는 말이 사실이라면….

"괜한 트집 잡지 말아요!" 시카가와 부인이 감정적으로 소리쳤다. "하나부터 열까지 다 우리 회사 탓이라며 욕하고 떠들어대고…."

이번에는 유메코가 표정을 일그러뜨렸다.

"당신 회사는 아니지 않나요? 언론에서 마이크를 들이댔을 때는 '저는 회사 경영에는 일절 관여하지 않았습니다'라면서 무슨 남 일처럼 얘기했으면서. 우리 회사라고 할 거면 제대로 책임을 지시든지요?"

시카가와 부인은 어금니를 꽉 물고 주먹을 부들부들 떨었다. 그러고는 한쪽 구석에서 어쩔 줄 몰라 하고 있는 이시와다에게로 시선을 돌렸다.

"책임을 진다면 개발부에서 져야죠."

갑자기 화살이 자기에게로 향하자 이시와다가 긴장해서 몸을 움츠렸다.

"흐응." 유메코가 비웃는 듯한 어조로 말했다. "지금 그 말은 회사의 책임을 인정한다는 거네요? 스마트폰을 가지고 있었으면 녹음했을 텐데."

"…이를테면 그렇다는 거죠. 가정법 몰라요? 멍청하긴."

사건 당사자들이 정체불명의 누군가에게 불려 나와 폐허에 갇히게 되었다는 것만 해도 충분히 비현실적인 상황인데 열기가 빠져나갈 구멍도 없다 보니 다들 신경이 날카로워져 있는 듯했다. 마치 뇌가 끓고 있는 느낌이었다.

"자아." 카미시마는 모두를 돌아보며 말했다. "다들 상황은 대충 파악이 되셨을 줄로 압니다. 유일한 출입구는 막혔고, 벽에 달린 창문도 전부 콘크리트로 덮여 있습니다. 이곳에서 나가는 건 불가능합니다. 시카가와 부인 말대로 이 폐허 안에 갇힌 거죠. 편지를 보낸 사람은 모습을 드러내지 않고 있고요."

"당신들, 이제 어떻게 할 거예요?" 시카가와 부인이 핏빛 매니큐어를 바른 손가락으로 카미시마와 유메코를 차례로 가리키며 따지듯 물었다. "당신들이 지시에 따르자고 해서 이렇게 된 거잖아요!"

유메코도 지지 않고 시카가와 부인을 노려보며 대답했다.

"자기 의지로 정해 놓고 이제 와서 왜 딴소리예요? 애초에 당신도 뭔가에 낚여서 여기 온 거잖아요."

"아, 몰라 몰라. 아무튼 책임지고 어떻게든 해 봐요!"

"책임을 져야 할 주체는 시카가와사잖아요. 시카가와사야말로 유족과 피해자에게 성의를 좀 보이시죠?"

"성의를 강요하다니 진상이 따로 없네요."

본심이 드러났다.

시카가와 부인은 아무도 녹음이 가능한 기기를 가지고 있지 않다는 사실에 안심해서인지 아무렇지도 않게 과격한 발언을 했다. 정말로 회사 경영에 전혀 관여하지 않았더라도 사장 부인이 이런 발언을 했다는 사실이 알려지면 세간의 맹비난을 면치 못할 것이다.

모든 창문이 콘크리트로 덮여 있다 보니 한여름의 뜨거운 열기가 밀폐된 공간을 가득 채워서 가만히 있어도 땀이 줄줄 흘러내렸다.

"애초에 시카가와사가…."

유메코가 악귀 같은 형상으로 반론하려는 순간, 정면에 보이는 벽 상단부에서 지지직… 하는 소리가 들렸다.

모두가 일제히 고개를 들었다. 벽에 설치된 검은색의 네모난 물체, 그것은 스피커였다.

뭔가 하고 고개를 갸웃거리는데 벽에 달린 스피커에서 높은 톤의 기계음 섞인 목소리가 흘러나왔다.

"당신들은 지금 모의 사장실에 감금되어 있다."

음성 변조기를 사용한 듯한 기분 나쁜 목소리가 '감금'이라는 불온한 단어를 내뱉은 순간, 등줄기가 서늘해졌다.

"장난치지 말아요!" 시카가와 부인이 스피커를 노려보며 소리쳤다. "대체 목적이 뭐죠?"

스피커는 질문에는 대답하지 않고 미리 준비해 둔 대본이라도 읽는 것처럼 담담한 어조로 말을 이어갔다.

"이곳에서 탈출할 수단은 없다. 48시간 후, 이 폐허 안에는 치사성

독가스가 살포될 것이다."

순간 동요가 일었다.

치사성 독가스가 살포된다…?

대체 무슨 말을 하는 걸까. 농담치고는 도가 지나쳤다.

시카가와 부인이 "빨리 내보내 줘요!" 하고 신경질을 부렸다. "내가 여기 와 있다는 사실을 아는 사람들이 곧 나를 구하러 올 거예요! 그렇게 되면 당신은 범죄자가 되는 거라고요!"

지금까지 부인이 취한 언동을 생각하면 그 말이 사실이 아니라는 건 어렵지 않게 짐작이 갔다. 그런 허세가 스피커 너머의 상대에게 통할지는 의문이었다.

"당신들을 48시간 내에 찾아내는 것은 불가능하다. 폐허의 위치는 아무에게도 알리지 못했을 테니까."

카미시마는 그 말을 듣고 상대가 얼마나 용의주도한지 깨달았다.

지도를 두 번에 나누어서 보낸 이유.

밴이 어디로 향하고 있는지 알아차리지 못하게 하기 위해서였던 것이다.

첫 번째 지도는 모두가 모인 후 출발하기 직전에 보내왔다. 그 시점에 쿠라모치가 다른 사람들에게는 목적지를 말하지 말라는 지시를 어겼다면 누군가 제삼자에게 장소를 알릴 수도 있었다. 편지를 보낸 사람도 그 가능성을 염두에 두었을 것이다. 그래서 숲속에서 전파가 끊기기 직전에 진짜 목적지가 적힌 두 번째 지도를 보낸 것이다.

쿠라모치가 경로를 변경한 후 얼마 지나지 않아 전파가 끊겼다. 폐허에 도착했을 때는 문자 수발신도 불가능한 상태였다.

모든 것은 폐허의 위치를 제삼자에게 알리지 못하게 하기 위해서…

설령 누가 가족이나 지인에게 폐허의 위치를 알렸다고 하더라도 연락이 끊긴 지 몇 시간 만에 경찰에 신고하지는 않을 테니 경찰이 움직이려면 최소 2~3일은 지나야 할 것이다.

그리고 그때는 이미 늦었을 것이다. 치사성 독가스를 살포하겠다는 말이 거짓이 아니라면.

카미시마는 심호흡을 해서 마음을 가라앉힌 다음 스피커를 향해 물었다.

"편지를 보낸 사람이 당신입니까?"

굳이 물어볼 필요도 없어 보였지만 이렇게 대화의 기회가 찾아왔을 때 제대로 확인해 두고 싶었다.

스피커가 대답하지 않아서 "목적이 뭡니까?" 하고 다음 질문을 던졌다.

약이라도 올리듯 잠시 뜸을 들이더니 스피커가 대답했다.

"무능한 경찰은 시카가와 코이치의 죽음을 자살로 처리했다. 그것은 사실이 아니다. 시카가와 코이치는 누군가에게 살해당했다. 당신들 중에 범인이 있다."

모두 눈이 휘둥그레져서 서로의 얼굴을 살폈다. 시카가와 부인의 시선이 가장 먼저 향한 곳은 유족 대표인 유메코였다. 유메코는 시카가와사에 원한을 품고 있으니 의심을 받을 만도 했다.

이시와다는 겁에 질린 작은 동물처럼 눈을 끔벅거렸다. 린도는 눈썹을 찌푸린 채 두 여자가 서로를 노려보는 광경을 지켜보고 있었다. 하야시와 쿠라모치는 자기들과는 상관없는 얘기라는 듯 고개를 저을 뿐이었다.

"그게 만약 사실이라 하더라도 왜 우리 모두를 죽이겠다는 겁니까?"

"치사성 독가스가 살포되는 것은 48시간 후. 당신들은 죽게 될 것이다. 단,"

스피커의 목소리가 단호한 말투로 잘라 말했다.

"시카가와 코이치를 죽인 범인만은 살려 주겠다."

밀실, 하지만 사장실, 게다가 처형실

1

― 무지를 가장하고 자신이 맡은 역할을 연기해야 한다. 그렇게 함으로써 진상이 밝혀질 테니까.

'쿠라모치 타카시'는 다른 사람들과 함께 놀란 표정으로 입을 헤 벌린 채 벽에 달린 스피커를 올려다보았다. 모두가 말없이 서로의 얼굴만 쳐다보고 있었다.

당혹감으로 가득 찬 침묵을 깬 사람은 카미시마였다.

"시카가와 사장을 죽인 범인만 살려 주겠다니 그게 무슨 소립니까?"

카미시마는 기자라는 직업 특성상 어떠한 순간에도 늘 냉정하고 침착한 태도를 유지했다.

스피커는 대답하지 않았다.

소심한 청소부인 하야시도 떨리는 목소리로 "우리를 어떻게 하려는 겁니까!" 하고 물었다.

스피커는 규칙은 이미 설명하지 않았느냐는 듯 침묵을 지켰다. 그것이 모두의 긴장과 불안을 증폭시켰다.

"설명을 제대로 해 줘야 할 거 아니에요!"

시카가와 부인의 미간에 깊은 주름이 잡혔다.

이시와다가 불안해서 못 견디겠다는 투로 부르짖었다.

"뭐라고 대답 좀 해 보십시오!"

다른 사람들도 저마다 한마디씩 보탰다.

"대체 이게 뭐 하자는 겁니까!"

"우리를 풀어 주세요!"

"모습을 드러내라고요!"

끼잉 하고 신경에 거슬리는 소리가 나더니 마침내 스피커가 대답했다.

"규칙은 단 하나. 이미 설명한 바와 같다. 48시간 후에 살포되는 치사성 독가스에서 살아남을 사람은 시카가와 코이치를 죽인 범인뿐이다."

"그게 무슨 말이에요!" 시카가와 부인이 새된 소리로 따지고 들었다. "말이 안 되잖아요! 범인만 살려 주겠다니! 당신, 범인이랑 한패예요?"

"맞습니다." 카미시마가 동조했다. "살인범, 그러니까 시카가와 사장의 죽음이 정말로 타살이라면, 살인범을 구하고 아무 죄도 없는 나머지 여섯 명을 죽이겠다는 겁니까? 뭘 위해서?"

스피커는 다시금 침묵했다. 질문에 대한 대답은 돌아오지 않았고, 모두가 곤혹스러움을 감추지 못했다.

유메코가 목소리를 높였다.

"나는 아무 상관도 없어요!"

감정적이고 공격적인 시카가와 부인도 화난 목소리로 외쳤다.

"범인이 누군지 알면 그 범인만 죽이면 되잖아요!"

스피커는 반응하지 않았다.

시카가와 부인이 쯧 하고 혀를 찼다. 그러고는 매서운 눈초리로 이쪽을 돌아보았다.

부인의 시선을 정면으로 받은 쿠라모치는 반사적으로 몸이 움츠러들었다.

"당신, 정말로 아무것도 모르는 거 맞아요?"

"네?"

쿠라모치는 당황해서 몸을 움찔했다.

"우리를 여기까지 차로 데려온 사람이 당신이잖아요. 뭔가 우리가 모르는 사정을 알고 있는 거 아니에요?"

지금 같은 상황에서 공격의 화살이 자기에게 향할 거라고는 예상하지 못했기 때문에 순간적으로 말문이 막혔다.

이 일로 괜한 의심을 사지 않으면 좋으련만….

"아닙니다. 아까도 말씀드렸다시피 저는 상대가 보내온 지도에 표시된 대로 차를 몰았을 뿐입니다…"

시카가와 부인이 수상하다는 듯 눈을 가늘게 떴다.

"왜 당신한테 안내자 역할을 맡긴 거죠?"

"…제가 시카가와 사장님의 운전기사였기 때문이 아닐까요? 아마도 그래서 운전을 맡기기에는 제가 적임자라고 생각한 것 같은데요…"

부인이 의심에 찬 눈초리로 쿠라모치를 쏘아보았다. 쿠라모치는 저도 모르게 눈을 피했다. 다른 사람들도 시카가와 부인과 비슷한 표정을 하고 있었다.

잠시 침묵이 흐른 뒤 부인은 한차례 콧방귀를 뀌더니 스피커를 향해 외쳤다.

"뭐라고 대답 좀 해 봐요!"

카미시마도 스피커를 올려다보았다.

"대답해 주시죠. 범인만 살려 주겠다는 게 무슨 말입니까?"

잠시 후 스피커에서 지지직 하는 소리가 났다. 모두가 동시에 입을 다물었다.

정적이 흐르는 가운데 아까와 마찬가지로 음성 변조기를 사용한 듯한 목소리가 흘러나왔다.

"시카가와 코이치는 사장실에서 목매달아 죽은 상태로 발견되었다. 누가 어떻게 죽였는지는 밝혀지지 않았다. 당신들은 모두가 용의자다. 시카가와 코이치를 죽인 범인만 살려 주겠다."

시카가와 부인이 따지듯 물었다.

"그러니까 그게 무슨 말인지 모르겠다고요!"

"설명이 충분하지 않습니다." 카미시마가 말했다. "만약 범인이 이 안에 있다고 해도 어떻게 특정할 겁니까?"

"48시간 후 심판의 순간이 다가오면 치사성 독가스가 살포될 것이다. 하지만 범인만은 살 수 있다."

스피커는 똑같은 말을 계속해서 반복했다. 사람이 말하고 있는 것이 분명한데 마치 고장 난 레코드 같았다. 대화할 생각은 전혀 없고, 일방적으로 조건과 규칙을 전달할 뿐이었다.

쿠라모치는 주어진 역할을 제대로 수행하기 위해 공포에 사로잡힌 운전기사에 걸맞게 비통한 목소리로 외쳤다.

"살려 주십시오! 제발 부탁입니다!"

이번에는 스피커가 반응했다.

"모의 사장실에서 나누는 대화는 이쪽에서도 파악하고 있다. 제한 시간은 48시간. 더 이상 질문에는 대답하지 않겠다."

스피커가 뚝 끊겼다.

몇몇이 스피커를 향해 소리쳤지만 소용없었다. 스피커는 아무런 반응도 보이지 않았다.

"이게 대체…."

카미시마가 눈썹을 찌푸리며 중얼거렸다.

"작작 좀 해요!" 시카가와 부인이 악을 쓰며 외쳤다. "범인만 살려 주겠다느니, 48시간이나 가둬 두겠다느니, 대체 뭘 어쩌겠다는 거죠?"

"게다가 48시간 후에는 독가스가…."

이시와다가 말을 보탠 순간, 부인이 그를 매섭게 쏘아보았다.

"그건 나도 알고 있어요!"

"죄, 죄송합니다!"

"저런 건 단순한 엄포일 게 뻔해요. 정말로 실행에 옮겼다가는 대량 살인으로 사형에 처해질 거라고요."

"옳은 말씀입니다!"

"…엄포로 끝나면 좋겠습니다만."

그렇게 말한 사람은 린도였다.

시카가와 부인이 린도를 돌아보았다.

"엄포가 아니라고 생각하는 건가요?"

"저로서는 판단할 수 없지만, 엄포가 아닐 가능성은 있다고 생각합니다."

하야시가 패닉에 빠진 표정으로 "설마 그런…" 하고 힘없이 중얼거렸다.

"판단할 수 없다면 엄포가 아닐 가능성을 전제로 삼는 편이 좋을지도 모릅니다. 경고를 무시하는 사람에게 사망 플래그가 꽂히는 건 일종의 정해진 공식이니까요."

유메코가 "사망 플래그가 뭔데요?" 하고 되물었다.

"예를 들어 영화나 드라마에서 '이 전쟁이 끝나고 무사히 고향에 돌아가면 여자친구와 결혼할 거다' 같은 대사를 입에 담은 병사는 반드시 죽는다든지, 공포물에서 숲이나 바다에서 술 마시고 시끄럽게 떠드는 커플이 희생양이 된다든지…. 그런 식으로 결국에는 죽게 되는 등장인물이 취하는 특징적인 말이나 행동을 사망 플래그라고 합니다."

"그게 지금 이거랑 무슨 관계가 있다는 거죠?"

"…이건 일종의 데스 게임이라고 볼 수 있을지도 모릅니다."

유메코가 눈썹을 찡그렸다.

"데스 게임? 그건 또 뭐죠?"

"지금 같은 상황을 말하는 겁니다. 어딘가에 감금된 참가자들에게 죽음의 게임을 시키는 거죠. 기본적으로 진 사람은 죽는다는 것이 게임의 규칙이고, 참가자들은 목숨을 건 대결을 펼쳐서 한 명씩 차례대로 죽어갑니다. 만화에서는 어엿하게 하나의 장르로 인정받고 있습니다."

"그럼 목소리의 주인이 만화 오타쿠라는 거예요?"

"아니요, 데스 게임은 소설이나 영화, 드라마에서도 쉽게 찾아볼 수 있습니다. 오래된 작품 중에는 스티븐 킹이 리처드 바크먼이라는 필명으로 발표한 『롱 워크』, 타카미 코슌의 『배틀 로얄』 등이 있고, 최근에는 공포 영화 『쏘우』 시리즈라든지 한국 드라마 『오징어 게임』 등이…."

"지식 자랑은 그만하면 됐어요."

"자랑하려는 게 아니라…"

"아무튼 목소리의 주인은 그런 허접한 게임을 흉내 내어 따라 하면서 즐기고 있다는 건가요?"

"그건 잘 모르겠습니다. 다만 아무리 데스 게임이라고 해도 살인을 저지른 범인만 살려 주겠다… 라는 규칙은 들어 본 적이 없습니다. 참가자들에게 내거는 조건치고는 너무 이상합니다."

시카가와 부인이 과장되게 한숨을 내쉬었다. 지긋지긋하다는 듯 고개를 저으며 가죽 소파로 가서 앉았다. 스커트 아래로 곧게 뻗은 다리를 꼬았다.

"이런 걸 진지하게 받아들이는 사람이 바보 아닌가요? 데스 게임이니 치사성 독가스니 하는 말장난에 놀아나다니."

"하지만…" 쿠라모치가 누구에게랄 것도 없이 중얼거렸다. "단순한 말장난이라고 보기에는 준비가 너무 철저한 것 같은데요."

"동감입니다." 하야시가 고개를 끄덕였다. "깊은 숲속에 위치한 폐허에 실제 사장실을 본떠 만든 방을 준비한 다음, 가구도 똑같이 배치하고, 스피커까지 설치해서… 아무리 생각해도 단순한 장난 같아 보이지는 않습니다."

유메코는 목소리의 주인이 이 무대를 준비하는 장면을 상상했는지 얼굴을 일그러뜨렸다.

"우리끼리 여기서 이러쿵저러쿵해 봤자 의미 없는 것 같은데요." 카미시마가 말했다. "다들 힘을 모아 탈출할 방법을 찾아보죠."

"탈출할 방법이라면…" 이시와다기 주뼛거리며 대답했다. "창문은 전부 콘크리트로 덮여 있고, 유일한 출입구인 철문은 잠겼습니다. 스피커에 대고 열어 달라고 하는 것 말고는 방법이 없지 않나요?"

"잘 생각해 보면 그것도 말이 안 됩니다. 시카가와 쿄이치를 죽인 범인만은 살려 주겠다고 했지만 이런 상황에서 어떻게 한 사람만 살릴 수 있다는 걸까요?"

"그것도 그렇네요…."

"독가스로부터 자기 몸을 지키는 수단이라고 하면 제일 먼저 생각나는 것이 방독면인데, 시카가와 쿄이치를 죽인 '범인'에게만 방독면을 준다는 게 가능할까요? 어떻게? 목소리의 주인이 이 안에 들어와서 직접 건네주기라도 하겠다는 걸까요?"

"듣고 보니…."

"그럼 역시 단순한 엄포였을까요?" 하야시가 옆에서 끼어들었다. "아무래도 독가스는 너무 비현실적이기도 하고…."

"저는 그렇게 생각합니다." 카미시마가 대답했다. "아마도 목소리의 주인은 광기와 망상에 사로잡힌 인간일 겁니다."

"목적이 뭘까요?"

"현 상황에서 판단하자면 시카가와 사장을 죽인 범인을 찾는 거겠죠."

"범인이라니…." 린도가 말도 안 된다는 듯 고개를 절레절레 저었다. "경찰에서도 사장님은 자살이라는 결론을 내리고 조사를 종결했다고 알고 있습니다."

"그래서 망상에 사로잡혀 있다고 한 겁니다. 자기 혼자 타살임이 틀림없다고 생각해서 이런 바보 같은 짓을 벌이고 있는 거죠. 애초에 자살인데 범인이 존재할 리 없지 않습니까."

"우리한테 말하지는 않았지만 뭔가 타살을 의심할 만한 증거를 가지고 있는 걸까요?"

"글쎄요. 만약 그런 걸 가지고 있다면 경찰에 가져가면 끝날 일 아닌가 싶습니다만."

하야시가 "복수…" 하고 중얼거렸다.

이시와다가 흠칫하며 눈을 크게 떴다.

"복수라니." 린도가 코웃음을 쳤다. "대체 누가 무엇을 위해서 복수를 한단 말입니까? 사장님의 가족이?"

모두의 시선이 시카가와 부인에게로 향했다. 의미심장한 눈빛이 부인에게 쏟아졌다.

시카가와 부인이 "뭐죠?" 하고 가시 돋친 목소리로 쏘아붙였다.

대답한 사람은 카미시마였다.

"목소리의 주인은 시카가와 사장을 죽인 범인을 찾고 싶어 하는 것 같습니다. 사장과 아무 관계도 없는 사람이 이런 짓을 벌일 리는 없겠지요. 생전 시카가와 사장과 가까운 사이였을 거라고 보는 게 자연스럽습니다."

"…나를 의심하는 건가요?"

"아닙니다."

"그렇게 들리는데요?"

"오해이십니다. 부인도 여기 이 자리에 함께 있으니 '피해자'라고 생각합니다."

"…숨은 뜻이 있는 것 같네요."

"그런 거 없습니다. 다만 부인은 시카가와 사장과 가장 가까운 사이였다고 할 수 있으니 범인이 누구인지 대충 짐작이 가지 않을까 싶어서요."

"범인이라니… 남편을 죽인 범인이요?"

"아니요. 제가 말한 범인은 스피커에서 나온 목소리의 주인입니다. 시카가와 사장의 죽음을 받아들이지 못하고 이런 짓을 벌이는 인간이 대체 누구인지…."

시카가와 부인이 눈썹을 찡그린 채 대답했다.

"시부모님이라든지…."

"이런 짓을 할 만한 사람들입니까?"

"…설마요."

"달리 짐작 가는 사람은 없습니까?"

"있을 리가 없잖아요."

"그렇습니까…."

카미시마는 팔짱을 꼈다.

정적이 찾아들자 어둡고 우울한 공기가 감돌았다.

"저어…." 하야시가 머뭇거리며 입을 열었다. "아까 들은 바에 따르면 우리가 이렇게 대화하는 내용을 스피커 너머에서도 듣고 있다고 하지 않았습니까."

"네, 그랬죠." 카미시마가 태연하게 대답했다. "실제로 스피커와 우리 사이에서 대화를 주고받았고, 이 방에서 나누는 대화는 자기도 파악하고 있다고 말했으니까요. 우리 대화는 다 듣고 있다고 봐야겠죠."

"그렇다면 복도에 나가서 대화하는 게 좋지 않을까요?"

"그런다고 달라질 건 없습니다. 목소리의 주인이 한 말이 사실인지는 알 수 없으니까요. 오히려 우리를 방심하게 만들기 위해서 일부러 그렇게 말했을 가능성이 높습니다. 복도에서 나누는 대화는 듣지 못할 거라고 생각한 우리가 방에서 나가 비밀 이야기를 나누도록 유도한 다음 사실은 그걸 다 듣고 있을 수도 있다는 거죠."

"아, 듣고 보니 그렇네요."

"우리에게 안전하게 대화할 수 있는 장소는 없습니다. 기본적으로 모든 대화는 상대도 듣고 있다고 생각해야 합니다. 우리가 여기서 목소리의 주인에게 불리한 이야기를 한다면 뭔가 반응이 있겠지요."

"저도 같은 생각입니다." 린도가 말했다. "이렇게 완전히 갇혀버린 이상 대화야말로 가장 중요한 수단이라고 생각합니다."

쿠라모치는 "대화가요?" 하고 되물었다.

"이제야 알겠네요." 카미시마가 말했다. "목소리의 주인은 우리끼리 대화를 나누도록 하기 위해 이런 상황을 만든 겁니다."

"그게 무슨 말이죠?" 유메코가 불쾌하다는 투로 말했다. "그러니까 우리끼리 '범인'을 찾아내라는 건가요?"

카미시마가 눈을 내리깔고 잠시 생각에 잠겼다.

"어쩌면 그 반대일지도 모릅니다."

"반대라고요? 그럼 우리가 범인을 찾기를 바라지 않는다는 건가요?"

"아니요, 그런 뜻이 아니라…."

"그럼 무슨 뜻인데요?"

"지금 단계에서는 추측에 지나지 않습니다. 쓸데없이 모두를 동요하게 만드는 이야기는 하지 않는 게 좋을 것 같네요. 일단은 탈출 방법을 고민하는 게 우선입니다. 목소리의 정체를 알게 되면 협상할 여지가 있을지도 모릅니다."

카미시마는 스피커를 올려다보았다. 하지만 스피커는 아무런 반응을 보이지 않았다.

"아무튼." 카미시마가 말했다. "이런 애들 장난 같은 일에 진지해질 필요는 없습니다."

하야시가 겁에 질린 목소리로 맞장구를 쳤다.

"마, 맞습니다. 이런 말도 안 되는 지시에 따를 필요는 없다고 봅니다."

유메코가 흥 하고 콧방귀를 뀌었다.

"애초에 시카가와 사장은 죽어 마땅한 인간이잖아요."

과격한 발언에 모두가 화들짝 놀라 유메코를 쳐다보았다. 유메코는 개의치 않고 말을 이어 나갔다.

"잘못을 인정하지 않고 거짓투성이에 오만하고 자기중심적인 악마 같은 인간. 사실은 자살이 아니라 살해당한 거였다고 해도 아무도 동정하지 않을걸."

시카가와 부인이 소파에서 벌떡 일어나 유메코에게 다가갔다.

"내 남편을 잘도…."

두 여자가 다시금 서로를 노려보았다.

"사실이잖아요." 유메코가 눈을 치켜뜨며 받아쳤다. "시카가와 사장이 제대로 된 사람이었다면 유족을 이런 식으로 대하지는 않았을 거예요. 아내인 당신도 책임에서 완전히 자유로울 수는 없을 것 같은데요?"

시카가와 부인은 얼굴을 찌푸렸지만 반론은 하지 않았다.

첫 번째 사고의 희생자는 30대 주부였다. 전기 자전거의 차일드 시트에 세 살짜리 아이를 태운 상태에서 언덕을 내려가 코너를 돌다가 그대로 튕겨져 나가서 차에 치였다. 엄마와 아이 모두 현장에서 즉사했다.

사건이 보도된 후, SNS에서는 아이에게 헬멧을 씌우지 않은 엄마에게 비난이 쏟아졌다. 안전에 대한 개념이 없는 엄마 때문에 희생양이 된 아이가 불쌍하다는 논조였다. 인터넷에는 아이의 죽음이라는 대의명분을 내세운 악질적인 댓글이 난무했다.

온라인 공간을 중심으로 해당 사건은 아이 엄마의 잘못이라는 분위기 속에서 며칠 동안 소비되었고, 사람들의 관심은 금세 다른 사건으로 옮겨갔다.

두 번째 사고의 희생자는 남자 고등학생이었다. 동아리 활동을 마치고 밤늦게 전기 자전거를 타고 집으로 돌아가던 중에 길모퉁이에서 속도위반 차량에 치여 목숨을 잃었다. 목격자 증언에 따르면 남학생이 갑자기 차도로 튀어나온 것이었다. 하지만 체포된 운전자는 금발로 염색한 머리와 피어싱 등 불량한 인상을 풍겼고, 음주 측정에서 알코올까지 검출되면서 모든 비난은 그에게로 향했다.

그런 가운데 시카가와사의 신형 전기 자전거 '라피도(스페인어로 빠르다는 의미)'에 관한 불만 글이 SNS에 올라왔다. 주행 중에 브레이크가 말을 듣지 않아서 하마터면 사고가 날 뻔했다는 내용이었다.

비슷한 내용의 글이 한두 건이 아니었기 때문에 몇몇 인터넷 신문사에서 시카가와사의 전기 자전거에 대해 의혹을 제기하는 기사를 내보냈다. 그러자 메이저 신문사들도 앞다투어 취재에 나섰다. 이윽고 사고로 사망한 주부와 남학생이 당시 타고 있던 자전거도 시카가와사의 전기 자전거 '라피도'였다는 사실이 밝혀졌다.

자연스럽게 '라피도'에 결함이 있는 것 아니냐는 여론이 들끓었다.

이러한 보도에 대해 시카가와사는 사실무근이라며 전면 부정했다.

하지만….

흐름이 바뀌기 시작한 것은 9개월 전이었다. 고령의 여성이 '라피도'에 치어 사망하는 사고가 발생했다. 가해자인 남자 회사원은 현장에서 도주했다가 도로교통법 위반으로 체포되었다.

"브레이크가 말을 듣지 않았습니다."

가해자가 이렇게 증언함에 따라 전기 자전거의 브레이크에 결함이 있다는 사실이 분명해졌다. 앞서 발생한 다른 케이스에서는 전기 자전거가 자동차와 충돌해서 완전히 부서지는 바람에 검증이 어려웠던 것이다.

이에 따라 시카가와사와 사장인 시카가와 쿄이치에게 세간의 비난이 집중되었다.

시카가와 사장이 기자 회견을 열어 질의응답 중에 "결함에 관한 보고서는 받은 적이 없다"라고 말한 것을 두고 책임 전가다, 변명이다, 은폐다, 하고 맹비난이 쏟아졌다.

언론의 과열 경쟁과 무분별한 보도.

그리고….

센바 유메코는 유족 대표로서 회사 건물 앞에서 시위를 벌이고, 기자 회견을 열어 시카가와 사장의 태도를 비난하기 시작했다. 시카가와사를 상대로 5천만 엔의 손해배상 청구 소송도 제기한 상태였다.

유메코는 1년 3개월 전에 아버지를 잃었다. 비 오는 날 시카가와사의 전기 자전거를 타고 나갔다가 빨간불인데도 멈추지 못하고 차도로 튀어 나가 트럭에 치인 것이다.

폐허에 모인 사람들은 모두 시카가와사와 관계가 있었다.

시카가와 카나에는 시카가와 쿄이치 사장의 아내였다. 회사 경영에는 관여하지 않았다고 하지만 실제로 어땠는지는 모를 일이다.

이시와다 칸은 시카가와사 개발부 과장으로, 전기 자전거 '라피도' 개발에 관여했다.

린도 모토야는 시카가와사 영업부 부장으로, '라피도' 판매에 관여했다.

카미시마 테츠는 프리랜서 기자로서 시카가와사와 시카가와 사장을 규탄해 왔다.

청소부 하야시 소타로는 시카가와사 본사 건물 꼭대기 층에 있는 사장실의 청소를 담당했다.

일곱 명 중 세 명이 시카가와사 쪽 사람이고, 두 명은 시카가와사와 대립하는 입장이었으며, 자신을 포함한 나머지 두 명이 중립적인 입장인 셈이었다.

"진정하세요." 카미시마가 두 여자에게 말했다. "우리끼리 싸워서 득 될 게 없습니다. 지금은 서로 힘을 합쳐서 방법을 생각해야 할 때입니다."

유메코가 카미시마를 흘깃 쳐다보고 고개를 돌리자 시카가와 부인도 휙 하고 등을 돌렸다.

카미시마는 더는 아무 말도 하지 않고 사장실 안을 천천히 돌아다니다가 벽 앞에 놓인 커다란 냉장고 쪽으로 다가갔다. 가정에서 주로 사용하는 스탠드형 냉장고가 아니라 문이 위쪽에 달린 박스형 냉장고였다. 바로 옆에 있는 작은 수납장 위에는 전자레인지도 놓여 있었다.

카미시마가 냉장고 뚜껑을 열어서 안에 있는 연어 도시락을 꺼냈다.

"먹을 것과 마실 것은 준비되어 있네요. 이 정도 인원이라면 며칠은 지낼 수 있는 양입니다."

"뭐라고요?" 시카가와 부인이 불쾌하다는 투로 말했다. "나는 지금 당장 돌아가고 싶은데요."

"스피커가 한 말이 사실이라면 제한 시간은 48시간이라는 건데 어디까지 믿을 수 있을지는 모르겠네요. 아무튼 굶주림에 시달릴 걱정은 없어 보입니다."

"그런 싸구려 음식을 먹으라고요?"

"마음에 들지 않으면 물론 안 드셔도 됩니다."

시카가와 부인이 한숨을 내쉬었다.

"여하튼…." 카미시마가 말했다. "목소리의 주인은 우리를 정말로 감금해 둘 생각인 것 같습니다. 외부로부터의 도움은 기대할 수 없고, 여기 있는 거라고는 먹을 것과 마실 것과 화장실뿐입니다."

이시와다가 "침대도 없고요" 하고 덧붙였다.

"바닥에서 자는 수밖에 없겠는데요."

"최악이네요." 시카가와 부인이 거칠게 내뱉었다. "욕조도 침대도 없는 데다가 저런 소파에서 웅크리고 자라고요?"

"부인으로서는 견디기 힘들 수도 있겠지만, 탈출 수단을 찾지 못한다면 그렇게 되겠지요."

시카가와 부인은 다시 소파로 돌아가 앉았다. 다리를 꼬며 "심심해 죽겠네…" 하고 중얼거렸다.

"스마트폰을 가지고 있었다면…." 린도가 아쉬운 투로 말했다.

"뭐라도 하면서 시간을 보낼 수 있었을 텐데 말입니다."

스피커에서 흘러나온 목소리의 주인은 대체 누구인가. 이런 짓을 하는 목적은?

과연 그 답을 찾을 수 있을 것인가.

카미시마가 중역용 책상으로 걸어가서 책상 위에 놓인 노트북을 열었다.

"…와이파이가 연결되어 있지 않으니 이건 그냥 장식용이라고 봐야겠네요. 뭐 사람을 감금해 놓고 인터넷을 사용할 수 있게 하는 바보는 없겠지만요. 일단 좀 흩어져서 이곳 내부를 조사해 볼까요? 분명 우리가 놓치고 있는 부분이 있을 겁니다."

"그게 좋겠네요." 린도가 고개를 끄덕였다. "이런 경우일수록 정보 수집은 필수니까요."

두 사람이 움직이기 시작하자 이시와다와 하야시도 뒤를 따랐다. 둘이서 얼굴을 마주 보더니 문을 열고 사장실 밖으로 나갔다.

시카가와 부인은 소파에 앉아 다리를 꼰 채 움직이려고 하지 않았다. 귀찮다는 듯 한숨을 쉬었다.

드라마에 나오는 오만한 사장 부인의 이미지 그대로였다.

쿠라모치는 쓴웃음을 지으며 뒷문을 통해 밖으로 나갔다. 문을 닫자 벽에 달린 CCTV가 보였다.

보통은 조금 더 천장 가까이에 설치하는데 이 CCTV는 위치가 너무 낮다 보니 문을 연 상태에서는 복도를 촬영할 수가 없었다.

쿠라모치는 CCTV 렌즈를 가만히 들여다보았다.

이 CCTV로 찍은 영상은 사장실에 있는 모니터뿐만 아니라 목소리의 주인에게도 보내지는 걸까.

쿠라모치는 CCTV 앞에서 뒤로 돌아 복도를 걸어갔다. 코너를 돌자 반대쪽에서 온 이시와다, 하야시와 마주쳤다. 가볍게 목례를 나누고 셋이 함께 화장실 쪽으로 향했다.

이시와다가 걸음을 옮기며 입을 열었다.

"아무튼… 일이 난처하게 되었네요."

쿠라모치는 "그러게요" 하고 맞장구를 쳤다.

"사장님을 죽인 범인이라느니 독가스니 하는 말을 들어도… 상대의 망상이라는 생각밖에 안 듭니다."

"애초에 이 중에서 살인 동기를 가지고 있는 사람 자체가 한 명뿐이지 않습니까."

"피해자 유족… 말씀이시죠?"

"네. 그런데 왜 우리가 용의자 리스트에 오른 건지. 목소리의 주인이 무슨 생각을 하는 건지 도통 모르겠습니다."

"그러게 말입니다. 저는 제가 사장님한테 원한이 있었던 게 아니라 반대로 사장님이 저한테 원한이 있으셨을 텐데 이렇게 용의자 취급을 받으니 황당합니다."

유명 주간지 『주간 정의』에는 '개발부 과장 I 씨'라는 이름으로 관계자 증언이 실렸다.

전기 자전거는 일반 자전거에 비해 차체가 무겁기 때문에 브레이크 시스템이 제대로 갖추어져 있지 않으면 제동력이 떨어지는 문제가 발생한다.

개발부 과장 I 씨는 신형 전기 자전거 '라피도'의 테스트 단계에서 브레이크 시스템에 문제가 발생할 가능성을 정리한 보고서를 작성해 시카가와 사장에게 제출했다고 말했다.

그 말은 곧 기자 회견에서 문제 사실을 몰랐다고 한 시카가와 사장의 말이 거짓이라는 뜻이었기 때문에 이 기사가 나온 후 비난 여론이 더욱 거세졌다.

이미 '라피도'로 인한 사상자가 다수 발생한 상황이었기 때문에 시카가와 사장과 회사에 가해지는 비난의 강도는 어마어마했다.

『드디어 내부 고발자가 나왔다!』

『멋지다!』

『역시 사장이 보고를 받고도 그냥 덮어버린 건가?』

『사장이 제품의 결함을 은폐하고 판매를 강행하는 바람에 수많은 희생자가 나왔다!』

『시카가와 쿄이치는 죽음으로 속죄하라!』

『권력자의 횡포를 용납해서는 안 된다!』

『제대로 책임을 져라!』

『체포해라!』

SNS와 각종 익명 게시판에 올라오는 비난과 욕설, 분노에 찬 목소리.

'개발부 과장 I 씨'인 이시와다는 세상 사람들이 보기에는 용기 있는 내부 고발자이지만, 시카가와사 입장에서는 회사에 치명적인 타격을 입힌 배신자였다. 기사가 나온 후부터는 바늘방석에 앉은 기분이었을 것이다.

그러니 이시와다는 사장을 살해하는 게 아니라 오히려 사장한테 살해당할 수도 있는 입장이었다. 그런데 어째서 용의자에 포함된 걸까.

"저도 마찬가지입니다." 입을 연 사람은 하야시였다. "저 역시 살인을 저지를 동기 따위 없습니다. 저는 회사 꼭대기 층 청소를 딤딩하고 있었고, 제게 주이긴 일을 했을 뿐입니다."

쿠라모치가 물었다.

"가족을 '라피도'와 관련된 사고로 잃었다든지 그런 거 아닙니까?"

하야시가 고개를 휘휘 내저었다.

"아닙니다. 요양원에서 지내는 부모님은 휠체어에 의지해 생활하고 계시기 때문에 자전거를 타는 것 자체가 불가능하십니다. 저는 결혼을 하지 않아서 아내도 자식도 없고요."

"그렇습니까. 실례되는 질문을 해서 죄송합니다. 정말로 하야시 씨를 의심해서 물어본 건 아닙니다."

"압니다. 괜찮습니다."

"저는 평범한 운전기사이고, 매일 시카가와 사장님을 차로 모셔다드렸을 뿐입니다. 사장님을 살해할 만한 동기는 없습니다. 기자인 카미시마 씨가 정의감에 불타 천벌을 내렸다고 하는 건 너무 억지스럽고, 영업부 린도 부장님에게도 동기는 없어 보입니다. 그렇게 되면 자연스럽게 소거법에 따라…"

이시와다가 말을 이어받았다.

"센바 유메코 씨와 시카가와 부인…"

"네? 시카가와 부인이요?"

"아, 이건 어디까지나 우리끼리 얘기입니다."

"뭔가 짚이는 데라도?"

"아니, 그런 건 아니고…"

"분명 짐작 가는 데가 있다는 뉘앙스였는데요."

"그냥 적당히 넘어가 주시죠."

"어차피 우리끼리 하는 얘기이지 않습니까."

"…상당한 규모의 유산을 상속받았을 테니까요. 사장님이 돌아가신 후 부인의 씀씀이가 더 헤퍼졌다는 소문을 들은 적이 있습니다."

'라피도'의 결함 문제가 아니라 다른 것이 동기가 되었을 가능성도 있는 걸까.

그런 이야기를 하는 사이에 30분이 지났다.

일단 셋이서 복도 끝까지 걸어가면서 주변을 찬찬히 살펴보았다.

주위를 탐색해 보자는 말에 가만히 있기도 뭐해서 밖으로 나오긴 했지만 복도에는 특별히 이렇다 할 만한 것이 아무것도 없었다.

모두 함께 사장실로 돌아갔다.

방 안을 살펴보고 있던 카미시마와 린도가 동시에 이쪽을 돌아보았다.

"뭔가 발견했습니까?"

카미시마가 물었다.

"아니요, 아무것도 없었습니다." 쿠라모치가 고개를 가로저었다.

"그렇습니까. 이쪽도 쓸 만한 건 없어 보이네요."

소파에 계속 앉아 있기만 한 시카가와 부인이 "진짜 못 해 먹겠네" 하고 투덜거렸다.

모두 한자리에 모여 앞으로 어떻게 할지 의견을 나누었다.

바로 그때.

갑자기 쉿 하고 뱀이 위협하는 듯한 소리가 나더니 천장에 달린 가로세로 20센티미터 크기의 송풍구에서 불길한 색을 띤 연기가 흘러나오기 시작했다.

2

'시카가와 카나에'는 다른 사람들과 동시에 천장을 올려다보았다. 작은 송풍구에서 맹렬하게 뿜어져 나오는 어두운 빛깔의 연기.

모두가 그 자리에 얼어붙은 듯 서 있었다. 혼자서 눈만 끔벅이는 사람도 있었고, 옆에 있는 사람과 서로 얼굴을 마주 보는 사람도 있었다.

유메코가 굳은 얼굴로 "뭐죠, 이건…" 하고 중얼거리며 도움을 요청하듯 카미시마를 쳐다보았다.

"도, 독가스다!"

하야시가 비명을 지르며 외치자 위기감이 빠르게 전파되었다.

"거, 거짓말…." 린도도 당혹스러움을 감추지 못했다. "설마 정말로 독가스가…."

"어째서…." 이시와다는 당장이라도 눈이 튀어나올 것 같았다.

"아직 48시간은 지나지 않았는데…."

"어딘가 숨을 곳이…."

쿠라모치는 어쩔 줄 모르고 우왕좌왕했다.

"일단 방에서 나가세요!"

카미시마가 큰 소리로 외치며 문 쪽으로 향했다. 그 말을 듣고 모두가 허둥지둥 출입구로 달려갔다. 서로 앞다투어 복도로 뛰어나갔다.

복도 천장에 달린 송풍구에서도 연기가 흘러나오고 있었다.

"여, 여기도…."

하야시가 망연자실한 표정으로 중얼거렸다.

연기는 공기보다 무거운지 단숨에 발치까지 내려왔다. 머리를 낮게 숙인다고 해서 피할 수 있는 상황이 아니었다.

"누구 없어요!"

유메코가 비명을 지르며 달려 나갔다. 복도 끝 코너를 돌아서 시야에서 사라졌다.

모두가 뒤를 쫓았다. 조금이라도 더 연기로부터 멀어지기 위해서.

이윽고 막다른 곳에 다다른 유메코는 왼쪽에 있는 철문에 매달려 손잡이를 철컥철컥 돌렸다.

"열어! 열어 달라고요!"

당연히 문은 열리지 않았다. 48시간 동안은 무슨 일이 있어도 여기서 나가지 못하는 것이다.

이시와다가 소매로 입과 코를 막은 채 뛰어왔다. 뒤쫓아온 하야시는 자기 목을 붙잡고 콜록거렸다.

"여, 연기를 조금… 마셔버렸습니다. 주, 죽지는 않겠죠?"

아무도 대답하지 않았다.

하야시는 극도의 불안으로 숨도 제대로 쉬지 못할 정도였다.

일곱 명은 한쪽 구석에 모여 복도 반대편을 응시했다. 바닥에 낮게 깔린 연기가 천천히 다가오고 있었다.

"어, 어떡하죠?" 쿠라모치가 겁에 질린 목소리로 말했다. "이대로 있다가는…."

"살려 주세요!"

이시와다가 비명을 내질렀다.

도망칠 곳은 없었다. 송풍구에서 가장 멀리 떨어진 곳까지 오기는 했지만, 연기는 조금씩 가까워지고 있었다.

"아직 죽고 싶지 않다고요!" 하야시가 패닉 상태에 빠져 고래고래 소리를 질렀다. "거기 누구 없어요! 우리가 대체 뭘 했다는 겁니까!"

연기가 코앞까지 다가왔을 때, 카미시마가 불현듯 화장실로 달려가 칸 안으로 뛰어들었다. 그러고는 안쪽에서 문을 닫으려고 했다. 린도가 잽싸게 문을 붙잡고 닫지 못하게 막았다.

"치사하게 혼자만 살겠다고!"

"그런 게 아니라…."

린도는 문을 벌컥 열어젖히더니 안으로 밀고 들어갔다. 카미시마가 중심을 잃고 휘청거리다가 변기에 손을 짚었다.

"당신들 둘이서만 살겠다고요?"

유메코가 칸 안으로 비집고 들어오려고 했다.

"자, 잠깐…." 린도가 벽에 등을 부딪쳤다. "밀지 마세요!"

셋이서 옥신각신 실랑이를 벌이고 있는데 화장실 천장에 달린 송풍구에서도 연기가 흘러나오기 시작했다.

세 사람이 동시에 비명을 지르며 얼굴이 하얗게 질려서 화장실에서 뛰쳐나왔다. 다시 복도 끝으로 모여들었다.

"우리를 모조리 다 죽이려는 거야!"

카미시마가 부르짖었다.

화재 현장에 남겨진 주민들처럼 긴박한 분위기가 감돌았다.

카나에는 다른 사람들의 얼굴을 곁눈질하며 자기도 남들과 비슷하게 동요하고 있는 듯한 표정을 지었다.

"빨리 어떻게든 해 봐요!"

혼신의 연기를 펼쳤다.

"이대로는 우리 다 죽는다고요!"

"하, 하지만…." 린도가 대답했다. "아무 데도 도망칠 곳이 없습니다. 우리는 갇힌 겁니다."

"그건 나도 알아요." 카나에가 이시와다를 노려보며 말했다. "…과장님이 사장실로 돌아가서 스피커에 대고 애원해 보세요."

"네?"

이시와다의 눈이 휘둥그레졌다. 지금 제정신이냐고 묻는 듯한 표정이었다.

"저쪽은 이미 독가스로 가득 찬 상태일 텐데…."

"숨을 참으면 되잖아요. 스피커 너머의 상대에게 독가스 살포를 멈추라고 하세요!"

"자, 잠깐만요. 숨을 참고 사장실까지 가더라도 그 안에서 말을 하면 숨을 쉬게 되지 않습니까."

"변명만 늘어놓지 말고 당장 움직이세요! 당신은 회사에 빚진 게 있잖아요!"

"말도 안 되는 소리 하지 마십시오. 그런 짓을 했다가는 죽을 겁니다."

"회사에 손해를 입힌 책임을 지라고요!"

"아무리 그래도 이건 너무…."

"내가 가라고 하잖아요! 명령이에요! 독가스를 멈추지 않으면 다 죽는다고요!"

"모, 못 합니다…."

이시와다는 벽에 등을 대고 털썩 주저앉더니 그 상태로 꼼짝도 하지 않았다. 그러고 있는 동안에도 연기는 계속 다가왔다.

쿠라모치가 난데없이 외쳤다.

"제가 범인입니다!"

카나에는 "뭐라고요?" 하고 쿠라모치를 돌아보았다.

"당신, 무슨 말을 하는 거예요?"

"범인은 살려 준다고 했죠? 그렇다면 제가 범인입니다!"

"나예요!" 유메코가 소리쳤다. "내가 범인이에요! 그러니까…."

"아니, 접니다!"

하야시도 목소리를 높였다.

"조용히 좀 해 봐요!" 카나에는 어이가 없다는 표정으로 호통을 쳤다. "복도에서 아무리 떠들어 봤자 스피커 너머의 상대에게는 들리지 않는다고요!"

"그건 모르는 일 아닙니까!"

"맞습니다! 밑져야 본전이죠!"

쿠라모치와 하야시가 입을 모아 받아쳤다.

"시끄럽다고요!"

카나에가 쿠라모치의 가슴을 퍽 밀쳤다. 쿠라모치는 벽에 등을 부딪치고 얼굴을 찡그렸다.

모두가 그제야 정신을 차린 듯 조용해졌다.

카나에는 쯧 하고 혀를 찬 뒤 연기를 쳐다보았다. 연기는 적을 위협하는 뱀처럼 머리를 쳐들고 꿈틀거리며 이쪽으로 다가오고 있었다.

하지만 이제 곧….

"저것 좀 보십시오!" 카미시마가 연기를 가리키며 외쳤다. "연기가…."

독기 서린 연기는 갑자기 눈에 띄게 기세가 꺾였다. 보이지 않는 벽에 가로막히기라도 한 것처럼 복도 끝에 멈춰 있었다.

그러고는 천천히 흩어지기 시작했다.

"멈췄다…." 린도가 신중한 어조로 말했다. "…고 봐도 되는 걸까요?"

"…아직 모릅니다."

"연기의 기세는 줄어든 것 같습니다만."

쿠라모치가 흥분한 목소리로 외쳤다.

"맞습니다, 확실히 약해졌어요!"

— 그렇다, 첫 번째 연기는 금방 멈춘다.

모두가 얼굴을 마주 보고 반신반의하는 표정으로 복도 끝을 바라보았다. 하야시는 부처님께 기도라도 드리는 것처럼 두 손을 얼굴 앞에 모아 합장했다. 움직이는 사람은 아무도 없었다. 조금이라도 몸을 움직였다가는 독가스가 다시 차오르지 않을까 의심하는 것 같았다.

침묵은 몇 초간 이어졌다. 연기가 이쪽으로 다가오는 일은 일어나지 않았다. 누가 봐도 연기 살포가 중단된 것이 분명했다.

이시와다가 안심한 듯 말했다.

"살았다…고 봐도 될 것 같네요."

쿠라모치가 "다행입니다" 하고 중얼거렸다. "연기가 멈추는 게 조금만 늦었더라면…"

모두가 가슴을 쓸어내렸다.

잠시 후 하야시가 곤혹스러운 표정으로 중얼거렸다.

"…대체 뭐였을까요? 정말로 독가스였을까요?"

자신은 패닉에 빠진 적 따위 없다는 듯 유메코가 아무렇지도 않은 투로 대답했다.

"진짜 독가스였다면 지금쯤 다 죽지 않았을까요? 연기를 꽤 많이 마신 사람도 있잖아요."

"그러게요." 하야시가 말했다. "우리를 갖고 노는 건지도 모르겠습니다."

"악취미네요." 쿠라모치가 분개했다.

"그러니까요. 정말 죽는 줄 알았습니다."

"…아니요." 린도가 낮은 목소리로 말했다. "갖고 노는 건 아닐 겁니다. 자기가 진심이라는 걸 보여준 겁니다."

"그게 무슨 말이죠?"

"뻔하지 않습니까. 규칙을 무시하거나 경고를 진지하게 받아들이지 않은 사람이 가장 먼저 본보기로 살해당하고, 그걸 계기로 '게임 마스터'가 진심이라는 걸 깨닫게 되는 거죠."

유메코가 반박했다.

"이건 게임이 아니잖아요."

"그건 저도 압니다. 하지만 우리가 아무리 심각하게 받아들인다 한들 상대에게는 게임 같은 겁니다. 그런 게 아니라면 범인을 찾는 건 전문 기관에 맡겼겠죠."

"경찰 말인가요?"

"네."

"…경찰은 무능하다고 생각해서 이런 행동을 일으킨 거 아닌가요?"

카나에가 냉소를 머금었다.

"회사 앞에서 소란스럽게 시위를 벌이는 당신처럼?"

유메코의 표정이 싸늘하게 굳었다.

"뭐라고요? 당신네 회사가 잘못을 저질러 놓고 제대로 대응하지 않으니까 성토하고 규탄하는 거잖아요!"

"나하고는 상관없는 일이에요."

"이제 와서 관계자가 아니라는 말이 통할 거라고 생각해요?"

카나에는 입술을 꾹 깨물었다.

유메코가 흥분해서 떠들어댔다.

"당신들은 모르죠? 우리 가족이 얼마나 힘들었는지. 자기들이 만든 제품에 결함이 있다는 사실을 알면서도 은폐하고, 아무것도 모르는 척 계속해서 물건을 팔고…. 그 바람에 우리 아버지는 교통사고로 돌아가셨다고요!"

린도가 침착한 말투로 유메코를 진정시키려고 애썼다.

"…그만하시죠. 지금 할 얘기는 아닌 것 같습니다."

"지금 할 얘기가 아니면 언제 하라는 거죠? 회사는 우리 유족들의 목소리를 계속 무시하고 있잖아요."

"…저도 이쪽 사람으로서 한말씀 드리자면, 회사 차원에서도 조만간 유족들을 모시고 제대로 이야기를 나눌 예정이었습니다."

"그 말을 어떻게 믿죠? 결함이 있는 제품을 판매해서 이렇게 된 건데 리콜 조치도 취하지 않았잖아요. 지금 이 상황을 모면하기 위해 지어낸 변명 아닌가요?"

"외부에서는 그렇게 보였을지도 모르지만 사내에서는 절차를 밟아서 문제를 제대로 해결하기 위해 온 힘을 쏟고 있었습니다. 향후 같은 문제가 또 발생하는 일이 없도록 최선을 다해 노력하고 있었다는 말입니다."

"입만 살아서는. 어디까지나 상황을 냉정하게 바라보고 있는 척하지만 당신도 위기의 순간이 닥치자 여자들을 버리고 자기만 살려고 했잖아요. 비겁하게."

린도가 얼굴을 찌푸렸다.

"아까는 모두가 패닉에 빠져 죽기 살기로 발버둥 치고 있었습니다. 밀폐된 공간에 독가스가 차오르고 있는 상황이었지 않습니까."

"남자가 돼서…."

"사람이 살고 죽는 문제인데 성별이 무슨 상관입니까. 감정적으로 받아들이지 마십시오. 모두가 필사적으로 살고자 노력했을 뿐입니다."

린도가 "그렇지 않습니까?" 하고 카미시마를 돌아보았다.

린도와 마찬가지로 화장실 칸에 숨으려고 했던 카미시마는 머쓱한 표정으로 "아, 예…" 하고 고개를 끄덕였다.

카나에는 모두가 들으란 듯이 한숨을 내쉬었다. 사람들의 시선이 자신에게 집중되자 발걸음을 옮기기 시작했다. 모두의 옆을 그대로 지나쳐서 계속 걸어갔다.

"어, 어디 가십니까?"

이시와다가 당황해하며 물었다.

카나에는 뒤를 돌아보지 않은 채 대답했다.

"사장실로 돌아갈 거예요. 이렇게 복도에 계속 서 있는다고 해서 뭔가 뾰족한 수가 있는 것도 아니잖아요. 답답하기만 하고."

"아직 가스가 남아 있을지도 모릅니다."

카나에는 흠칫 몸을 떨었다.

— 경솔했다.

독가스가 살포된 상황에 겁을 먹은 사람치고는 부자연스러운 행동이었다.

자신의 부주의함을 깨달은 카나에는 고개를 홱 돌려 쓸데없는 말을 한 이시와다를 노려보았다.

"이시와다 과장님, 사장실이 어떤 상태인지 살펴보고 오세요."

이시와다가 놀란 표정을 지었다.

"저, 제가, 말이니까…?"

"누구한테 떠넘길 수 있다면 그렇게 해도 되고요."

"그건…."

"환풍기를 돌리면 남아 있는 가스도 빠져나갈 거 아니에요."

"하지만 만약 실내에 아직 가스가 남아 있다면…."

"그건 숨을 참으면 해결될 문제잖아요. 숨을 참고 사장실에 들어가서 리모컨으로 스위치를 누르기만 하면 된다고요. 간단하죠? 아니면 뭐 다른 좋은 방법이라도 있어요?"

"아니요…."

이시와다가 입을 다물었다.

"아무튼 환기를 하지 않으면 아무리 시간이 지나도 안심하고 방으로 돌아갈 수 없을 거예요. 계속 여기 복도에만 있어야 한다고요."

이시와다는 도움을 구하듯 다른 사람들을 흘끔흘끔 쳐다보았다. 모두가 시선을 피했다.

"빨리 움직이세요. 회사를 팔았으니 이 정도는 해야 하지 않겠어요?"

아무도 제지하지 않는 상황에 결국 포기했는지 이시와다는 머뭇거리며 걸음을 내디뎠다.

복도 끝자락 바닥 부근에 깔린 공기는 희미하게 색을 띠고 있었다. 아직 연기가 남아 있다는 말이었다.

이시와다의 등 뒤에서 카미시마가 말을 건넸다.

"가스가 공기보다 무거웠으니 몸을 숙이지만 않으면 마실 일은 없을 겁니다. 조심하시길."

이시와다는 뭔가 할 말이 있는 듯한 표정으로 뒤를 돌아보았지만 결국 아무 말도 하지 않고 다시 빠른 걸음으로 걸어갔다. 순식간에 복도 끝까지 가서 왼쪽으로 돌더니 모습을 감추었다.

30초 정도 지나자 이쪽으로 뛰어오는 발소리가 들렸다. 이시와다가 코와 입을 막은 채 전속력으로 달려왔다. 모두가 모여 있는 곳까지 와서 참았던 숨을 내뱉으며 어깨를 들썩였다. 몇 번이고 심호흡을 반복했다.

"엄살 부리기는." 카나에가 말했다. "어떻게 됐어요?"

이시와다가 숨을 고르며 고개를 들었다.

"환풍기를 틀었습니다."

"독가스는요?"

"아직 남아 있습니다. 지금 바로 돌아가는 건 위험해 보입니다."

"…그래요?"

카나에는 다시 한번 한숨을 내쉬며 팔짱을 꼈다.

"귀찮게 되었네요." 카미시마가 말했다. "하지만 여기서 좀 기다리다 보면 독가스는 빠져나갈 겁니다."

모두가 말이 없는 상태로 5분 정도 지났을 때였다. 쿠라모치가 "죄송하지만 화장실 좀…" 하고 앞으로 걸어 나왔다. 화장실 문 앞에 서 있던 린도가 "아, 네, 들어가시죠" 하고 옆으로 비켜섰다.

쿠라모치가 문손잡이에 손을 뻗었다.

"기다려요!" 카나에가 날카롭게 소리쳤다. "그 문, 열면 안 돼요!"

쿠라모치가 흠칫 놀라 움직임을 멈췄다. 반쯤 굳은 동상처럼 느린 동작으로 조심조심 뒤를 돌아보았다.

"화장실에서도 독가스가 뿜어져 나왔잖아요. 화장실 안에는 환기구가 없으니 아직 안에 그대로 남아 있지 않겠어요? 우리를 다 죽일 셈이에요?"

"죄, 죄송합니다."

"머리가 있으면 생각이라는 걸 좀 하라고요."

쿠라모치는 위축된 표정으로 화장실에서 물러 나와 벽 쪽에 가서 섰다.

"정말이지 위기감이 너무 없는 거 아니에요?"

카미시마가 모두를 둘러보며 입을 열었다.

"시카가와 부인 말이 맞습니다. 조금 전까지 건물 전체가 독가스에 점령당할 뻔한 상황이었으니 다들 죽음의 가능성을 염두에 두고 좀 더 위기감을 가지고 행동해 주십시오."

쿠라모치가 "죄송합니다" 하고 사과했다.

느슨해졌던 공기가 다시 팽팽하게 조여졌다.

숨이 막힌 듯한 무거운 침묵이 내려앉았다. 그 침묵을 깬 사람은 린도였다.

"마음에 들지는 않지만 현재 주도권을 쥐고 있는 사람은 게임 마스터입니다. 우리는 상대의 규칙에 따라 행동하는 수밖에 없을 것 같습니다."

유메코가 신경질적으로 끼어들었다.

"그것 좀 하지 말아 줄래요?"

린도가 무슨 말이냐는 듯 고개를 갸웃거렸다.

"장난처럼 부르는 거요."

"'게임 마스터' 말입니까?"

"네. 신경에 거슬린다고요."

"하지만 매번 '목소리의 주인'이라고 부르는 것도 번거롭지 않습니까."

"어차피 글자 수는 비슷하잖아요."

"'목소리의 주인'은 관형어와 체언으로 이루어져 있고, '게임 마스터'는 하나의 명사라고 볼 수 있으니까요. 아무래도 후자가 말하기는 더 편하죠."

"그런 거라면 그냥 '놈'이라고 불러도 되잖아요."

"그래도 상관은 없지만 저도 장난삼아 이렇게 부르는 건 아닙니다. 중요하지도 않은 문제로 이렇게 괜한 트집을 잡으니 기분이 별로 좋지는 않네요."

"아무리 봐도 장난으로밖에 들리지 않는데요? '데스 게임'이니 '게임 마스터'니…."

"…영미권 형사 드라마에서 시체가 발견된 현장을 방문한 형사가 블랙 유머를 입에 담는 장면, 본 적 없으십니까?"

이번에는 유메코가 고개를 갸웃거릴 차례였다.

"본 적 없으신지요?"

"몰라요. 외국 드라마는 잘 안 본단 말이에요."

"실제로 일선에서 뛰고 있는 형사들 말에 따르면 드라마에서 그런 장면을 보고 부적절하다고 비난하는 시청자는 현실을 잘 모르기 때문에 그런 말을 할 수 있는 거라고 합니다. 범행 현장에서 나누는 블랙 유머는 일종의 자기방어 수단입니다. 끔찍한 범행 현장을 맡게 되었을 때, 가벼운 농담을 통해 눈앞의 잔인한 현실과 자신의 감정을 의식적으로 분리함으로써 평정심을 유지할 수 있다는 것이지요. 대지진 발생 직후에도 아이들이 지진 놀이를 하면서 노는 것이 화제가 된 적이 있습니다. 그때 어느 심리 상담사가 이렇게 말하더군요. 아이들 입장에서는 무서운 현실에서 도망치기 위해 정신적인 방어 기제가 작동한 것뿐이니 혼내지 말라고요. 언뜻 보기에는 부적절하고 비난당해 마땅한 행동 같아 보여도 사실은 그 나름대로 이유가 있는 겁니다. 사람들이 전쟁이라든지 자연재해, 사고 등을 유머의 소재로 삼는 것이 비단 악의 때문만은 아니라는 말이죠."

"…당신도 그렇다는 말을 하고 싶은 건가요?"

"저뿐만이 아닙니다. 조금 전 우리는 독가스로 추정되는 무언가 때문에 궁지에 몰렸고, 모두가 패닉에 빠졌습니다. 정상적인 사고가 불가능한 일종의 집단 히스테리 상태였다고 할 수 있죠. 게임이라는 단어를 사용해서라도 어떻게든 평정심을 되찾을 필요가 있지 않을까요?"

유메코도 더는 물고 늘어지지 않았다. 린도의 말에 일리가 있다고 생각한 것이 분명했다. 논파 당한 것이 분해서인지 입을 앙다물고 있었다.

린도가 모두를 돌아보며 말했다.

"이제부터 목소리의 주인은 게임 마스터라고 부르도록 하겠습니다. 이견 있으신 분 계십니까?"

카미시마는 어깨를 가볍게 으쓱해 보였다.

"호칭은 아무래도 상관없습니다. 그렇게 함으로써 이성적인 사고가 가능해진다면 반대할 이유가 없지요."

다른 사람들은 말없이 고개만 끄덕일 뿐이었다.

"좋습니다. 그럼 이 문제는 이렇게 마무리 짓도록 하지요." 린도가 말했다. "아무튼 우리는 게임 마스터가 주도권을 쥐고 있는 현 상황을 어떻게든 해야 할 필요가 있습니다. '독가스를 살포하는 것은 48시간 후'라고 하기는 했지만 상대의 기분에 따라 언제라도 실행에 옮길 수 있으니까요."

"그렇다고는 해도 우리가 뭘 할 수 있겠습니까?"

이시와다가 물었다.

하야시가 "맞습니다" 하고 동조하고 나섰다. "우리는 상대, 그러니까 게임 마스터에 대해 아무것도 모르지 않습니까."

이시와다가 말했다.

"우리로서는 대항할 방법이 없습니다. 대체 어떤 놈이 이런 짓을 벌이고 있는 건지…."

"생각해 봤자 소용없습니다." 카미시마가 말했다. "애초에 게임 마스터의 정체는…."

카미시마의 시선이 카나에에게로 향했다.

"뭐죠?"

"시카가와 부인이 사람을 고용한 것일 수도 있고, 우리가 전혀 생각지도 못한 제삼자일 가능성도 있으니까요. 만약 그렇다면 상대를 특정하는 건 불가능합니다."

"조금 전에 독가스 때문에 죽을 뻔한 건 나도 마찬가지라고요."

"린도 씨처럼 영화나 만화를 예로 들자면 피해자들 사이에 진짜 범인이 숨어 있다… 라는 것 또한 하나의 공식이라고 할 수 있으니까요."

"괜히 생사람 잡지 말아요. 누가 기자 아니랄까 봐 때지도 않은 굴뚝에 연기 나게 만드는 게 특기인가 보네요."

"말이 좀 심하시군요."

"내 말이 틀렸나요? 원래 기자라는 게 누군가를 악당으로 만들어서 공격하지 않으면 밥줄이 끊기는 사람들이잖아요."

"회사가 결함을 숨긴 건 사실이지 않습니까. 이시와다 씨가 용기를 내서 고발하지 않았다면 그대로 묻혀버렸을 겁니다."

옆에서 듣고 있던 이시와다의 몸이 움츠러들었다.

"저는 회사를 고발하려고 한 게 아니라…."

"아아, 겸손해하실 필요 없습니다. 모름지기 사람이라면 누구나 정의감이라는 걸 갖고 있기 마련이니까요. 이시와다 씨의 발언은 시카가와 사장의 악행을 증명하는 귀중한 증언이었습니다."

카나에가 "흥!" 하고 콧방귀를 뀌었다. "정의로운 척하긴!"

카미시마가 "실제로 정의로운 행동이지 않습니까" 하고 대꾸했다.

"당신들이 그렇게 공격해대는 바람에 회사가 얼마나 큰 피해를 입었는데요." 카나에는 린도에게 시선을 주었다. "그렇지 않아요?"

린도가 잠시 뜸을 들였다가 "맞습니다" 하고 고개를 끄덕였다. "언론에서는 연일 악덕 기업이라는 비난이 쏟아지고, 불매 운동을 전개하는 시민 단체가 등장하고, 회사 앞에서 사람들이 욕설을 퍼부으며 시위를 벌이고…. 그로 인해 죄 없는 직원들이 피해를 입었습니다. 부모가 시카가와사에 근무하고 있다는 이유만으로 집단 괴롭힘을 당하는 아이도 있었습니다."

유메코가 지지 않고 받아쳤다.

"애초에 시카가와 사장이 결함을 은폐했기 때문에 그렇게 된 거잖아요! 그걸 우리 탓으로 돌리는 건 잘못된 거 아닌가요?"

"맞습니다." 카미시마가 동조했다. "시카가와사 직원들의 자녀를 대상으로 한 집단 괴롭힘이 발생했다 하더라도 잘못은 집단 괴롭힘을 주도한 가해자들에게 있지 우리에게 있는 것이 아닙니다. 집단 괴롭힘을 이유로 정당한 주장이나 비판을 묵살하려는 겁니까? 그런 건 비열한 책임 전가 아닌가요?"

"흐음, 평소 '당신의 그런 몰지각한 발언과 표현이 차별과 편견을 조장하는 겁니다!'라고 주장하며 누군가를 공격하는 게 일상인 사람한테는 어울리지 않는 말이네요. 남이 하는 말에는 '분위기를 조장한 죄'를 물으면서 자기가 한 말은 예외라는 겁니까? 나는 그런 분위기를 조장한 적 없다, 그 말에 영향을 받아서 집단 괴롭힘을 가하는 사람이 나쁜 거라고요?"

카미시마와 유메코가 아무 말도 하지 못하고 얼굴을 일그러뜨렸다.

"과거 동일본 대지진으로 후쿠시마 원자력 발전소 사고가 일어났을 때 원전 운영 주체인 도쿄전력에 비난이 쏟아졌고, 도쿄전력 직원들의 자녀를 대상으로 한 집단 괴롭힘이 발생했습니다. 학부모 게시판에 '도쿄전력 아이들을 따돌리자'라는 글이 올라왔고, 많은 이들이 이에 동조하고 동참했습니다. 이번에도 마찬가지입니다. 언론의 과열 보도 이후, 지역 게시판에 시카가와사 직원을 욕하는 글이 올라왔고, 이에 영향을 받은 아이들이 시카가와 사에 근무하는 부모를 둔 친구들을 괴롭히기 시작했습니다."

두 사람은 더 이상 반론하지 않았다.

아니, 할 수가 없었을 것이다.

카나에는 만족스러운 표정으로 "방으로 돌아가겠어요" 하고 말하며 몸을 홱 돌렸다.

"사, 사모님!"

등 뒤에서 하야시의 다급한 목소리가 들렸다.

카나에는 "뭐죠?" 하고 뒤를 돌아보았다.

"아직 가스가 남아 있을지도 모릅니다."

"시간이 많이 지났으니 이제는 괜찮겠죠. 계속 서 있어서 다리가 아프다고요."

카나에는 자신을 불러 세우는 목소리를 무시하고 복도를 걸어가서 왼쪽으로 꺾었다. 사장실로 들어가 실내를 대충 둘러본 다음 2인용 소파에 앉았다.

잠시 후 린도와 이시와다가 사장실로 들어왔다. 혹시나 연기가 남아 있지는 않은지 주위를 꼼꼼히 확인했다.

다른 사람들도 하나둘 돌아오기 시작했다.

유메코가 티 테이블을 사이에 두고 맞은편에 놓인 1인용 소파에 앉아 고개를 휙 돌렸다.

남자들은 적당히 흩어져서 서 있었다.

"저기요." 카나에가 모두에게 물었다. "이제 어떻게 할 거예요? 이런 곳에는 한시도 더 있고 싶지 않은데."

카미시마가 불쾌하다는 듯 눈썹을 찌푸렸다.

"게임 마스터라는 놈이 전자 잠금장치를 풀어주지 않는 한 여기서 나갈 수 없습니다."

"그건 나도 알아요. 그럼에도 불구하고 어떻게든 나갈 방법이 없는지 묻는 거잖아요."

"…방법이 있다면 진작에 나갔겠죠."

카나에는 고개를 돌려 시카가와사 직원 두 사람에게 물었다.

"이시와다 과장님, 뭔가 의견 없어요?"

"저, 저 말입니까…?" "그래요, 당신. 이시와다 과장님이라고 불렀잖아요."

"아, 네…."

"탈출 방안은요?"

"글쎄요…."

이시와다는 말문이 막힌 듯 도움을 구하는 눈빛으로 주위를 둘러보았다.

"아무 생각 없어요?"

"죄, 죄송합니다."

이시와다가 송구스러운 표정으로 목을 움츠리며 고개를 숙였다.

"…그러니까 출세 경쟁에서 계속 밀리는 거잖아요. 자기보다 나이 어린 직원한테 추월당하는 게 창피하지도 않아요?"

카나에가 그렇게 말하며 린도를 힐끗 쳐다보았다. 다시 이시와다에게로 시선을 돌리자 이시와다의 얼굴에서 표정이 사라져 있었다.

"한심하긴…."

카나에는 크게 한숨을 내쉬며 분홍색 펄이 들어간 매니큐어를 바른 자신의 손톱을 내려다보았다.

"아무튼…." 린도가 입을 열었다. "이러고 있는다고 해서 문제가 해결되는 것도 아니니 우선 밥이라도 먹을까요?"

린도는 박스형 냉장고로 다가가 뚜껑을 열고 도시락을 꺼냈다.

유메코가 고개를 저으며 말했다.

"조금 전에 독가스에 질식해 죽을 뻔했는데 어떻게 배고픔을 느낄 수 있죠?"

"일단은 무사히 살아남았으니까요. 먹고 죽은 귀신이 때깔도 곱다지 않습니까. 배가 고프면 괜히 신경이 날카로워지기도 하고요."

하야시가 배를 어루만졌다.

"그러고 보니 배가 좀 고픈 것 같기도 합니다."

카나에는 수납장 위에 놓인 탁상시계를 쳐다보았다. 시곗바늘은 오후 1시 반을 가리키고 있었다.

"그럼 저부터 먼저 실례하겠습니다." 린도는 도시락을 전자레인지에 넣고 버튼을 눌렀다. "여러분도 드시지요."

린도가 다 데워진 도시락을 전자레인지에서 꺼내자 하야시가 주위의 시선을 살피며 머뭇머뭇 냉장고로 다가갔다.

"저, 저도 먹겠습니다."

하야시는 냉장고에서 도시락을 꺼내 전자레인지에 돌렸다. 아무도 말을 하지 않았기 때문에 사장실에는 전자레인지가 돌아가면서 내는 낮은 기계음이 조용히 울려퍼졌다.

긴장감이 고조된 상태인지 아니면 느슨해진 상태인지 분간이 가지 않는 묘한 상황이었다.

카미시마를 비롯한 나머지 사람들도 냉장고 앞으로 모여들어 각자 먹을 것을 고르기 시작했다. 카나에는 모두가 도시락을 고

전원 범인, 하지만 피해자, 게다가 탐정 **117**

르고 난 후에야 자리에서 일어났다.

냉장고를 열자 안에는 먹을 게 잔뜩 들어 있었다. 마치 촬영 현장에 마련된 밥차처럼 다양한 종류의 도시락과 샌드위치, 주먹밥, 빵, 페트병에 든 물과 녹차가 가지런히 진열되어 있었다.

"…먹을 만한 게 하나도 없네."

카나에는 투덜거리며 가장 비싸 보이는 도시락을 골라서 전자레인지에 돌린 다음 녹차와 함께 들고 소파로 돌아왔다.

"식탁도 없고…."

남자들은 맨바닥에 책상다리를 하고 앉아서 도시락을 먹었다. 카나에는 페트병에 든 녹차를 티 테이블에 내려놓고, 도시락 뚜껑을 열었다. 한숨을 내쉬며 일회용 젓가락을 사용해서 밥을 먹었다.

20분 정도 지나 모두가 식사를 마치고 잠시 숨을 돌렸다. 죽음의 위기와는 거리가 멀어 보이는 나른함이 공기 중에 감돌았다.

"자, 그럼." 린도가 만족스러운 표정으로 모두를 돌아보았다. "게임 마스터의 정체와 탈출 수단에 대해 논의해 볼까요? 다행히 시간은 충분하니까요."

"좋습니다." 하야시가 동조했다. "그렇게 하시지요."

"카미시마 씨가 말한 것처럼 게임 마스터가 누군가에게 고용된 외부인일 가능성도 완전히 배제할 수는 없지만, 저는 그럴 가능성은 희박하다고 봅니다."

"왜죠?"

"리스크가 너무 크기 때문입니다. 물론 독가스 운운하는 것이 단순한 위협에 불과하다면 큰 죄가 되지는 않겠지만, 만약 정말로 우리를 죽일 생각이라면 이런 일에 제삼자를 끌어들이는 것은 자살 행위입니다. 일을 맡을 사람을 찾기도 힘들 것이고, 주범은 그자에게 약점을 잡히는 꼴이 되니까요. 직접 만나지 않고 문자만 주고받았다고 해도 경찰이 조사하면 얼마든지 상대를 특정할 수 있을 겁니다. 그렇다면 역시 목소리의 주인은 시카가와 사장님과 연관이 있는 인물이라고 봐야 하지 않을까요?"

"듣고 보니 그렇네요."

"하지만 시카가와 사장님을 위해 이런 말도 안 되는 일을 저지를 사람이 누가 있을지…."

카나에는 "적어도 나는 짚이는 사람이 전혀 없어요" 하고 대답했다.

바로 그때.

슉 하는 소리와 함께 천장에 난 송풍구에서 또다시 연기가 뿜어져 나오기 시작했다.

"이, 이럴 수가." 쿠라모치가 쉰 목소리로 중얼거렸다. "어째서 또 가스가….”

"어서 도망쳐야 합니다!"

이시와다가 겁에 질린 표정으로 외쳤다.

"장난치지 말아요!"

유메코가 비명을 지르며 용수철처럼 소파에서 튀어올랐다.

"어, 어떻게 해야…."

하야시는 어찌할 바를 모르고 허둥지둥했다.

그리고.

모두가 사장실에서 뛰쳐나가려는 순간, 뱀이 위협하는 듯한 소리가 멎었다. 어두운 빛을 띤 연기가 안개처럼 흩어졌다.

하야시가 송풍구를 올려다보며 입을 열었다.

"뭐, 뭐였을까요? 이번에는 금방 멈췄네요…."
이시와다가 미심쩍은 표정으로 말했다.
"실수였을까요?"
"실수요?"
"독가스를 내보내는 장치가 오작동했다든지, 스위치를 잘못 눌렀다든지."
카미시마가 끼어들었다.
"아무리 그래도 그런 실수는 하지 않을 것 같은데요."
"그렇다면 대체 왜…."
아무도 대답하는 사람이 없는 가운데 방 안에는 침묵이 내려앉았다. 쿠라모치는 불안한 눈빛으로 몇 번이고 송풍구를 올려다보았다.
그때, 린도가 혼잣말처럼 툭 하고 내뱉었다.
"역시…."
카미시마가 린도를 돌아보며 "뭐가 역시라는 겁니까?"하고 물었다.
린도가 자신만만한 표정으로 입가에 미소를 지으며 대답했다.
"우리가 꾸물거리고 있으면 또다시 독가스가 살포되지 않을까 생각했습니다. 그걸 확인해 보기 위해서 일부러 휴식을 제안했던 거고요."
"그게 무슨 말입니까?"
"간단합니다. 게임 마스터는 우리를 재촉하고 있는 겁니다."
"재촉하다니… 뭘 말입니까?" 이시와다가 영문을 모르겠다는 투로 물었다. "사장실에서 뛰쳐나가도록?"
린도가 기가 막히다는 표정으로 고개를 저었다.

"매사에 그런 식으로 생각이 짧으니 과장님이 승진을 못하시는 겁니다."

이시와다의 표정이 딱딱하게 굳었다.

영업부 부장인 린도.

개발부 과장인 이시와다.

나이는 이시와다가 훨씬 많지만, 직급은 린도가 위였다.

"게임 마스터가 규칙을 설명해 주지 않았습니까. 그런데도 우리가 느긋하게 식사를 하고 게임 마스터의 정체와 탈출 수단에 대해서만 이야기하니까 안달이 났겠죠. 지금 건 독가스의 존재를 다시금 상기시키려는 목적이었을 겁니다. 규칙에 따르지 않으면 언제라도 독가스를 내보내겠다는 일종의 압력인 셈이죠."

"그, 그렇군요. 역시 린도 부장님은 통찰력이 남다르십니다."

이시와다는 입으로는 린도를 치켜세우면서도 굴욕감을 숨기지 못했다.

"규칙이라면…." 카미시마가 말했다. "시카가와 사장을 죽인 범인 말입니까?"

린도가 "맞습니다" 하고 고개를 끄덕였다.

"하지만…." 쿠라모치가 조심스럽게 끼어들었다. "시카가와 사장님을 죽인 범인이라니…. 사인은 자살이지 않습니까."

"…맞아요." 카나에가 대답했다. "남편은 심리적으로 대단히 불안정한 상태였고, 죽기 한 달 전부터는 집에 돌아오지도 않고 회사에서만 지냈어요. 먹는 것과 자는 것을 모두 사장실 안에서 해결하면서 건물 밖으로는 한 발짝도 나오지 않았죠. 타인과의 접촉을 극단적으로 줄여서 저링도 영상 통화만 했어요. 눈에 띄게 안색이 안 좋아져서 병원에 입원해야 하는 게 아닌가 싶을 정도였다고요. 그래서 경찰도 바로 자살이라고 단정한 걸 테고요."
 이시와다가 머뭇거리며 입을 열었다.
 "사내에서도 시카가와 사장님에 관한 소문이 돌았습니다. 회사가 조만간 문을 닫을 거다, 도산할 거다, 이런 식으로 공공연하게 말하는 사람도 한둘이 아니었고요."
 유메코가 한숨을 내뱉으며 말했다.
 "그렇다면 더 얘기할 것도 없잖아요."
 "그렇죠…."
 "범인 따위 난 모른다고요. 죽여버리고 싶다고 생각한 적은 있지만. 하지만 내가 정말로 어떻게 할 생각이었어도 실행은 불가능했겠죠. 시카가와 쿄이치는 비리를 저지른 정치인처럼 자기 회사 건물에 꽁꽁 숨어 있었으니까."
 카나에는 유메코를 흘깃 쳐다본 뒤 소파로 돌아가 다리를 꼬고 앉았다.
 방 안에 무거운 공기가 내려앉았다.
 카미시마가 하야시를 돌아보았다.
 "…하야시 씨께 한 가지 확인하고 싶은 것이 있습니다만."
 벽 쪽에 서 있던 하야시는 갑작스러운 지명에 조금 놀란 듯한 표정으로 고개를 끄덕였다.
 "아, 네…."
 "사장실에 타살을 의심할 만한 뭔가가 있었습니까?"
 "글쎄요…."
 "뭐라도 좋습니다. 지금까지 사장실 청소를 담당해 온 하야시 씨만이 알아차릴 수 있는 변화가 있지 않았습니까? 예를 들어 있어야 할 것이 없어졌다든지, 못 보던 것이 생겼다든지."

"아, 아니요, 딱히…."
"급하게 대답하지 않아도 좋으니 천천히 생각해 보십시오."
"그렇게 말씀하셔도…."
하야시는 사장실 안을 둘러보았다.
"여기 말고요. 여기는 '모의 사장실'이니까요. 똑같아 보이지만 엄연히 다른 곳입니다."
하야시가 시선을 제자리로 돌렸다.
"아, 물론 알고 있습니다. 그냥 저도 모르게…."
"어떻습니까? 뭔가 기억이 나십니까?"
하야시가 불안하게 흔들리는 눈빛으로 허공을 바라보았다. 모두의 시선이 하야시에게 쏠렸지만 아무리 기다려도 하야시는 좀처럼 입을 열지 않았다.
"그럼 질문을 바꿔 보겠습니다. 하야시 씨는 시카가와 사장이 목매달아 죽은 시체를 제일 처음 발견한 사람으로서 경찰 조사를 받으셨죠? 경찰에서 어떤 걸 묻던가요?"
"…별다른 건 없었습니다."
"그렇습니까."
카미시마가 순순히 고개를 끄덕였다. 표정이 워낙 무덤덤해서 진의를 파악하기가 어려웠다.
카나에는 그 자리에 있는 모두를 차례대로 훑어본 다음 '그'의 옆모습을 훔쳐보았다. 시선을 느낀 '그'가 고개를 돌려 순간적으로 두 사람의 눈빛이 교차했다.
하지만 다른 사람들이 두 사람의 관계를 눈치채지 못하도록 서둘러 눈을 돌렸다.
쿠라모치가 누구에게랄 것도 없이 "저는 역시 자살이라고 생각합니다"라고 의견을 말했다. 하야시가 "저도 같은 생각입니다"라며 동의를 표했다.

"살인이라니 너무 비현실적이지 않습니까."

"저도 사장실에서 아무것도 보지 못했습니다."

두 사람이 대화하는 가운데 카미시마가 감정을 억누르는 듯한 어조로 말을 꺼냈다.

"실은 고백할 것이 있습니다."

모두가 카미시마를 쳐다보았다. 하지만 카미시마는 약이라도 올리듯 바로 이어서 말하지 않고 몇 초간 뜸을 들였다.

"뭡니까?" 린도가 물었다.

카미시마가 무거운 한숨을 내쉬더니 이윽고 결심한 듯 입을 열었다.

"…시카가와 사장을 죽인 사람은 접니다."

그냥 과거 1

회색빛 작업복을 입은 하야시 소타로는 차를 주차장에 세운 뒤 청소 도구를 들고 차에서 내렸다.
한숨을 내쉬며 목적지로 향했다.
회사 건물이 가까워지자 시끄러운 고함 소리가 들려왔다.
하야시는 고개를 돌려 소리가 들려오는 쪽을 쳐다보았다.
회사 건물 앞에 진을 친 십여 명의 시위대가 시카가와 사장을 소리 높여 규탄하고 있었다. 몇몇은 공격적인 문구가 적힌 플래카드를 들고 있었다.
"시카가와 사장은 이 사태에 책임을 져라!"
"책임을 전가하지 마라!"
"은폐의 주범!"
"시키가와사는 살인자 집단이다!"
"유족에게 배상금을 지급하라!"

"입 다물고 있는 직원들도 똑같다!"

시위대가 '침묵은 묵인이다', '침묵은 가담이다'라고 적힌 플래카드를 높이 치켜들었다.

시위는 연일 계속되고 있었다. 출근하는 직원들은 불편한 표정으로 서둘러 건물 안으로 들어갔다. 시카가와사 직원이라는 사실이 크나큰 수치이자 죄악이기라도 한 것처럼.

책가방을 멘 초등학생들이 신나게 떠들며 이쪽으로 걸어오다가 시위대를 보고 겁에 질려 걸음을 멈추었다. 섣불리 시위대 앞을 지나가다가 사람들이 자기들한테도 소리를 지를까 봐 두려워하는 것 같아 보였다.

웃음을 잃은 아이들은 쭈뼛거리며 시위대 앞을 지나갔다. 불안한 듯 몇 번이고 뒤를 돌아보다가 나중에는 뛰다시피 하며 모퉁이를 돌아 모습을 감추었다.

시위대의 선두에 서서 기염을 토하고 있는 사람은 유족 대표인 센바 유메코였다.

뉴스에서는 '유족들의 항의 시위'라고 보도되었지만, 들리는 바에 따르면 시위대 안에서 '라피도' 관련 사고 관계자는 센바 유메코 단 한 사람뿐이고, 나머지는 모두 정의감에 불타는 제삼자와 정치 활동가라고 했다.

하야시는 소란스러운 시위대 앞을 지나쳐 회사 건물로 향했다.

시위는 합법이니 막을 수는 없는 듯했다. 하지만 도가 지나쳐 경찰과 말싸움을 벌이는 모습도 종종 목격되었다.

경비원에게 출입증을 내보이고 회사로 들어갔다. 전기 자전거 '라피도'의 결함이 언론을 통해 보도되고 세간의 비난이 쏟아지기 시작하면서부터 건물 경비가 삼엄해졌다. 시카가와 사장의 명령이라고 했다.

그리고 그 시카가와 사장은….

하야시는 다시금 한숨을 내쉬었다.

짐짓 아무렇지 않은 표정으로 1층 로비를 둘러보았다. 기분 탓인지 직원들 얼굴에서 짙은 피로감이 엿보였다. 회사 전체에 활기가 넘치던 1년 전과는 전혀 다른 분위기였다.

1년 전까지만 해도 회사에서 아이들의 모습을 심심찮게 볼 수 있었다. 현재는 온 국민의 미움을 받는 기업으로 전락했지만, 시카가와사는 예전부터 일과 육아를 병행하는 직원들을 배려해 아이를 데리고 출근하는 것을 허용하고 있었다. 하지만 지금 같은 상황에서는 아이를 데려오기도 힘들 것이다. 아까 본 초등학생 무리처럼 아이들은 회사 앞에서 떠들어대는 시위대의 과격한 언동에 공포심을 느낄 게 뻔했다.

하야시는 엘리베이터 홀로 향했다.

1년 반 전부터 사장실을 포함한 꼭대기 층 청소를 담당하고 있었다. 청소 빈도는 원래 주 1회이지만 오늘은 3주 만이었다.

엘리베이터를 타고 꼭대기 층에서 내리자마자 변화를 알아챘다. 층 전체 구조가 달라져 있었다. 엘리베이터 홀 앞에 문이 설치되어 넓게 탁 트였던 공간이 복도로 변해 있었다.

리모델링 공사라도 한 건가?

의아하게 생각하며 복도를 걸어가 코너를 돌자 위쪽 벽에 설치된 CCTV가 눈에 들어왔다.

CCTV를 보니 이해가 갔다.

시카가와 사장은 많은 이들에게 원한을 사고 있다. 그래서 오픈된 구조를 버리고 방범을 강화한 것이다.

소문에 따르면 시카가와 사장은 연일 계속되는 언론의 공격적인 보도 때문에 얼굴이 홀쭉 여위고 정신적으로 매우 힘들어하고 있으며, 최근에는 집에도 돌아가지 않고 하루 종일 사장실에 틀어박혀 있다고 했다.

신경이 상당히 예민해져 있는 게 아닌가 싶었다.

하야시는 복도를 걸어가 '사장실'이라는 팻말이 붙은 방 앞에 도착했다. 사장실 위치는 바뀌지 않은 모양이었다.

노크를 했지만 대답은 돌아오지 않았다.

"청소하러 왔습니다."

아무리 불러도 돌아오는 것은 침묵뿐이었다. 화장실이라도 간 걸까.

— 좋은 기회인지도 모른다.

하야시는 침을 꿀꺽 삼키고 문손잡이에 손을 뻗었다. 문이 잠겨 있으면 포기할 생각이었다.

하지만….

문손잡이가 돌아갔다.

천천히 문을 밀어서 열자 낯익은 사장실이 나타났다. 이전과는 달라진 부분도 있었다.

재빨리 실내를 훑어보았다.

박스 모양의 대형 냉장고. 전자레인지….

손님용 소파와 테이블이 없으면 아무도 사장실이라고 생각하지 못할 정도로 곳곳에서 생활감이 느껴졌다. 밤에도 집에 돌아가지 않고 사장실에서 생활하고 있다는 소문은 사실인 듯했다.

잠은 어디서 자는 걸까.

침대는 보이지 않았다.

몸을 누일 만한 장소는 소파밖에 없었다.

소파를 침대 대신 사용하고 있는 거라면 시카가와 사장도 꽤나 궁지에 몰린 상태라는 말이었다.

하야시는 청소 도구를 바닥에 내려놓고 중역용 책상으로 다가갔다. 책상 위에는 모니터와 노트북이 놓여 있었다. 모니터 화면은 둘로 나뉘어 각각 복도를 촬영한 영상을 내보내고 있었다. 사장실을 찾아오는 사람들을 감시하고 있는 모양이었다.

한편 노트북 화면에는 여러 개의 창이 떠 있었다. 메일함도 열려 있었다.

하야시는 사장실 안에 CCTV가 설치되어 있지는 않은지 천장 부근을 꼼꼼히 살펴보았다. 적어도 눈에 보이는 범위 내에는 없는 것 같았다.

노트북 마우스를 클릭해 메일함을 확인했다. 직원들이 메일로 올린 보고에 답을 하던 중인 듯했다. 대충 훑어봤을 때 딱히 수상한 내용은 없어 보였다.

전문적인 비즈니스 메일을 이해할 수 있을 정도의 소양은 없으니 어디까지나 단편적인 인상에 지나지 않았지만.

바탕화면으로 돌아와 중요해 보이는 파일들을 클릭해 열어 보았다. 스마트폰 카메라로 하나하나 내용을 찍어 나갔다.

이어서 열려 있던 창을 확인했다. 그중 하나는 방검조끼와 방탄조끼 등을 판매하는 호신용품 전문점의 홈페이지였다. 장바구니 아이콘에 4라는 숫자가 달려 있는 것을 보니 구입할 물건을 담아 둔 모양이었다.

인터넷 검색 창을 확인해 보니 과거에 '경호원, 프로, 비용', '협박, 상담', '실력 있는 성형외과 의사' 등의 키워드로 검색한 기록이 나왔다.

시카가와 사장이 정신적으로 궁지에 몰려 있다는 소문은 아무래도 사실인 듯했다. 경호원을 고용하는 방안을 검토할 정도로 신변에 위협을 느끼고 있는 건가. 성형해서 다른 사람이 되어 어딘가로 도망칠 생각인 걸까.

전기 자전거 '라피도'의 결함과 관련해 역시 뭔가 켕기는 구석이 있는 것이 분명했다. 잘못이 없다면 당당하게 맞서서 자신은 결백하다고 주장하면 될 일이었다.

수상한 파일이 더 없는지 찾아보려는데 시야 끝에서 무언가 움직인 듯한 느낌이 들었다.

하야시는 재빨리 옆에 있는 모니터를 돌아보았다. 복도를 비추고 있는 오른쪽 화면에 사장실을 향해 걸어오는 남자의 뒷모습이 보였다.

시카가와 사장이 돌아온 것이다.

하야시는 서둘러 노트북 화면을 원래대로 되돌린 후 청소 도구를 놓아둔 곳으로 달려갔다. 대걸레를 손에 집는 것과 동시에 문이 열렸다.

시카가와 사장이 깜짝 놀라 그 자리에 멈춰 섰다.

하야시는 천천히 고개를 들며 둔하고 어리숙한 청소부인 척 "아, 사장님…" 하고 중얼거렸다.

시카가와 사장이 호통을 쳤다.

"지금 여기서 뭐 하는 건가!"

"어, 그게…" 하야시는 짐짓 당황한 표정을 지어보였다. "청소를 하러 왔습니다만…"

"들어와도 좋다고 한 적 없을 텐데."

"죄송합니다, 사장님. 노크를 했는데 대답이 없으셔서…."

시카가와 사장은 중역용 책상에 놓인 노트북을 쳐다보았다가 다시 하야시에게로 시선을 돌렸다. 눈동자 속에 강한 분노가 이글거리고 있었다.

"…책상을 건드리거나 하지는 않았겠지?"

"무, 물론입니다. 저도 지금 막 들어온 참입니다. 청소를 시작할 준비를 하고 있었습니다."

시카가와 사장은 중역용 책상으로 다가가 자신이 나가기 전과 달라진 점이 없는지 확인이라도 하듯 노트북 화면을 들여다보았다.

하야시는 긴장한 표정으로 그 모습을 지켜보았다. 심장이 미칠 듯이 빠르게 뛰었다. 심장 뛰는 소리가 너무 커서 상대에게까지 들리는 게 아닌지 걱정이 될 정도였다.

시카가와 사장은 쯧 하고 혀를 차더니 노트북을 덮었다. 그러고는 하야시를 향해 돌아서며 말했다.

"…앞으로는 대답이 없으면 문밖에서 대기하고 있도록."

하야시는 주머니 속 스마트폰의 무게를 의식하며 공손한 태도로 깍듯하게 허리를 숙였다.

3

"…시카가와 사장을 죽인 사람은 접니다."

갑작스러운 고백에 '이시와다 칸'은 눈이 휘둥그레져서 카미시마를 쳐다보았다. 모두가 카미시마를 보고 있었다.

"카미시마 씨가 사장님을 죽였다니…."

사장실에 있는 모두의 시선을 집중시킨 카미시마는 미간을 잔뜩 찌푸린 채 고뇌에 찬 표정으로 우두커니 서 있었다.

"무슨 말씀을 하시는 겁니까?" 린도가 당혹스럽다는 투로 물었다. "당신이 범인이라고요?"

카미시마는 한숨과 체념이 뒤섞인 목소리로 대답했다.

"…그렇습니다. 제가 시카가와 사장을 죽였습니다."

"노, 농담이시죠?"

운전기사인 쿠라모치가 눈을 끔벅거리며 중얼거렸다.

카미시마는 모두의 시선을 받으며 말없이 방 안쪽으로 걸어가서 수납장에 손을 짚었다. 그러고는 잠시 뜸을 들이더니 이쪽을 돌아보며 입을 열었다.

"물론 제 손으로 직접 죽였다는 말은 아닙니다."

몇몇이 "네?" 하고 되물었다.

"물리적인 방법으로 살해한 건 아니라는 겁니다."

시카가와 부인이 분노에 찬 목소리로 "무슨 뜻이죠?" 하고 물었다. 마치 형사가 용의자를 심문하는 듯한 말투였다.

카미시마는 목매달아 죽은 시체, 아니 인형에게 다가갔다.

"시카가와 사장은 자기 손으로 목을 매달아 죽었습니다. 경찰 조사를 통해 사인도 밝혀졌으니 자살임이 틀림없습니다."

"그렇다면…"

"하지만 그래도 역시 범인은 접니다."

"애매하게 빙빙 돌려 말하지 말고 제대로 설명을 해 봐요!"

카미시마는 인형 앞에서 방향을 틀어 중역용 책상 앞에 놓인 의자로 가서 앉았다. 책상 위에서 두 손으로 깍지를 꼈다.

자신이 범인이라고 자백하는 것치고는 너무나도 당당한 카미시마의 태도에 린도와 쿠라모치와 하야시는 할 말을 잃고 멍하니 서 있었다. 단 한 사람, 유메코만이 카미시마가 있는 쪽으로 성큼 성큼 다가가 손바닥으로 책상을 탕 내리쳤다.

"대체 무슨 말을 하는 거예요!"

카미시마는 유메코의 얼굴을 올려다보며 말했다.

"기사…입니다."

린도가 "기사?" 하고 되물었다.

"네. 제가 쓴 시카가와 사장을 규탄히는 기사가 그를 자살로 몰고 간 겁니다."

카미시마의 고백에 잠시 어색한 공기가 흘렀다.

린도가 목을 쓸어내리며 어이가 없다는 표정으로 고개를 내저었다.

"당시 회사와 사장님을 비판하는 기사가 얼마나 쏟아져 나왔는지 아십니까? 전국에서 방영되는 공중파 채널에서 연일 자극적인 내용으로 회사와 고인을 공격해댔습니다. 기사 때문에 자살로 내몰린 거라면 범인은 모든 언론이라고 봐야겠지요. 분위기에 휩쓸려서 사장님을 욕한 세상 사람들에게도 같은 죄를 물어야 할 테고요. 사장님이 돌아가시자 언론도 SNS도 순식간에 입을 다물었습니다. 사장님을 욕하는 글을 올렸다가 사장님이 돌아가신 후 해당 글을 삭제한 사람도 한둘이 아니었습니다. 사람 한 명을 자살로 몰아가 놓고 다들 아무 일도 없었다는 듯, 아무것도 모르는 선량한 시민인 척 지금까지와 똑같은 생활을 하고 있는 겁니다. 어쩌면 지금쯤 다른 누군가를 공격하고 있을지도 모르죠."

"회사 직원들도 모두 한패라는 식으로 몰고 가는 바람에 전 직원이 사실 은폐에 가담한 범죄자 취급을 받았으니 린도 부장님이 억울해하시는 것도 충분히 이해가 갑니다."

"직원 모두가 이번 사고 및 사실 은폐에 가담한 거나 마찬가지라고 한다면, 사장님을 욕하고 손가락질해서 죽인 건 세상 사람 모두입니다. 모두가 범인인 거죠."

"모두가 범인이라…. 제 생각은 조금 다릅니다. 정확히 말하자면 언론도 세상 사람들도 범인이 아니라 공범입니다. 그중에서 굳이 범인을 골라낸다면 규탄의 선봉에 섰던 저라고 생각합니다. 시카가와 사장이 회사 건물에 틀어박히기 전까지는 매일 그가 퇴근할 때를 노려서 기습적으로 취재를 시도했으니까요. 당연히 적잖은 압박을 느꼈을 겁니다."

『시카가와사의 은폐를 증명하는 시카가와 사장의 통화 녹음 파일을 극비리에 입수』

※ 기자 주석: 아래 발언은 모두 시카가와 사장이 한 말이며, 통화 상대는 회사 임원 중 한 명인 A씨였다.

"'라피도' 건은 신속하게 해결해야 하네. 이대로 가다가는 우리 회사는 여론에 짓눌려 문을 닫게 될지도 몰라."

"아아, 음. 그래."

"이 이상 언론이 마음대로 떠들게 내버려둘 수는 없어."

"알겠나. 쓸데없는 말 하지 말게. 자네한테 그럴 권한은 없으니까. 자네한테 월급 주는 사람이 누구인지 잘 생각해 보라고."

"자네 역할은 단순하네. 눈과 귀와 입을 닫으면 돼. 보고도 못 본 척, 듣고도 못 들은 척 말이야."

"혹시라도 기자가 찾아와서 뭔가 묻거든 '저는 아무것도 모릅니다' 이 말만 반복하게. 자네는 '라피도'에 관해서는 아무것도 몰라. 그렇지?"

통화는 여기서 끝났다. 회사 임원과 통화하고 있다고는 믿기 어려운 거만한 말투. 독재자나 다름없는 시카가와 사장의 행태를 엿볼 수 있다. 이렇듯 회사의 모든 실권을 틀어쥔 인물이 새로 개발한 신제품의 결함에 대해 아무것도 몰랐을 리가 없다.

시카가와 사장이 통화 후반에 한 발언은, 직접적인 언급은 피하고 있지만 은연중에 입막음을 하고 있는 것이 틀림없다.

눈과 귀와 입을 닫으라는 말도 그렇고, 「혹시라도 기자가 찾아와서 뭔가 묻거든 '저는 아무것도 모릅니다' 이 말만 반복하게. 자네는 '라피도'에 관해서는 아무것도 몰라. 그렇지?」라는 말도 그렇다. 후자는 조폭들이 상대를 공갈 협박할 때 쓰는 전형적인 말투다. 「따님이 아주 예쁘던데요. 요새는 세상이 워낙 흉흉하니 무슨 사고라도 일어나지 않도록 조심하셔야겠습니다」라는 식으로 말이다. 이 말은 직접적인 협박이라고 보기는 어렵지만, 만약 지시에 따르지 않는다면 딸에게 위해를 가하겠다는 뜻을 암암리에 내비치고 있는 것이다. 이런 식의 공갈 협박에 익숙한 조폭들은 협박죄가 성립하지 않도록 교묘하게 피해 가는 방법을 숙지하고 있다.

시카가와 사장의 통화 상대인 임원 A씨가 뭐라고 대답했을지는 쉽게 짐작이 갈 것이다.

"자네는 '라피도'에 관해서는 아무것도 몰라. 그렇지?"

"아, 네. 물론입니다. 저는 아무것도 모릅니다."

통화 중에 직접적인 내용은 전혀 등장하지 않지만, 현명한 독자 여러분은 이미 눈치챘을 것이다.

필자가 독자적인 취재를 통해 독점적으로 입수한 이 음성 파일에 따르면, 시카가와 사장이 '라피도'의 브레이크에 결함이 있다는 사실을 알고 있으면서 이를 은폐하라고 지시했다는 것은 의심할 여지가 없다. 시카가와 사장은 다수의 사상자를 낳은 이번 일에 마땅히 책임을 져야 할 것이다.

여론이 검찰을 움직여 주기를 바라 마지않는다.

카미시마가 쓴 이 기사는 시카가와 사장이 '라피도' 문제를 은폐하고자 했다는 결정적인 증거로 세간에 받아들여졌다. 인터넷 뉴스와 TV 공중파 채널에서는 실제 통화를 녹음한 음성 파일이 공개되기도 했다.

기사의 위력과 영향력을 생각하면 역시 이것이 결정타였다고 볼 수 있을지도 모른다.

"저는 제 문장력을 자유롭게 구사해서 시카가와 사장을 악마로 묘사하고 여론을 자극했습니다. 조폭들의 공갈 협박을 예로 들어 마치 시카가와 사장이 반사회적 인간인 것처럼 보이게 만들었죠. 임원 A씨가 뭐라고 대답했을지 쉽게 짐작이 간다면서 파일에 등장하지도 않는 A씨의 대사를 창작해 집어넣음으로써 독자들이 실제로 그런 대화가 이루어진 것처럼 느끼게끔 했습니다. 모두 다 의도적인 장치였습니다."

모두가 말없이 카미시마의 이야기를 듣고만 있었다.

"저는 명예 훼손으로 고발당하지 않기 위해 여기저기 빠져나갈 구멍을 만들어 놓고 세상 사람들이 정의감에 불타 마녀사냥을 하도록 부추겼습니다. 사람들은 제 말에 넘어가서 일제히 시카가와 사장을 공격하기 시작했습니다. 자살하기 전까지 시카가와 사장은 얼마든지 욕하고 공격해도 되는 마녀이자 제물이었던 겁니다."

스스로에 대한 분노 때문인지 카미시마의 목소리에 제어하기 힘든 감정이 묻어났다.

"시카가와 사장은 비난받아 마땅한 사람이라고 생각했기 때문에 저는 제가 쓴 기사로 인해 회사와 사장에 대한 비난 여론이 형성된 것에 만족감을 느꼈습니다. 강한 분노의 감정이 이끄는 대로 자극적인 기사를 쓰면서 '피해자와 유족들의 피눈물 나는 심정을 조금이라도 느껴 봐라', '때려죽여도 시원치 않은 나쁜 놈'이라고 생각했습니다. 그러다가 시카가와 사장이 목숨을 끊었다는 소식을 듣고 처음으로 자신의 정의가 정말로 정의가 맞는지 의문이 들었습니다. 이것이 저의 죄입니다. 저는 누구보다 죄 많은 사람입니다."

카미시마는 고해를 마친 듯한 얼굴로 자리에서 일어나더니 벽에 달린 스피커를 향해 섰다. 그러고는 양팔을 쳐들고 말했다.

"…그렇게 된 겁니다. 제가 시카가와 사장을 죽인 범인입니다."

시카가와 부인이 눈을 동그랗게 뜨더니 요란하게 웃어대기 시작했다.

"…갑자기 사람이 달라지기라도 한 것처럼 무슨 생뚱맞은 소리를 하는 건가 했더니! 그런 거였군요."

시카가와 부인이 카미시마의 어깨를 움켜쥐고 억지로 이쪽을 향하게 만들었다.

"무슨 말씀입니까? 그런 거라니요?"

"범인이 되어서 혼자만 살아남겠다는 속셈인 거잖아요."

부인의 말을 듣고 그제야 상황을 이해한 듯 하야시가 "그럴 수가!" 하고 외쳤다. 유메코는 그걸 이제 알았냐는 듯 한심한 눈초리로 하야시를 쳐다보더니 카미시마를 매섭게 쏘아보았다.

린도는 어느 정도 예상했다는 듯 여유로운 표정으로 가만히 서 있었다. 쿠라모치는 꽤나 놀랐는지 눈만 끔벅댔다.

"…오해십니다." 카미시마가 대답했다. "저는 제 죄를 깨닫고 인정한 것뿐입니다."

"뻔뻔하긴. 그게 지금 자기 죄를 뉘우치는 사람의 태도인가요? 방금 전까지랑 말투가 전혀 다른데요?"

"어디까지나 제 솔직한 감정의 토로입니다."

"조금 전 그 작위적인 고백은 대체 뭐죠? 정말로 죄의식에 괴로워하는 줄 알았잖아요."

그야 연기를 하고 있으니 작위적일 수밖에. 이시와다는 내심 쓴웃음을 지었다.

카미시마가 단호하게 말했다.

"저는 시카가와 사장을 죽인 것을 진심으로 후회하고 있습니다. 잘못을 참회하며 용서를 빌고자 합니다."

"갑자기 범인이라고 나서길래 뭔가 했더니…. 연극 무대의 주인공이라도 된 줄 착각하고 있는 거 아닌가요?"

시카가와 부인이 질책하듯 말하자 린도가 가볍게 웃었다.

"데스 게임의 막이 올랐군요. 카미시마 씨가 처음을 맡아 주실 줄은 몰랐습니다."

유메코는 한심하다는 듯 린도를 흘겨보았다. 쿠라모치와 하야시는 말없이 서로의 얼굴을 쳐다보았다.

시카가와 부인은 린도의 말을 무시한 채 카미시마에게 말했다.

"남편은 유서도 남기지 않았으니 당신 기사 때문에 자살했다는 건 증명할 수 없을 텐데요."

카미시마가 엷은 미소를 지으며 대답했다.

"흐음, 지금 저를 감싸 주시는 겁니까? 여기 오기 전까지만 해도 제 기사가 시카가와 사장을 죽음으로 몰고 갔다는 식으로 저를 비난하지 않으셨던가요?"

"…무슨 말을 하는 건지 모르겠네요. 녹음해 둔 거라도 있나요?"

"안타깝게도 녹음 파일은 없습니다. 하지만 사실은 사실이죠. 사정이 이렇게 되었다고 해서 갑자기 말을 바꾸시면 곤란합니다. 제 기사가 시카가와 사장을 죽인 겁니다."

"…잘못을 뉘우치는 척하면서 남편을 죽인 범인이 되려는 속셈인 것 같은데 누가 그렇게 내버려둘 것 같아요?"

카미시마가 입가에 냉소를 머금었다.

"시카가와 사장은 회사 건물에 틀어박혀서 한 발짝도 밖으로 나오지 않을 정도로 코너에 몰려 있었죠? 기사 때문에 자살했다고 보는 것은 지극히 합리적인 추론이라고 생각합니다만."

"어디가 합리적이라는 거예요!" 시카가와 부인이 반박했다. "린도 부장이 말했듯이 고작 기사 한두 개 때문에 자살하는 사람이 어디 있겠어요."

"그래서 시카가와 사장을 욕한 다른 언론 매체와 세상 사람들도 모두 공범이라고 하지 않았습니까."

"그런 말이 통할 거라고 생각해요? 그런 식으로 자백한다고 해서 누가 믿겠어요? 정정당당하게 주장하면 할수록 오히려 더 수상하기만 하다고요."

"그걸 정하는 사람은 제가 아닙니다. 결정권을 가진 사람은 스피커에서 나오는 목소리의 주인, 게임 마스터죠. 염라대왕이 어떤 판단을 내릴지 기다려 봅시다."

모두의 시선이 스피커로 쏠렸다. 하지만 음성 변조기를 사용한 기분 나쁜 목소리는 들려오지 않았다.

"그것 봐요." 시카가와 부인이 의기양양한 표정으로 말했다. "게임 마스터님은 납득이 가지 않으신다네요."

"심판은 48시간 후라고 했으니 그때까지는 아무 말도 안 하겠지요." 카미시마는 손목시계를 들여다보며 말했다. "정확히는 46시간 30분 후네요."

"애초에 기사 때문에 자살한다는 게 말이 안 되잖아요. 그런 거라면 나도 주간지 취재에 응한 적이 있어요."

"뭐라고 하셨는데요?"

"남편은 화를 잘 내고 고압적인 데다가 집에 있을 때는 밖에서 보이는 모습과는 전혀 다르다고요."

"아아, 기억납니다. 그러고 보니 일을 그만둔 가정부의 증언도 있었죠. 정확히는 기억나지 않지만 '사장님이 사모님을 보는 눈은 차가웠고, 의처증이 있으셨습니다. 사모님이 외출할 때는 GPS를 켜 두라고 명령하셨고, 신용 카드 대신 자기가 주는 현금만 가지고 생활하라고 요구하셨습니다', 뭐 대충 이런 내용이었던 것 같은데요."

"맞아요. 남편이 정신적으로 코너에 몰린 건 아내가 자기를 배신하고 기자에게 사실을 폭로한 게 원인이라고도 볼 수 있지 않겠어요?"

"그런 건 '라피도' 관련 보도에 비하면 덤에 불과합니다. 시카가와 사장이 집 안에서 보이는 가부장적인 태도나 언어폭력 같은 건 수많은 사상자를 낳은 자전거 브레이크 문제와 달리 주목하는 사람도 그리 많지 않았고요."

"…결정타가 된 거예요."

"결정타요?"

"네. 나는 남편에게 세상의 비난이 쏟아지고 있는 지금이라면 말할 수 있을 것 같아서 남편이 가장 약해진 타이밍을 골라 그동안 쌓아 온 울분을 토해 냈어요. 예상했던 대로 기자는 내 이야기에 큰 관심을 보였고, 기사에서 남편의 인간성을 신랄하게 비판했죠."

"이미 '라피노' 문제로 사방에서 심한 비난과 질타가 쏟아지고 있었으니 그 정도 스캔들이 더해졌다고 해서 그리 큰 타격을 받지는 않았을 것 같은데요."

"이어서 나온 기사도 기억하나요?"

카미시마가 미간을 찌푸렸다.

"…낙태를 강요했다는 거 말입니까?"

"네, 맞아요."

"제 기사가 나온 이후 시카가와 사장을 비난하는 기사가 줄줄이 나왔던 걸로 기억합니다."

"당신 기사 덕분에 모두가 용기를 내어 진실을 이야기할 수 있게 되었다고 말하고 싶은 건가요?"

"실제로 그랬으니까요. 부인도 방금 '남편이 가장 약해진 타이밍을 골라서 말했다'라고 하지 않았습니까."

시카가와 부인이 가느다란 눈썹을 찡그렸다.

"마음은 이해합니다." 카미시마가 말했다. "좋은 평판과 큰 권력을 지닌 사람이 전성기를 누리고 있는 동안은 그 사람에 대한 비판을 입에 담기 어려우니까요. 비판을 제기하더라도 그를 편 드는 사람이 많을 것이고, 자칫 잘못하면 역공을 당할 수도 있습니다. 그래서 사람들은 대형견이 연못에 빠지기를 기다렸다가 안전한 물가에서 돌을 던지고 막대기로 찔러서 물속에 가라앉히려고 합니다. 유명인이 잘못을 저질렀다는 기사가 나오기가 무섭게 '사실은 비호감이었다', '어쩐지 싫더라', '이제껏 말하지 못했지만 지금이라면 말할 수 있다'라며 다들 신이 나서 일제히 공격해댑니다. SNS에서 많이 보셨죠? 그리고 지금까지 어딘가에 숨어 있던 피해자들이 차례로 등장해서 고발 대회를 여는 겁니다. 상대가 두 번 다시 물 위로 떠오르지 못하게 하려면 지금이 절호의 찬스라고 판단한 거죠."

시카가와 부인이 코웃음을 쳤다.

"범인이 되니까 갑자기 남편을 두둔하는 쪽으로 돌아섰네요. 누가 기자 아니랄까 봐 말이 아주 손바닥 뒤집듯 바뀌네요."

두 사람이 불꽃을 튀기며 언쟁을 벌이는 모습을 다른 사람들은 아무 말도 하지 못하고 지켜보기만 했다.

이시와다는 중간에 한번 끼어들려다가 아직 그럴 타이밍이 아니라는 생각에 다시 입을 다물었다.

카미시마가 대답했다.

"자신이 지은 죄를 반성하고 태도를 바로잡는 것은 결코 쉬운 일이 아닙니다. 사과하지 못하는 병에 걸린 사람이 얼마나 많은지 잘 아실 텐데요. 남을 욕한 것이 사실은 자기의 착각이나 실수였다는 걸 알게 된 후에도 체면 때문에 제대로 사과하지 않고 오히려 자기 합리화를 한다든지 자기가 피해자인 척하는 경우가 부지기수죠. 그런 사람보다는 제가 훨씬 더 나은 것 같습니다만."

"말은 청산유수네요. 사과하지 못하는 병에 걸린 건 당신도 마찬가지 아닌가요? 그냥 늘 이기는 편에 서고 싶은 거잖아요. 상대가 멀쩡할 때는 실컷 공격해 놓고, 그 상대가 자살하고 나니까 이번에는 세상 사람들의 과도한 정의감과 악의적인 댓글이 문제라며 공격의 화살을 그쪽으로 돌렸을 뿐이죠. 그런 걸 뭐라고 하는지 알아요?"

카미시마가 모르겠다는 듯 고개를 갸웃거렸다.

"후안무치."

시카가와 부인의 말을 듣고 카미시마가 조롱하듯 웃었다.

"남편을 죽인 범인을 욕하고 싶은 거라면 그렇게 하시죠. 아내 입장에서는 화가 나는 게 당연하니까요."

"아직 당신이 범인이라고 결론이 난 건 아니잖아요. 남편에게 결정타를 가한 건 내 기사였다니까요."

유메코가 "이건 또 무슨 얘기죠?" 하고 끼어들었다. 조금 전 시카가와 부인이 한 말을 잊어버렸거나 제대로 듣지 않은 모양이었다.

카미시마가 입을 열었다.

"시카가와 사장은 자신의 뒤를 이을 남자아이를 원했기 때문에 부인의 뱃속에 있는 태아가 여자아이라는 사실을 알고는 낙태를 강요했다… 라는 것 말입니까?"

"맞아요. 저는 그때 느낀 슬픔과 분노를 잊을 수가 없어서, 당신 표현을 빌리자면 '물에 빠진 대형견을 막대기로 찔러서 물속에 가라앉히려고 한 거'예요."

기사가 실린 주간지에는 낙태의 증거로 시카가와 부인과 시카가와 사장의 이름이 각각 자필로 적힌 임신 중절 수술 동의서 사진도 함께 실려 있었다. 시카가와 사장이 낙태를 종용하는 내용이 담긴 LINE 메시지와, 가정 폭력으로 인해 여기저기 멍이 든 부인의 몸을 찍은 사진도 있었다.

"브레이크 결함 문제로 세간의 맹비난이 쏟아지던 와중에 낙태 강요 기사까지 난 거잖아요. 남편과 저밖에 모르는 수술 동의서가 함께 실렸으니 정보를 제공한 사람이 누구인지는 물어볼 필요도 없었죠. '라피도' 문제로 코너에 몰려 있던 남편에게 그 기사가 최후의 일격을 가한 거예요. 남편의 비인도적인 언행과 저열한 인간성이 세상에 알려지면서 모두가 그를 비난했어요. 그러면서 남편이 조금씩 무너져가는 과정을 저는 옆에서 계속 지켜봐 왔다고요."

"시카가와 사장은 죽기 전 마지막 40일 정도는 회사 건물 꼭대기 층에 있는 사장실에 틀어박혀 있었던 것 아닙니까? 아내를 비롯해 아무와도 만나지 않았다고 알고 있는데요."

시카가와 부인이 얼굴을 찌푸렸다.

"이를테면 그렇다는 거죠. 괜히 말꼬리 잡고 늘어지지 말아요."

카미시마는 어깨를 으쓱해 보였다.

"아무튼!" 시카가와 부인이 날카로운 목소리로 외쳤다. "당신 기사보다 내 기사가 더 나중에 나왔고, 그 후에 남편이 죽었으니 내 기사가 결정타였다는 건 분명해요."

"그러니까 부인이 시카가와 사장을 죽인 범인이라는 겁니까?"

시카가와 부인의 가느다란 눈썹이 꿈틀했다. 부인은 입을 다문 채 아무 말도 하지 않았다.

"아무래도 범인이라고 나서기는 좀 망설여지시나요?"

카미시마가 도발하듯 말했다.

카미시마의 말이 정곡을 찔렀는지 시카가와 부인은 크게 한숨을 내쉴 뿐 딱히 반론하지 않았다.

카미시마는 주위를 둘러보며 모두에게 말했다.

"시카가와 부인이 이론을 제기하기는 했지만 제 주장을 완전히 뒤집지는 못했습니다. 또 의견 있는 분 계십니까?"

린도가 남 일처럼 말했다.

"분위기가 달아오르기 시작했네요."

유메코가 어이가 없다는 투로 말했다.

"대체 뭐죠, 이 웃기지도 않은 코미디는? 목숨이 아까워서 자백 대결을 펼치다니. 적당히들 좀 하시죠."

쿠라모치와 하야시는 곤혹스러운 표정으로 멀뚱히 서 있을 뿐이었다. 뭔가 말하고 싶은 것이 있는 듯했지만 결국 끝까지 입을 열지 않았다.

카미시마가 말했다.

"저는 더할 나위 없이 진지합니다. 인정하고 싶지는 않지만 시카가와 사장을 죽인 범인은 접니다. 모든 것은 심판의 순간에 판명이 나겠지요."

카미시마는 냉장고에서 페트병에 든 우롱차를 꺼내 중역용 책상으로 다가가더니 그대로 의자에 앉아 아무와도 눈을 마주치지 않고 꿀꺽꿀꺽 마셨다.

시카가와 부인이 소파에 앉아 다리를 꼬았다. 유메코도 맞은편 소파에 앉았다. 두 사람은 서로를 외면하듯 고개를 돌렸다.

불편한 침묵이 내려앉았다.

이시와다는 숨이 막혀서 조용히 방을 빠져나왔다. 복도에서 벽에 등을 대고 후 하고 한숨을 내쉬었다. 긴장이 탁 풀렸다.

끔찍한 비극의 진상이라….

사장실 문이 열리고 쿠라모치가 밖으로 나왔다. 이시와다와 눈이 마주치자 쓴웃음을 지으며 말했다.

"상상도 못한 전개네요…."

"그러게 말입니다. 범인의 자백을 겨루는 데스 게임이라니…."

"카미시마 씨가 첫 타자로 나섰고요."

"네."

"어떻게 생각하십니까?"

"글쎄요…."

"46시간 30분 후에 독가스가 살포될 텐데 범인만 살려 준다면 우리는 다 죽는다는 거 아닙니까. 이대로 가면 살아남는 사람은 카미시마 씨뿐이라는 건데…."

"현실감이 전혀 없네요. 이런 비현실적인 일이 일어나다니…. 무슨 영화 속 세계에 빨려 들어온 게 아닌가 싶습니다. 이대로 카미시마 씨가 범인인 채로 끝나지는 않을 겁니다. 그런 예감이 드네요."

"하긴 아까 시카가와 부인과 언쟁을 벌이는 걸 보니 카미시마 씨가 범인이라는 주장은 좀 약해 보이더군요."

"저도 그렇게 생각합니다."

쿠라모치는 사장실 문을 힐끔 쳐다보더니 이시와다를 향해 말했다.

"진짜 범인은 접니다."

"네?" 이시와다는 눈이 휘둥그레졌다. "그게 무슨…."

쿠라모치는 고뇌에 찬 표정을 지으며 대답했다.

"…조만간 알게 될 겁니다."

쿠라모치는 그 말만 남기고 사장실로 돌아갔다. 문이 탕 하고 닫혔다.

운전기사인 쿠라모치는 무엇을 숨기고 있는 걸까. 그에게는 어떤 비밀이 있는 걸까.

그 사이 방 안에서는 별다른 사건은 일어나지 않은 듯했고, 각자 흩어져서 자유롭게 시간을 보내고 있었다.

이시와다는 사장실 안을 돌아다니다가 벽에 걸린 그림 앞에 멈춰 섰다. 갑옷을 입은 기사가 검을 들고 있는 그림이었다.

앞으로 뭐가 어떻게 되는 걸까.

전혀 예측할 수가 없었다.

"잠깐 화장실 좀…."

쿠라모치가 갑자기 생각이 난 듯 화장실로 향했다. 문 여닫는 소리에 반응한 사람은 이시와다뿐이었고, 다른 사람들은 아무도 관심을 보이지 않았다.

이시와다는 탁상시계 앞으로 이동했다. 좀처럼 움직이지 않는 시곗바늘을 들여다보고 있으려니 쿠라모치가 돌아왔다.

린도가 혼잣말처럼, 하지만 모두에게 들리도록 말했다.

"남은 시간은 약 44시간이네요."

잠시 느슨해졌던 공기가 다시 팽팽하게 조여들었다. 모두의 시선이 린도에게로 향했다.

"너무 길어요. 이런 데서 이틀이나 지내야 한다니."

시카가와 부인이 투덜거리자 린도가 무덤덤한 목소리로 말했다.

"죽기 전 남은 시간이라고 생각하면 너무 짧다고도 할 수 있죠."

"어떻게 하시겠습니까…?"

하야시가 모두를 둘러보며 물었다.

시카가와 부인이 "뭘 말이에요?" 하고 앙칼지게 쏘아붙였다.

하야시가 우물쭈물하며 말을 더듬었다.

"그, 그게…."

"어떻게 하긴 뭘 어떻게 해요?"

"아니, 그게… 게임 마스터가 내건 조건 말입니다. 정말로 44시간 후에 독가스가 살포된다면 어떻게든 해야 하지 않겠습니까."

카미시마가 차분한 말투로 끼어들었다.

"우리가 할 수 있는 건 아무것도 없습니다. 여기서 탈출할 방법이 없으니 그저 가만히 앉아서 시간이 지나가기를 기다리는 수밖에요."

시카가와 부인이 카미시마를 노려보며 도발하듯 말했다.

"여유가 넘치네요. 어쨌거나 자기는 살았다 이건가요? 44시간 후에 죽을 사람들을 위에서 내려다보는 기분이 어때요?"

"악의적인 해석은 삼가 주시죠. 저는 냉정하게 상황을 분석했을 뿐입니다. 무엇보다 제가 정말 살 수 있을지도 모르는 일 아닙니까. 상대는 이렇게나 용의주도하게 일을 꾸미고 우리를 감금했습니다. 자기가 내건 조건을 정말로 지킬지 어떨지는 그때가 되어 봐야 알겠죠."

유메코가 또 시작이냐는 듯 얼굴을 찌푸렸다.

시카가와 부인이 카미시마에게 물었다.

"당신은 상대가 약속을 지킬 거라고 믿고 있잖아요. 그렇죠?"

"방금 말씀드렸다시피 저는 회의적인 입장입니다."

"상대를 믿으니까 범인이라고 자백한 거잖아요. 그게 아니라면 그토록 집요하게 남편과 회사를 공격해 대던 기자가 반성 같은 걸 할 리가 없죠."

"그런 거 아닙니다. 저도 잘못을 깨달으면 반성도 하고 사과도 합니다. 어디까지나 제 솔직한 마음을 말씀드렸을 뿐입니다."

"이 상황에 누가 그 말을 믿겠어요? 어차피 살아서 돌아가면 아무 일도 없었다는 듯 또 다른 '악'을 향해 펜을 칼처럼 휘두를 거잖아요."

"펜을 칼처럼이라…. 제 펜이 가진 영향력과 파괴력을 제가 과소평가한 건 사실입니다. 그런 식으로 감정에 휘말려 펜을 무기처럼 휘두른 결과가 시카가와 사장의 자살이죠. 펜이 한 사람의 목숨을 빼앗은 겁니다. 이 중에서 가장 죄 많은 인간은 바로 접니다."

카미시마는 어디 할 말이 있으면 해 보라는 듯 모두의 얼굴을 둘러보았다.

아무도 말을 하지 않았지만, 표정은 제각각이었다. 기회를 노리고 있는 듯한 사람, 노골적으로 경계심을 드러내 보이는 사람, 무언가 골똘히 생각에 잠긴 사람 등.

그 가운데 입을 연 사람은 쿠라모치였다.

"…아닙니다."

모두가 고개를 돌려 쿠라모치를 쳐다보았다. 하야시가 "뭐가 말입니까?" 하고 물었다.

"이 중 가장 죄 많은 사람은 카미시마 씨가 아닙니다."

"그럼 누구라는 겁니까?"

쿠라모치는 시선을 바닥에 떨구었다. 갈등하듯 입을 꾹 다물고 있었다.

모두의 시선이 쿠라모치에게 내리꽂혔다. 날카로운 시선을 더는 견딜 수 없었는지 몇 초간의 침묵 끝에 쿠라모치가 입을 열었다.

"접니다."

시카가와 부인이 미간을 찌푸렸다.

"무슨 엄청난 비밀을 알고 있나 했더니! 운전기사 주제에 지금 무슨 말을 하는 거예요?"

쿠라모치의 시선이 불안하게 흔들렸다.

"말도 안 되는 소리 좀 그만해요!"

쿠라모치는 카미시마의 눈치를 살피며 주저주저하다가 대답했다.

"…카미시마 씨에게 통화 녹음 파일을 넘긴 사람이 접니다."

카미시마가 대놓고 불편한 기색을 드러냈다. 린도는 강 건너 불구경하듯 히죽거리며 웃고 있었다.

다른 사람들은 눈썹이나 입가가 살짝 꿈틀하는 정도였다.

"제가 사장님이 차 안에서 나눈 대화를 녹음했습니다."

시카가와 부인은 카미시마를 잠시 노려보았다가 다시 쿠라모치에게로 시선을 돌리며 말했다. 목소리에 가시가 돋쳐 있었다.

"도청했다는 거예요?"

"도, 도청이라고 하면 표현이 너무…."

"그렇잖아요. 남편의 통화 내용을 당신이 도청해서 빼돌렸다는 거죠?"

곁눈질로 살피니 카미시마는 난처한 표정으로 뺨을 긁적이고 있었다.

"제가 빼돌린 게 아니라…." 쿠라모치가 겁에 질린 표정으로 대답했다. "카미시마 씨한테 의뢰를 받아서…."

"의뢰라고요?"

카미시마가 탄식과 함께 내뱉었다.

"엄밀히 말해서 의뢰는 아니었죠. 저는 쿠라모치 씨에게 '시카가와 사장이 차 안에서 어떤 대화를 나누었는지 확인할 수 있는 방법이 없을까?'라고 물어봤을 뿐입니다."

시카가와 부인은 쿠라모치를 쏘아보는 시선을 거두지 않았다. 쿠라모치는 부인의 시선에 압도당했는지 힘없는 목소리로 대답했다.

"꽤 큰 금액을 제시하길래…."

부인이 카미시마를 노려보며 말했다.

"돈을 주고 도청을 요구했다면 그게 의뢰 아닌가요?"

"괜히 말꼬리 잡고 늘어지지 마시고요. 생각지도 못한 고백이 튀어나오기는 했지만 상황은 달라질 게 없습니다."

"무슨 뜻이죠?"

"쿠라모치 씨에게 정보 제공을 요청한 건 사실입니다. 평소 시카가와 사장의 운전을 담당하는 쿠라모치 씨라면 자기도 모르는 사이에 뭔가 중요한 대화를 엿들었을 가능성이 있으니까요."

"돈을 주고 정보를 산다는 건 취재 윤리에 반하는 행동 아닌가요?"

"비난은 달게 받겠습니다. 하지만 지금 논점은 그게 아닙니다. 기자인 저의 죄에 대한 이야기를 하고 있었죠. 제가 돈으로 정보를 샀다면 역시 잘못한 사람은 통화를 녹음한 쿠라모치 씨가 아니라 저라고 봐야 하지 않을까요? 특종을 따내려고 수단과 방법을 가리지 않았던 제가 시카가와 사장을 사지로 몰고 간 겁니다."

시카가와 부인이 붉은 입술을 일그러뜨렸다.

유메코가 공공장소에서 소란을 피우는 무리를 보는 듯한 눈으로 이쪽을 쳐다보며 말했다.

"정말이지 코미디가 따로 없네요. 범인 대결이라도 벌일 셈인가요?"

린도가 입꼬리를 올리며 씩 웃었다.

"그게 바로 게임 마스터가 바라는 거겠죠. 처음에 카미시마 씨가 '어쩌면 그 반대일지도 모른다'라고 한 것도 그런 의미였을 겁니다. 게임 마스터가 우리에게 원하는 것이 추리 대결이 아니라 자백 대결이라는 걸 그때 이미 눈치챘던 거죠."

"그럴 수가…." 하야시가 쭈뼛거리며 조심스럽게 말했다. "그런 식으로 게임 마스터의 손바닥 위에서 놀아나는 건 바람직하지 않은 것 같은데요…."

린도가 하야시를 돌아보며 되물었다.

"또 독가스가 뿌려지길 바라는 겁니까?"

"네?"

"우리가 순순히 규칙에 따라 움직이지 않으면 또다시 위협용 독가스가 뿌려질 겁니다." 린도가 카미시마를 향해 "그렇지 않습니까?" 하고 동의를 구했다. "그래서 카미시마 씨가 서둘러 이 자백 대결을 시작한 거 아닙니까."

카미시마는 갑자기 무슨 소리냐는 듯 진지한 표정으로 대꾸했다.

"그런 생각은 해 본 적도 없습니다. 저는 단지 제가 저지른 죄를 솔직하게 고백했을 뿐입니다."

시카가와 부인이 노골적으로 혐오감을 드러내며 말했다.

"당신, 정말로 범인이 돼서 혼자만 살아남을 작정이에요?"

"…저는 시카가와사와 시카가와 사장의 불성실한 태도를 용서할 수가 없어서 이를 규탄해 왔습니다. 시카가와 사장은 자신이 '라피도'의 결함에 대해 전혀 알지 못했다는 변명을 내세우며 빠져나가려고 했고, 이를 막기 위해서는 결정적인 증거가 필요했기 때문에 저는 운전기사인 쿠라모치 씨에게 협조를 요청했습니다. 당연히 처음에는 거절당했습니다. 운전기사에게 요구되는 가장 중요한 덕목은 '입이 무거울 것'이니까요. 아, 그렇다고 해서 쿠라모치 씨가 입이 가볍다는 말은 아닙니다. 저는 쿠라모치 씨의 정의감을 자극했습니다 그래도 고개를 끄덕이지 않아서 돈을 주겠다고 한 겁니다. 중요한 정보를 알려 주면 배를 더 주겠다고 약속

했죠."

이시와다가 불쑥 끼어들었다.

"그래서 쿠라모치 씨는 시카가와 사장이 차 안에서 통화한 내용을 녹음해서 당신한테 전달했다는 겁니까?"

"녹음 파일은 예상치 못한 수확이었습니다. 저는 쿠라모치 씨가 마음을 굳히기를 기다리고 있는 상황이었습니다만, 설마 그 사이에 시카가와 사장과 회사 임원과의 대화 내용을 녹음해 올 줄이야⋯. 생각지도 못한 행운이었죠. 아시다시피 저는 그 내용을 바로 기사화했습니다. 실제 음성 파일은 인터넷 언론사를 통해 공개했고요. 글로 보는 것보다 직접 귀로 듣는 편이 더 임팩트가 있으니까요."

시카가와 부인이 분노에 치를 떨었다.

"그 기사 때문에 우리 회사는⋯."

"당신 회사는 어떤지 모르겠지만, 아무튼 시카가와 사장은 그 일로 큰 타격을 입었습니다."

카미시마는 청중 앞에서 연설이라도 하듯 양팔을 크게 벌렸다.

"⋯그렇게 된 겁니다. 따라서 시카가와 사장을 죽인 사람은 기자인 카미시마, 바로 접니다. 이견 있으십니까?"

사장실에 침묵이 찾아들었다.

"⋯이견 있습니다."

들릴락 말락 한 목소리로 중얼거린 사람은 쿠라모치였다.

카미시마는 당혹스러운 표정으로 쿠라모치를 쳐다보았다.

"아직 뭔가 더 할 말이 남은 겁니까? 차 안에서 통화한 내용을 녹음한 사람은 쿠라모치 씨지만 그렇게 하도록 시킨 건 접니다. 그러니 잘못은 쿠라모치 씨가 아니라 제게 있습니다."

"아닙니다. 접니다. 잘못은 제게 있습니다."

카미시마가 말이 안 통한다는 듯 고개를 절레절레 저었다.

"…정말입니다." 쿠라모치는 진지한 표정으로 말했다. "카미시마 씨에게 전달한 녹음 파일은… 진짜가 아니었습니다."

카미시마가 눈썹을 찌푸렸다.

"갑자기 무슨 말을 하는 겁니까? 실제 음성 파일이 존재하는데 뭐가 진짜가 아니라는 겁니까? 그건 틀림없이 시카가와 사장의 목소리였습니다. 설마 딥페이크 같은 거였다고 할 셈입니까?"

딥페이크는 최근 영미권에서 심각한 사회 문제로 떠오르고 있었다. 대통령 등 정치인의 동영상이나 음성 파일을 인공 지능에게 학습시킨 다음 얼굴과 목소리를 합성해 마치 본인이 말하고 있는 것처럼 보이는 가짜 동영상을 만들어 내는 것이다.

미국의 오바마 전 대통령이 트럼프 대통령에게 문제 발언을 하는 영상이라든지 러시아에 결사 항전을 외치던 우크라이나의 젤렌스키 대통령이 국민들에게 항복을 권유하는 영상, 포르노 배우의 얼굴을 유명 배우에게 덮어씌운 영상 등이 인터넷상에 돌아다녔다. 얼핏 보기에는 본인과 똑같기 때문에 진위 여부를 가리기가 쉽지 않았다.

"아니, 그런 게 아니라…." 쿠라모치는 당혹감을 감추지 못했다. "제게 그런 재주는 없습니다. 다만…."

"다만 뭡니까?"

"파일에 담긴 음성 전체가 통화 내용은 아니었다는 말입니다."

카미시마는 어리둥절한 얼굴로 쿠라모치를 쳐다보았다.

하야시가 영문을 모르겠다는 표정으로 말했다.

"무슨 말인지 이해가 가지 않는데요."

"파일 앞부분은 시카가와 사장이 전화 통화를 하면서 통화 상대방인 임원에게 한 말이 맞습니다. 하지만 그것만 가지고는 부족하다고 생각해서…."

시카가와 부인이 눈꼬리를 치켜올리며 "좀 알아듣게 설명을 해봐요!" 하고 다그쳤다.

쿠라모치가 깜짝 놀라 어깨를 움츠렸다.

"'쓸데없는 말 하지 말게'부터 그 뒤는 사장님이 전화를 끊고 나서 하신 말씀입니다…. 상대는 임원이 아니라 운전기사인 저였고요."

"뭐라고요?"

"전화를 끊으신 후 제가 쓸데없는 말을 하는 바람에 사장님이 노하셨습니다. 파일 뒷부분은 그때 제게 하신 말씀입니다. 제가 의도적으로 사장님의 신경을 건드리는 발언을 해서 화를 내시도록 유도한 겁니다."

"알겠나. 쓸데없는 말 하지 말게. 자네한테 그럴 권한은 없으니까. 자네한테 월급 주는 사람이 누구인지 잘 생각해 보라고."

"자네 역할은 단순하네. 눈과 귀와 입을 닫으면 돼. 보고도 못 본 척, 듣고도 못 들은 척 말이야."

"혹시라도 기자가 찾아와서 뭔가 묻거든 '저는 아무것도 모릅니다' 이 말만 반복하게. 자네는 '라피도'에 관해서는 아무것도 몰라. 그렇지?"

카미시마는 기사에서 시카가와 사장이 임원에게 거만한 말투를 사용했다고 비판했지만, 실제로는 임원이 아니라 운전기사에게 한 말이었다는 건가. 그런 거라면 이해가 갔다.

사장 전속 운전기사라면 근무 중 알게 된 사실에 대한 비밀 유지 의무가 있을 것이고, 자신의 본분을 잊고 지나친 참견을 한다면 사장으로서 주의를 주는 것이 당연하다.

"자네는 '라피도'에 관해서는 아무것도 몰라. 그렇지?"

기사에서 봤을 때는 임원에 대한 입막음이라고밖에 생각되지 않는 대사지만, 상대가 운전기사라고 하면 전혀 이상할 것이 없었다. 제품과 아무 관련도 없는 일개 운전기사에 불과한 쿠라모치는 전기 자전거 '라피도'에 대해 아무것도 모르는 것이 당연하기 때문이다.

"녹음 파일 중 제가 말한 부분을 잘라 내서 사장님이 임원에게 하는 말처럼 꾸민 겁니다."

쿠라모치가 죄를 고백하자 카미시마가 당황한 와중에도 침착하게 반박했다.

"녹음 파일은 기사화하기 전에 꼼꼼하게 확인했습니다. 원본 파일을 잘라 낸 흔적은 발견되지 않았고요. 범인이 되려고 거짓말을 하고 있는 것 아닙니까?"

"그렇지 않습니다. 잘라 낸 녹음 파일을 재생해서 그걸 다른 기기에 다시 녹음한 겁니다. 그렇게 하면 최종 파일에는 잘라 낸 흔적이 남지 않을 것 같았거든요…."

"설마 그런 아날로그한 꼼수를…."

"돈에 눈이 멀었던 거죠. 정보의 가치가 높으면 높을수록 더 많은 돈을 받을 수 있을 거라고 생각해서 그만…."

모두가 믿을 수 없다는 표정으로 쿠라모치를 쳐다보았다.

쿠라모치는 궁지에 몰린 작은 동물처럼 어깨를 웅크리고 입을 다문 채 고개를 숙였다.

린도가 도발적인 말투로 말했다.

"아쉬우시겠습니다, 카미시마 씨. 범인 자리를 빼앗겨서."

유메코가 가시 돋친 목소리로 쿠라모치에게 항의하듯 말했다.

"이제 와서 그런 말 하지 말아요. 다른 증언이나 증거까지 진짜가 아니라는 말이 나오면 시카가와 사장의 죄가 가벼워질지도 모르잖아요. 그렇게 되면 당신이 책임질 거예요? 시카가와사를 옹호하는 무리가 들으면 옳다구나 하고 달려들 거 아니에요. 여기에는 시카가와사 직원들도 있는데…."

시카가와 부인이 소파에서 벌떡 일어나 소리쳤다.

"그러니까 지금 돈 욕심에 증거를 조작했다는 거잖아요!"

쿠라모치가 어깨를 흠칫 떨었다.

"회사에서 월급을 받는 주제에 이런 짓을 하다니! 우리가 일만 시키고 돈을 안 준 것도 아니고. 그 녹음 파일 때문에 남편은 세간의 비난을 받고 코너에 몰리게 된 거라고요!"

반복해서 사과할 줄 알았던 쿠라모치는 무언가를 꾹 참는 듯한 표정으로 침묵을 지켰다.

"뭐라고 말 좀 해 봐요!"

"그러니까…." 쿠라모치가 고개를 들었다. 각오를 굳힌 듯한 표정이었다. "가장 죄 많은 사람은 저라는 겁니다."

"그야 그렇겠죠!"

쿠라모치는 힘주어 단언했다.

"…시카가와 사장을 죽인 범인은 접니다."

잠시 침묵이 흘렀다.

시카가와 부인이 따지듯 물었다.

"당신도 그런 거예요?"

쿠라모치가 "네?" 하고 부인을 돌아보았다.

"범인이 돼서 혼자만 살려고 그러는 거냐고요."

"그런 게 아니라…."

"누가 봐도 그렇잖아요. 이 타이밍에 자기가 범인이라고 고백하고 나서다니."

그러자 유메코가 반대쪽에서 거세게 몰아세웠다.

"그럼 방금 한 고백은 거짓이라는 거예요? 범인이 되고 싶어서 거짓말을 한 거라고요? 사실은 전부 시카가와 사장이 통화하면서 한 말인 건가요?"

"아, 아니요… 제가 한 말은 모두 사실입니다. 문제의 발언은 제가 차 안에서 사장님을 유도해서 이끌어 낸 말이었습니다."

유메코가 그제야 안심했다는 듯 노골적으로 한숨을 내쉬었다.

"그런 건 아무래도 상관없어요." 시카가와 부인이 퉁명스럽게 내뱉었다. "그보다 게임 마스터에게 잘 보여서 자기만 살겠다는 심보가 너무 역겹네요."

"부인이 그랬던 것처럼 말이죠."

시카가와 부인이 유메코를 쏘아보았다.

"그건 분위기에 휩쓸려서 나도 모르게 입에서 튀어나온 말이었고요."

"진심 같던데."

린도가 끼어들었다.

"그나저나 쿠라모치 씨의 이야기가 사실이라면 사장님을 죽인 범인은 카미시마 씨가 아니라 쿠라모치 씨라는 말이 되겠군요. 직접 손을 쓴 게 아니라 간접적으로 죽음으로 몰아넣었다… 라는 의미이긴 하지만요."

카미시마는 대답하지 않았다.

린도가 말을 이었다.

"카미시마 씨는 범인이 아니라 오히려 피해자에 가깝겠네요. 악의를 가진 정보 제공자가 돈을 노리고 날조한 증거에 속아 넘어갔으니까요."

카미시마는 팔짱을 끼고 벽에 몸을 기댔다. 천장을 올려다보며 후, 하고 한숨을 내쉬었다.

"제대로 한 방 먹었네요. 녹음 파일을 재생해서 다시 녹음했다… 이중 녹음이라니. 그렇게까지 치밀하게 준비했다면 알아차리지 못한 것도 무리가 아닙니다. 시카가와 사장이 임원에게 사실 은폐를 지시하는 내용이라고만 생각했는데…."

유메코가 카미시마를 보며 말했다.

"아직 그렇다고 결론이 난 건 아니잖아요."

"…음성을 녹음한 당사자가 그렇다고 증언하고 있지 않습니까. 자기가 증거를 날조했다고요."

"범인이 되기 위해서 그렇게 말하고 있는 것뿐이지 정말로 증거가 거짓이라고 확인된 건 아니죠."

"그건 그렇지만…."

"만약 음성이 날조된 것이었다고 해도 시카가와 사장이 무죄가 되는 건 아니에요."

"네…."

"쉽게 인정하지 말아요. 재판에 영향을 주니까."

"이게 다 당신 때문이에요." 시카가와 부인이 카미시마를 노려보았다. "애초에 돈 같은 걸 미끼로 내거니까…" 시선은 카미시마에게 고정한 채 검지를 뻗어 쿠라모치를 저격하듯 가리키며 말했다. "돈을 노린 이런 양아치가 증거를 조작하고 그러죠."

쿠라모치는 총에 맞기라도 한 것처럼 목을 움츠렸다.

기자는 취재 대상에게 취재에 응해 준 대가로 사례비를 지급하지 않는 것이 일반적이다. 이런 일이 일어날 수 있기 때문이다. 기자를 만족시키지 못하면 사례비를 받지 못할지도 모른다고 생각해서 내용을 과장하거나 흐름상 불리한 부분은 생략해버리는 경우가 생길 수도 있고, 기자를 만족시키기 위해 진실을 왜곡하는 사람이 나올 수도 있다.

시카가와사 규탄의 최전선에 섰던 기자 카미시마는 좀처럼 이렇다 할 증거를 찾지 못해 초조했을 것이다. 그래서 시카가와 사장의 죄를 입증하는 증거를 어떻게든 손에 넣기 위해 금기를 깨고 정보 제공자를 돈으로 낚으려고 한 것이다.

그 결과가 쿠라모치의 증거 조작이다.

린도가 재미있다는 투로 말했다.

"자, 쿠라모치 씨의 고백으로 범인이 바뀌었네요. 그 말은 곧 이대로 가면 독가스에서 살아남는 사람은 쿠라모치 씨라는 말이 되겠군요."

모두가 얼굴을 마주 보았다. 다들 지금 이 상황을 어떻게 해석해야 할지 고민하는 듯한 표정이었다.

이시와다는 적당한 타이밍을 잡아서 입을 열었다.

— 이제 슬슬 내가 고백할 차례다.

"사장님을 죽인 건 접니다."

4

 개발부 과장인 이시와다의 갑작스러운 고백을 듣고 '하야시 소타로'는 그쪽으로 고개를 돌렸다. 모두의 시선이 한 사람에게 쏠려 있었다.
 카미시마가 기가 차다는 투로 말했다.
 "이번에는 당신입니까?"
 린도가 경멸에 찬 시선을 던졌다.
 "재탕은 환영받지 못합니다, 이시와다 과장님."
 "그런 게 아니라…."
 "이시와다 과장님의 증언이 회사에 큰 타격을 입힌 건 사실이지만, 그것이 사장님을 죽음으로 몰아넣은 결정적인 원인이라고는 생각되지 않는데요."
 이를 악물었는지 이시와다의 입가 근육이 불끈 솟아올랐다.
 "과장님 같은 경우는 주간지를 상대로 회사에 불리한 정보를 부주의하게 떠벌린 점을 문제 삼을 수는 있겠지만 어디까지나 그 이상도 이하도 아닙니다."

유명 주간지 『주간정의』에 실린 기사에서 이시와다는 '개발부 과장 I 씨'라는 이름으로 '라피도'의 브레이크 시스템 문제에 관한 보고서를 시카가와 사장에게 제출한 바 있다고 말했다. 그에 따라 앞서 열린 기자 회견 자리에서 브레이크 문제를 전혀 인지하지 못했다고 말한 시카가와 사장의 발언이 거짓이었다는 게 밝혀진 것이다.

"아닙니다…." 이시와다가 힘없는 목소리로 입을 열었다. "저는 큰 잘못을 저질렀습니다."

카미시마가 "그게 뭡니까?" 하고 물었다.

"…제 살 궁리를 한 겁니다."

"네?"

이시와다는 아랫입술을 깨물며 카펫을 노려보았다. 신부님 앞에서 참회하기로 마음먹은 신자처럼 결의에 찬 표정이었다.

"…문제 발생 가능성에 관한 보고서는 사장님께 올리지 않았습니다."

시카가와 부인과 유메코가 "뭐라고요?" 하고 동시에 입을 모았다.

"초조하고 조바심이 났습니다. 출세 경쟁에서 뒤처져서 동기들은 다들 위로 올라가는데 저는 나이 어린 부하한테까지 추월당하고 미래도 불안했기 때문에… 어떻게 해서든지 이번 신제품 '라피도'로 높은 평가를 받아야만 했습니다."

카미시마가 "그래서요?" 하고 뒤를 재촉했다.

"'라피도'의 브레이크 시스템에 문제가 발생할 가능성에 대해서는 이미 실험 단계에서 보고가 올라와서 내용을 파악하고 있었습니다. 하지만 어디까지나 가능성에 불과했고, 문제가 발생할 수 있는 상황은 지극히 한정적이었습니다. 이미 회사가 제품의 출시 시기를 공표하고 대대적인 홍보에 나선 상황이었기 때문에 이제 와서 설계부터 다시 다 뜯어고친다는 건 현실적이지 않았습니다. 그래서 저는⋯."

이시와다가 입을 다물었다.

이번에는 아무도 말을 하지 않았다. 이어질 말은 예상이 갔지만 굳이 나서서 답을 말하는 사람은 없었다.

침묵이 주는 중압감을 견디기 어렵다는 듯 이시와다가 시선을 떨군 채 입을 열었다.

"보고서는 눈감고 넘어가기로 하고 실험 결과도 '문제없음'이라고 체크해서 통과시킨 겁니다."

"자, 잠깐만요." 쿠라모치가 당황한 표정으로 한 발 앞으로 나섰다. "그럼 사장님은 정말로 '라피도'의 결함에 대해 모르고 계셨단 말입니까?"

이시와다가 힘없이 고개를 끄덕였다.

"거짓말!" 유메코가 날카롭게 소리쳤다. "말도 안 돼!"

이시와다는 말없이 고개를 저을 뿐이었다.

"헛소리 말아요!"

시카가와 부인이 코웃음을 치며 비웃었다.

"자기가 믿고 싶은 것만 믿겠다는 거네요. 한심하긴. 알면서도 믿고 싶지 않은 현실을 부정하면서."

유메코가 시카가와 부인을 매서운 눈초리로 노려보았다.

"저건 그냥 범인이 되기 위해 아무 말이나 지껄이고 있는 거잖아요! 카미시마 씨나 쿠라모치 씨처럼 범인만 살려 준다고 하니까 위기를 모면하기 위해서 즉석에서 자기 죄를 만들어 낸 것뿐이라고요."

"정말 그럴까요?"

"그렇다니까요!"

"주간지에 실린 기사도 근거가 없기는 마찬가지인데 그건 믿고 이건 안 믿겠다는 거네요?"

"이시와다 씨한테는 거짓말을 할 동기가 있으니까요."

"아무리 동기가 있다고 해도 거짓말을 하고 있다고 단정 지을 수는 없죠. 내가 보기에는 오히려 이쪽이 더 설득력 있게 느껴지는데요? 본인 입으로 말하잖아요. 제 살 궁리를 한 거라고. 수많은 사상자를 낳은 '라피도' 사고의 책임을 피하고 싶어서 책임을 전가한 거죠."

유메코가 분하다는 듯이 눈을 부라리며 이를 갈았다.

시카가와 부인이 의기양양한 미소를 지으며 덧붙였다.

"하긴 당신 입장에서는 받아들이기 힘들긴 하겠네요. 제 몸 사리느라 한 거짓말, 돈을 받기 위해 날조한 증거, 헛소문, 이런 걸 믿고 기자 회견을 열어서 내 남편을 악마라고 욕하고 시위 현장에서 그렇게 떠들어댔으니…. 이제 와서 누명이었다는 게 밝혀지면 곤란하겠죠. 치켜든 주먹을 이제 와서 갑자기 내릴 수도 없고, 자기 입으로 내뱉은 폭언과 비방과 욕설은 전부 자기한테 되돌아올 테니까. 지금이라도 사과하는 게 어때요?"

"시카가와사에 잘못이 있는 건 사실이잖아요…."

반론하는 목소리에는 힘이 없었다.

"아직도 포기 못 하겠어요? 어디까지나 제품을 판매한 주체는 시카가와사니까 회사 측에 책임이 있는 거다? 하지만 정말 그럴까요? 직원 하나가 자기 욕심 때문에 문제를 숨기는 바람에 일이 이렇게 된 거니까 회사도 피해자라고 볼 수 있지 않을까요?"

"그런 건 책임 회피예요…."

"은행원 한 명이 고객의 예금을 횡령해서 체포되면 은행이 가해자라는 건가요?"

"가해자는 아니더라도 책임은 있지 않나요?"

"그 책임이라는 게 '때려죽여도 시원치 않은 살인자' 소리를 들으며 언론과 SNS에서 인격을 부정당하고 매일같이 욕먹고 비난당해 마땅한 정도란 말인가요? 그런 논리로 지금까지 당신이 퍼부은 수많은 욕설이 정당화될 수 있다고 생각해요?"

유메코는 얼굴을 일그러뜨리며 시선을 피했다.

시카가와 부인이 유메코에게서 고개를 돌려 다시 이시와다를 쳐다보았다.

"…설마 당신이 원흉이었을 줄이야. '라피도'의 결함을 숨긴 채 제품 개발을 강행하고, 사고가 일어나자 그 책임을 내 남편에게…."

이시와다가 눈을 크게 뜨며 그 자리에 몸을 내던지듯 무릎을 꿇었다.

"죄송합니다!"

이마를 카펫에 대고 바닥에 머리를 조아렸다.

"모두 다 제 잘못입니다!"

과장된 퍼포먼스군… 하고 하야시는 속으로 냉소를 지었다.

웬만한 배우 저리 가라 할 정도의 연기력이었다.

시카가와 부인은 허리에 손을 짚은 채 버티고 서서 날카로운 눈빛으로 이시와다를 내려다보았다.

"자기만 살겠다고 내 남편에게 죄를 뒤집어씌운 거로군요."

"정말 죄송합니다!"

"다짜고짜 사과만 할 게 아니라 제대로 말을 해 봐요. 주간지에 고발 기사를 내보낸 건 일부러 그랬다는 거네요."

이시와다는 천천히 고개를 들었다.

"…네. 세간에서는 사장님을 욕했습니다. 사장이 '라피도'의 결함을 몰랐을 리 없다, 보고서를 받은 적이 없다는 건 거짓말이다, 모두를 속이고 있다, 사실 은폐다, 거짓말쟁이다… 라고."

"세상 사람 모두가 내 남편은 유죄라고 생각했어요. 기자 회견장에서 초췌한 얼굴로 '결함에 관한 보고서는 받은 적이 없습니다'라고 솔직하게 대답했고, 일련의 사고는 '결코 일어나서는 안 될 비극'이었으며 '통탄을 금할 길이 없다'라며 피해자와 유족들에게 사죄했죠. 하지만 용서받지 못했어요. 법의 심판을 받지 않더라도 우리가 심판하겠다며 모두가 나서서 남편을 규탄했죠. 있는 말 없는 말 지어내서 누구든지 마음껏 욕해도 되는 제물로 삼았어요."

"저는 무서웠습니다. 설마 브레이크 문제로 사고가 일어나서 이렇게 많은 사상자를 낳게 될 줄은 상상도 못 했으니까요. 제가 보고서를 묵살했다는 사실이 밝혀지면 어떻게 될지…. 언론과 SNS의 무서움은 누구보다도 제가 가장 잘 알고 있습니다. 세상 사람들의 증오가, 사장님을 향하고 있는 이 증오가 전부 제게 돌아올 거라고 생각하면 무서워서 숨이 막힐 것만 같았습니다. 사실이 드러나면 이번에는 제가 그 자리에 서게 될 테니까요. 분노와 악의와 혐오로 점철된 단두대에…. 절망에 빠져 스스로 목숨을 끊을까도 생각했습니다."

"그렇게 하지 그랬어요."

시카가와 부인이 차갑게 내뱉었다.

"제가 자살하면 어떻게 될지 생각해 봤습니다. 어차피 출세할 가능성도, 결혼할 가망도 없고, 제 인생에 희망 따위는 존재하지 않습니다. 하지만 제가 죽으면… 사장님을 향한 공격의 수위는 더 높아지기만 할 거라는 사실을 깨달았습니다. 만약 제가 제 잘못을 솔직하게 고백한 유서를 남기고 죽더라도 사람들은 자기들 멋대로 '사장이 개발에 참여한 직원에게 죄를 뒤집어씌우고 자살로 몰아넣었다'라는 스토리를 만들어낼 테니까요."

권력자의 죄를 규탄하는 와중에 그의 부하나 비서가 죄를 고백하는 유서를 남기고 자살한다면 그 유서의 내용을 그대로 믿을 사람이 얼마나 될까. 개발부 과장인 이시와다가 스스로 목숨을 끊으면 SNS를 중심으로 음모론이 퍼져 나갈 것이고, 사람들은 시카가와 사장이 직원에게 죄를 뒤집어씌우고 자살을 강요했다고 믿을 것이다. 만약 시카가와 사장이 직원의 죽음에 책임을 느끼고 남겨진 가족들에게 위로금을 건네기라도 한다면 이번에는 대신 죄를 뒤집어쓰고 죽은 대가라고 손가락질할 것이다.

그야말로 절체절명.

한번 악인이라는 낙인을 찍히면 선의도 악의로 해석되고, 진실을 말해도 변명이라고밖에 받아들여지지 않는다. 시카가와 부인이 말한 것처럼 지금까지 욕하고 공격해 댄 것을 이제 와서 전부 없었던 일로 할 수는 없기 때문이다. 악은 끝까지 악이어야만 한다. 그렇지 않으면 무고한 사람을 공격한 자신이 악이라는 말이 되니까.

이시와다가 잠시 뜸을 들였다가 고백을 이어갔다.

"어차피 뭘 해도 사장님 잘못이 되는 상황이었습니다. 그렇다면 내가 그럴듯한 증언을 하면 사람들은 믿지 않을까. 그렇게 생각해서 잡지 기자에게 전화를 걸었습니다. 죄책감을 견딜 수가 없으니 진실을 털어놓겠다고요."

시카가와 부인이 계속해 보라는 듯 턱을 치켜들었다.

"저는 기자를 만나서 결함에 관한 보고서를 사장님께 올렸다고 말했습니다. 기자가 그러더군요. 당신의 정의감이 유족들을 구하는 거라고, 당신은 옳은 일을 하는 거라고. 하지만 말과는 달리 기자의 눈동자는 흥분으로 번들거렸습니다. 특종을 잡았다는 확신이 들었던 거겠죠."

생각지도 못한 고백에 모두가 할 말을 잃었다.

"제가 자진해서 증언한 것처럼 쓰지는 말아 달라고 부탁했습니다. 직책은 밝혀도 되지만 이름은 이니셜로 처리해 달라고. 그렇게 해서 완성된 것이 그 기사입니다. 저는 제가 먼저 나서서 제보를 했으면서 회사에서는 '기자 앞에서 부주의하게 흘린 말이 기사화되어버린 피해자'처럼 행동한 겁니다."

시카가와 부인이 분기탱천해서 외쳤다.

"교활한 자식!"

"…사장님께는 죄가 없습니다. 정말로 결함에 관한 보고서는 받으신 적이 없으니까요. 실험 단계에서 '라피도'의 결함이 확인되었다는 말은 사장님 입장에서는 금시초문이었을 겁니다. 하지만 제 고백으로 인해 사장님은 유죄가 확정되었습니다."

카미시마가 "시카가와 사장이 누명이라고 주장하면 어쩔 셈이었습니까?" 하고 물었다.

이시와다는 자조적인 웃음을 띠며 대답했다.

"제가 하는 고발에는 증거가 필요하지 않습니다. 설령 사장님이 기자 회견을 열어 본인은 정말로 보고서를 받은 적이 없다, 개발부 과장이 거짓말을 하는 거다, 이렇게 주장한다 한들 누가 그 말을 믿겠습니까? 이른바 악마의 증명이죠. '받지 않았다는 사실'을 증명하는 것은 불가능합니다. 직원의 용기 있는 고발을 필사적으로 부정하며 책임을 회피하려고 하는 권력자의 마지막 발악처럼 보였겠죠."

이시와다의 말이 맞다. 시카가와 사장이 사실무근이라고 주장해도 아무도 믿지 않았을 것이다. 비난 여론이 수그러들기는커녕 오히려 비판의 강도가 더욱 거세졌을 가능성도 있다. 시카가와 사장도 그것을 알기 때문에 자신의 결백을 떳떳하게 주장하지 못하고 그저 참고 견디는 쪽을 선택할 수밖에 없었을 것이다.

이시와다가 하는 말은 도저히 지어낸 이야기라고는 생각할 수 없을 정도로 강한 설득력을 가지고 있었다.

시카가와 부인은 찢어 죽일 듯한 눈빛으로 이시와다를 노려보았다.

"무능한 직원인 줄만 알았더니… 비겁한 자식. 내 남편한테 죄를 뒤집어씌우고 뻔뻔하게…."

"이제 와서 변명은 하지 않겠습니다. 맞습니다. 저는 비겁한 놈입니다. 죄 많은 인간입니다. 제가 살기 위해 자신의 죄를 사장님께 덮어씌웠습니다."

이시와다는 영혼까지 다 토해 낼 것처럼 길게 탄식한 후 망설임 없는 말투로 말했다.

"그러니 사장님을 죽인 범인은 다른 누구도 아닌 바로 접니다."

5

'센바 유메코'는 엄지손톱을 깨물며 다시금 사장실을 돌아보았다.

기자인 카미시마는 옆에 있는 1인용 소파에 앉아 펜으로 수첩에 뭔가 적고 있었다. 현재 상황을 정리라도 하고 있는 것일까.

시카가와사 직원인 린도와 이시와다는 조금 떨어진 위치에서 바닥 카펫 위에 앉아 있었다.

청소부 하야시는 조금 전 화장실에서 돌아와 운전기사인 쿠라모치 옆에 앉아 있었다.

그리고 시카가와 부인은 2인용 소파를 혼자 독차지하고 앉아 다리를 꼬고 책을 읽고 있었다. 책 제목은 『기업의 손해 배상 대책』. 책장에 꽂혀 있던 책들 중 하나였다.

이시와다가 죄를 고백한 후, 아무도 반론하지 못한 채 시간만 흐르고 있었다.

유메코는 탁상시계에 눈길을 주었다.

현재 시각은 오후 10시 반. 감금되고 9시간 반이 넘게 지났다. 게임 마스터가 제시한 제한 시간까지 앞으로 약 38시간….

린도가 자리에서 일어나며 말했다.

"배가 고프네요. 저 먼저 저녁을 먹도록 하겠습니다."

린도는 박스형 냉장고로 다가가 도시락을 꺼냈다. 전자레인지에 돌린 다음 먹기 시작했다.

도시락에서 풍겨 오는 고소한 닭튀김 냄새를 맡고 유메코는 자기도 배가 고픈 상태였음을 깨달았다. 다른 사람들도 린도가 식사하는 모습을 곁눈질로 살폈다.

쿠라모치와 하야시가 "저도…" 하고 몸을 일으키더니 각자 도시락을 골라서 전자레인지에 넣고 데웠다.

유메코도 차례를 기다렸다가 저녁 식사를 하기 시작했다.

쿠라모치가 젓가락으로 닭튀김을 집어 입으로 가져가면서 중얼거렸다.

"이제 어떻게 하면 좋을까요…."

하야시가 쿠라모치를 돌아보며 대답했다.

"글쎄요. 가장 죄가 무거운 사람이라고 한다면…."

하야시가 이시와다의 옆모습을 힐끗 쳐다보았다. 사람들이 자신을 쳐다보고 있다는 사실을 느끼지 못할 리 없는데도 이시와다는 아무와도 눈을 마주치지 않은 채 묵묵히 식사에만 집중했다. 때때로 시선이 부담스럽다는 듯 몸을 비틀었다.

"설마 자기 선에서 보고서를 묵살했을 줄이야…."

린도가 비꼬는 투로 말했다.

이시와다의 어깨가 꿈틀했다. 하지만 고개는 들지 않고 어깨를 움츠린 채 식사를 이어갔다.

"사장님은 정말 아무것도 모르셨던 거군요. 게다가 잘못을 사장님께 뒤집어씌우기 위해 일부러 거짓 정보를 주간지에 흘리기까지 하다니…. 역시 아무리 생각해도 가장 큰 죄인은 이시와다 과장님이네요."

린도의 비아냥에 이시와다의 몸은 점점 더 움츠러들었다. 시선을 들지 못하는 것은 민망함과 죄책감 때문일 것이다.

시카가와 부인이 흥 하고 콧방귀를 뀌었다.

"불쌍한 내 남편…. 남편은 누명을 쓴 피해자였어요. 그렇게까지 욕먹을 이유가 없었다는 말이죠."

유메코는 시카가와 부인에게로 시선을 돌렸다.

부인의 도발적인 눈빛과 정면으로 마주쳤다.

"사과하지 않을 건가요? 매일같이 회사 앞에서 시위를 벌이며 죄도 없는 내 남편을 피도 눈물도 없는 악마처럼 묘사하고 인간 말종이라고 매도했잖아요. 자기가 원하는 처벌이 이루어지지 않자 이번에는 기자 회견을 열어 눈물을 쏟으며 정의감에 불타는 기자들을 부추겨서 여론을 형성했죠. 여자의 무기를 최대한 활용해서요."

유메코도 지지 않고 시카가와 부인을 노려보았다.

"…사장이니까 책임을 지는 게 당연하잖아요. 피해자 유족의 눈물을 여자의 무기라고 하는 건 좀 심하지 않나요?"

"내 남편은 보고서를 은폐한 범죄자 취급을 하고, 시카가와사에서 일하는 일반 직원들한테도 죄가 있는 것처럼 몰아갔잖아요. 그래 놓고 자기는 아무 죄가 없다고 내빼겠다고요?"

"내부 고발이 거짓일 거라고 누가 생각이나 했겠어요? 그게 내 잘못은 아니잖아요. 괜한 트집 잡지 말아요."

"남편은 사실이 아니라고 부정했어요. 당신은 남편을 규탄하기 위해 자기가 믿고 싶은 정보만 믿은 거죠. 남편이 얼마나 억울해했는지 알아요? 그이가 얼마나 큰 상처를 받고 괴로워했는지 아냐고요. 아아, 가엾고 불쌍한 내 남편."

"나는 피해자 유족이라고요!"

"드디어 나왔네요, 최강의 무기. 이번에도 또 울부짖으며 동정을 구걸하려고요?"

"내가 울긴 왜 울어요! 내가 피해자인 건 부정할 수 없는 사실이에요!"

"피해자라는 사실이 가해의 면죄부가 된다고 생각해요? 전기자전거 사고에서는 당신이 피해자일지 몰라도 내 남편한테 누명을 씌운 일과 관련해서는 가해자잖아요." 시카가와 부인이 턱을 치켜들었다. "사과는요?"

"…시카가와 사장이 은폐에 가담했는지 안 했는지, 보고서를 받은 적이 있는지 없는지, 그런 건 재판에서 시시비비가 가려질 거예요. 나 역시 진상을 알고 싶은 사람 중 하나이고, 지금 상태에서 내가 할 수 있는 말은 아무것도 없어요."

시카가와 부인이 코웃음을 쳤다.

"남편을 공격할 때는 재판 결과가 나오지도 않았는데 욕을 퍼부어대면서 비난했으면서 고발 내용이 거짓이었다는 게 밝혀지자 그건 내 알 바 아니라고요? 그러면서 자기는 어디까지나 피해자일 뿐이라고 주장하다니 웃기지도 않네요."

이시와다의 고발이 거짓이었다는 게 분명해진 지금으로서는 시카가와 부인의 말에 반박할 여지가 전혀 없었다.

그러다가 문득 낮에 한 이야기가 생각났다.

"…무슨 천하의 현모양처인 척하지만 당신도 별반 다를 거 없잖아요. 남편이 세간의 공격을 받아 약해진 틈을 타서 '시카가와 사장은 자기 아내한테 낙태를 강요한 시대착오적인 가치관의 소유자'라고 폭로한 주제에…."

이번에는 시카가와 부인이 입을 다물 차례였다.

유메코도 똑같이 코웃음으로 되갚아줬다.

"그만들 하시죠." 린도가 다 먹은 도시락 용기를 카펫 위에 내려놓았다. "자기 죄를 부정한다고 해서 좋을 게 없으니까요, 여기서는."

카미시마가 "그렇죠" 하고 고개를 끄덕였다.

린도가 말했다.

"38시간 후에 찾아올 심판의 순간에 살아남는 사람은 사장님을 죽인 범인뿐입니다. 죄를 부정하는 사람에게 기다리고 있는 건 죽음이죠. 독가스로 인한."

"이대로는 모두 죽을 겁니다."

하야시와 쿠라모치가 겁에 질린 표정으로 "모두…" 하고 중얼거렸다.

카미시마가 시카가와 부인과 유메코를 보며 말했다.

"서로 물고 늘어지는 건 자유지만 마지막에 살아남는 사람은 범인뿐입니다. 지금 상황에서 무엇을 해야 하는지 다들 잘 아실 텐데요?"

시카가와 부인의 콧등에 주름이 잡혔다.

카미시마가 말했다.

"어찌 됐든 제 기사의 임팩트는 쿠라모치 씨의 고백에 묻혀버렸습니다. 쿠라모치 씨가 녹음 파일을 조작했다는 고백은, 보고서를 은폐했다는 고발이 사실은 거짓이었다는 이시와다 씨의 고백에 밀리는 감이 있고요. 아무튼 저는 글렀습니다."

시카가와 부인이 다리를 반대쪽으로 바꿔 꼬며 대답했다.

"…법적인 잘못을 따진다면 그야 이시와다 과장의 죄가 가장 무겁겠지요. 하지만 지금 여기서 문제로 삼는 건 '남편을 죽인 사람은 누구인가'라는 거잖아요."

카미시마가 "맞습니다" 하고 고개를 끄덕였다. "현재로서는 그게 이시와다 씨라는 겁니다."

"과연 그럴까요?"

"…네?"

"이시와다 과장은 용서받지 못할 죄를 저질렀어요. 하지만 그것이 내 남편을 죽인 거냐고 묻는다면 그건 아니지 않나요? 이시와다 과장은 어디까지나 원흉에 불과해요. 남편을 죽음으로 몰고 갔다는 의미에서 보면 그 후에 일어난 일이 더 직접적인 원인이지 않나 싶은데요."

"그러니까 부인이 낙태를 강요당했다고 폭로한 것이 가장 큰 원인이라고 말하고 싶은 겁니까?"

"가능성은 있다고 보는데요."

"무슨 말을 하고 싶은 건지는 알겠습니다. 하지만 게임 마스터가 어떻게 판단할지는 모르겠네요. 그 정도 기사 하나 때문에 사장이 죽었다고 하는 건 좀 무리가 있지 않나 싶습니다만."

"알아서 판단하라지요. 아무튼 나는 내 죄를 고백한 것뿐이니까. 애초에 48시간 후에 독가스를 살포하겠다는 헛소리, 난 안 믿어요."

"실제로 가스가 뿌려지기도 했는데 말입니까?"

"그게 정말 독가스였는지 아닌지는 모르잖아요. 그럴듯해 보이는 말로 우리를 압박하고 있는 건지도 모르죠."

"…뭐가 됐든 38시간 후면 알게 되겠죠. 마지막 순간에 살아남고 싶다면 범인이 되는 것 외에는 다른 방법이 없고요."

"역시 범인이 되기 위해 만들어 낸 고백이었군요. 혼자만 독가스에서 살아남겠다고…. 자기가 쓴 기사를 진심으로 반성한다는 투로 얘기했으면서."

카미시마는 조금도 동요하는 기색을 보이지 않았다.

"어차피 곧이곧대로 믿지도 않았을 거 아닙니까."

"그야 물론이죠."

두 사람이 험악한 분위기로 서로를 노려보는 가운데 유메코는 한숨을 내쉬며 입을 열었다.

"시카가와 사장을 죽음으로 몰고 간 사람은 저예요."

모두의 시선이 유메코에게로 쏠렸다.

"시카가와 부인이 말했듯이 연일 시위를 열어서 시카가와사와 시카가와 사장을 규탄했으니까요. 법의 심판을 받지 않는 시카가와 사장을 어떻게든 궁지로 몰아넣고 싶었어요."

시카가와 부인이 경멸에 찬 시선을 던졌다.

"조금 전까지만 해도 자기 죄를 부정하더니 목숨이 달렸다고 하니까 이제 와서 자백하겠다고요? 재탕 삼탕도 아니고 당신이 몇 번째인 줄은 알아요?"

유메코는 부인의 눈을 똑바로 마주 보며 입술에 미소를 머금었다.

"그게 뭐요?"

"…뻔뻔하긴."

"냉정하게 생각해 봤어요."

"뭘 말이죠?"

"만약 38시간 후에 정말로 독가스가 살포되어서 범인을 제외한 모두가 죽는다면… 그건 나일 리가 없다고요. 어째서 피해자인 내가 죽어야 하죠? 잘못을 저지른 시카가와사와 어떤 식으로는 관련이 있는 사람들이 희생되는 게 맞잖아요."

시카가와 부인은 어이가 없다는 듯 붉은 입술을 딱 벌렸다.

"그게 지금 무슨 소리에요? 이건 감정론이나 정의 같은 걸로 따질 수 있는 문제가 아니라고요! 이런 자기밖에 모르는 여자 같으니라고!"

"다들 범인이 되어서 자기 혼자 살아남으려고 하고 있으니 여기 있는 사람 모두 자기밖에 모르는 거 아닌가요? 아무튼 나는 유일한 피해자니까 살아남는 게 당연해요. 피해자가 희생된다는 건 있을 수 없는 일이라고요!"

"웃기지 말아요!"

시카가와 부인이 용수철처럼 소파에서 벌떡 일어났다.

"피해자라는 단어를 전면에 내세우면 무슨 말을 하든 무슨 짓을 하든 다 용서받을 수 있다고 생각하는 거예요?"

"딱히 내세운 적 없어요. 그리고 사실이잖아요. 나는 피해자라고요."

쿠라모치가 조심스럽게 끼어들었다.

"저… 저는 시카가와사 사람이 아닙니다."

하야시가 "저도 마찬가지입니다" 하고 동조하고 나섰다. "저희는 피해자니 가해자니 하는 것과는 아무 상관도 없습니다."

유메코는 두 사람을 쏘아보았다.

"그래서 '시카가와사와 어떤 식으로든 관련이 있는 사람'이라고 했잖아요. 두 분 다 그냥 운이 안 좋았다고 생각하세요. 일개 운전기사와 청소부라고는 해도 저보다는 시카가와사랑 관련이 있잖아요."

하야시가 말문이 막힌다는 듯 입을 다물었다.

"아무튼 저는 이대로 죽을 생각이 전혀 없어요. 범인이 되어서라도 반드시 살아남을 거예요."

린도가 어깨를 으쓱 추켜올렸다.

"상황이 점점 더 복잡하게 꼬여가네요. 대체 누가 범인인지. 이렇게 되고 보니 카미시마 씨가 하는 말도, 쿠라모치 씨가 하는 말도, 시카가와 부인이 하는 말도, 이시와다 과장님이 하는 말도 다 일리가 있는 것 같은데요. 재미있네요. 모두가 범인인 동시에 피해자라…."

카미시마가 말했다.

"누군가 자신이 범인이라고 주장할 때마다 다른 누군가가 탐정으로 나서서 그 주장의 허점을 지적하고 있고요."

"역할 분담이 엉망인 무대 연극이네요."

유메코는 린도를 쏘아보았다.

"당신, 혼자만 이 일과 관계없다는 듯 초연한 태도를 보이는데 범인이 아니라면 당신도 죽을 거라고요. 그렇게 위에서 모두를 내려다보고 있으면 무슨 이야기의 주인공이라도 된 것 같나요?"

"데스 게임의 주인공은 더 행동파에 가깝죠. 보통 저 같은 타입은 중간에 잔인하게 살해당하기 마련입니다."

"스스로도 알고는 있다는 거네요? 그럼 열심히 좀 나서 봐요."

"글쎄요, 뭘 어떻게 해야 할지…. 저는 이 안에서는 보기 드문 '무고한' 관계자입니다. 범인이 되기 위해 자백할 만한 죄가 없기 때문에 할 수 있는 게 없네요."

"그래서 일찌감치 포기하고 이 상황을 즐기기로 한 건가요?"

"말이 좀 거치시네요. 자기 편할 대로 생각하고 단정짓는 게 특기이신가요?"

유메코는 눈썹을 찌푸렸다.

카미시마가 모두를 둘러보며 말했다.

"또 자백하실 분 계십니까?"

쿠라모치와 하야시는 말없이 고개를 저었다. 시카가와 부인은 입이 마르는지 입술을 혀로 핥았다.

카미시마가 중역용 책상에 가볍게 걸터앉았다.

"더 자백할 사람이 없다면 우리가 할 수 있는 일도 없네요. 게임 마스터의 심판을 기다리는 수밖에요."

린도가 "그러게요" 하고 대답했다. "내일에 대비해서 슬슬 자는 게 좋겠습니다."

하야시가 중얼거렸다.

"이런 상황에서 잠이 올지…."

카미시마가 하야시를 돌아보았다.

"앞으로 38시간 동안 안 자고 버티겠다고요? 쓰러질 겁니다."

"그건 그렇지만…."

린도가 "쓰러지기 전에 죽겠지만요" 하고 끼어들었다.

카미시마는 린도를 탓하듯 흘겨보았다.

"당장 모레 죽는다고 해도 인간은 3대 욕구에 이기지 못합니다. 무슨 일이 기다리고 있을지 모르니 더더욱 휴식을 취해서 체력을 비축해 놔야죠."

"자는 동안 무슨 일이 일어날지 모르잖습니까. 데스 게임에서는 기본 중의 기본이죠."

유메코가 혀를 차며 말했다.

"그럼 당신은 깨어 있으면 되겠네요. 나는 잘 테니까."

린도는 마음대로 하라는 듯 어깨를 으쓱해 보였다.

유메코는 꿈에서 깨어 눈을 떴다. 순간 자기가 있는 곳이 어디인지 분간이 가지 않아서 당황했다.

모든 창이 막혀 있기 때문에 천장 조명을 끄면 사장실은 완전히 깜깜해진다. 지금이 한밤중인지 이른 아침인지도 확실하지 않았다.

비행기나 기차에 탄 승객처럼 소파에 앉은 자세로 수면을 취한 탓에 몸 여기저기가 결리고 쑤셨다.

어둠에 익숙해지자 방 안 풍경이 조금씩 눈에 들어왔다. 남자들은 모두 카펫 위에 드러누워 자고 있었다. 시카가와 부인만이 2인용 소파에 몸을 웅크린 채 누워 있었다.

유메코는 자리에서 일어나 수납장 위에 놓인 탁상시계로 다가갔다.

시곗바늘은 아침 6시 반을 가리키고 있었다.

제한 시간까지 앞으로 30시간….

이 앞에는 무엇이 기다리고 있을까.

30분 정도 지나자 사람들이 하나둘씩 일어나 불을 켜고 하품을 하고 기지개를 켰다.

쿠라모치가 하야시에게 "좀 주무셨어요?" 하고 물었다.

"아, 네…. 그럭저럭."

"저는 자다가 세 번이나 깼습니다. 아직 뇌가 반쯤 잠들어 있는 것 같은 기분입니다."

"저는 무서운 꿈을 꿨습니다. 정체를 알 수 없는 그림자에 쫓겨 도망치다가 마지막에는 막다른 곳으로 몰리는….'

"아무래도 정상적인 상황이 아니니까요."

"무섭습니다."

"후우." 린도가 스트레칭하듯 목을 천천히 돌렸다. "아무튼 잠도 깰 겸 순서대로 화장실에 가서 세수나 할까요? 그러고 나서 아침을 먹도록 하지요."

유메코는 린도를 쳐다보며 말했다.

"변함없이 태평하네요."

린도는 이번에는 아무런 반응도 보이지 않았다. 말없이 사장실에서 나가 2~3분 후에 돌아왔다.

"개운하네요."

화장실 세면대에서 세수를 하고 왔는지 아까보다 눈에 생기가 돌았다.

한 명씩 돌아가며 밖으로 나갔다.

"자, 그럼." 린도가 말했다. "무사히 이틀째를 맞이했네요. 아침에 일어나서 누가 죽어 있으면 어쩌나 걱정했습니다."

말하는 내용과는 달리 목소리에서는 전혀 긴장감이 느껴지지 않아서 농담처럼 들렸다.

"설마요." 카미시마가 쓴웃음을 지었다. "이런 상황에서 살인 사건이 일어나면 범인이 누구인지 금방 드러날 겁니다. 달리 숨을 곳도 없는 이런 탁 트인 공간에서 아무에게도 들키지 않고 사람을 죽인다는 건 불가능하니까요."

"그것이 가능하다는 게 데스 게임의 법칙 아니겠습니까. 이른바 클로즈드 서클이라는 거죠. 폐쇄된 공간에서 일어나는 사건. 누가 살인범인지 알 수 없어서 서로가 서로를 의심하는…."

"그만해요!" 유메코가 말을 가로막았다. "이건 만화가 아니라고요."

린도가 유메코를 돌아보았다.

"너무 그렇게 예민하게 반응하지 마십시오. 이 정도 텐션으로 임하는 게 오히려 우려가 현실이 되는 것을 막아 줄지도 모르지 않습니까."

"그쪽이 자꾸 신경을 건드리는 말을 하니까 예민해지는 거잖아요."

"예예."

린도는 엷게 쓴웃음을 지으며 박스형 냉장고 쪽으로 걸어갔다. 삼각김밥과 페트병에 든 우롱차를 꺼냈다.

"먼저 먹겠습니다."

린도는 카펫에 앉아 삼각김밥을 입에 물었다.

"생각해 보면." 시카가와 부인이 말했다. "먹을 걸 이렇게 완벽하게 준비해 두고 48시간 후에 죽이겠다니 정말 잔인한 얘기네요. 무슨 가축 취급하는 것도 아니고."

시카가와 부인은 불쾌하다는 듯 내뱉으면서 샌드위치를 하나 집었다. 그러고는 내용물이 마음에 들지 않는다고 투덜거리며 소파로 돌아와 먹기 시작했다.

식사 중에는 아무도 말을 하지 않았다.

말하자면 이것은 '유일한 생존자'가 되기 위해 겨루는 서바이벌 게임인 셈이다. 적과 사이좋게 담소를 나눌 여유 따위 있을 리가 없었다.

유메코는 식사를 마치고 화장실에 가기로 했다. 뒤쪽 문을 열고 나가려는데 중간에 뭔가 걸려서 문이 끝까지 열리지 않았다.

"윽!"

문 뒤에서 남자 목소리가 들렸다.

유메코는 복도로 나와 문을 닫았다. 문 뒤에 청소부 하야시가 서 있었다.

"이런 데서 뭐 하세요?"

하야시는 쭈뼛거리며 시선을 피했다.

"아, 아니… 아무것도 아닙니다. 화장실 다녀오는 길인데…."

유메코는 하야시를 머리끝부터 발끝까지 찬찬히 훑어보았다.

"흐응…."

"저는 딱히 아무것도…."

"뭐 아무래도 상관없기는 한데…."

유메코는 하야시를 내버려둔 채 복도를 걸어가 화장실로 향했다. 볼일을 보고 일어나 잠시 숨을 돌렸다.

왔던 길을 되돌아가서 코너를 돌자 아까와 같은 자리에 서 있는 하야시가 눈에 들어왔다. 이쪽에 등을 돌리고 서서 벽에 달린 CCTV를 응시하고 있었다.

대체 뭘 하고 있는 걸까.

하야시는 팔을 위로 뻗어 CCTV 높이를 재는 듯한 동작을 취했다. 그러고는 사장실의 문 높이를 확인했다.

계속 관찰하고 있으려니 하야시가 기척을 느꼈는지 화들짝 놀라 뒤를 돌아보았다. 숨을 새도 없이 눈이 마주쳤다.

하야시는 눈이 휘둥그레져서 황급히 사장실 안으로 뛰어들어 갔다.

유메코는 그 뒤를 따라 방 안으로 들어갔다. 하야시는 페트병을 입에 대고 벽에 걸린 그림을 보고 있었다. 의미 없이 액자를 만지작거렸다. 부자연스럽게 이쪽을 외면하며 시선을 마주치려 하지 않았다.

수상한 행동이 신경 쓰였지만 유메코는 잠자코 소파에 앉았다.

방 안에 있는 사람들을 둘러보는데 중역용 책상 앞 의자에 앉은 카미시마가 갑자기 양 손바닥을 짝 하고 마주쳤다.

모두의 시선이 카미시마에게로 향했다.

책장 앞에 서 있던 린도가 고개를 돌려 "뭡니까?" 하고 물었다. 린도는 무료함을 달래기 위해 책을 읽고 있었는지 오른손에 『전 세계의 사기극』이라는 제목의 두꺼운 책을 들고 있었다.

"실은 한 가지 더 고백할 것이 있습니다."

카미시마가 진지한 목소리로 말했다.

시카가와 부인이 고개를 저으며 "이번엔 또 뭐죠?" 하고 물었다.

"…모두가 돌아가며 자신의 죄를 고백했지만 그중 이 사람이 범인이라는 결정타가 있었다고는 말하기 어려운 부분이 있습니다."

"당신이 그 결정타를 가지고 있다는 건가요?"

"글쎄요. 그 판단은 게임 마스터가 하겠지요. 일단 심판을 앞두고 제가 가지고 있는 카드는 다 꺼내 보이는 게 맞겠다 싶어서요."

"그게 뭔데요?"

"…연일 계속되는 시위, 언론에서 내보내는 공격적인 기사, SNS

에 올라오는 비난과 욕설, 직원의 허위 고발, 아내의 배신. 모두가 시카가와 사장이 자살하게 된 계기라고 볼 수 있습니다. 하지만 본인이 아닌 이상 이 가운데 진짜 죽음의 원인이 무엇인지 판단하는 것은 불가능합니다."

쿠라모치가 고개를 갸웃거리며 물었다.

"그러니까 그걸 판단하는 사람이 게임 마스터라는 거 아닙니까?"

"결정권을 쥐고 있는 사람이 게임 마스터라는 건 맞지만, 게임 마스터는 무엇을 기준으로 범인을 골라내겠다는 걸까요? 기분 내키는 대로? 이것이 시카가와 사장을 죽음으로 몰고 갔을 것이다, 이런 식으로 일방적이고 즉흥적으로 결정만 내리면 그것이 곧 진상이 되는 걸까요?"

"진상을 규명하겠다는 생각 자체를 하지 않는 게 아닐까요? 자기가 납득할 수 있으면 그걸로 충분하달까. 이런 말도 안 되는 일을 벌이는 사람이 제정신일 것 같지는 않으니까요."

"게임 마스터에게 정신병자라는 낙인을 찍는 건 어려운 일이 아닙니다. 하지만 만약 게임 마스터가 합리적으로 판단하고 결론을 내린다면? 우열을 확실히 가릴 필요가 있지 않을까요? 조금 전 제가 열거한 것 모두가 시카가와 사장을 간접적으로 압박한 요인에 해당합니다. 하지만 마지막 순간에 그의 등을 떠민 것은…."

"떠민 것은?"

"제 전화였습니다."

카미시마가 과장된 동작으로 손깍지를 끼고 시선을 떨구었다. 그리고, 크게 한숨을 내쉬었다.

"시카가와 사장이 사장실에 틀어박힌 지 한 달쯤 지났을 때였습니다. 어렵게 통화가 연결되었습니다. 저는 시카가와 사장을 거세게 몰아세운 다음 이렇게 말했습니다." 카미시마가 갑자기 고개를 들더니 성난 목소리로 호통을 쳤다. "온 국민이 당신을 욕하고 손가락질하고 있습니다! 사고로 안타깝게 목숨을 잃은 희생자들은 다시 살아 돌아오지 못합니다! 유족들의 애끓는 마음은 회사로부터 손해 배상을 받는다 하더라도 평생 치유되지 못할 겁니다! 그 죄를 어떻게 다 갚을 생각인 겁니까!"

하야시가 "사장님은 뭐라고 대답하셨나요?" 하고 물었다.

"물론 아무 말도 하지 못했습니다. 저는 거기다 대고 '세상 사람들은 당신 같은 인간은 백번 죽어 마땅하다며 분노하고 있습니다'라고 쐐기를 박았습니다. 책임을 회피하며 방구석에 숨어 있는 시카가와 사장을 용서할 수가 없어서 이때다 하고 거센 비난을 퍼부어댔습니다. 세상의 목소리라는 면죄부를 사용해서 저 개인의 감정을 쏟아낸 겁니다. 시카가와 사장은 '책임은 질 생각입니다'라고 대답했습니다."

그 말은 곧….

"시카가와 사장은 저와 통화한 다음 날 목을 매단 상태로 발견되었습니다. 저는 시카가와 사장에게 사람들이 자신을 얼마나 증오하고 있는지 깨닫게 함으로써 타격을 입히고 싶었습니다. 하지만 설마 그게 자살로 이어질 줄은…."

시카가와 부인이 경멸하는 투로 내뱉었다.

"뻔뻔하긴."

카미시마가 시카가와 부인을 돌아보았다.

"뭐가 말입니까?"

"반성하는 척하는 거 말이에요. 죄책감을 느끼는 척. 당신 고백은 하나부터 열까지 다 구역질이 나요."

"…뭐라고 말씀하셔도 상관없습니다. 하지만 저는 시카가와 사장이 자살하기 전날 밤에 전화로 이야기를 나누었습니다. 그리고 고의로 시카가와 사장을 코너로 몰아넣었고요. 이것은 모두 사실입니다."

린도가 끼어들었다.

"원거리에서 가해지는 다수의 공격보다 직접적인 말 한마디가 결정타가 된다는 건 뭐 어느 정도 일리가 있다고 봅니다. 하지만 사실이라는 건 어떻게 증명할 겁니까?"

카미시마가 "무슨 말씀이신지?" 하고 되물었다.

"전화 말입니다. 자살 전날, 정말로 당신이 사장님께 전화를 걸었는지 현재로서는 확인할 방법이 없습니다. 경찰이 전화 회사에 요청해서 기록을 조회해 봐야 하니까요. 범인이 되기 위해 지어낸 말일지도 모르지 않습니까."

"허위 자백이라고요? 나중에 조사하면 다 나올 텐데 뭐 하러 그런 거짓말을 하겠습니까."

"과연 그럴까요? 지금 이 자리에서 범인으로 인정받으면 나중 일은 아무래도 상관없지 않나요? 어차피 범인을 제외한 나머지 사람들은 모두 독가스를 마시고 죽을 테니까."

"맞아요!" 시카가와 부인이 카랑카랑한 목소리로 외쳤다. "린도 부장 말대로 당신 말이 사실인지 확인할 길이 없으니 그런 건 믿을 수 없어요."

카미시마는 두 사람의 지적에도 침착함을 잃지 않았다.

"사실인지 확인할 길이 없다는 건 다른 사람들도 모두 마찬가지 아닌가요? 쿠라모치 씨가 녹음 파일을 조작했다는 것도 본인의 주장일 뿐입니다. 이곳에 녹음 파일은 존재하지 않으니까 검증이 불가능하죠. 이시와다 과장님의 자백도 본인이 살고 싶어서 지어낸 말일지도 모릅니다. 보고서는 사장에게 올렸지만 묵살당했고, 정의감에 불타서 주간지 기자에게 사실을 털어놓았을 가능성도 있습니다."

이시와다가 "제 이야기는 사실입니다" 하고 끼어들었다. 쿠라모치도 질세라 "파일을 조작했다는 건 사실입니다" 하고 목소리를 높였다.

"말만으로는 증명할 수 없다는 이야기를 하는 겁니다."

카미시마가 말하자 시카가와 부인이 반박했다.

"모두의 자백에 근거가 없는 건 아니죠. 내가 한 말은 실제로 기사에 실렸다고요. 아내가 남편의 인간성을 비판하는 기사가 나갔기 때문에 남편은 벼랑 끝으로 내몰린 거예요."

"그런 의미에서라면 저도 시카가와 사장을 규탄하는 기사를 수십 편도 넘게 썼습니다. 시카가와 사장 입장에서는 정신적으로 큰 부담이 되었겠죠."

"잠깐만요." 유메코도 지지 않고 참전했다. "나도 시위에서 시카가와 사장을 거세게 몰아붙였어요. 기자 회견을 열어서 비난을 퍼부어대기도 했고요. 그러니 내가 가장 범인에 가깝다고 봐야 하지 않나요?"

서로가 서로를 노려보았다.

"…후우." 린도가 고개를 절레절레 저으며 한숨을 내쉬었다. "이대로는 결론이 나지 않겠네요. 기사나 시위는 자살의 근거라고 보기에는 조금 부족한 감이 있고, 녹음 파일 조작이나 허위 고발은 악질적인 행위인 건 맞지만 증거가 없고. 이런 상태에서 논의가 진전되기를 기대하기는 어려워 보입니다."

유메코는 린도를 똑바로 쳐다보며 물었다.

"그래서요?"

"…각자가 고백한 내용은 일단 모두 사실이라고 보는 수밖에 없지 않을까요? 게임 마스터가 원하는 것이 확실한 근거가 있는 진상인지, 아니면 근거 따위 필요 없다고 생각하는 건지 우리로서는 알 길이 없으니까요. 지금 여기서 당장 내놓을 수 없는 증거를 내놓으라고 요구하는 건 의미가 없습니다. 게임 마스터도 그 점은 감안하고 이런 조건을 내건 것일 테고요."

카미시마가 찬성이라는 듯 양손을 들어 보였다.

"좋습니다. 증거는 요구하지 않기로 합시다. 대신 명백한 모순이나 거짓이 섞여 있으면 그 부분은 확실하게 지적할 겁니다."

다른 사람들은 잠시 고민하는 기색을 보이다가 동의하는 의미로 고개를 끄덕였다.

"…뭐 하자는 건지." 시카가와 부인이 못마땅하다는 얼굴로 말했다. "게임 마스터라는 사람은 왜 아무 말도 하지 않는 거죠? 우리끼리 상상해서 이야기해 보라는 건가요?"

카미시마는 시카가와 부인을 힐끗 쳐다보았다.

"다시 이야기를 원점으로 되돌려 보죠. 저는 전화로, 시카가와 부인 식으로 표현하자면 '최후의 일격'을 가했습니다. 제가 건넨 말이 시카가와 사장을 자살로 몰고 간 것이 틀림없습니다. 범인은 접니다."

시카가와 부인은 손톱을 잘근잘근 물어뜯고 있었다. 범인 자리에서 밀려나서 분해하는 것 같아 보이기도 하고, 무언가 골똘히 생각에 잠긴 것 같아 보이기도 했다.

대체 무슨 생각을 하고 있는 걸까.

"…그 누구도 범인이 되게 내버려두지 않을 거예요."

시카가와 부인이 분노가 묻어나는 목소리로 낮게 중얼거렸다.

"그럼 누가 범인이 된다는 겁니까?"

카미시마가 도발적인 말투로 물었다.

모두가 소파에 앉은 시카가와 부인을 쳐다보았다.

짧은 침묵이 흐르고, 시카가와 부인이 소파에서 벌떡 일어났다. 그러고는 고개를 들어 모두를 둘러보았다.

"나예요. 범인은 나라고요."

카미시마가 어이없다는 듯 고개를 내저었다.

"낙태를 강요당했다는 기사 하나로 범인이 되겠다고요? 아니면 뭐가 더 있는 겁니까?"

시카가와 부인은 엄지손톱을 잘근잘근 씹으며 고민스러운 표정으로 갈등하는 기색을 보였다. 그러더니 이윽고 결심한 듯 입을 열었다.

"…낙태 강요 기사는 사실이 아니에요. 쿠라모치나 이시와다 과장과 마찬가지로요."

쿠라모치가 당혹스러운 얼굴로 "낙태를 강요당한 적이 없다는 말씀입니까?"라고 물었다.

"아니요, 아이를 지운 건 사실이에요. 그 증거로 기사에는 나와 남편이 사인한 임신 중절 수술 동의서 사본도 같이 실렸잖아요. 하지만 사실과 진상은 달라요."

카미시마가 물었다.

"쿠라모치 씨나 이시와다 과장님처럼 거짓이 섞여 있다는 겁니까?"

"네."

유메코가 옆에서 "그럴 줄 알았다니까" 하고 비아냥댔다.

카미시마가 말했다.

"일단 들어 볼까요."

주간지 기사에 따르면 시카가와 사장은 자신의 뒤를 이을 남자 아이를 원했기 때문에 부인의 뱃속에 있는 태아가 여자아이라는 사실을 알고는 낙태를 강요했다고 한다.

시카가와 부인은 크게 심호흡을 했다.

"…나는 남편의 명령으로 낙태를 했어요. 하지만 그건 남편의 아이가 아니었어요."

생각지도 못한 충격적인 발언에 모두가 할 말을 잃었다.

가장 먼저 입을 연 사람은 하야시였다.

"그게 무슨…."

"글자 그대로의 의미에요. 나는 불륜을 저지르고 있었어요. 그 사실을 남편이 알게 되었고, 당연히 불같이 화를 냈죠. 내가 임신했다는 사실을 알게 된 남편은 처음으로 내게 손찌검을 했어요. 가정 폭력의 증거라며 주간지에 실린 사진은 그때 찍은 거예요. 낙태를 종용하는 내용이 담긴 LINE 메시지도 불륜 상대와의 사이에서 생긴 아이를 지우라는 의미였고요."

불륜 상대와의 사이에서 생긴 아이.

이 말이 사실이라면 남편 입장에서는 화를 내며 아이를 지우라고 하는 것이 당연하다. '사실과 진상은 다르다'라는 것이 무슨 의미인지 그제야 이해가 갔다.

"나는 남편에게 임신 중절 수술 동의서에 사인해 달라고 요구했어요. 불륜 상대가 사인한 동의서가 세상에 존재한다는 건 남편으로서 씻을 수 없는 불명예 아니냐고, 만약 서류가 외부로 유출되는 일이 생기기라도 한다면 '아내가 다른 남자랑 바람난 시카가와사 사장'이라는 딱지가 평생 따라다닐 거라고 했죠."

불륜을 저지른 사람은 자기인데 오히려 그 사실을 가지고 남편을 협박하다니.

주간지에 실린 내용과 실제 부부 사이의 권력 관계는 반대였을지도 모른다.

"남편은 아무 말도 하지 않고 순순히 사인했어요. 나는 그 사본을 주간지에 보낸 거고요."

카미시마가 떨떠름한 표정으로 물었다.

"어째서 주간지에 정보를 넘긴 겁니까?"

시카가와 부인은 아무렇지도 않게 대답했다.

"복수죠. 나를 때린 데 대한."

"말도 안 돼." 유메코는 혐오에 찬 시선으로 시카가와 부인을 쳐다보며 말했다. "자기는 불륜을 저질렀으면서 겨우 그런 걸 가지고 피해자라고 주장하다니."

"겨우 그런 거? 폭력은 폭력이에요. 엄연한 가정 폭력. 여자를 때렸으니 원칙적으로는 경찰에 체포될 수도 있는 상황이었다고요. 내가 신고하지 않고 넘어가 줬으니까 망정이지."

"어이가 없어서 말이 안 나오네요."

"말이 안 나오면 말을 안 하면 되죠."

"나는 그 기사를 믿고 SNS에서 시카가와 사장의 인간성을 비판하는 게시글을 올린 거라고요."

"어머, 어쩌나. 이제 와서 이런 말을 들으면 많이 곤란하겠네요."

유메코는 입술을 꽉 물고 주먹 쥔 손을 부르르 떨었다.

"자업자득 아닌가? 증오와 분노에 눈이 멀어서 미친 듯이 폭주하다가 때마침 굴러들어온 정보가 진짜인지 거짓인지 확인도 하지 않고 덥석 문 사람은 당신이잖아요. 그리고 어차피 '진상'은 여기 있는 사람들밖에 몰라요. 입 다물고 있으면 앞으로도 아무도 모를 거예요."

"…게임 마스터가 다 듣고 있잖아요."

시카가와 부인은 얼굴을 찡그렸다. 미간과 콧등에 주름이 잡혀서 몇 살은 더 나이가 들어 보였다.

린도가 말했다.

"게임 마스터는 용의주도한 사람입니다. 당연히 모든 대화는 녹음되고 있을 겁니다. 거기 담긴 정보를 어떻게 할 생각인지는 모를 일이죠."

쿠라모치와 이시와다가 뒤늦게 그럴 수도 있겠다는 가능성을 깨달은 듯 두려움과 당혹스러움을 드러냈다.

카미시마가 시카가와 부인에게 물었다.

"그렇다면 가정부의 증언은…."

'사장님이 사모님을 보는 눈은 차가웠고, 의처증이 있으셨습니다. 사모님이 외출할 때는 GPS를 켜 두라고 명령하셨고, 신용 카드 대신 자기가 주는 현금만 가지고 생활하라고 요구하셨습니다.'

과거 시카가와 부부의 집에서 일한 적이 있는 가정부는 이렇게 증언했다.

시카가와 부인은 죄책감이라고는 찾아볼 수 없는 얼굴로 대답했다.

"맞아요, 가정부가 착각한 거죠. 남편은 불륜 사실을 알고 나를 속박하려고 한 거예요. 불륜 상대와는 이미 헤어졌다고 해도 믿지 않았어요."

"흐음…." 카미시마가 말했다. "그러니까 자신이 저지른 불륜 때문에 나오게 된 낙태 이야기를 교묘하게 포장해서 마치 시카가와 사장이 인간 말종에 가까운 가정 폭력범인 것처럼 보이게 한 거군요?"

"잘못은 그런 말에 속아 넘어간 기자한테 있는 거 아닌가요? 당신하고 마찬가지로요. 사실 여부도 제대로 확인하지도 않고 그냥 자기가 원하는 이야기가 나오니까 덥석 물어서 그대로 세상에 내보낸 거잖아요. 언론이 일종의 가해자인 거죠."

카미시마는 반론하지 않았다.

"애초에 성별을 이유로 아이를 지우는 일이 생기지 않도록 태아의 성별은 낙태가 가능한 기간 동안에는 알려 주지 않는 게 일반적이에요. 기본적인 지식이 있는 사람이라면 내 이야기의 이상한 점을 금방 알아차렸을 거예요. 하지만 그 기자는 악의 화신인 시카가와 사장을 단죄할 새로운 증거를 손에 넣었다는 사실에 흥분한 나머지 확인 과정을 생략한 채 바로 기사화해버린 거죠. 아무런 의심도 없이 SNS에 글을 올리고 그에 동조한 사람들도 죄가 없다고는 할 수 없고요."

시카가와 부인이 소파에 가서 앉았다. 다리를 꼬고 도발하듯 턱을 치켜들며 말을 이었다.

"물론 기자한테도 책임을 물어야겠지요. '자칭 피해자'의 고발이라면 덮어놓고 믿는다는 식, 확인되지 않은 정보를 확산시키는 행위는 분명 잘못이니까요. 하지만 지금 이 자리에 그 기자는 없으니까 이 중에서 가장 죄 많은 사람은 나라는 말이 되지 않겠어요?"
"…그러니까 당신이 범인이라는 겁니까?"
"네. 남편을, 시카가와 사장을 죽인 범인은 나예요."
"하긴 이시와다 씨의 허위 고발로 세간의 뭇매를 맞고 있는 상황에서 아내의 악의적인 폭로가 더해지는 바람에 모두가 자신을 악마라고 손가락질하고 각종 비방과 욕설이 한층 더 가속화되었다면 당사자 입장에서는 죽고 싶어질 만도 하겠네요."
"그렇죠? 그러니 인정하고 싶지는 않지만 내가 범인이라는 거예요. 적어도 이 자리에서는 말이죠."
시카가와 부인이 의기양양한 표정으로 유메코를 쳐다보았다.
유메코는 시카가와 부인을 가만히 노려보았다.
"…뭐죠?"
"마지막에 살아남는 사람은 당신이 아니에요."
유메코는 팔짱을 끼며 말했다.
"무슨 말이 하고 싶은 거죠?" 시카가와 부인이 의아하다는 투로 물었다. "당신의 죄는 내 죄에 덮여버렸다고요."
"…그럼 내가 다시 덮으면 되죠."
"뭐라고요?"
유메코가 일부러 한참 뜸을 들이다가 입을 열었다.
"나한테 시카가와 사장을 규탄할 자격이 없었다면요?"

그냥 과거 2

시카가와 카나에는 도쿄 오모테산도에 있는 명품 매장에서 옷과 가방을 사서 밖으로 나온 순간, 눈앞에 불쑥 나타난 남자를 보고 화들짝 놀라 뒤로 물러섰다.

남자는 야구 모자를 깊이 눌러쓰고 선글라스와 마스크로 얼굴 대부분을 가리고 있었다.

"시카가와 카나에 씨 맞으시죠?"

원래 음성을 들키지 않기 위해서인지 부자연스러울 정도로 낮게 억누른 목소리였다.

상대가 자신의 이름을 알고 있다는 사실에 오히려 긴장감이 풀어졌다.

시카가와사의 전기 자전거 브레이크 결함으로 인한 사고 관련 취재를 하고 싶어서 기습적으로 찾아온 기자일까.

"누구시죠?"

카나에는 선글라스 너머로 남자를 쏘아보았다.

회사 경영에 관여하고 있지도 않고 아무런 직함도 없는 사장 부인을 취재하러 오다니. 어떤 식으로든 남편을 공격할 수만 있다면 수단과 방법을 가리지 않겠다는 건가.

남자는 들릴락 말락 한 목소리로 대답했다.

"저는 탐정입니다."

"네?"

저도 모르게 얼빠진 소리를 냈다.

"탐정입니다."

카나에는 남자의 전신을 관찰했다. 언제 세탁했는지 알 수 없는 후줄근한 진회색 후드티에 무릎 부분이 닳아서 구멍이 난 청바지. 빈티지 패션이 아니라 정말로 그냥 낡은 옷이었다.

탐정이라는 말을 들으니 어느 정도 납득이 가기는 했지만, 과거 카나에가 이용한 적이 있는 탐정 회사는 롯폰기에 번듯한 사무실을 갖고 있었고, 그곳에 소속된 탐정들은 모두 대형 로펌 변호사처럼 비즈니스 정장을 입고 있었다.

"탐정이 나한테 무슨 용건이죠?"

남자는 과장된 동작으로 주위를 둘러보며 목소리를 낮췄다.

"사람이 많은 곳에서 할 만한 이야기는 아니니 일단 호텔 라운지 같은 곳으로 이동하는 게 어떨까요?"

"내가 왜 그런 제안을 받아들일 거라고 생각하죠?"

"그게 현명한 선택이니까요, 사모님."

"빙빙 돌려 말하지 말고 좀 알아듣게 말을 해 봐요."

남자는 카나에가 들고 있는 명품 로고가 찍힌 종이 가방을 흘깃 쳐다보더니 비아냥거리는 투로 말했다.

"쇼핑을 좋아하시나 봅니다. 돈을 꽤 쓰셨을 것 같은데요."

"그게 뭐 어쨌다는 거죠? 내 돈으로 뭘 사든 내 마음이죠."

"아아, 물론 그건 그렇죠. 정확히는 '남편이 벌어온 돈'이겠지만요."

"남편 돈은 내 돈이나 다름없어요. 부부니까요. 생판 남한테 싫은 소리 들을 이유는 없는 것 같은데요."

"시카가와사 사모님 정도 되면 돈을 물 쓰듯 쓸 수 있나 봅니다."

빈정대는 말투에 짜증이 치밀어올랐다.

"무슨 말을 하고 싶은 거죠?"

"그런 식으로 돈을 펑펑 쓰는 건 사장 부인이니까 가능한 거 아닌가 싶어서요. 그 자리에서 밀려나면 지금처럼 사치스러운 생활은 불가능해지겠지요."

카나에는 눈썹을 찌푸리며 혀를 찼다.

"본론을 말하라고요!"

빽 하고 소리를 지르자 지나가던 사람들이 고개를 돌려 이쪽을 쳐다보았다. 하지만 곧 흥미를 잃은 듯 지나쳐갔다.

"사모님의 불륜에 관한 이야기입니다."

반응을 숨기는 것은 쉬운 일이 아니었다. 한쪽 눈썹이 움찔하는 게 느껴졌다.

"무슨 말이죠?"

"짐작 가는 데가 없으십니까?"

짐작이 가지 않는다고 하면 뭔가 증거를 들이밀 생각이겠지. 상대의 의도대로 흘러가는 게 마음에 들지 않아서 카나에는 아무 대답도 하지 않았다.

전원 범인, 하지만 피해자, 게다가 탐정 **199**

남자가 쿡쿡거리며 엷은 웃음을 흘렸다.

"지금 여기서 밀회 사진을 꺼내 보일 수도 있습니다만, 만에 하나 사진이 바람에 날아가서 지나가던 사람 눈에 띄기라도 하면 곤란해지지 않겠습니까?"

"…남편한테 의뢰받은 건가요?"

"어떨 것 같습니까?"

"뭐 하나 제대로 대답하는 게 없네요. 좋아요. 잠깐 시간을 내도록 하죠."

카나에는 택시 회사에 전화해서 택시를 불렀다. 택시가 도착하자 뒷문을 열고 종이 가방을 뒷좌석에 내려놓았다.

"집에 있는 가정부한테 전달해 주세요."

택시가 떠나자 카나에는 앞장서서 걷기 시작했다. 뒤에서 남자가 따라오는 발소리가 들렸다.

제일 가까운 호텔로 들어갔다. 라운지로 가서 직원에게 안쪽 자리를 요청했다. 벽 쪽에 놓인 소파에 앉아서 스커트 아래로 쭉 뻗은 다리를 꼬았다. 맞은편에 앉은 남자를 노려보았다.

잠시 침묵이 흘렀다.

"…그래서요?"

카나에가 재촉했다.

남자가 입을 열려는데 직원이 다가와서 "주문하시겠습니까?" 하고 물었다.

"…에스프레소로 주세요."

남자는 오렌지주스를 주문했다.

음료가 나올 때까지 서로 한마디도 하지 않았다.

남자가 마스크를 살짝만 들어 올려서 빨대를 입에 물고 시끄럽게 소리를 내며 오렌지주스를 빨아들였다.

그리고 카나에 앞에 서류봉투를 내밀었다.

카나에는 테이블 위에 놓인 서류봉투를 내려다보았다.

"확인해 보시죠."

남자의 말에 봉투를 집어 들었다. 봉투 안에는 몇 장의 사진이 들어 있었다. 봉투에서 꺼내 한 장씩 들여다보았다.

불륜 상대와 고급 호텔에 들어가는 순간이 찍혀 있었다.

"잘 찍었네요. 남편한테 부탁을 받고 나를 미행한 건가요?"

"의뢰인의 신상에 관해서는 비밀 유지 의무가 있어서요."

카나에는 코웃음을 쳤다.

"비밀 유지 의무라니 지나가던 개가 웃겠네요. 의뢰인한테 보고하기 전에 나와 만나서 이렇게 다 떠들어대고 있으면서. 대체 무슨 꿍꿍이인 거죠?"

"눈치가 빠르군." 남자의 말투가 돌연 거칠어졌다. "사실 나로서는 당신네 부부가 싸우고 이혼한다고 해도 좋을 게 없거든. 그러니까 실리를 중시하자는 거지."

"…지금 나를 협박하는 거예요?"

"협박이라고까지 하긴 좀 그렇고 이건 어디까지나 거래지, 거래."

"협박이나 거래나 그게 그거죠."

"…아무튼 나는 이 사진을 팔 의향이 있거든. 문제는 당신한테 살 의향이 있는가 하는 거지."

"내가 안 산다고 하면요?"

"당신의 사치스러운 생활은 마침표를 찍게 되겠지."

카나에는 다리를 반대로 꼬았다.

전원 범인, 하지만 피해자, 게다가 탐정 **201**

"악덕 탐정이네요."
"시카가와의 이름을 달고 유유자적한 인생을 사는 인간을 용서할 수가 없어서 말이야."
"뭐라고요?"
"시카가와 쿄이치는 파멸당해 마땅해."
"…당신도 피해자 유족인가요?"
"아니."
"그럼 '라피도' 때문에 사고를 당한 피해자인가요?"
"아니."
"그럼 아무 상관도 없는데 그냥 싫어하는 거라고요?"
"좋을 대로 생각해."

세간의 맹비난을 받고 있는 시카가와사와 시카가와 사장 상대라면 무슨 짓을 해도 된다고 생각하는 건가. 나쁜 놈이 호화로운 생활을 영위하고 있는 것에 대한 일그러진 질투심인가.

어찌 됐든 일이 귀찮게 되었다.

남편이 알게 되는 것은 큰 문제가 아니지만, 이 일이 세간에 공표되는 것은 되도록이면 피하고 싶었다.

"나한테도 당신네 재산을 조금 나눠 달라는 거야. 내 수입의 몇백 배, 몇천 배는 가지고 있을 거 아냐."

"…얼마면 되겠어요?"

남자는 오렌지주스를 마시던 빨대를 손가락으로 만지작거리며 되물었다.

"얼마나 줄 수 있는데?"

"20만."

"애들 장난도 아니고. 아까 당신이 매장에서 산 가방 하나 값도 안 되겠네."

"…40만."

"숫자만 슬금슬금 올릴 게 아니라 0을 하나 더 붙여야지."

"웃기지 말아요. 그 정도의 가치가 있다고 생각해요?"

"글쎄. 지금 이 타이밍에 이런 스캔들이 터지면 당신도 무사하지는 못할 텐데? 시카가와 집안 사람들은 다들 하나같이 인간 말종이라는 비난이 쏟아질걸."

"일반인의 불륜이 그 정도로 화제가 될 것 같아요?"

"시험해 볼까? 화제가 될지 어떨지는 어떤 문구로 낚느냐에 달려 있지. 별거 아닌 문제가 어떻게 표현하느냐에 따라 엄청난 이슈가 되기도 하니까. 한순간에 집단 히스테리의 표적이 되는 거지. 불륜이 한 가족만의 문제로 끝나지 않는다는 건 과거 유명인들의 사례만 봐도 알 수 있을 텐데."

그냥 하는 말이 아니라는 건 알았다. 하지만 양아치나 다를 바 없는 악덕 탐정에게 휘둘린다는 건 참을 수 없는 굴욕이었다.

"당신, 내가 협박죄로 고소하면 감옥에 갈 수도 있다는 거 알아요?"

남자는 여유로운 미소를 지으며 말했다.

"나는 무서울 게 없는 놈이거든. 감옥에 가도 상관없어. 어차피 지금도 시궁창 인생이니까."

잃을 것이 없으니 무서울 것도 없다는 말이다. 이런 사람들은 아무 거리낌 없이 범죄를 저지른다. 고소나 체포를 두려워하지 않고 기분 내키는 대로 산다.

적으로 돌려서 좋을 게 없는 부류였다.

그렇다고는 해도….

"고작 불륜 사진 한두 장에 몇백이나 쓸 것 같아요?"
"…이것 말고도 더 있다면?"
카나에의 눈썹이 꿈틀했다.
남자는 다른 서류봉투를 카나에 앞에 툭 던졌다.
봉투 안에 든 사진에는 어느 번화가에 있는 유흥업소에 들어가는 남자가 찍혀 있었다.
"누군지는 알겠지?"
"…남편이네요."
남자가 놀리듯 말했다.
"정답. 모를 수가 없겠지. 얼굴이 제대로 찍혔으니까."
카나에는 사진을 다시 봉투에 넣었다.
"이게 뭐요? 나랑 무슨 관계가 있다는 거죠?"
"부부는 운명 공동체 아닌가? 참고로 그 사진이 찍힌 날짜는 시카가와사가 기자 회견을 한 날로부터 5일 후야. 무슨 뜻인지 알겠어?"
하마터면 들고 있던 봉투를 구겨버릴 뻔했다.
"기자들 앞에서는 진지한 표정으로 머리를 숙이며 자사 제품으로 인해 사고가 일어난 것에 대해 깊이 반성하고 있다고 말해 놓고, 밤에는 유흥업소에서 흥청망청 놀고 마셨다는 거지. 피해자와 유족 들은 과연 이 사실을 어떻게 받아들일까?"
카나에는 입술을 꾹 깨물었다.
"사장 부인의 불륜 사진보다 훨씬 더 치명적이지 않을까? 기혼자면서 사죄 기자 회견 직후에 유흥업소를 드나들다니. 시카가와사가 망하면 당신의 사치스러운 삶도 끝이라고."
"이런 사진까지…."

"일단 표적을 정했으면 끝까지 물고 늘어지는 성격이라서 말이야. 시카가와 사장 부부의 스캔들은 쓸모가 있을 것 같아서 사진으로 남겨 놨지."

합성한 거 아니냐고 따져 물을 수도 있었지만, 마음속에서는 이미 남편에 대한 의혹이 싹트고 있었다.

카나에가 아무 말도 하지 않자 남자는 수첩에 뭔가 끄적이더니 그 페이지를 찢어서 테이블 위에 내려놓았다.

"내 계좌번호야. 돈은 이쪽으로 넣어 줘."

"…그래서 얼마를 원하는 건데요?"

"성의를 보여 달라는 거지. 세상 사람 모두가 증오해 마지않는 시카가와 쿄이치와 그의 부인. 부부의 스캔들을 막기 위해 필요한 금액이 얼마일지 잘 생각해 보라고. 기한은 3일. 입금한 금액이 부족한 경우에는 사진이 주간지에 실리게 될 거야."

스스로 금액을 정해서 입금하라니. 상대의 교활함에 치가 떨렸다.

남자는 자리에서 일어나 "기다릴게"라는 말을 남기고 사라졌다.

라운지에 홀로 남겨진 카나에는 불륜 사진이 들어 있는 봉투를 힘껏 구겨 쥐었다.

남편이 집에 돌아오기가 무섭게 카나에는 취조하듯 따져 물었다.

"당신, 유흥업소 드나들어요?"

남편은 "뭐?" 하고 어리둥절한 표정을 지었다.

"유흥업소 드나드냐고요."

"아니." 남편은 고개를 저었다. "갑자기 무슨 소리를 하는 거야. 내가 유흥업소 같은 데를 왜 가겠어."

"정말이에요?"

"응."

"사죄 기자 회견 후에 놀러 간 적 없어요?"

"그런 짓을 할 리가 없잖아."

증거가 없다고 생각해서인지 시치미를 떼는 남편에게 부아가 치밀었다.

"그럼 이건 뭔데요?"

카나에는 서류봉투를 집어던졌다.

봉투는 남편의 몸에 맞고 바닥에 떨어졌다. 의아한 표정으로 봉투를 집어 든 남편은 안에 든 사진을 보고 눈이 휘둥그레졌다.

"이, 이건…"

카나에는 턱을 치켜들며 홍 하고 콧김을 내뿜었다.

"누가 이런 사진을…"

"누가? 가지도 않은 유흥업소에 간 사진을 어떻게 찍었는지가 아니라 누가 찍었는지가 궁금해요?"

"아니, 그게 아니라…"

남편은 부자연스러운 태도로 말을 얼버무렸다.

"유흥업소라니… 더러워서 정말. 이런 시기에 이런 곳에 가다니 대체 무슨 생각이에요?"

"이건 오해… 아니, 오해는 아니지만…"

"웬 탐정이 찾아와서 돈을 내놓지 않으면 이걸 언론사에 보내겠다고 나를 협박했다고요. 지금 이런 사진이 폭로되면 당신은 끝이에요."

남편은 심각한 얼굴로 입을 꾹 다문 채 마루에 깔린 카펫을 노려보았다.

"피해를 최소화하기 위해서는 달라는 대로 주는 게 좋을 것 같아요. 마음에는 안 들지만 어쩌겠어요. 네? 당신도 그렇게 생각하죠?"

남편은 갈등하는 기색을 보이다가 이내 포기한 듯 고개를 끄덕였다.

"금액은 당신이 알아서 정해요. 자기가 만족할 만한 금액이 아니면 사진을 공개하겠대요."

"…알았어. 혹시 그 남자가 다시 찾아오더라도 당신은 상대하지 마."

"나도 그러고 싶지만… 금액이 마음에 안 들면 또 찾아올지도 모르죠."

"아무튼 당신은 아무 말도 하지 말고 무시하라고."

남편의 필사적인 태도가 부자연스럽게 느껴졌다.

"당신, 그 탐정이 누군지 알아요?"

"아니. 내가 그걸 어떻게 알겠어."

"흐음…."

"…왜?"

카나에는 남편을 의심스러운 눈초리로 빤히 쳐다보았다.

"그러고 보니 당신한테 원한이 있는 듯한 말투였어요. 피해자도 아니고 유족도 아니지만 당신을 파멸시키고 말겠다며 으르렁대던데요."

남편의 얼굴에 동요가 일었다. 이마에는 송골송골 땀방울이 맺혔다.

"당신하고 아무 상관도 없는 사람이라고 보기에는 그 정도가 좀 지나쳤달까…."

"…세상에는 이상한 사람도 많으니까."

"그건 그렇지만요. 뭔가 더 숨기고 있는 게 있어 보이기도 했고, 아무튼 그냥 무시하고 넘어갈 수는 없어요."

"그러지 말라니까. 그건 현명한 판단이 아니야."

"당신 뭔가 짚이는 데가 있는 거죠? 유흥업소에 간 게 사실인지 아닌지는 중요하지 않아요. 당신한테 이성으로서의 관심 따위 남아 있지 않으니까. 하지만 그런 기분 나쁜 인간의 정체를 나한테 숨기는 건 용납할 수 없어요. 이대로라면 나, 무슨 짓을 할지 몰라요. 당신이 곤란해질지도 모른다고요."

남편은 궁지에 몰린 작은 동물처럼 고뇌하는 표정을 지었다. 미간에 깊은 주름이 잡혔다.

"어떻게 할래요?"

남편은 체념 섞인 한숨을 내뱉었다.

"…아마 동생일 거야."

"뭐라고요?"

"그 탐정은 내 동생이라고."

"당신한테 동생이 있다는 말은 처음 들었는데요."

"동생은 어렸을 때부터 품행이 불량하고 막 나가는 구석이 있었거든. 결국 스물한 살 때 부모님과 싸우고 집을 뛰쳐나갔어. 사실상 의절당한 거나 다름없지. 그 이후로 완전히 소식이 끊겼고 한 번도 연락한 적 없어. 기억도 가물가물해서 나한테 정말로 동생이 있었나 싶을 정도야. 얽혀서 좋을 일이 없으니까 존재 자체를 잊어버리려고 노력하며 살아왔어. 언젠가 지나가는 말로 탐정

나부랭이가 되었다는 이야기를 듣기는 했는데…."

"동생이 왜 당신을 원망하는 건데요?"

"동생은 나와는 달리 부모님의 지원을 전혀 받지 못했어. 그러니 내가 아버지 뒤를 이어 사장 자리에 오른 걸 질투하고 있을지도 모르지."

남편의 말에는 설득력이 있었다. 집에서 쫓겨나 밑바닥 인생을 전전하며 살아온 동생이 무엇 하나 부족함 없는 삶을 누리고 있는 형을 질투한다는 건 전혀 이상한 일이 아니었다.

"직업이 탐정이라는 말만 듣고 잘도 동생을 떠올렸네요. 사실은 당신이랑 아무 상관도 없는 악덕 탐정일지도 모르잖아요."

"아아, 물론 그럴 가능성도 있지. 하지만 조심해서 나쁠 건 없으니까. 아무튼 돈은 내 개인 계좌에서 보내 두도록 할게. 이걸로 만족하길 바랄 수밖에. 그 녀석은 뱀 같은 성격이라 이 이상 얽히면 골치 아파질 거야."

"뭐 알아서 해요."

이야기를 마친 후 카나에는 자기 방으로 돌아가 서류봉투를 꺼냈다. 봉투 안에는 자신의 불륜 사진이 들어 있었다.

사진을 꺼내서 다시금 찬찬히 살펴보았다.

아무리 남편이 점잖고 소심한 성격이라고는 해도 이 사진을 보고 상대가 누구인지 알면 가만히 있지 않을 것이다.

사진 속의 두 남녀. 고급 호텔 앞에서 카나에가 끌어안고 있는 상대는, 젊고 잘생긴 시카가와사 직원이었다.

시카가와사 영업부 부장, 린도 모토야.

6

'린도 모토야'는 다른 사람들과 함께 유메코를 쳐다보았다.
'나한테 시카가와 사장을 규탄할 자격이 없었다면요?'
의미를 알 수 없는 말에 모두가 당혹스러운 표정을 지었다.
"그게 무슨 말이죠?" 시카가와 부인이 퉁명스러운 말투로 물었다. "규탄할 자격? 그럴 자격이 없다고요? 그럼 지금까지 당신이 해 온 짓은 다 뭐라는 거죠?"
유메코는 무언가를 고민하듯 천장을 올려다보았다. 다시 정면을 향한 얼굴에서는 조바심과 초조함이 묻어났다.
"…나는 시위대의 선봉에 서서 시카가와사와 시카가와 사장을 규탄해 왔어요. 기자 회견에서 눈물을 흘리며 피해를 호소함으로써 여론을 내 편으로 만들었죠."
"알아요."
카미시마가 내용을 보충하듯 끼어들었다.

"유메코 씨는 '라피도' 사고로 아버지를 잃은 유족입니다. 그러니 시카가와사를 규탄할 자격은 충분할 텐데요."

유메코는 시선을 피하며 으득 이를 갈았다.

시카가와 부인이 "쓸데없이 뜸 들이지 말고 빨리 말해 봐요" 하고 재촉했다.

유메코가 각오를 굳힌 듯 크게 한숨을 내쉬며 고개를 들었다.

"아버지는 시카가와사의 전기 자전거를 타다가 교통사고를 당해서 입원하셨고, 그대로 의식이 돌아오지 않은 상태에서 5개월 후에 돌아가셨어요."

시카가와 부인이 의아한 표정으로 눈썹을 찌푸렸다.

"5개월 후라고요?"

"…맞아요."

"언론 보도에서는 3개월 후라고 하지 않았나요?"

쿠라모치가 두 눈을 멀뚱거리며 "입원 기간이 뭔가 문제가 됩니까?" 하고 물었다.

카미시마가 믿을 수 없다는 얼굴로 말했다.

"유메코 씨 아버지가 돌아가신 날을 기준으로 5개월을 역산하면 라피도가 출시되기 전입니다."

그 말이 무슨 의미인지는 모두가 바로 알아들은 듯했다.

카미시마가 린도를 돌아보며 "그렇죠?" 하고 확인했다.

"…네. 라피도가 출시된 것은 작년 5월입니다. 유메코 씨 아버지가 돌아가신 건 9월이었고요. 사망 시기로부터 5개월을 거슬러 올라가면 라피도는 아직 출시되지 않았을 때입니다."

"'라피도'를 제외한 다른 전기 자전거에도 브레이크 결함 문제가 있었습니까?"

"아니요, 없습니다."

린도와 카미시마는 동시에 유메코를 돌아보았다.

유메코는 스스로 나서서 고백한 사람답지 않게 궁지에 몰린 표정으로 우두커니 서 있었다.

"…맞아요, 우리 아버지가 타고 있던 자전거는 '라피도'가 아니었어요."

"뭐라고요?" 시카가와 부인이 상대를 잡아먹을 듯한 표정으로 노려보며 말했다. "어떻게 그런 거짓말을!"

카미시마가 물었다.

"그럼 사고사했다는 이야기는 대체…?"

유메코는 주먹을 꽉 쥐었다.

"…'라피도' 문제를 알게 된 건 TV 뉴스를 통해서였어요. 자전거 브레이크에 결함이 있는데 시카가와사가 그 사실을 숨기는 바람에 많은 사고가 일어났다고. 그걸 보고 아버지가 타던 자전거도 시카가와사에서 만든 전기 자전거였다는 사실이 떠올라서…. 사고가 난 자전거는 폐기 처분해서 확인할 길은 없었지만 구입한 곳이 직영점이었기 때문에 시카가와사 제품이라는 건 틀림없었어요. 그래서 SNS에 글을 올렸죠."

"뭐라고 말입니까?"

"'우리 아버지도 시카가와사 전기 자전거를 타다가 사고를 당해서 돌아가셨다. 시카가와사를 용서할 수가 없다. 슬픔과 충격으로 가슴이 미어지고 눈물이 멈추질 않는다'라고요. 글은 빠른 속도로 퍼져 나갔고, 수많은 공감과 동정의 댓글이 달렸어요. 다들 하나같이 시카가와사를 고소해야 한다고, 절대로 용서하면 안 된다고, 유족이 나서서 목소리를 내야 한다고 하더군요. 모두가 분노에 사로잡혀 있었어요. 그런 글들을 보니 나도 화가 치밀어올랐고, 이대로 입 다물고 있을 수는 없다는 생각이 들었어요. 그 후로 매일같이 분노와 슬픔에 찬 글을 올리게 되었고, 그걸 본 국회의원이라든지 기자 같은 사람들이 내 SNS 계정으로 연락해 오기 시작했어요. 거대한 악을 상대하기 위해서는 동료가 필요하다고, 그러니 힘을 합쳐 같이 싸우자고요."

"나 참 기가 막혀서!"

시카가와 부인이 과장된 동작으로 고개를 절레절레 저었다.

"조금만 조용히 해 주시겠습니까?" 카미시마가 시카가와 부인에게 눈길을 주었다가 다시 유메코를 쳐다보았다. "그러니까 처음부터 국회의원과 기자 들의 지원을 받았다는 겁니까? 많은 기자들을 모아 놓고 기자 회견을 열 수 있었던 것도 다 그 덕분이었겠군요."

"그들은 내게 든든한 아군이 되어 주었고, 모두가 내 말에 귀를 기울였어요. 응원해 주는 사람도 많았고요. '정의의 대변자'로서 인터뷰에 응한 기사가 신문에 실리면서 일약 유명인이 되었죠. 그로부터 얼마 지나지 않아 활동가 같은 사람들이 시카가와사를 상대로 한 시위에 참여해 달라며 찾아왔어요. 유족이 나서면 회사 입장에서도 무시하지 못할 거라고, 피해자가 목소리를 내야 세상이 변한다고 하더군요. 맞는 말이라고 생각했어요. 그래서 시위대의 선두에 서서 매일같이 시카가와사를 규탄했고, 주위에서 권하는 대로 5천만 엔 규모의 손해 배상 청구 소송도 제기했죠."

요즘은 누구나 SNS로 연결된다. 당사자끼리 잘 얘기해서 해결할 수 있는 문제도 SNS에 올리는 순간, 낄 일지도 못하는 사람들이 개떼처럼 몰려들어서 '원만한 해결'을 불가능하게 만든다. 국회의원도 기자도 사실을 검증하기보다는 감정을 더 우선시하고, 피해자를 가마에 태워 선전용 마스코트로 삼는다."
　카미시마가 말했다.
　"저도 몇 번인가 취재한 적이 있기 때문에 유메코 씨의 활약상이라면 잘 알고 있습니다."
　"그러다가 우연한 계기에 자신의 실수를 깨닫게 되었어요. 팔로워가 몇십 명밖에 안 되는 소규모 계정에서 내가 과거에 한 발언에 대해 의문을 제기한 거예요."
　"무슨 의문 말입니까?" 하고 하야시가 물었다.
　"예전에 아버지가 사고로 입원하시게 되었다는 글을 올린 적이 있었거든요. 그 글이 올라온 게 '라피도'가 출시되기 전이었으니 이 여자의 아버지가 당한 사고는 '라피도'와는 상관없는 거 아니냐는 내용이었어요. '라피도' 문제가 공론화되기 전에 별생각 없이 쓴 글이어서 완전히 잊고 있었는데…."
　"그래서 어떻게 했나요?"
　"바로 문제가 된 글을 찾아서 지웠죠."
　린도가 쿡쿡대며 웃었다.
　"앞에서는 상대의 증거 인멸을 비난하면서 뒤로는 자기한테 불리한 사실을 은폐하고 있었다는 거군요."
　유메코가 표정을 일그러뜨렸다.
　카미시마가 물었다.
　"해당 글이 화제가 되지는 않았나요?"
　"…그걸 보고 피해자를 가장한 사기꾼이라느니 피해 사칭 같다느니 하는 말이 돌기는 했지만 글을 바로 내렸기 때문에 그렇게까지 많이 퍼지지는 않았어요. 함께 활동하던 기자나 국회의원한테 밀고하는 사람도 있었지만 그런 건 다들 그냥 무시했고요."

카미시마가 쓴웃음을 지으며 말했다.

"당신이 피해자라고 믿었기 때문에 기자는 기사를 썼고, 국회의원은 자신이 가진 권력을 이용해서 시카가와사의 사고를 사회문제로 공론화했습니다. 활동가는 당신과 함께 회사 앞에서 주먹을 흔들며 소리를 질렀고요. 당신을 비난하는 목소리는 피해자에 대한 공격으로 간주해서 입을 다물게 만들었습니다. 가족을 잃은 피해자를 공격하는 건 제대로 된 사람이 할 짓이 아니라고 하면서 말이죠. 이제 와서 그 사고와 죽음이 '라피도'와 아무 상관도 없다는 말을 들었다고 해서 치켜든 주먹을 냉큼 내릴 수는 없는 노릇이었겠죠. 원래 감정적인 상태에서 내뱉은 말은 그것이 오해에서 비롯된 것이었다는 사실을 깨달아도 다시 주워 담기 힘든 법입니다. 당신이라는 존재를 이용해서 실컷 두들겨 패던 상대로부터 반격을 당하게 되리라는 건 불 보듯 뻔한 일이었을 테니까요."

유메코가 카미시마를 곁눈질로 쏘아보았다.

"당신은 대체 누구 편이에요?"

"'라피도' 사건의 피해자 유족이라는 말이 사실이라면 당신 편이었겠지만 그 말이 거짓이라는 게 밝혀졌으니 더 이상은 아니죠. 자기 입으로 죄를 고백해 놓고 계속 편을 들어달라는 건 무리한 요구가 아닌가 싶습니다만."

유메코는 입을 꾹 다물고 아무 말도 하지 않았다.

"저…" 하야시가 조심스럽게 입을 열었다. "사고로 아버지가 돌아가셨다는 건 사실 이리는 거죠?"

유메코가 고개를 끄덕였다.

"…아버지는 가벼운 치매 증상이 있으셔서 자동차 면허를 반납하고 이동 수단이 필요할 때는 전기 자전거를 타고 다니셨어요. 비가 많이 오던 어느 날, 한 손에는 우산을 들고 다른 한 손으로 핸들을 잡고 가다가 사고가 난 거예요. 브레이크에 문제가 있었던 게 아니라면 그냥 본인 실수였다는 거겠죠."

카미시마가 팔짱을 끼며 말했다.

"그걸 알고 난 후에도 5천만 엔의 손해 배상 청구는 취하하지 않았다는 말이네요. 법정에서 재판부가 증거 제출을 요구하면 사고가 일어난 날짜와 시간은 바로 알게 될 텐데요. 망신당할 게 걱정은 안 되던가요?"

"그건…."

유메코가 대답을 망설이자 린도가 옆에서 끼어들었다.

"합의금을 타낼 목적이었겠죠. 애초에 재판까지 갈 생각은 없었고, 과격한 시위에 시카가와사가 무릎을 꿇는다면 1~2천만 엔 정도는 받아낼 수 있을 테니까요."

유메코의 침묵이 곧 대답이었다.

이것이 센바 유메코의 비밀, 센바 유메코의 죄인가.

시카가와 부인이 증오 서린 목소리로 내뱉었다.

"여기서 나가기만 하면 지금 들은 이야기를 온 세상에 다 폭로해 버릴 거예요."

유메코는 시카가와 부인을 돌아보았다.

"내가 왜 자백했는지 벌써 잊었어요?"

"무슨 말이죠?"

"살아서 여기를 나가는 사람은 당신이 아니에요. 나 하나뿐이라고요."

시카가와 부인의 콧등에 주름이 잡혔다. 붉은 입술이 일그러졌다.

"살아서 나가지 못하면 당연히 폭로도 할 수 없죠. 지금 내가 한 말을 들으면 게임 마스터도 알겠죠, 누가 시카가와 사장을 벼랑 끝으로 밀어 넣었는지. 누가 시카가와 쿄이치를 죽인 범인인지."

시카가와 부인이 쯧 하고 혀를 찼다.

유메코가 도발하듯 코웃음을 쳤다.

"내가 엄청난 죄를 고백한 건 사실이에요. 만약 이 일이 알려진다면 내 인생은 끝난 거나 다름없죠. 하지만 아무도 이 사실을 세상에 알릴 수 없어요. 왜냐하면 이 중에서 유일하게 살아남는 사람은 나일 테니까."

기자인 '카미시마 테츠'는 '정의감'에 불타 시카가와사와 시카가와 사장을 규탄하는 기사를 썼고, 사장에게 직접 전화를 걸어서 압박을 가했다.

운전기사인 '쿠라모치 타카시'는 '돈 욕심'에 눈이 멀어 시카가와 사장의 전화 통화를 녹음한 파일을 날조해서 카미시마에게 제공했다.

개발부 과장인 '이시와다 칸'은 '자기 보신'을 위해 자신의 죄를 시카가와 사장에게 뒤집어씌웠다. 브레이크 결함에 관한 보고서를 자기 선에서 묻어버렸으면서 사장에게 제출했다고 허위 고발을 한 것이다.

아내인 '시카가와 카나에'는 불륜 사실을 알게 된 남편에게 손 씨겹을 당한 데 '원한'을 품고 낙대 이유를 날조했다.

유족 대표인 '센바 유메코'는 '분노'에 사로잡혀 시카가와사와 시카가와 사장을 연일 규탄했다. 자기 아버지의 죽음이 브레이크 결함 문제와 아무 관련이 없다는 사실을 알게 된 후에도 공격을 늦추지 않고 오히려 자기 죄를 감추기 위해 더욱 맹렬하게 비판했다.

이 모든 이야기가 사실이라면 시카가와 사장은 누명을 쓴 피해자라는 말이 된다. 물론 '라피도'를 만든 회사의 대표로서 일정 부분 책임을 질 필요는 있겠지만 그것이 과연 '피도 눈물도 없는 악마 같은 대역죄인'으로 몰려 세간의 뭇매를 맞아야만 할 정도였을까.

시카가와 사장은 기자 회견에서도 회사의 책임을 인정하고 피해자와 유족에게 사죄한다고 말했다. 밥이 넘어가지 않는지 며칠 사이에 뺨이 쑥 들어가 초췌해진 모습이었다. 하지만 보고서를 받은 적이 없다고 솔직하게 대답한 그 한마디 때문에 파렴치한 거짓말쟁이가 되어버렸다.

모두가 힘을 합쳐 압도적인 권력을 지닌 자를 처형장에 끌고 나온 이상 시카가와 사장은 자신에게 불리한 사실을 은폐한 악당이어야만 했다. 시카가와 사장이 무죄라면 자신들은 무고한 사람을 공격한 가해자라는 말이 되니까.

카미시마가 린도에게 시선을 주었다.

"린도 부장님은 뭐 없습니까?"

린도는 무슨 의미냐는 듯 오른쪽 눈썹을 치켜올렸다.

"아니, 그러니까 말입니다, 여기 있는 사람 모두가 자신의 '죄'를 고백했습니다. 아직 아무 고백도 하지 않은 사람은…" 카미시마는 린도에게서 하야시에게로 시선을 옮겼다가 다시 원위치로 돌아왔다. "두 분뿐입니다."

린도는 어깨를 으쓱했다.

"기대를 충족시켜 드리지 못해 죄송하지만 저는 '죄'가 없습니다."

"정말입니까?"

"네."

"…그 말을 곧이곧대로 믿기는 힘드네요."

"그렇게 말씀하셔도 저는 더 할 말이 없습니다. 사실을 말했을 뿐이니까요."

카미시마가 눈을 가늘게 떴다.

"그렇다면 부장님이 참가하게 된 이유는 뭘까요?"

린도가 고개를 갸웃거렸다.

"무슨 말씀이신지?"

"괜히 딴청 피우지 마시죠. 이미 눈치채셨을 텐데요. 여기 모인 사람들의 공통점은 시카가와 사장을 궁지로 몰아넣은 전력이 있다는 겁니다. 그것 말고는 생각할 수 없죠. 그렇다면 린도 부장님도 뭔가 '죄'를 숨기고 있다고 생각하는 게 당연하지 않겠습니까?"

"글쎄요."

"고백할 거면 빨리하는 편이 낫지 않을까요?"

린도가 한숨을 내쉬었다.

"죄가 있다고 해도 타이밍을 놓친 것 같은데요. 여러분의 죄에 비하면 너무 가벼운 내용이라 제가 범인이 되기는 어려워 보이거든요."

유메고가 더 이상 참기 힘들다는 듯 "빙빙 돌리지 말고 제대로 말해 봐요!" 하고 버럭 소리를 질렀다.

린도는 곁눈질로 시카가와 부인의 안색을 살폈다. 의도한 것인지 아닌지는 모르겠지만 부인은 그와 시선을 마주치려 하지 않았다.

린도는 카미시마를 똑바로 마주 보았다.

"'죄'라고 할 만한 걸 꼽으라면 짚이는 건 불륜밖에 없습니다만."

유메코가 "불륜이요?" 하고 되물었다.

"네, 사모님과의 불륜이요."

"사모님이라면…."

모두가 린도와 시카가와 부인의 얼굴을 번갈아 쳐다보았다.

린도가 한 번 더 어깨를 으쓱했다.

"사장님 입장에서 보면 자기 아내가 자기 부하와 붙어먹은 셈이니 그야 어느 정도 충격을 받기는 했겠지만 자살한 이유가 그것 때문이라고 보기는 어렵지 않을까요?"

이시와다가 한 발 앞으로 걸어 나왔다. 표정이 딱딱하게 굳어 있었다.

"그런 거였군."

린도가 이시와다를 돌아보았다.

"뭐가 말입니까?"

"…뜬금없이 부장으로 승진한 것 말입니다."

린도는 아무 대답도 하지 않았다.

"이상하다고는 생각했습니다. 아무도 예상하지 못한 갑작스러운 발탁이었으니까요. 그 나이에 부장이라니…."

"질투하시는 겁니까, 이시와다 과장님?"

"이런 건 공정하지 않습니다. 사모님을 움직여서 부장 자리를 따냈다는 거 아닙니까."

이시와다는 분을 참지 못하고 꽉 움켜쥔 주먹을 부들부들 떨었다. 손등에 핏줄이 불룩 튀어나왔다.

"원래 세상일이라는 게 원리 원칙대로 돌아가는 게 아니니까요. 외모가 번듯하면 상대의 호감을 얻기도 쉽고, 과장님이 하면 불쾌하게 여겨질 발언도 제가 하면 호의적으로 받아들여질 수 있죠. 그런 겁니다."

"그런 건 인정할 수 없습니다."

"과장님이 인정하든 안 하든 이게 현실입니다. 졌으면 결과에 승복할 줄도 아셔야죠. 과장님은 승진 레이스에서 탈락한 겁니다."

이시와다는 시카가와 부인에게 삿대질을 하며 소리쳤다.

"직권 남용 아닙니까!"

시카가와 부인이 불쾌하다는 듯 얼굴을 찌푸렸다.

"당신, 지금 감히 누구한테 대고 손가락질을 하는 거예요?"

"…그, 그렇게 말씀하셔도 하나도 무섭지 않습니다. 어차피 이 중에서 살아남는 사람은 한 명뿐입니다. 제가 죽으면 죽은 후의 일 따위 아무래도 상관없고, 사모님이 죽으면 그걸로 끝이니까요."

"이런 식으로 본성을 드러내는 건가요?"

"…회사에 충성하던 개도 이런 현실을 마주하면 짖을 수밖에 없지 않겠습니까."

"내 남편한테 죄를 뒤집어씌운 장본인이 종견이었다고요?"

시가기의 부인이 언성을 높였다.

"그건…"

이시와다가 말을 더듬었다.

카미시마가 "린도 부장의 이례적인 승진에 영향력을 행사한 게 사실입니까?" 하고 부인에게 물었다.

시카가와 부인은 팔짱을 끼고 시선을 외면하며 대답했다.

"인사부 임원한테 부탁했죠. 회사 경영에는 관여하지 않지만 사장 부인으로서 그 정도 힘은 있으니까."

유메코가 "회사가 무슨 자기 장난감도 아니고" 하고 내뱉었다.

시카가와 부인이 유메코를 노려보며 말했다.

"당신한테 그런 말을 할 자격이 있다고 생각해요? 사고 피해자를 가장해서 합의금을 뜯어내려고 하다니 그런 건 명백한 사기라고요. 사기죄로 체포당해도 할 말이 없을 텐데요."

"…소송을 제기한 당시에는 몰랐으니까 무죄죠."

"당신 아버지의 죽음이 '라피도'와 상관없다는 걸 알게 된 후에도 시위를 계속했고, 손해 배상 청구를 취하하지도 않았잖아요. 이건 누가 봐도 사기 칠 의도가 있었다는 거 아닌가?"

유메코가 혀를 찼다.

"이제 와서 그런 말을 할 수 있을 리 없잖아요."

"그야 그렇겠죠." 시카가와 부인이 경멸에 찬 시선으로 유메코를 쳐다보았다. "사고 피해자의 유족이랍시고 무소불위의 권력을 휘두르며 상대를 마음껏 욕하고 비난했는데 사실은 무고한 사람을 공격한 거였다니. 그 사실을 인정했다가는 지금까지 상대한테 퍼부은 욕설이 그대로 자기 자신한테 되돌아올 테니까요. '비열한 자식!' '거짓말쟁이!' '인간 말종!'"

"…시카가와사의 제품 결함 때문에 사상자가 발생한 건 사실이잖아요. 나는 억울하게 죽은 피해자와 유족을 위해서, 정의를 위해 목소리를 낸 거라고요!"

"말은 포장하기 나름이죠. 실상은 무고한 사람한테 누명이나 씌우는 가해자인 주제에. '사회 정의의 대변자'를 자처하고 나서면 무슨 짓을 해도 다 용서받을 수 있을 줄 알았나요? 뻔뻔한 사기꾼 같으니라고!"

카미시마가 실소를 흘렸다.

"마치 바람피웠다는 사실을 들키자 상대가 억지로 덮친 것이고 자기는 어디까지나 피해자일 뿐이라고 주장하는 여자 같군요."

유메코는 카미시마를 사나운 눈초리로 쨰려보았다.

"당신한테 그런 말 들을 이유 없어요!"

중요한 서류를 잃어버렸다는 사실을 숨기기 위해 강도를 당했다고 경찰에 신고한 회사원. 실수로 폭언이 담긴 게시글을 올렸다가 계정을 도용당했다고 해명하는 유명인. 자기가 싫어하는 특정 집단을 깎아내릴 목적으로 거짓 영상을 만들어서 여론 몰이를 하는 사람. 사회 문제로 공론화하기 위해서, 문제를 제기하기 위해서라며 일어나지도 않은 범죄를 만들어 내어 퍼뜨리는 활동가. 시장을 끌어내리기 위해 허위로 성범죄 피해 신고를 하는 여성 시의원. 인종차별주의자에게 폭행을 당했다며 자작극을 벌이는 외국인 배우.

현실에서 일어나는 조작의 예는 셀 수 없이 많다. 인간은 다양한 이유로 실재하지 않는 '죄'를 만들어 낸다. 그로 인해 무고한 상대가 입게 되는 정신적인 피해를 가볍게 여기고 책임을 지려 하지 않는다.

린도는 경멸 어린 시선으로 유메코를 쳐다보았다.

"타인을 엄격하게 비판하던 인간이 그와 동일한 기준을 자신에게 적용하는 예를 저는 본 적이 없습니다. 가해자가 되고 싶지 않으니 무슨 수를 써서라도 피해자가 되려고 하죠. 세상에는 그런 사람들뿐입니다. 피해자라면 모두가 동정해 주고 옹호해 주고 편을 들어 주니까요."

유메코는 린도를 쏘아보았지만 아무 말도 하지 않았다.

시카가와 부인은 유메코를 향한 공세를 늦추지 않았다.

"이 사실이 알려지면 세상 사람들이 과연 당신을 용서해 줄까요? 어떤 정보가 주어지느냐에 따라 얼마든지 태도를 바꿀 수 있는 변덕스러운 사람들이?"

유메코가 지지 않고 반박했다.

"어차피 살아남는 사람은 한 명뿐이잖아요. 여기서 밝혀진 '죄'가 세간에 공개될 일은 없어요."

린도가 유메코의 짧은 생각을 비웃듯 코웃음을 쳤다.

"아까도 말했지만 게임 마스터가 이 대화를 녹음해서 세상에 공개할 가능성이 남아 있는 한 안심할 수 없습니다. 만약 이곳에서 나눈 대화가 공개된다면 죽은 사람들은 어떨지 몰라도 범인으로 인정받아 마지막까지 살아남은 사람은 산 채로 지옥을 맛보게 되겠지요."

쿠라모치가 매달리듯이 말했다.

"게임 마스터의 진짜 목적은 각자의 '죄'를 밝히는 것이고, 정말로 독가스를 살포할 생각은 없을지도 모르지 않습니까."

"만약 그렇다면…." 하야시가 말을 이었다. "아무도 죽지 않을 수도 있겠네요."

"그 대신." 린도가 말했다. "모두의 '죄'가 백일하에 드러나서 무고한 피해자를 낳은 가해자로 지탄받게 되겠지요. 시카가와 사장을 자살로 몰고 간 죄 말입니다. 상상도 못 할 만큼 거센 비난을 받게 될 겁니다. 시카가와 사장의 악랄한 면모가 보도되었을 때 사장을 욕하고 돌을 던졌던 무리가 자기들의 가해 사실로부터 고개를 돌리고 시카가와 사장을 자살로 몰고 간 책임에서 벗어나고자 이번에는 이 모든 일의 원흉이라고 할 수 있는 우리를 공격해 댈 겁니다."

그 장면을 상상했는지 쿠라모치와 이시와다의 표정이 하얗게 질렸다. 시선이 정처 없이 허공을 떠돌았다.

"앞이 보이지 않네요. 살아도 지옥이오, 죽어도 지옥이라."

각자의 마음속에 어떤 감정이 소용돌이치고 있는지는 알 수 없었다.

모두가 입을 다물었다.

그런 가운데 이시와다가 혼잣말처럼 중얼거렸다.

"혼자 고고한 척은…."

린도가 "네?" 하고 이시와다를 돌아보았다.

"…언제까지 그런 방관자 같은 태도를 유지할 수 있을지 두고 봅시다. 베갯머리송사로 승진한 주제에 뭐가 잘났다고."

린도는 엄지로 인중을 문지르며 이시와다의 발언을 무시했다. 아랫사람의 비난 따위 개의치 않는다는 듯.

진짜 린도 토모야라면 분명 이렇게 반응했을 테니까.

7

'쿠라모치 타카시'는 다른 사람들이 언쟁을 벌이는 모습을 멀리서 지켜보았다.

상황은, 이곳에 모인 사람들의 인간관계는 점점 더 나빠지고 있었다. 이대로라면 비극이 일어나지 않을까.

험악한 분위기 속에서 시간만 흘러갔다.

"영 불편하네요."

옆에 있던 하야시가 중얼거렸다.

"그러게 말입니다." 쿠라모치는 고개를 끄덕이며 다른 사람들에게는 들리지 않게 목소리를 낮추어 대답했다. "공기가 탁해진 느낌도 들고요."

"…밖으로 나갈까요? 숨이 막히네요."

"그러시죠. 괜히 가만히 있는 우리한테 화살이 날아오면 곤란하니까."

쿠라모치는 하야시와 함께 사장실 밖으로 나와서 문을 닫고 크게 숨을 내쉬었다. 영혼까지 빠져나가는 듯한 기분이 들었다.

하야시가 사장실 문을 쳐다보며 말했다.

"…게임 마스터가 원하는 대로 되었네요. 모두가 '죄'를 고백하고 있으니 말입니다."

쿠라모치는 하야시의 옆모습을 응시하며 입을 열었다.

"하야시 씨는 정말로 아무것도 없는 겁니까?"

하야시가 이쪽으로 고개를 돌렸다. 얼굴에 당혹스러운 기색이 역력했다.

"글쎄요…. 짚이는 게 없네요."

"린도 씨도 처음에는 그렇게 말했지만 결국 불륜을 저질렀다고 고백하지 않았습니까."

저도 모르게 따지듯 내뱉었다.

"그렇게 말씀하셔도…."

하야시의 시선이 흔들렸다.

뭔가 숨기는 게 있는 것인지, 때를 기다리고 있는 것인지, 하야시의 표정이나 태도에서는 아무것도 읽어낼 수 없었다.

"마지막에 범인으로 인정받아 살아남게 되는 사람은 누구일까요?"

쿠라모치는 화제를 바꾸었다.

"전혀 모르겠습니다."

"린도 씨는 아무래도 좀 약하죠. 불륜을 저질렀다고는 해도 힘의 관계를 생각하면 역시 '죄'는 사모님한테 있다고 봐야 할 테니까요."

"그렇죠. 사내 인사에 개입해서 린도 씨가 부장으로 승진하도록 손을 썼다고 하니 오히려 부인의 죄가 더해진 것 같은데요."

"부인은 자신의 불륜 사실을 알게 된 사장님한테 손찌검을 당했다는 이유로 낙태와 관련해 허위 사실을 언론에 흘렸으니 그것만으로도 죄가 가볍다고는 할 수 없죠."

"이시와다 씨도 만만치 않습니다." 하야시가 진지한 표정으로 말했다. "시카가와사 개발부 과장이라는 직함을 달고 보고서를 사장님께 올렸다는 거짓 고백을 했으니까요. 결국 사람들은 그것 때문에 사장님이 결함을 알면서도 은폐했다고 믿게 된 거 아닙니까. 그리고 유메코 씨는 아버지의 사고가 '라피도'와는 아무 상관도 없음에도 불구하고 피해자를 사칭해 시위에 참가하고 누구보다 거세게 사장님을 몰아붙였습니다."

"카미시마 씨도 기사를 통해 사장님을 코너로 몰아가기는 했지만 그것이 정의감에서 우러나온 행동이었다면 '죄'라고 할 수는 없지 않나 싶기도 합니다. 다른 사람들처럼 고의로 허위 사실을 퍼뜨린 것도 아니니까요."

"…쿠라모치 씨의 '죄'는 좀 애매해졌죠. 쿠라모치 씨가 녹음 파일을 조작한 건 애초에 카미시마 씨가 사례금을 제시한 게 원인이었으니까요."

쿠라모치는 안타까운 듯 고개를 저었다.

하야시가 굳은 표정으로 말했다.

"현재로서는 이시와다 씨와 유메코 씨가 가장 유력한 범인 후보가 아닌가 싶습니다."

"정말로 살아서 이곳을 나갈 수 있는 사람이 범인뿐이라면 우리는 다 같이 독가스를 마시고 죽게 된다는 말이네요."

"…저는 죽고 싶지 않습니다."

"하지만 하야시 씨는 '죄'가 없다고 하지 않았습니까."

하야시가 입술을 깨물었다.

"'죄'가 없다면 하야시 씨는 왜 여기 오게 된 걸까요?"

"…'죄'가 있는 사람들을 불러 모은 거라면 게임 마스터는 모두의 사정을 알고 있었다는 말이 됩니다. 어떻게 알아낸 걸까요?"

"듣고 보니 그렇네요. 관계자가 아니라면 절대로 알 수 없는 내용들이니까요. 그렇다면 우리가 여기 오게 된 건 어쩌면 다른 이유 때문일지도 모르겠는데요? '죄'가 있는 사람들을 불러 모았다는 건 우리의 착각일지도요."

"사실은 다른 이유로 불러 모았는데 우연히 그들 모두가 '죄'를 숨기고 있었을 뿐이라고요?"

"…그건 그것대로 말이 안 되긴 하네요."

"게임 마스터는 '범인'을 알아내고자 하고 있습니다. 그러니 우리를 여기로 불러 모은 이유가 '죄'라는 건 분명합니다."

"맞는 말씀입니다…."

하야시는 복도에 설치된 CCTV를 올려다보더니(여기서 찍힌 영상은 사장실 모니터로 확인할 수 있다) 문손잡이에 손을 뻗었다. 그러고는 뒤를 돌아보지 않은 채 낮은 목소리로 말했다.

"저도… 제 '죄'를 고백하겠습니다."

쿠라모치가 깜짝 놀라 "네?" 하고 되물었을 때 이미 하야시는 문을 열고 방 안으로 들어간 후였다.

역시 청소부인 하야시도 '죄'를 숨기고 있었던 건가.

쿠라모치는 사장실로 들어갔다. 모두가 이쪽을 쳐다보았다가 곧 흥미를 잃은 듯 시선을 돌렸다.

쿠라모치는 하야시의 동태를 살폈다. 하야시는 수납장 앞에 서서 다른 사람들을 힐끔힐끔 쳐다보고 있었다.

하야시가 '죄'를 고백하면 모두가 자신의 비밀을 털어놓은 것이 된다. 하야시는 대체 무엇을 숨기고 있는 것일까.

잠시 후 하야시가 방 한가운데로 걸어나왔다.

"저어…."

하야시가 작고 낮은 목소리로 입을 열었다.

카미시마와 린도와 이시와다가 고개를 돌렸다. 소파에 앉은 시카가와 부인과 유메코는 눈길조차 주지 않고 무시했다.

모두가 주목하지 않아서 결심이 흔들렸는지 하야시는 그대로 입을 다물어버렸다. 사장실 한가운데에 허수아비처럼 우두커니 서 있었다.

카미시마가 센스를 발휘해서 "왜 그러시죠?" 하고 말을 걸었다.

하야시는 전쟁터에서 구원병을 만난 듯한 표정을 지었다.

"저도 '죄'를 고백하고자 합니다."

목소리에서 자신감이 묻어났다.

그제야 시카가와 부인과 유메코도 이쪽으로 시선을 주었다.

두 사람의 날 선 눈빛을 보고 자신감이 쪼그라들었는지 하야시의 눈빛이 불안하게 흔들렸다.

"…이번에는 당신이에요?" 시카가와 부인이 한숨을 내쉬며 지긋지긋하다는 투로 말했다. "듣는 것도 나름 피곤한데 꼭 말해야겠어요? 어차피 별 얘기 아닐 텐데. 한낱 청소부 주제에."

하야시의 눈에서 동요가 사라지고 각오를 굳힌 듯 강한 의지가 느껴지는 눈빛이 돌아왔다.

"제가 시카가와 사장님을 죽였습니다."

유메코가 지겹다는 듯 고개를 절레절레 저었다.

"다들 그렇게 말하죠. 자칭 '범인'."

"저는 여러분과 다릅니다. 간접적으로 죽였다는 말이 아닙니다."

"무슨 뜻이죠?"

"…글자 그대로의 의미입니다. 저는 시카가와 사장님을 죽였습니다. 물리적으로, 직접."

사장실에 소리 없는 동요와 혼란이 일었다.

"갑자기 무슨 말을 하는 겁니까?"

린도가 날카롭게 따지고 들었다.

하야시는 린도의 기세에 눌려 주춤주춤 물러서다가 그 자리에 멈춰 서서 이렇게 단언했다.

"저는 시카가와 사장님을 제 손으로 죽이고 자살로 위장했습니다."

8

충격의 여운은 쉽게 가시지 않았다.

'센바 유메코'는 아연실색해서 하야시를 쳐다보았다.

모두 자신이 간접적 살인의 범인이라며 죄를 자백한 가운데 하야시는 진짜 살인범이라고 자백한 것이다.

진짜의 등장이다. 하지만….

아무리 그래도 지나치게 황당무계한 이야기가 아닌가.

"끝까지 말하지 않을 생각이었습니다." 하야시가 말했다. "살인죄로 체포당하기는 싫으니까요. 하지만 이대로 입 다물고 있다가 죽을 수는 없는 노릇이죠."

"무슨 소리를 하는 거예요!" 시카가와 부인이 소파에서 일어났다. "당신이 내 남편을 죽일 이유가 없잖아요. 사장실 청소부였을 뿐인데."

이 자리에서 가장 이성적인 사람은 카미시마였다.

"그러지 말고 일단 이야기를 들어 보는 게 어떻겠습니까?"

하야시는 고개를 끄덕이더니 망설임 없이 또박또박 이야기하기 시작했다.

"저는 시카가와사에서 일하는 청소부입니다. 사장님이 꼭대기 층에 있는 사장실에 틀어박혀 지내시게 된 후에도 일주일에 한 번씩 청소를 하러 갔습니다."

시카가와 부인이 "그래서요?" 하고 턱을 치켜올렸다.

"저도 다른 사람들처럼 시카가와사 문제에 많은 관심을 가지고 뉴스를 챙겨 보고 있었습니다. 사장님은 '라피도'의 브레이크 결함을 알면서도 모른 척했으며 보고서를 은폐하고 임원에게 입막음을 했다는 이유로 세간으로부터 맹공격을 당하고 계셨습니다. SNS상에서는 사장님을 비난하는 발언이나 모순을 지적하는 발언이 큰 호응을 얻으며 무서운 속도로 퍼져 나갔습니다."

SNS에 올린 글이나 동영상은 일단 한번 주목받기 시작하면 빠르게 확산된다. 긍정적인 내용보다 누군가를, 혹은 무언가를 공격하는 부정적인 내용이 화제를 모으기 쉬우며, 찬반양론이 팽팽히 맞서며 순식간에 초미의 관심사로 떠오른다.

온라인상에서 주목을 모으고 싶어서 일부러 남에게 피해 주는 행동을 한다거나 거짓을 사실처럼 꾸며내는 사람이 끊이지 않아 하나의 사회 문제로 떠오르고 있다.

"그런 글을 볼 때마다 나라면 훨씬 더 유의미한 내용을 제공할 수 있을 텐데 하는 생각에 마음이 복잡했습니다." 하야시가 말을 이었다. "저는 사장실에 드나들 수 있는 유일한 사람입니다. 저라면 그곳에서 중요하고 결정적인 무언가를 손에 넣을 수 있을 테니까요."

시카가와 부인이 "그래서 무슨 짓을 한 거죠?" 하고 다그쳤다.

"···어느 날, 청소를 하러 갔는데 사장실 문을 노크해도 반응이 없어서 문손잡이를 돌려 봤습니다. 사장님은 화장실에 가서 잠시 자리를 비우신 듯했습니다. 저는 눈에 익은 사장실을 한 바퀴 둘러본 다음 컴퓨터로 다가갔습니다."

하야시는 당시 상황을 재연하듯 중역용 책상으로 다가가 거기 놓인 노트북 앞에 섰다.

"저는 켜져 있던 컴퓨터 안에서 증거가 될 만한 내용을 찾아 스마트폰으로 촬영했습니다. 이걸 터뜨리면 사람들이 열광하지 않을까, 별 볼 일 없는 내 인생에도 빛나는 순간이 찾아들지 않을까, 그런 생각을 하면서요."

카미시마가 "명예욕 때문이었다는 겁니까?" 하고 물었다.

하야시는 "네" 하고 고개를 끄덕였다. "저도 주목을 받고 싶었습니다. 악명 높은 시카가와사와 악의 화신이라고 불리는 시카가와 사장님이 범죄를 저질렀다는 증거를 손에 넣기만 하면 일약 유명인이 될 수 있을 테니까요. 그래서 메일 내용 같은 걸 닥치는 대로 찍었습니다."

시카가와 부인이 바퀴벌레를 보는 듯한 눈으로 하야시를 쳐다보았다.

"더러운 산업 스파이 같으니라고. 직업윤리를 저버린 명백한 범죄 행위잖아요. 미용사나 택배업자가 여성 손님의 개인정보를 악용해서 개인적으로 접근하거나 스토킹하는 경우가 있다던데 그런 놈들이랑 다를 게 없네요."

"상대는 악입니다. 적어도 그 당시 사장님은 악이었습니다. 사장님이 누명을 쓴 피해자일 거라고는 상상도 하지 못했기 때문에 당시 제 머릿속에는 그저 악당의 죄를 파헤친다는 생각뿐이었습니다."

시카가와 부인이 코웃음을 쳤다.

"영웅 놀이였다는 거네요. 작업복을 벗으면 멋진 슈퍼맨으로 변신하는 건가요?"

하야시는 시카가와 부인의 도발에 넘어가지 않고 이야기를 계속했다.

"…그때 사장님이 돌아오셨습니다. 정보를 훔치고 있는 현장을 들키고 만 겁니다. 당연히 사장님은 화가 머리끝까지 나서 길길이 날뛰셨습니다. 해고다, 손해 배상 청구를 하겠다, 고소하겠다며 소리 지르시는 걸 보고… 내 인생은 이제 끝났다는 생각이 들었습니다."

"그래서 죽인 건가요?"

"그, 그런 건 아닙니다…." 하야시가 불안한 표정으로 고개를 가로저었다. "그때의 저는 단지 절망했을 뿐입니다."

그러고는 그대로 잠시 침묵했다.

카미시마가 "계속해 주시죠"라고 말했다.

"…사장실에서 쫓겨난 후 매일 두려움에 떨었습니다. 고소당하면 어쩌나. 체포되면 어떡하나. 불안해서 미칠 것만 같았습니다. 하지만 시간이 지나도 아무 일도 일어나지 않았습니다. 회사와 사장님을 향한 세간의 공격이 계속 이어지고 있으니 저 같은 놈을 상대하고 있을 여유가 없는 건지도 모르겠다는 생각이 들었습니다. 그렇다고는 해도 언제 고소장이 날아들지 알 수 없는 상황이었습니다. 그렇게 되면 저를 기다리고 있는 것은 인생의 빛나는 순간이 아니라 파멸입니다. 어떻게든 해야겠다는 생각에 조바심이 났습니다."

하야시는 뒤로 돌아 시카가와 사장을 본떠 만든 시체 인형을 물끄러미 쳐다보았다.

"그래서 그날, 사장님을 죽일 생각으로 회사로 찾아갔습니다. 출입 금지 명령을 내리지는 않았는지 건물 입구에서 출입증을 보여 주니 평소처럼 통과시켜 주었습니다."

"그건 좀…." 린도가 쓴웃음을 지었다. "이야기가 지나치게 잘 풀리는 것 같은데요."

"…뭐가 말입니까?"

"사장실에 틀어박히게 되면서부터 사장님은 타인의 침입을 경계하고 두려워했습니다. 온 세상의 증오를 한 몸에 받고 있는 상황이었으니 누가 언제 자기 목숨을 노릴지 모른다며 병적일 정도로 예민해진 상태셨죠. 복도에 CCTV를 설치해 사장실 모니터로 24시간 방문자를 체크하고 있었다는 것만 봐도 알 수 있는 사실입니다. 그런 상황에서 정보를 훔치려고 했던 청소부를 그냥 들여보냈다고요? 있을 수 없는 일입니다."

"그렇게 말씀하셔도…." 하야시의 눈동자가 흔들렸다. "사실은 사실입니다. 건물 위층 화장실 청소를 하러 왔다고 말했기 때문에 사장님께 확인하는 과정은 거치지 않았습니다. 시체를 제일 처음 발견한 사람이 저였으니 제가 출입 금지 상태가 아니었다는 건 그걸로 증명이 된 거 아닙니까?"

"…흠, 알겠습니다. 계속해 보시죠."

"네. 저는 엘리베이터로 꼭대기 층까지 올라가서 문틈으로 복도를…."

"잠시만요." 카미시마가 손을 들어 저지했다. "당시 하야시 씨가 취한 행동을 실제로 재연해 보는 게 이해하기 더 쉬울 것 같은데요."

쿠라모치가 "그러게요" 하고 동의했다.

"…알겠습니다."

하야시가 사장실 밖으로 나가고 모두가 그 뒤를 따랐다. 화장실을 지나서 복도 끝까지 이동했다.

하야시가 닫힌 철문을 가리키며 말했다.

"저 너머가 엘리베이터 홀입니다."

"흠." 카미시마가 말했다. "실제 시카가와사의 꼭대기 층은 그런 구조로 되어 있다는 말이군요. 지금 여기는 잠겨 있어서 열 수 없지만요."

"아, 네." 하야시가 문에 몸을 바싹 붙였다. "저는 반대쪽에서 이 문을 살짝 열고 고개를 내밀어 복도를 살피면서 계속 기다렸습니다. 어느 순간 복도 반대편에서 발소리가 들려왔습니다. 발소리의 주인은 당연히 사장님이셨죠. 사장님은 화장실로 들어가셨습니다."

하야시는 몸을 일으키더니 화장실 앞을 그대로 지나 사장실 쪽으로 걸어갔다.

"저는 사장님이 화장실에 들어간 사이에 이렇게 해서…."

하야시가 사장실 문을 열고 안으로 들어갔다. 그러고는 바로 중역용 책상 아래에 몸을 숨겼다.

"사장실로 침입해 여기 숨어서 사장님이 돌아오시기를 기다렸습니다."

책상의 앞면은 판으로 가려져 있으니 책상 아래에 숨어 있으면 들킬 일은 없었을 것이다.

"사장님이 화장실에서 돌아오시자 저는 등 뒤에서 몰래 다가가 노끈을 사장님 목에 감은 다음…."

하야시는 업어치기 자세를 취해 보였다.

"이런 식으로 들어 올려서 목 졸라 죽였습니다. 이렇게 하면 스스로 목매달아 자살한 시체와 동일한 형태의 자국이 남는다는 걸 어디선가 본 기억이 나서 그대로 따라 한 겁니다."

하야시는 인형을 보며 말했다.

"그러고는 노끈을 행거에 묶어서 자살로 위장했습니다."

아무도 입을 열지 않았다. 다들 충격적인 고백에 할 말을 잃었다기보다는 하야시의 자백을 어떻게 받아들여야 할지 몰라 입을 다물고 있는 것 같았다.

"이것이 저의 '죄'입니다." 하야시가 고해 성사를 마친 신자처럼 어딘지 모르게 홀가분한 얼굴로 말했다. "저는 제 손으로 시카가와 사장님을 죽였습니다. 그러니 '범인'은 접니다."

린도가 모두를 돌아보며 "어떻게 생각하십니까?" 하고 물었다.

시카가와 부인이 "지어낸 얘기겠죠"라고 잘라 말했다.

유메코가 아무래도 이해가 가지 않는다는 투로 의문을 제기했다.

"자살이 아니라 살인이었다면 경찰이 밝혀내지 않았을까요?"

"살해 동기도 설득력이 없습니다." 이시와다가 말했다. "출입 금지 명령을 내리지 않았다면 사장님은 하야시 씨를 신경도 쓰지 않았다는 건데 정작 하야시 씨는 고소당할지도 모른다는 생각에 살인을 저질렀다니…. 살인에 따르는 리스크를 감수할 만큼 긴박한 상황은 아니었던 것 같습니다만."

쿠라모치도 "저도 같은 생각입니다" 하고 고개를 끄덕였다. "그런 동기로 살인을 저지른다는 건 들어 본 적이 없습니다."

지적이 이어졌지만 하야시는 한발도 물러서지 않았다. 기관총처럼 빠르게 말을 뱉어냈다.

"정말입니다. 당시 저는 패닉 상태였습니다. 성인 사이트에 접속한 순간 돈을 내지 않으면 고발하겠다는 경고창이 떠서 동요한 나머지 그 자리에서 몇백만 엔을 입금하는 사람도 있지 않습니까. 고소나 고발과는 무관한 삶을 살다가 갑자기 그런 협박을 받으면 누구라도 겁이 날 겁니다. '고소하겠다'라는 말에는 그 정도로 어마어마한 위력이 있습니다. 재판까지 가게 되면 나의 사회적 생명은 끝이다, 내 인생은 끝이다, 이런 생각밖에 안 들었습니다. 스스로 의도해서 나쁜 짓을 저지른 사람이라면 어느 정도 각오도 되어 있겠지요. 하지만 한순간의 잘못된 판단으로 선을 넘어 버린 평범한 사람이라면 자신의 파멸을 상상하며 절망하게 됩니다. 경미한 죄를 저질러서 현행범으로 체포될 위기에 처하자 잡히지 않으려고 도망치다가 마지막에는 건물에서 뛰어내려 자살하는 경우도 적지 않다고 알고 있습니다. 인생이 끝장날 거라는 공포 앞에서는 목숨마저 버릴 수 있다는 겁니다. 궁지에 몰리면 사람을 죽일 수도 있고요. 단언컨대 저는 청소부라는 제 위치를 이용해서 사장님을 살해했습니다."

다들 저마다 옆에 있는 사람과 얼굴을 마주 보았다.

"지적할 부분은 많지만." 린도가 말했다. "지금 한 말이 사실이라면 '범인'은 하야시 씨가 되겠네요. 다른 사람들이 아무리 사장님을 자살로 몰고 갔다며 간접 살인을 주장한들 직접 살인에는 당해 낼 수 없으니까요. 아무리 납득이 가지 않더라도, 아무리 황당무계한 이야기 같더라도, 하야시 씨의 범행 트릭을 뒤집지 못한

다면 이 게임은 거기서 끝입니다."

유메코가 엷은 웃음을 지었다.

"그렇게 허술한 수법으로 간단히 죽일 수 있다면 딱히 하야시 씨가 아니더라도 누구에게나 가능한 거 아닌가요?"

"맞아요!" 시카가와 부인이 말했다. "같은 수법으로 내가 죽였다고 주장할 수도 있죠. 청소부보다 아내가 만나기도 더 쉽고요."

쿠라모치가 끼어들었다.

"과연 그럴까요? 하야시 씨의 살인 수법은 사장님 목에 노끈을 건 다음 등을 맞댄 상태로 들어 올려서 목 졸라 죽였다는 거였습니다. 여자한테는 불가능하지 않을까요?"

시카가와 부인은 잔뜩 독이 오른 표정으로 인형을 향해 성큼성큼 걸어가더니 목에 묶인 노끈을 풀었다. 인형이 뒤로 쓰러졌다.

부인은 노끈을 들고 쿠라모치를 쏘아보았다.

"그럼 실험해 보면 되잖아요."

쿠라모치가 "네?" 하고 뒤로 물러섰다.

"여자가 죽일 수 있는지 없는지 확인해 보자고요. 뒤로 돌아봐요."

"아, 아니, 그건…."

"뭐죠?"

"교살 실험 같은 위험한 짓은…."

"하고 싶지 않다고요?"

"독가스로 죽기 전에 그런 실험을 하다가 죽기는 싫습니다."

"당신 말대로 여자에게는 불가능한 수법이라면 힘으로 저항해서 빠져나오면 되잖아요. 그러면 죽을 일은 없죠."

쿠라모치는 말문이 막힌 듯했다.

"겁을 먹었다는 건 여자도 죽일 수 있다는 가능성을 인정했다는 거네요. 살아남기 위해서라면 나도 똑같은 수법으로 남편을 죽였다고 주장하겠어요."

"…그렇다면 저도." 쿠라모치가 말했다. "제가 사장님 운전기사라는 점을 이용해서 시카가와사 건물에 들어가 꼭대기 층으로 올라가서 사장님을 죽였습니다. 제가 '범인'입니다."

"…치사하게 편승하겠다는 건가요?"

"하야시 씨가 말한 수법에 편승한 건 사모님도 마찬가지이지 않습니까!"

"사장실에 틀어박히고부터 40여 일간 남편은 밖으로 한 발짝도 나오지 않았어요. 물론 차를 탈 일도 없었죠. 당신은 실직한 거나 다름없는 상태였는데 회사 건물에는 어떻게 들어왔다는 거죠?"

쿠라모치는 잠시 생각에 잠겼다가 대답했다.

"…사장님이 저를 부르셨습니다."

"뭐라고요?"

"제가 차 안에서 통화한 내용을 몰래 녹음해서 주간지에, 카미시마 씨한테 팔아넘겼다고 말씀드리지 않았습니까. 기사가 났을 때 사장님은 당연히 배신자가 누구인지 아셨겠죠. 임원과의 통화는 차 안에서 이루어졌고, 녹음 파일의 뒷부분은 운전기사인 저와 나눈 대화였으니까요."

"그래서 뭐가 어쨌다는 거죠?"

"아직도 모르시겠습니까? 사장님은 제가 정보를 팔아넘겼다는 사실을 알고 저를 불러내신 겁니다. 저는 사장실로 불려 가서 심한 질책을 받았고, 홧김에 그 자리에서 충동적으로 살인을 저질렀습니다."

시카가와 부인이 어이가 없다는 듯 한숨을 내쉬었다.

"그건 좀 이상한데요." 반론을 제기한 사람은 하야시였다. "다들 제 수법에 편승하려는 생각은 접으시죠. 쿠라모치 씨는 방금 충동적으로 죽였다고 했는데 그렇다면 처음부터 살의를 가지고 사장실을 찾아간 건 아니라는 겁니까?"

"…네."

"그럼 노끈은 어디서 났죠?"

쿠라모치는 "아…" 하고 신음을 내뱉으며 눈을 크게 떴다.

"맞습니다. 이것은 계획 살인입니다. 충동적인 살인이라면 준비가 부족할 테니 스스로 목매달아 죽은 시체로 위장하는 건 불가능합니다."

린도가 유쾌하다는 듯 웃음을 터뜨렸다.

"모두가 입담 좋은 '범인'이 되었나 싶더니 이번에는 유능한 '탐정'이 되었네요. 범행을 자백한 '범인'의 트릭을 추리하고 모순을 잡아내는…."

유메코가 린도를 흘겨보았다.

"재미있어할 때가 아니지 않나요?"

"하지만 재미있지 않습니까. 엉망진창에 뒤죽박죽인 이 상황이."

"아무래도 상관없잖아요." 시카가와 부인이 말했다. "'범인'이 되고자 하는 사람이 허점투성이인 '자백'을 하면 그 즉시 지적해서 주장을 무너뜨려야죠. 그렇지 않으면 독가스를 마시고 죽게 될 테니까."

쿠라모치가 손을 들었다.

"자, 잠시만요!"

린도가 "뭡니까?" 하고 고개를 돌려 쿠라모치를 쳐다보았다.

"제대로 말하지 못한 게 있습니다. 사실… 살의를 품고 있던 사람은 사장님이셨습니다."

"…네?"

"저는 날조한 음성 파일을 이용해서 사장님을 궁지로 몰아넣었습니다. 사장님 입장에서 보면 때려죽여도 시원치 않을 놈이죠. 결함에 관한 보고서를 은폐했다는 게 누명이었다면 더더욱 말입니다. 연락을 받고 사장실로 찾아가자 격노한 사장님이 제게 달려들었습니다. 사장님은 제가 움직이지 못하게 구속할 생각이었는지 노끈을 들고 계셨습니다. 저는 치열한 몸싸움 끝에 사장님에게서 노끈을 빼앗은 다음 죽을힘을 다해 반격에 나섰습니다. 정신을 차리고 보니 사장님 목에 노끈을 걸고, 그리고…"

쿠라모치는 부자연스럽게 몸을 부르르 떨었다.

"흐음." 린도가 엄지와 검지로 코끝을 만지작거렸다. "일단 말은 되네요."

이시와다가 갑자기 "저도!" 하고 외치며 앞으로 나섰다.

린도가 "과장님도 자기가 죽였다고 고백하시려고요?" 하고 물었다.

"…저는 명백히 허위 고발을 했습니다. 보고서를 묵살하고 윗선에 보고하지 않았으면서 보고했다고 증언했습니다. 그로 인해 사장님은 거짓말쟁이 범죄자라는 이미지가 세간에 퍼지게 되었죠. 사장님이 가장 죽이고 싶은 상대는 저였을 겁니다."

"그래서 사장님한테 호출당했고요?"

"…네. 연락을 받고 사장실로 가니 사장님은 제게 호된 질책과 힐난을 퍼부었습니다. 그러면서 노끈을 손에 들고 제게 달려들었습니다."

"나 참 어이가 없어서." 유메코는 한숨을 내쉬었다. "사장이 사장실에서 살인을 저지르려고 했다? 그럴 리가 없잖아요. 자기 회사 직원이나 운전기사를 불러내서 죽이려고 했다고요? 그랬다가는 범인은 자기라고 고백하는 거나 다름없잖아요. 말이 안 된다고요."

린도는 유메코를 흘끗 쳐다보았다가 다시 이시와다와 쿠라모치에게 눈길을 주었다.

"유메코 씨의, 탐정의 지적에 뭐라고 대답하시겠습니까?"

대답한 사람은 이시와다였다.

"린도 부장님도 사장님이 정신적으로 문제가 있는 상태였다는 건 잘 알지 않습니까. 꼭대기 층의 구조를 변경하고, CCTV를 설치하고, 업무상 연락은 화상 전화를 이용하셨죠. 사장님은 자택에도 돌아가지 않고 항상 누군가에게 살해당할지도 모른다는 망상에 사로잡혀 계셨습니다. 합리적인 판단이나 행동이 불가능한 상태였다는 겁니다."

"일리 있는 말씀입니다." 린도가 말했다. "하지만 사장님은 누가 자기를 죽일지도 모른다는 생각에 전전긍긍했던 것이지 자기가 누구를 죽이려고 한 건 아니었습니다."

이번에는 쿠라모치가 반론에 나섰다.

"사실은 처음부터 모든 것이 다 사장님이 계획하신 게 아니었을까요?"

"무슨 말씀이신지?"

"정신적으로 문제가 있어 보였던 것도 다 연기였다는 겁니다. 왜 미스터리 작품 중에 그런 게 있지 않습니까. 사실 살인 트릭을 준비한 사람은 피해자였는데 실행 과정에서 상대가 반격에 나서는 바람에 입장이 뒤집혔고, 자신이 준비한 트릭에 발목을 잡혀서 역으로 범인에게 알리바이를 만들어 주게 된다는."

"미스터리에 조예가 깊으시군요." 린도가 놀리는 듯한 투로 말했다. "그러니까 사장님은 쿠라모치 씨 또는 이시와다 과장님을 죽이고 자기가 범인으로 의심받는 상황을 피하기 위해 층 전체의 구조를 뜯어고치고 실체가 없는 두려움에 떠는 연기를 하며 치밀하게 준비해 왔다는 말이네요."

"그렇게 생각하면 사장님이 공격해 온 것도 말이 됩니다."

"그건 그렇지만…. 사장님이 어떤 트릭을 준비하고 있었다는 겁니까? 설마 정신질환을 이유로 무죄 방면을 받아내려고 했던 건 아닐 테고…."

"거기까지는 저도 모르겠습니다. 사장님은 돌아가셨으니까요."

"맞습니다." 이시와다가 말했다. "사장님이 살의를 품고 공격해 왔다는 것만이 명백한 사실입니다."

시카가와 부인이 크게 한숨을 내쉬었다.

린도는 난감하다는 듯 어깨를 으쓱해 보였다.

"…청소부 하야시 씨는 처음부터 살인을 계획하고 사장실에 가서 사장님을 죽인 다음 최초 발견자인 척 연기했다고 '자백'했고, 운전기사인 쿠라모치 씨와 이시와다 과장님은 사장님의 연락을 받고 사장실에 갔다가 공격을 받았으며 이에 저항하는 과정에서 실수로 사장님을 죽이게 되었다고 '자백'했습니다. 사모님도 자신이 '범인'이라는 취지의 언급을 하셨고요. 현시점에서 살인 용의자는 네 명입니다."

쿠라모치와 이시와다가 차례로 "제가 '범인'입니다"라고 주장했다.

"저기요." 유메코가 갑자기 좋은 생각이 났다는 듯한 표정으로 불쑥 끼어들었다. "시카가와 사장이 자살한 게 아니라면 CCTV를 확인해 보면 되잖아요. 사장실에 출입한 '범인'의 모습이 찍혔을 테니까요."

이시와다가 먼저 대답했다.

"CCTV 영상은 모니터를 통해 실시간으로 확인할 수 있지만 녹화되고 있지는 않았습니다. 그러니 당연히 제 모습도 남아 있지 않을 겁니다."

"그렇지 않습니다." 하야시가 반박했다. "CCTV 영상은 항시 녹화 상태를 유지하고 있었습니다. 사장실을 청소하러 갔을 때 사장님께 직접 들은 이야기입니다. 그래서 저는 사장님을 죽인 후 녹화된 영상을 가지고 나왔습니다."

"영상이 녹화되고 있었다는 증거는 있습니까?"

이시와다의 질문에 대답한 사람은 린도였다.

"CCTV 영상이 남아 있었기 때문에 경찰이 바로 자살이라고 단정 지은 거 아닐까요? CCTV 영상이 남아 있지 않았다면 자살인지 타살인지 판단하기 어려웠을 겁니다. 즉 CCTV 영상에는 사장실을 찾아온 인물이 찍혀 있지 않았다는 말이지요."

"그렇겠네요." 시카가와 부인이 여유로운 미소를 지으며 말했다. "그리고 직접 살인이 아니라면 간접적으로 피해자를 죽음으로 몰아간 사람에게도 '범인'이 될 찬스가 돌아온다는 말이고요."

"그렇죠."

그때 카미시마가 갑자기 웃음을 터뜨렸다.

모두가 카미시마를 쳐다보았다. 이시와다가 불쾌한 기색을 내비

치며 "왜 그러시죠?" 하고 물었다.

카미시마는 중역용 책상 앞에 서서 모두를 돌아보았다.

"열띤 토론이 이루어지고 있는 가운데 죄송합니다. 제가 한 가지 흥미로운 것을 보여드리죠."

카미시마가 중역용 책상에 놓인 노트북을 조작하더니 모두가 볼 수 있도록 화면을 이쪽으로 돌렸다.

노트북 화면에 보이는 것은….

복도 영상이었다. 둘로 나뉜 화면에 사장실 앞쪽 복도와 뒤쪽 복도가 각각 찍혀 있었다.

쿠라모치가 고개를 갸웃거렸다.

"지금 실시간으로 촬영되고 있는 영상인가요…?"

"아닙니다." 카미시마는 화면 윗부분을 손가락으로 가리켰다. "여기에 표시된 날짜를 보면 8월 15일이라고 되어 있습니다."

"8월 15일이라면… 설마…."

"맞습니다. 시카가와 사장이 죽은 날입니다."

"그게 무슨 말이죠? 그 영상이 진짜가 맞습니까?"

"일단은 진짜 같아 보이네요."

카미시마가 영상을 되감기하자 사장실 앞쪽 문을 열고 화장실로 향하는 시카가와 사장의 모습이 나왔다. 얼굴도 똑똑히 찍혀 있었다.

유메코가 당혹스러운 어조로 말했다.

"왜 이런 게 여기 있는 거죠?"

"게임 마스터가 준비한 거겠죠. 와이파이가 연결되어 있지 않으니 그냥 장식인가 했는데 어젯밤에 노트북을 살펴보다가 CCTV 영상 데이터가 저장되어 있다는 사실을 알게 되었습니다."

전원 범인, 하지만 피해자, 게다가 탐정 **247**

시카가와 부인이 언성을 높였다.

"그런데 왜 지금까지 입 다물고 있었던 거죠?"

카미시마의 입가에 의기양양한 미소가 떠올랐다.

"'탐정'이 어렵게 손에 넣은 정보를 감추는 건 기본이지 않습니까. 히든카드는 마지막 순간까지 남겨놔야죠."

"탐정이라고요? 무슨 콜롬보 흉내라도 내겠다는 건가요? 실상은 무능한 기자 주제에."

"…콜롬보는 탐정이 아니라 형사입니다. 뭐 어찌 됐든 잘못된 기사를 내보낸 건 사실이니 비난은 달게 받겠습니다. 아무튼 지금 중요한 건 실제 영상이 남아 있다는 겁니다."

"입장이 뒤집혔네요." 린도가 말했다. "CCTV 영상이 이렇게 남아 있다는 건 곧 '범인'이 범행 후에 데이터를 가져갔다는 말이 거짓이라는 뜻이니까요. 범인이 데이터를 가져갔다면 당연히 바로 처분했을 테니 지금까지 남아 있을 리가 없죠."

하야시가 입술을 깨물었다.

"사건 당일 시카가와 사장의 동선을 확인해 볼까요?"

카미시마가 영상을 빨리 감기로 돌리다가 재생 버튼을 눌렀다. 영상에 표시된 시각은 8월 15일 오전 1시 반이었다.

"움직임이 있었던 건 이 부분입니다."

반으로 나뉜 화면 중 왼쪽 영상에서 사장실 뒤쪽 문이 열렸다. CCTV는 바닥에서 2미터 정도 떨어진 높이에 설치되어 있기 때문에 문이 열린 상태에서는 렌즈가 문에 가려져서 복도가 보이지 않았다.

"뒷문으로 나온 시카가와 사장은 문을 열어 둔 채 화장실에 갔던 것으로 보입니다."

한동안은 아무 움직임도 없었다. 5분 후, 오른쪽 영상에 사장실 쪽으로 걸어가는 남자의 뒷모습이 찍혔다. 복도를 걸어가던 남자가 걸음을 멈추고 등 뒤를 살피는 장면에서 얼굴이 선명하게 드러났다.

"시카가와 사장입니다. 화장실에서 돌아오는 길이겠지요."

남자는 그대로 앞쪽 문을 열고 (안쪽으로 열리는 문이었다) 사장실 안으로 사라졌다. 문이 닫혔다.

1분 정도 지나서 뒤쪽 문도 닫혔다.

"현시점에서 시카가와 사장은 사장실에 혼자 있는 상태입니다. 이미 누가 들어와 있는 상태였을 수도 있으니 되감기로 과거 영상도 확인해 보시죠."

카미시마가 영상을 되감기했다. 하루에 서너 차례 시카가와 사장이 화장실에 가는 모습이 찍혀 있을 뿐, 제삼자가 사장실을 드나드는 장면은 나오지 않았다.

"사건 당일로 돌아가 볼까요."

카미시마는 사장실 뒤쪽 문이 닫히는 장면까지 영상을 빨리감기했다. 거기서부터 12배속으로 영상을 재생했다.

제대로 확인하고 있다가는 눈이 빠져버릴 것만 같았다.

카미시마는 영상에서 움직임이 포착된 순간, 재생 속도를 1배속으로 바꿨다.

"이건 청소를 하러 온 하야시 씨입니다."

오전 9시경. 영상 속에 청소 도구를 손에 든 하야시의 모습이 나타났다. 사장실 앞에 서서 문을 노크하는 동작이 찍혀 있었다. 하야시는 주위를 두리번거리며 한참을 가만히 서 있다가 이윽고 조심스럽게 문손잡이를 잡고 문을 열었다.

하야시는 사장실에 들어간 지 2분 만에 귀신이라도 본 사람처럼 혼비백산해서 뛰쳐나왔다. CCTV 영상은 거기서 끝났다.

"이상입니다." 카미시마는 모두를 돌아보았다. "이 영상을 보고 알 수 있는 사실은 시카가와 사장은 사장실에 틀어박혀 생활하면서 화장실에 갈 때만 방에서 나왔다는 겁니다. 본인 외에 다른 사람이 드나드는 일은 전혀 없었고, 유일한 예외는 사장실을 청소하러 온 하야시 씨입니다. 하야시 씨는 시체를 발견하고 사장실을 뛰쳐나와 경찰에 신고했을 겁니다. 참고로 이 2분 사이에 하야시 씨가 시카가와 사장을 죽이고 경찰에 신고했을 가능성은 희박하다고 봅니다. 2분 만에 사람을 죽이고 자살로 보이도록 위장하는 건 불가능할 뿐 아니라 사망 추정 시각이 신고 직전이었다면 경찰도 하야시 씨를 의심했을 테니까요."

린도가 턱끝을 만지작거리며 곤혹스러운 어조로 말했다.

"그러니까 제삼자가 사장님을 죽이는 건 불가능했다는 겁니까?"

"영상에 제삼자가 출입하는 장면이 찍혀 있지 않으니 그렇게 볼 수밖에 없겠지요. 범인이 원격 살인 트릭을 사용하지 않았다면 말입니다."

무거운 침묵이 내려앉았다.

영상이라는 절대적인 증거 앞에서 임시방편으로 쥐어 짜낸 '자백' 따위는 아무런 힘을 갖지 못한다.

"거짓말쟁이." 유메코는 이시와다와 쿠라모치를 날카롭게 쏘아보았다. "자기 손으로 직접 죽였다고 했으면서 사실은 새빨간 거짓말이었다는 거네요. 치사하게 거짓 자백으로 범인이 되려고 하다니."

이시와다와 쿠라모치는 민망하다는 듯 시선을 피했다.

"희극은 끝났습니다. 역시 사장님의 사인은 자살입니다. 언론 보도 때문인지 시위 때문인지 이유는 알 수 없지만 정신적으로 궁지에 몰려서 스스로 목을 맨 겁니다."

"기다려 주십시오!"

옆에서 소리친 사람은 하야시였다.

시카가와 부인이 "뭐죠?" 하고 쏘아보았다.

"…아직 끝나지 않았습니다. 저는 트릭을 써서 사장님을 살해했습니다."

"무슨 소리를 하는 거예요. 당신 진짜 끈질기네요."

"무슨 트릭인지 설명해 드리겠습니다."

하야시가 뒤로 돌아 사장실 뒤쪽 문을 통해 복도로 나갔다. 남겨진 사람들은 서로 얼굴을 마주 본 후 하야시를 뒤쫓아갔다. 이시와다가 문을 닫으려고 하자 하야시가 "그대로 열어 놓아 주십시오"라고 말했다.

"아, 네…."

이시와다는 문손잡이에서 손을 뗐다.

하야시는 앞장서서 복도를 걸어가다가 코너를 돈 순간 "어…" 하고 걸음을 멈췄다.

쿠라모치가 하야시의 등 뒤에서 "왜 그러십니까?" 하고 물었다.

하야시는 아무 대답도 없이 우두커니 서 있었다.

"이봐요, 당신…."

시카가와 부인이 짜증을 내며 다그치는 말투로 입을 열었다.

하야시는 뒤도 돌아보지 않고 정물처럼 가만히 서서 복도 끝을 손가락으로 가리키며 말했다.

"저, 저기…."

유메코는 하야시가 멈춰 선 곳까지 가서 코너에서 얼굴을 내밀었다.

복도 반대편, 화장실 문 앞에 남자아이가 서 있었다.

결말인 동시에 시작 2

 린도의 제안으로 '게임 마스터'라고 불리게 된 남자는 방 안 소파에 앉아 TV를 보고 있었다. TV에서는 심야 뉴스가 흘러나왔다.
 'S현 XX시 북부 산속에서 발견된 시신들의 신원 판명'
 화면 아래 표시된 자막에서 눈을 뗄 수가 없었다.
 신원이 밝혀졌다니.
 남자 아나운서가 진지한 표정으로 소식을 전했다.
 "시신이 발견된 것은 올해 11월 25일이었습니다. 오전 9시경 등산객이 지면 위로 드러난 인간의 손목으로 추정되는 뼈를 발견했습니다. 산속에 묻혀 있던 시신은 총 여섯 구였으며 시신에는 불에 탄 흔적이 남아 있었습니다."
 '게임 마스터'는 침을 꿀꺽 삼켰다.
 화면에는 무미건조한 폰트로 여섯 명의 이름이 표시되었고, 아나운서가 그 이름들을 순서대로 또박또박 읽어 내려갔다.

"사망한 피해자의 이름은 린도 모토야 씨, 시카가와 카나에 씨, 쿠라모치 타카시 씨, 센바 유메코 씨, 이시와다 칸 씨, 하야시 소타로 씨…."

'게임 마스터'는 무릎 위에 올린 손을 조용히 말아 쥐었다.

사망자의 신원이 밝혀졌다는 사실에는 위기감을 느꼈다. 하지만 덕분에 '데스 게임'에서 살아남은 자가 누구인지 알게 되었다.

카미시마 테츠.

시카가와사 규탄의 선봉에 섰던 프리랜서 기자.

지금은 어디에 숨어 있는 것일까.

무슨 수를 써서라도 찾아내야만 했다.

경찰보다 먼저.

'게임 마스터'는 소파에서 일어났다.

9

'이시와다 칸'은 멍한 표정으로 사람들 사이에 섞여 있었다.

화장실 문 앞에 서 있는 남자아이.

쿠라모치와 하야시가 난감하다는 듯 얼굴을 마주 보았다. 어떻게 반응해야 할지 판단이 서지 않아서 상대의 반응을 살피고 있는 것 같아 보였다.

"이건 대체…."

린도가 표정을 찌푸린 채 중얼거렸다.

사람들의 시선을 느꼈는지 화장실 문을 쳐다보고 서 있던 남자아이가 이쪽을 돌아보았다.

"윽."

아이는 장난을 치다가 들키기라도 한 것처럼 몸을 움찔하며 놀란 표정을 지었다. 모르는 어른들이 일제히 자기를 쳐다보고 있으니 겁을 먹을 만도 했다. 초등학교 1학년 정도 되었을까. 아직 유치원생 같아 보이기도 했다.

"어, 어…."

남자아이는 도망칠 곳을 찾는 듯 주위를 두리번거렸다.

"어째서 아이가 여기 있는 거죠?" 시카가와 부인이 화난 목소리로 말했다. "여기는 아무도 출입할 수 없는 거 아니었나요?"

"모, 모르겠습니다." 쿠라모치가 당황한 표정으로 대답했다. "어디서 어떻게 들어온 건지…."

하야시가 주위를 둘러보고 천장을 올려다보았다.

"어딘가에 사람이 드나들 수 있는 구멍이 있다든지…."

"그렇다면…." 유메코의 표정이 확 밝아졌다. "거기로 나가면 되겠네요. 데스 게임이니 뭐니 하는 이런 말도 안 되는 장난에서 빠져나갈 수 있겠어요."

시카가와 부인이 남자아이 쪽으로 다가가 고압적인 표정으로 내려다보았다.

"너 어디로 들어왔니?"

아이는 위기에 몰린 토끼처럼 몸을 움츠리고 뒷걸음질 쳤다.

"어디로 들어왔냐고!"

남자아이는 사나운 육식 동물과 마주친 듯한 얼굴을 하고 있었다. 아이는 떨리는 목소리로 억지로 쥐어 짜내듯 말했다.

"나는, 어… 엄마가 안 보여서…."

엄마를 잃어버린 아이가 길을 잘못 든 것인가. 이 나이 또래 아이들은 호기심이 왕성하고 행동력이 강해서 부모가 잠시 눈을 뗀 몇 초 사이에 사라져 버리곤 한다. 그래서 초등학교 저학년 아이들의 실종 사건이 끊이지 않는 것이다.

하지만 어떻게 여기에?

이시와다는 남자아이를 쳐다보았다.

이건 대체 어떻게 된 일일까.

처음부터 정해져 있던 전개인 건가? 그렇다면 게임 마스터의 의도는 무엇일까?

시카가와 부인이 혼내듯 언성을 높였다.

"어물거리지 말고 어서 대답해 보라니까!"

아이는 울먹울먹하더니 화장실 문을 열고 안으로 뛰어들었다. 그러고는 탕 하고 문을 닫아버렸다.

"얘!"

시카가와 부인은 문손잡이를 붙잡고 철컥철컥 흔들었다. 안에서 잠갔는지 열리지 않았다.

"당장 열지 못해!"

손으로 문을 쾅쾅 두드렸다.

화장실 안에서 울음소리가 터져 나왔다.

"진정하세요." 쿠라모치가 시카가와 부인에게 다가갔다. "그렇게 무섭게 다그치면 아이가 나오고 싶어도 나오지 못할 겁니다."

"맞아요." 유메코가 어이가 없다는 듯 빈정거렸다. "어른이 돼서 자기 감정 하나 통제하지 못하고 히스테리를 부리다니.""뭐라고요?" 시카가와 부인이 유메코를 노려보았다. "당신한테 그런 말 듣고 싶지 않네요! 정의를 실현하기 위한 시위라고 떠들어대면서 시카가와사를 비난할 때 본인이 어떤 얼굴을 하고 있었는지 알아요? 그때 찍힌 사진이랑 동영상에서 자기가 얼마나 추악하고 공격적인 얼굴을 하고 있는지 전혀 자각이 없나 보네요."

유메고기 시납게 눈을 부라리며 얼굴을 일그러뜨렸다.

"이것 보라니까요!" 시카가와 부인이 의기양양한 표정으로 유메코를 손가락질했다. "바로 이 얼굴이에요! 남을 공격할 때의 추악한 얼굴!"

솔직히 유치하긴 둘이 똑같았다. 이시와다는 두 사람이 서로를 헐뜯는 모습을 방관자처럼 바라보았다.

"아무튼!" 시카가와 부인이 다시 화장실 문을 향해 돌아섰다. "뭘 하든지 간에 일단 아이를 끌어내서 이야기를 들어 봐야 할 거 아니에요!"

하야시가 "저도 그렇게 생각합니다"라며 고개를 끄덕였다. "어쩌면 화장실 천장에 난 환기구를 통해 들어왔다든지…."

시카가와 부인이 다시금 문을 힘껏 두드렸다.

"얘! 좀 나와 보렴!"

돌아오는 것은 울음소리뿐이었다.

시카가와 부인은 쯧 하고 혀를 차더니 욕설을 퍼부으며 주먹으로 벽을 내리쳤다.

지금까지 가만히 있던 카미시마가 앞으로 걸어 나와서 시카가와 부인의 팔을 가볍게 붙들었다.

"진정하시죠. 그런 식으로 콘크리트 벽을 두드리다가는 뼈가 부러질지도 모릅니다."

부인은 아차 하는 표정으로 자기 손을 쳐다보았다. 그제야 아픔을 깨달았는지 다른 쪽 손으로 주먹을 감싸 쥐었다.

"후우." 카미시마가 피곤하다는 듯 한숨을 내쉬었다. "지나치게 감정적이 되는 건 좋지 않습니다."

시카가와 부인은 부루퉁한 표정으로 고개를 휙 돌렸다.

"그건 나도 알아요. 애 우는 소리에 신경이 곤두서서 나도 모르게 그만…."

유메코가 출입구 쪽으로 가서 문손잡이를 잡고 철컥철컥 흔들었다.

"철문은 바깥쪽에서 잠긴 상태 그대로예요. 이리로 들어오는 건 불가능하다는 말이죠. 대체 어디로 들어온 걸까요?"

카미시마는 화장실 앞에 서서 가만히 문을 응시했다.

"게임 마스터도 예상하지 못한 사태가 아닐까요? 상식적으로 생각해서 완벽하게 폐쇄된 공간에 제삼자가 들어올 수 있을 리가 없지 않습니까."

"하지만 당장 지금 아이가 들어와 있지 않습니까." 시종일관 침착함을 잃지 않았던 린도도 조금 당황한 듯했다. "이 상황에도 뭔가 의미가 있지 않을까요?"

"제가 보기에는 게임 마스터가 준비한 이벤트 같지는 않은데요. 예측하지 못한 사고 같은 거겠지요."

"확신하십니까?"

"확신합니다." 카미시마는 주저하지 않고 딱 잘라 말했다. "저 아이를 계속 신경 쓴다고 한들 우리가 여기서 빠져나갈 수는 없을 겁니다. 그보다는 우리끼리 하던 이야기를 계속하는 게 나을 것 같은데요. 우리에게 남겨진 시간은 그리 길지 않습니다."

"앞으로 스물여섯 시간… 정도 남은 것 같네요."

"이곳을 가득 채울 독가스 속에서 살아남을 수 있는 건 시카가와 사장을 죽인 '범인' 단 한 사람뿐입니다."

카미시마가 다시 한번 지금 상황을 정리해서 설명했다. 사람들 사이에 다시금 팽팽한 긴장감이 감돌았다.

"아이는 어떡하죠?" 아시오다가 옆에서 끼어들었다. "이대로 내버려둘 겁니까?"

카미시마가 대답했다.

"억지로 끌어낼 수는 없지 않습니까. 문을 발로 차서 부술 수도 없고."

침착함을 되찾은 린도가 담담한 어조로 말했다.

"화장실 문은 나무로 만들어져 있으니 성인 남성이 온몸으로 들이받으면 부술 수도 있을 것 같은데요."

"그렇게까지 할 일은 아닌 것 같고…." 이시와다는 고개를 가로저었다. "저는 단지 아이가 문을 열고 나오게 해야 하지 않을까 싶었을 뿐입니다."

"아이는 예상 밖의 요소입니다. 데스 게임과는 관계가 없습니다."

카미시마가 한 번 더 단언했다.

그 이상은 아무 말도 할 수 없었다.

모두가 뭔가 하고 싶은 말이 있는 듯한 표정이었지만 아무도 입을 열지 않았다. 시카가와 부인만이 겸연쩍은 표정으로 앞머리를 만지작거리며 헛기침을 했다.

"다시 원래 하던 이야기로 돌아갈까요?" 카미시마가 하야시를 돌아보았다. "하야시 씨가 시카가와 사장을 죽인 트릭에 대해 이야기하고 있었죠?"

린도가 쓴웃음을 지으며 말했다.

"…그러고 보니 그때 상황을 재연하기 위해 이리로 온 거였네요. 밀실에 갑자기 어린아이가 나타나는 바람에 완전히 잊어버리고 있었습니다."

카미시마가 하야시에게 말했다.

"CCTV 영상에 따르면 새벽 1시 반에 시카가와 사장은 화장실에 가기 위해 사장실을 나섰습니다. 이 시점에는 확실히 살아있었고요. 하야시 씨가 시신을 발견하고 경찰에 신고한 것이 오전 9시경이니 시카가와 사장이 살해당한 것은 그사이, 그러니까 1시 반에서 9시 사이라고 봐야겠지요. 하지만 제삼자의 출입은 확인되지 않았습니다. 하야시 씨가 트릭을 사용했다는 건 이 시간대에 죽였다는 말이 맞습니까?"

하야시는 조금 불안해 보였지만 또렷한 목소리로 "맞습니다"라고 대답하며 고개를 끄덕였다.

"흐음." 린도가 팔짱을 끼며 도발적인 미소를 지었다. "트릭에 대해 설명해 주시겠습니까?"

하야시는 "네" 하고 대답하며 화장실 반대편에 있는 철문을 가리켰다.

"저는 저녁때쯤 청소를 하러 왔다는 명목으로 회사 건물 안으로 들어와 엘리베이터를 타고 꼭대기 층까지 올라갔습니다. 그리고 엘리베이터 홀에서 밤이 되기를 기다렸습니다. 사장님은 사장실에 틀어박히게 되면서부터 다른 사람과의 만남을 피하셨기 때문에 꼭대기 층까지 올라오는 사람은 아무도 없었습니다. 사장님은 때때로 사장실 문을 열고 복도를 살피곤 하셨습니다. 한밤중이 되어 사장님이 화장실로 들어가는 것을 확인한 후 저는 사장실로 향했습니다."

하야시는 당시 상황을 재연하듯 걸음을 옮겼다.

화장실 앞을 그대로 지나쳐서 갈림길에서 왼쪽으로 돌아 사장실 뒤편으로 향했다.

"사장실로 들어갔다면 CCTV에 그 모습이 찍혔을 거 아니에요."

뒤에서 따라가던 시카가와 부인이 짜증스러운 말투로 내뱉었다.

모두가 코너를 돌았을 때.

"앗!"

이시와다가 놀란 듯 소리를 질렀다.

"저기…." 쿠라모치가 열어 둔 문을 손가락으로 가리켰다. "CCTV가….

문이 CCTV를 가려서 복도가 찍히지 않는 상태였다.

"맞습니다." 하야시가 뒤쪽 문을 통해 사장실로 들어갔다. "사장님이 문을 열어 둔 채 화장실에 가시는 걸 보고 저는 뒷문을 통해 사장실에 몰래 숨어들었습니다. CCTV에 제 모습이 남아 있지 않은 건 바로 그 때문입니다."

"아아." 카미시마가 말했다. "그래서 CCTV에 복도가 아예 찍히지 않았던 거군요."

하야시는 그대로 중역용 책상 아래에 몸을 숨겼다.

"그러고 나서 아까 말씀드린 것처럼 여기 숨어서 사장님이 돌아오시기를 기다렸습니다."

하야시는 책상 아래에서 나와 몸을 일으켰다. 그리고, 노끈을 들어 보였다.

"이쪽을 향해 등을 보이고 서 있는 사장님께 조용히 다가가 노끈을 목에 건 다음 메다꽂듯이 들어 올려서 목 졸라 살해했습니다."

"허를 찔렸네요." 이시와다가 말했다. "영상 속에서 사장님은 문을 열어 둔 채 나갔으니 그사이에 제삼자가 방에 숨어들어도 당연히 CCTV에는 찍히지 않았겠지요."

"맞습니다. 저는 문이 CCTV를 가린다는 점을 이용해서 사장님을 죽인 겁니다."

시카가와 부인이 어이없다는 듯 콧방귀를 뀌었다.

"이걸 굳이 재연까지 해 가며 설명할 필요가 있었나요?"

"그렇게 하면 더 이해하기 쉬울 것 같아서…."

"조금 전에 생각해 낸 트릭이잖아요." 유메코가 옆에서 끼어들었다. "사실은 시카가와 사장을 죽이지도 않았으면서."

"아닙니다, 정말로 죽였습니다. 제가 '범인'입니다."

"…그래요?"

"네."

유메코는 입가에 엷은 조소를 머금었다.

"나, 봤어요. 기억 안 나요? 나랑 눈이 마주쳤잖아요."

"무, 무슨 말씀이신지…."

"아까 문 높이를 확인하고 있었죠? CCTV 위치랑 비교해 가면서."

하야시가 눈을 크게 떴다.

"그때는 뭘 하는 건가 싶었는데 이제야 알겠네요. 이 트릭이 유효한지 알아보기 위해서 문을 열면 CCTV가 가려지는지 확인하고 있었던 거죠?"

"그, 그런 게 아니라…."

"정말로 시카가와 사장을 죽일 때 이 트릭을 썼다면 문 높이나 CCTV 위치를 확인할 필요는 없었을 텐데요."

하야시는 말문이 막힌 듯 아무 말도 하지 못했다.

"그러니까 '범인'은 당신이 아니라는 거죠."

"…제가 죽였습니다. 문이나 CCTV를 보고 있었다고 해서 그것만으로 범인이 아니라고 단정 지을 수는 없는 거 아닙니까. 저는 열린 문을 통해서 사장실에 침입해 사장님을 죽였습니다."

쿠라모치가 입을 열었다.

"그건 좀 우연이 지나친 것 같은데요."

하야시가 "뭐가 말입니까?" 하고 되물었다.

"아니, 이야기를 들으면서 제 나름대로 생각을 해 봤습니다만 시카가와 사장님이 뒤쪽 문으로 나온 건 우연이지 않습니까. 문을 열어 둔 채 화장실에 간 것도 우연이고요. 그렇게 하도록 유도할 수 있는 것도 아닌데 이야기가 너무 억지스럽지 않나 싶습니다."

하야시의 눈에 동요가 일었다. 하지만 이대로 물러설 생각은 없는지 천연덕스럽게 받아쳤다.

"말씀하신 대로 모든 것은 우연입니다. 계획을 세우는 단계에서는 만약 CCTV에 모습이 찍히더라도 그 데이터를 제가 가지고 가면 문제 될 게 없다고 생각했습니다. 그런데 마침 문이 열려 있어서 CCTV에 안 찍히고 넘어갈 수 있었던 겁니다. 그 덕분에 증거를 남기지 않고 자살로 위장하는 것이 가능했고요."

린도가 수납장에 등을 살짝 기댔다.

"우발적으로 발생한 밀실풍 살인 트릭이라는 말이군요."

"네, 운이 좋았습니다."

"제법 그럴듯한 이야기이긴 하지만 이 트릭에는 치명적인 결함이 있습니다."

"네?"

"어떻게 CCTV에 찍히지 않고 사장실에 침입할 수 있었는지는 알았습니다. 실제로 CCTV가 문에 가려져서 복도를 찍을 수가 없으니 실행은 가능했겠지요."

"그런데 뭐가 문제라는 겁니까?"

"나올 때는 어떻게 했습니까?"

하야시가 "아…" 하고 신음을 내뱉었다.

"아시겠습니까? 치명적인 결함이 무엇인지? 뒤쪽 문이 열려 있다는 점을 이용해서 몰래 방 안으로 들어온 다음 사장님이 돌아오기를 기다렸다가 살해했다. 여기까지는 좋습니다. 충분히 실행 가능하다고 봅니다. 하지만 그렇다고 해도 CCTV에 찍히지 않고 탈출할 방법은 없습니다."

맞는 말이었다.

뒤쪽 문으로 나간 시카가와 사장은 앞쪽 문으로 돌아왔다. 그리고 방 안에서 뒤쪽 문을 닫았다. 그 후 오전 9시경까지 CCTV에는 아무런 움직임도 포착되지 않았다. 남아 있는 영상은 오전 9시에 하야시가 청소를 하러 와서 시체를 발견하고 도망치는 모습뿐.

사장실에서 사람이 나가는 장면은 찍혀 있지 않은 것이다.

"그래서 제가 말하지 않았습니까." 쿠라모치가 엷게 미소 지었다. "'범인'은 하야시 씨가 아니라 저라고."

하야시가 쿠라모치를 노려보았다.

"옆에서 끼어들어 '범인' 자리를 가로챌 생각입니까?"

"가로채다니요. 저는 사실을 말하고 있을 뿐입니다. 제가 사장님을 죽였습니다."

시카가와 부인이 지겹다는 투로 말했다.

"이번에는 당신인가요?"

"저는 방금 말한 방법으로 뒤쪽 문을 통해 사장실로 들어가 사장님을 죽였습니다. 물론 계획적인 살인은 아닙니다. 사장님이 먼저 저를 공격하셨고, 저항하는 과정에서 실수로 죽이게 된 겁니다. 일이 그렇게 되자 덜컥 겁이 나서 어떻게든 범행을 감춰야겠다는 생각에… 자살로 위장했습니다."

"뭐가 다른 거죠? 처음부터 남편을 죽일 생각이었는지, 아니면 남편한테 공격을 당해서 우발적으로 죽이게 된 건지 그 차이 아닌가요?"

"하야시 씨의 자백은 허점투성이였습니다. 엘리베이터 홀에서 밤이 될 때까지 기다렸다? 이미 여기서부터 말이 안 됩니다. 꼭대기 층에 누가 올라올 가능성이 전혀 없는 것도 아니고, 계획적인 살인이라면 리스크가 너무 큽니다. 게다가 사장님이 우연히 뒤쪽 문으로 나와서 우연히 문을 열어 둔 채 화장실에 갔다니, 그런 말을 누가 믿겠습니까?"

"그건 당신도 마찬가지 아닌가요?"

"전혀 다릅니다. 제 경우는 사장님이 저를 공격하셨으니까요. 다시 말해 사장님이 살인 트릭을 준비하고 기다리고 계셨던 겁니다."

시카가와 부인의 오른쪽 눈썹이 움찔했다.

"차 안에서 통화한 내용을 녹음하고 그 파일을 조작하기까지 한 저를 도저히 용서할 수 없었던 사장님은 저를 죽이기로 마음먹었습니다. 하지만 살인죄로 체포당하고 싶지는 않았을 겁니다. 당연한 일입니다. 아무리 세간의 뭇매를 맞고 있다고는 해도 사장님은 이미 성공을 손에 넣은 인생의 승자였으니까요. '라피도' 때문에 사상자가 발생했다고 해서 체포당할 일은 없지만 살인은 이야기가 다릅니다. 잡히면 당연히 감옥에 가게 되겠지요."

유메코가 "그건 그렇네요" 하고 고개를 끄덕였다.

"그래서 트럭을 써서 저를 죽이려고 한 겁니다."

시카가와 부인이 "알아듣게 좀 설명해 봐요" 하고 투덜거렸다.

"…저는 새벽 1시 반까지 회사로 오라는 연락을 받았습니다. 꼭 대기 층으로 올라와서 뒤쪽 문을 통해 사장실로 들어오라고 했습니다. 사장님이 저를 죽이려고 하는 줄은 꿈에도 생각지 못한 채 저는 지시에 따랐습니다. 뒤쪽 문은 열려 있었습니다. 저는 열린 문을 통해 안으로 들어간 다음 문을 닫으려고 했습니다. 그러자 사장님이 '문은 그냥 열어 두고 잠시 여기서 기다리게'라는 말을 남기고 밖으로 나가셨습니다. 잠시 후 앞쪽 문이 열리고 사장님이 들어오셨습니다. 그러한 행동이 무엇을 의미하는지 당시의 저는 깨닫지 못했습니다. 사장님은 뒤쪽 문을 닫더니 그대로 제게 달려들었습니다."

"그리고 몸싸움을 벌이다가 당신이 남편을 죽였다고요?"

"맞습니다. 문을 열어 둠으로써 CCTV가 일시적으로 가려지게 한 것도 사장님이 짜낸 살인 계획의 일부였던 겁니다. 사장실을 찾아온 제 모습이 CCTV에 찍히지 않게 하기 위해서였겠지요."

린도가 엷게 웃었다.

"하야시 씨의 자백보다는 억지스러움이 덜하네요. 실제로 일어난 일 같이 느껴집니다."

"실제로 일어난 일입니다. 사실을 있는 그대로 고백하고 있는 겁니다."

"알겠습니다. 계속하시죠."

"사장님을 죽인 저는 당황했습니다. 정당방위로 인정받을 수 있을지 걱정이 되더군요. 목이 졸려 죽었으니 경찰은 고의적인 살인이라고 생각할 게 분명했습니다. 그래서 자살로 위장했습니다. 문제는 린도 씨가 지적한 것처럼 탈출 방법이었습니다. 도망치는 모습이 CCTV에 찍히면 모든 게 끝이니까요. CCTV를 멈춰 놓고 도망칠까도 생각해 봤지만 그렇게 하면 그 시간에 살인이 일어났다는 걸 알려 주는 꼴이지 않습니까. 그걸 토대로 범인이 저라는 걸 알아낼지도 모르니 정확한 범행 시각이 알려져서 좋을 게 없겠다는 생각이 들었습니다. 어떻게 하면 좋을지 고민하는 사이에 날이 밝았습니다. 문 두드리는 소리를 듣고 숨이 멎는 줄 알았습니다. 저는 허둥지둥 책상 아래로 몸을 숨겼습니다. 집요하게 노크를 계속하다가 문을 열고 들어온 사람은 청소부였고, 시체를 발견하고는 혼비백산해서 사장실을 뛰쳐나갔습니다. 청소부는 바로 경찰에 신고할 것이고, 경찰이 도착하면 현장에서 도망치는 것은 불가능합니다. 궁지에 몰린 저는 CCTV를 멈추고 서둘러 사장실을 빠져나왔습니다."

"실제로 CCTV 영상은 하야시 씨가 사장실에서 뛰쳐나온 직후에 끊겼으니 일단 말은 되네요."

"이것이 이 사건의 진상입니다. 제가 사장님을 죽인 '범인'입니다."

쿠라모치가 자신만만한 어조로 단언했다.

10

혼신의 힘을 기울여 짜낸 트릭을 덮어쓰기 당한 꼴이 된 '하야시 소타로'는 분한 마음에 이를 악물었다.

"…이의 있습니다."

입을 연 사람은 이시와다였다.

린도가 "뭡니까?" 하고 이시와다를 쳐다보았다.

"쿠라모치 씨의 '자백'에는 부자연스러운 점이 있습니다."

"말씀해 보시죠, 탐정님."

"…쿠라모치 씨는 사장님을 죽인 후 어떻게 사장실에서 탈출할지 고민하는 사이에 날이 밝았다고 하지 않았습니까."

쿠라모치가 "네, 맞습니다" 하고 자신 있게 고개를 끄덕였다.

"정말 그럴까요? 살인이 발생한 시각은 새벽 1시 반경이었습니다. 그리고 청소부인 하야시 씨가 온 게 오전 9시경이었죠. 중간에 비는 시간이 대략 7시간 반 정도 됩니다. 그렇다면 쿠라모치 씨는 7시간 반이나 사장실에 머물렀다는 말입니까?"

"그건…."

"탁상공론이죠. 머릿속으로 상상한 트릭이다 보니 이런 부자연스러운 부분이 생기는 겁니다."

반론의 여지를 모색하듯 쿠라모치의 시선이 허공을 이리저리 맴돌았다. 그러고는 작지만 분명한 말투로 반박에 나섰다.

"상대가 먼저 공격해 왔다고는 해도 살인은 살인이니까요. 예기치 않게 사람을 죽였으니 저도 제정신이 아니었습니다. 시간 감각 따위 전혀 없었습니다. 영화나 드라마를 보면 피바다 속에서 아이가 넋이 나간 상태로 구조되는 장면 같은 게 나오지 않습니까. 그런 상황에서는 어른도 마찬가지로 시체 옆에서 몇 시간이고 주저앉아 있을 수도…."

"사장님을 죽이고 자살로 보이도록 위장하는 작업을 다 마친 후에 갑자기 넋이 나가서 7시간 넘게 주저앉아 있었다고요?"

"아, 그게, 그러니까…."

"그건 좀 이상하지 않습니까? 사장님을 죽인 직후에는 멀쩡하게 위장 공작을 했으면서 작업을 다 마무리한 후 7시간 정도 넋이 나가 있었다는 말인데요."

"듣고 보니 그러네요." 시카가와 부인이 이 기회를 놓칠세라 재빨리 동조하고 나섰다. "기본적으로 사람을 죽였으면 한시라도 빨리 그 자리를 떠나고 싶었을 텐데요. 범행 현장에 몇 시간씩 머무르면서 어떻게 할지 고민하는 멍청이가 어디 있어요?"

쿠라모치의 가슴이 심호흡하듯 크게 들썩였다.

"패닉 상태에 빠진 건 사실입니다. 다만 제가 취한 행동에 대해서는 설명이 부족했던 것 같습니다. 제가 위장 공작을 한 것은 사장님을 죽인 직후가 아닙니다. 죽인 후 꽤 오랫동안 얼이 빠진 상태로 멍하니 있다가 문득 정신이 들어서 자살로 위장한 겁니다. 하야시 씨가 사장실 문을 두드린 건 제가 작업을 마치고 얼마 지나지 않아서였습니다."

이시와다가 씩 웃었다.

"자기 입으로 말했네요."

"뭐, 뭘 말입니까?"

"자살로 위장한 건 살인 후 7시간 정도 지나서라고 말입니다."

"그게 뭐가 이상하다는 겁니까?"

"저도 사후 경직에 대해서 어느 정도는 알고 있습니다. 사장님과 등을 맞댄 상태에서 들어 올리듯이 해서 목을 졸라 살해한 다음 7시간 동안 죽은 사장님을 등에 짊어지고 있지는 않았을 거 아닙니까. 당연히 죽인 다음에는 바닥에 내려놓았겠죠. 그 상태로 7시간이 지나면 어떻게 될까요?" 이시와다가 카미시마를 보며 물었다. "사후 경직이 일어나겠지요?"

카미시마는 "네" 하고 고개를 끄덕였다. "일반적으로 사망 후 2시간 정도 지나면 턱관절에 경직이 시작되고, 5~6시간이 지나면 상반신에 경직이 나타난다고 알려져 있습니다. 하반신에 경직이 나타나는 건 7~8시간 후입니다."

"바닥에 눕힌 상태로 7시간이 지난 후에 사후 경직이 일어난 시체를 움직여서 스스로 목매달아 죽은 것처럼 위장하는 게 가능하다고 보십니까?"

"…어렵겠지요. 사후 경직뿐만 아니라 시반 문제도 있으니까요."

유메쿠가 "시반이 뭔데요?" 하고 물었다.

"사람이 죽은 후에 피부에 생기는 반점을 말합니다. 사람이 죽어서 혈액 순환이 멈추면 중력 때문에 체내 혈액이 아래쪽으로 쏠려서 피부에 반점 형태로 나타나게 됩니다. 이번 같은 경우, 바닥에 눕힌 상태로 7시간이 지났으면 시반은 등에 나타났겠지요. 그 후에 목매달아 죽은 것처럼 위장했다면 시체의 등에 있는 사후 반점을 보고 의문을 품은 경찰이 타살임을 밝혀냈을 겁니다."

"흐음…."

"그렇다고 하네요, 쿠라모치 씨." 이시와다가 승리를 확신하는 표정으로 웃으며 말했다. "경찰도 바보가 아닌 이상 죽은 후 7시간이나 지나서 위장 공작을 했다면 눈치채지 못할 리가 없습니다. 경찰에서 자살이라고 결론이 났다는 것은 곧 범인은 경찰이 속아 넘어갈 만큼 교묘하게 위장했다는 말이겠지요. 적어도 쿠라모치 씨의 '자백'대로라면 실현은 불가능합니다."

완벽한 논파였다.

쿠라모치는 분하다는 듯 이를 갈았다.

"여기까지가 서론입니다." 이시와다가 연극배우처럼 양팔을 벌리며 모두를 둘러보았다. "다들 듣고 계십니까?"

시카가와 부인이 "피곤한데" 하고 투덜거렸다. "아직 더 할 말이 남았어요?"

"쿠라모치 씨가 '범인'이 아니라는 건 증명했으니 이번에는 제가 진실을 고백하도록 하겠습니다. 사장님을 죽인 건 접니다."

시카가와 부인이 질린 표정으로 고개를 절레절레 저었다.

"정말입니다. 상황이나 수법은 쿠라모치 씨와 같습니다. 연락을 받고 사장실로 찾아가니 사장님이 제게 달려들었고, 몸싸움을 벌이는 과정에서 그만 사장님을 죽여버리고 말았습니다. 저는 시체를 자살로 위장한 다음 탈출 방법을 고민했습니다. 그러다가 문득 그날이 주 1회 사장실을 청소하는 날이라는 사실을 기억해 냈습니다. 직원으로서 그 정도는 기본적으로 파악하고 있으니까요."

하야시는 묵묵히 이시와다가 하는 말을 듣고 있었다. 다른 사람들도 마찬가지였다.

"마침 희생양이 필요하던 참인데 청소부가 적임이라는 생각이 들었습니다. 저는 청소 시간이 될 때까지, 그러니까 오전 9시까지 사장실에서 기다렸습니다. 청소부가 오면 등 뒤에서 덮쳐서 기절시킬 생각이었습니다. 청소부가 사장님을 죽이고 자살로 위장했다, 대충 그런 스토리를 구상하고 있었습니다."

린도가 팔짱을 낀 채 말했다.

"그래서 청소 시간이 될 때까지 사장실에 남아 있었다는 겁니까?"

"네."

시카가와 부인이 경멸하는 듯한 시선으로 이시와다를 쳐다보았다.

"당신 바보예요? 조금 전에 사망 시각은 속일 수 없다고 한 얘기 못 들었어요?"

"…저도 들었습니다. 하지만 그건 지금이니까 할 수 있는 이야기이고, 사장님을 죽인 직후에는 거기까지 생각할 여유가 없었습니다. 그저 누군가 대타를 내세우지 않으면 당장 체포당할 거라는 생각뿐이었습니다. 남의 목숨을 빼앗았을 때 인간이 얼마나 크게 동요하고 당황하는지는 경험해 본 사람밖에 모릅니다. 사모님은 사람을 죽인 경험이 없으시지 않습니까."

시카가와 부인은 답변을 망설이는 눈치였다. 그러다가 결국 나중 일을 생각하면 여기서 단언하는 것은 상책이 아니라고 판단했는지, 아니면 나중에 써먹기 위한 덫이라고 의심했는지 애매모호하게 대답을 얼버무렸다.

"…글쎄요."

"아무튼 오전 9시가 되어서 청소부가 방 안으로 들어왔을 때 저는 책상 아래에서 기회를 노리고 있었습니다. 하지만 청소부는 방에 들어오자마자 시체를 발견하고는 입에 거품을 물고 뛰쳐나갔습니다. 청소부를 쓰러뜨릴 기회를 잡지 못했기 때문에 어쩔 수 없이 CCTV를 끄고 저도 도망쳤습니다."

이시와다는 긴 대사를 무사히 마친 배우처럼 크게 한숨을 내쉬었다.

"적어도." 카미시마가 말했다. "하야시 씨나 쿠라모치 씨의 '자백'보다는 허점이 적고 논리적이네요."

하야시가 옆에서 퉁명스레 내뱉었다.

"덮어쓰기니까요."

카미시마가 "네?" 하고 고개를 갸웃거렸다.

"우리가 한 '고백'을 참고삼아 허점을 하나하나 메워 가면서 말하고 있으니 제일 자연스러운 게 당연하지 않습니까. 자기 패를 제일 늦게 내미는 거나 다름없죠."

"설령 그렇다고 해도 가장 그럴듯한 '자백'이라는 사실은 변하지 않습니다. 받아들이기 어렵다면 여기에 한 번 더 덮어써 보시겠습니까?"

하야시는 어금니를 꽉 물었다.

하야시가 반론하지 못하자 카미시마는 어깨를 으쓱였다.

"그럼 저는 가서 아이의 상태를 살펴보고 오겠습니다. 이대로 계속 화장실에 내버려둘 수는 없는 노릇이니까요. 여러분은 계속해서 '범인'과 '탐정'이 되어서 '자백 대결'과 '추리 대결'을 이어가 주십시오."

카미시마가 방에서 나가자 남은 사람들은 서로 얼굴을 마주 보았다. 잠시 침묵이 이어졌다.

린도가 책상 앞 의자에 앉아 노트북 마우스를 움직였다.

"린도 씨, 뭐 해요?"

시카가와 부인이 물었다.

불륜 상대인 젊은 직원을 대하는 목소리는 더할 나위 없이 부드러웠다. 차갑고 가시 돋친 말투로 다른 사람들을 대할 때와는 영 딴판이었다. 여자는 모두 배우라는 말이 불현듯 머리를 스치고 지나갔다.

"CCTV 영상을 확인해 보려고요." 린도가 노트북 화면에 시선을 고정한 채 말했다. "영상 데이터가 들어 있다는 건 그걸 참고하라는 말일 테니까요. 아까는 카미시마 씨가 조작을 담당했었으니 이번에는 제가 직접 다시 한번 살펴볼까 합니다."

"흐응."

시카가와 부인은 발걸음을 돌려 2인용 소파에 가서 앉았다. 다리를 꼬고 고개를 들더니 더 이상 아무 말도 하지 않았다.

유메코도 맞은편에 있는 1인용 소파에 가서 앉았다.

세 사람이 직접적인 살인을 '자백'했다. 당연히 직접적인 살인이 간접적인 살인보다 훨씬 더 죄가 무거우니 현재로서는 이들이 가장 '범인'에 가깝다고 볼 수 있다. 그중에서도 제일 마지막에 범행 수법을 말한 이시와다가 한발 앞서 나가고 있었다.

이제 어떻게 해야 할 것인가.

11

'카미시마 테츠'는 화장실 앞에 서서 참을성 있게 기다리며 계속해서 아이를 불렀다. 이윽고 문이 열리고 남자아이가 조심스럽게 얼굴을 내밀었다.

"나와 줘서 고맙구나."

최대한 부드러운 목소리로 말을 걸자 아이가 불안한 표정으로 물었다.

"아저씨가 카미시마라는 사람이에요?"

"…그렇다면?"

남자아이는 잠시 망설이다가 작게 접힌 종이를 내밀었다.

"이거 아저씨 갖다주래요."

대체 뭘까.

받아서 쪽지를 펼쳐 보았다.

'린도 모토야가 모두를 죽이게 할 것.'

이 지시는….

누가 이런 쪽지를 아이에게 맡긴 걸까.

이곳에서 아이에게 쪽지를 건넬 수 있었던 사람은 없다. 아이에게 직접 닿은 사람은 아무도 없었다.

그렇다면 이건 외부에서 보내온 메시지라는 건가?

심장이 철렁했다. 식은땀이 콧등을 타고 흘렀다.

아이는 길을 잘못 든 것이 아니라 누군가의 지시를 받고 온 것이다.

쪽지에 적힌 내용은 아무에게도 들켜서는 안 된다.

카미시마는 쪽지를 구겨서 바지 주머니에 쑤셔 넣었다.

복도 쪽으로 고개를 돌려 누가 보고 있지는 않은지 확인한 다음 뒤처리를 하고 사장실로 돌아갔다. 아무 일도 없었던 것처럼 시치미를 뚝 떼고.

"아이는요?"

쿠라모치가 물었다.

카미시마는 한 박자 쉬었다가 대답했다.

"아이는 어디론가 사라져 버렸습니다."

12

'린도 모토야'는 재생 중이던 CCTV 영상을 멈췄다.
"사라졌다고요?"
린도가 묻자 카미시마는 "네" 하고 고개를 끄덕였다.
"내 눈으로 직접 확인해야겠어요!"
시카가와 부인이 자리에서 벌떡 일어났다.
"아이는 더 이상 신경 쓰지 않아도 될 것 같습니다만."
시카가와 부인은 카미시마가 하는 말을 들은 척도 하지 않고 밖으로 나가버렸다.
"저희도 가 볼까요?" 이시와다가 말했다. "아무래도 신경이 쓰이기도 하고…."
카미시마가 들으라는 듯이 크게 한숨을 내쉬었다.
이시와다를 따라 모두가 복도로 나갔다.
"저만 빼고 다들 가시는 겁니까?" 린도는 의자에서 일어나 카미시마에게 "그럼 저도 다녀오겠습니다"라고 말한 뒤 사장실을 나섰다.

복도를 걸어가자 화장실 앞에 카미시마를 제외한 전원이 모여 있었다.

"어떻게 됐습니까?"

뒤쪽에서 말을 걸자 몇몇이 이쪽을 돌아보았다. 열려 있던 화장실 문을 통해 시카가와 부인이 걸어 나왔다.

"아무도 없어요."

린도는 화장실 안을 들여다보았다.

부인 말대로 남자아이의 모습은 보이지 않았다. 눈에 보이는 것이라고는 변기와 간이세면대뿐이었다.

이시와다가 천장에 뚫린 환기구를 손가락으로 가리켰다.

"저기로 들어왔다 나간 게 아닐까요?"

린도가 말도 안 된다는 듯 반박했다.

"환기구는 너무 좁아서 통과할 수 없습니다. 아무리 어린아이라고 해도 말이지요."

"보기에는 좁아 보여도 실제로는 어떨지 모르지 않습니까. 마술 쇼 같은 데서 성인이라면 절대로 통과하지 못할 것 같은 구멍을 여자 조수가 통과하기도 하니까요."

"전문적인 훈련을 받아서 연체동물에 버금가는 유연성을 갖춘 여자와 어린아이가 같다고 보시는 겁니까?"

"실제로 아이가 들어왔었으니 어딘가에 틈이 있다는 말 아닙니까."

린도는 고개를 설레설레 지었다.

"살아남기 위해 최선을 다해야 하지 않겠습니까?" 이시와다가 끈질기게 물고 늘어졌다. "확인해 볼 필요가 있다고 봅니다."

하야시가 말했다.

"변기 위에 올라가면 환기구에 손이 닿을 것 같은데요."

"제가 한번 해 보겠습니다."

이시와다가 변기에 올라가서 팔을 쭉 뻗었다. 환기구를 떼어내기 위해 손으로 커버를 붙잡고 흔들었다.

하지만.

"반대쪽에서 고정되어 있는지 이쪽에서는 안 열리는데요."

"그야 그렇겠죠." 린도가 말했다. "이쪽에서 열리게 놔두면 안 되지 않겠습니까. 우리가 천장 속을 마음대로 들여다보면 게임 마스터 입장에서도 곤란하겠죠. 여기로도 독가스를 내보낼 테니까."

이시와다가 한숨을 내쉬며 변기에서 내려왔다.

"하지만 가능성이 전혀 없는 건 아닙니다." 이시와다가 말했다. "밖에서 들어오는 게 아주 불가능하지는 않죠. 침입할 때는 바깥쪽에서 나사를 풀고 커버를 벗긴 다음 환기구를 통해 화장실 안으로 들어오면 되고, 나갈 때도 같은 방법으로 바깥쪽에서 나사를 다시 조이면…"

"영화를 너무 많이 보신 거 아닙니까? 액션 영화의 주인공한테나 가능한 일을 어린아이가 할 수 있다고 보십니까?"

"그건…"

"무엇보다 환기구는 방금 과장님이 시도해 봤다시피 어른이 변기에 올라가서 손을 뻗어야 겨우 닿을 수 있는 높이에 있습니다. 어린아이가 그런 일을 한다는 건 불가능합니다."

"그렇다면 그 아이는 어떻게…"

린도는 고개를 돌려 잠긴 철문을 쳐다보았다.

"저기로 들어왔겠지요. 뭐 하는 곳인가 싶어서 문을 열고 들어왔다가 어른들의 심각한 표정을 보고 무서워져서 화장실에 숨었고, 우리가 사라진 것을 확인한 다음 제 발로 다시 걸어 나간 겁니다."

하야시의 표정이 밝아졌다.

"그럼 문이 열려 있을지도…"

하야시가 출입구의 문손잡이를 돌려 보았다. 하지만 문은 여전히 잠긴 채 꿈쩍도 하지 않았다.

"안 열리네요…" 하야시가 실망한 목소리로 말했다. "아이가 나간 다음에 다시 잠근 걸까요?"

"과연 그럴까요?"

유메코가 끼어들었다.

"린도 씨, 똑똑한 척하는 건 좋은데 뭔가 빠트린 게 있지 않아요?"

린도는 유메코에게로 시선을 돌렸다.

"그게 뭡니까?"

"아이가 나타났을 때, 나는 이 문을 열어 보려고 했어요. 하지만 잠겨 있었죠. 안쪽에서는 문을 열 수도 잠글 수도 없으니까 여기로 드나드는 건 불가능해요. 아쉽게 되었네요, 탐정님."

마지막 한마디는 다분히 도발적이고 비꼬는 듯한 뉘앙스가 담겨 있었다.

"…유메코 씨가 문 상태를 확인하는 모습을 제가 못 봤을 뿐입니다. 그 말이 사실이라면 정문으로 드나드는 것도 불가능하다는 말이 되겠네요."

"제가 봤습니다." 이시와다가 말했다. "유메코 씨가 문손잡이를 잡고 흔들었지만 철컥철컥 소리만 나고 열리지는 않았습니다."

린도가 눈을 가늘게 떴다.

"일부러 소리를 내서 문이 잠겼다고 착각하게 만든 것일 수도 있지요. 그 자체가 하나의 트릭이었을지도요."

"뭐라고요?" 유메코가 불쾌하다는 듯 얼굴을 찌푸렸다. "내가 그런 짓을 왜 하겠어요?"

"그거야 모르죠. 그럴 가능성도 있다는 이야기를 하는 겁니다. 이런 상황에서는 모두의 행동을 일단 의심하고 보는 게 당연하지 않습니까. 유메코 씨도 다른 사람들을 다 믿는 건 아닐 텐데요."

"…그게 뭐 어쨌다는 거죠?"

"자기는 남들을 의심하면서 남들한테는 자기를 의심하지 말라는 건 말이 안 되죠. 남을 의심하면 자기도 의심받고, 남을 공격하면 자기도 공격당한다. 그게 세상의 이치입니다."

"…증거를 댈 수는 없지만 문은 잠겨 있었어요. 못 믿겠으면 믿지 마요."

"이제 와서 확인할 길도 없으니 여기서 더 얘기한들 결론은 안 나겠네요."

"그럼 그만하죠."

린도는 모두를 향해 돌아섰다.

"아이가 정문을 통해 드나들었을 가능성은 희박해 보입니다. 유메코 씨가 게임 마스터 쪽 사람이 아니라면 말입니다."

유메코는 자신이 게임 마스터 쪽 사람이 아니라고 확실하게 부정하지 않았다. 단순히 해명하는 게 귀찮아진 건지, 의심받아도 상관없다고 생각하는 건지, 그도 아니면….

복도 반대쪽에서 카미시마가 걸어왔다. 얼굴에서 약간의 피로가 묻어났다.

"아이의 등장은 예상치 못한 버그 같은 거였을 겁니다. 그래서 게임 마스터가 없앤 겁니다."

쿠라모치가 겁에 질린 표정으로 중얼거렸다.

"없애다니…."

"죽였다거나 처리했다거나 그런 게 아니라 이 데스 게임의 현장에서 내보냈다는 의미입니다."

"그럼 아이에 대해서는 더 고민할 필요가 없다는 말입니까?"

"네, 단언컨대 무의미한 고민입니다."

시카가와 부인이 체념한 표정으로 말했다.

"뭐 당신이 그렇게 말한다면 그런 거겠죠. 아이의 존재에 대해서는 그만 생각할래요. 그럼 다시 본론으로 돌아가 볼까요? 문제는 남편을 죽인 '범인'이 누구인가 하는 거잖아요."

카미시마가 "맞습니다" 하고 고개를 끄덕였다.

"'범인'만이 독가스에서 살아남을 수 있다. 그래서 하야시 씨랑 쿠라모치 씨랑 이시와다 과장이 '자백'을 했죠."

"직접 살인은 죄가 무거우니까요."

시카가와 부인이 핏빛 입술을 끌어올리며 미소를 지었다.

"내가 그 직접 살인의 '범인'이라고 하면 어떡할래요?"

"…뭐 저는 아무래도 상관없습니다만. 다만 부인이 했던 말을 빌리자면 '재탕 삼탕도 아니고 이게 대체 몇 번째인지'라는 느낌이네요."

"자기 혼자 살겠다고 남편을 죽인 '범인'의 자리를 나한테서 빼앗아 가려고 하는 걸 그냥 두고 볼 수는 없잖아요."

"이런 상황에서는 누구라도 '범인'이 되고 싶을 테니까요. 물론 '자백'은 얼마든지 자유롭게 하셔도 됩니다."

시카가와 부인은 카미시마의 비꼬는 듯한 말투를 가볍게 무시한 채 왔던 길을 다시 돌아가서 갈림길에서 왼쪽으로 발길을 틀었다. 모두가 뒤를 따라가 보니 시카가와 부인은 복도 코너 앞에 멈춰 서 있었다. 부인이 천천히 이쪽을 돌아보았다.

"밤이 되자 나는 남편한테 전화를 걸어서 만나자고 했어요. 지금 회사 앞에 와 있다고요. 그러고는 엘리베이터로 꼭대기 층까지 올라가서 여기서 남편을 불렀어요. 뒤쪽 복도에 설치된 CCTV에 아슬아슬하게 찍히지 않는 위치에서요."

"이 CCTV는 음성 녹음 기능이 없는 타입이라 소리는 남지 않으니까요."

"맞아요. 그래서 뒤쪽으로 나와 달라고 했어요. 남편이 뒤쪽 문을 여는 것을 보고 코너에서 나와 사장실로 향했죠. 문이 CCTV를 가리고 있어서 내 모습이 찍힐 위험은 없었어요. 혹시 복도에 다른 사람이 있지는 않은지 확인하고 오라는 내 말에 남편은 뒤쪽 문으로 나가서 복도를 한 바퀴 돌아 앞쪽 문으로 들어왔어요. 그 모습이 CCTV에 남아 있는 거고요."

시카가와 부인은 그대로 뒤쪽 문을 통해 사장실로 들어갔다. 그리고 테이블에 슬쩍 눈길을 주었다.

"남편이 돌아오자 나는 뒤쪽 문을 닫고 남편에게 마실 것을 권했어요. 강력한 수면제를 섞은 음료였죠."

"하긴 아내라면 무언가를 마시게 할 수도 있었겠지요. 그런 방법으로 시카가와 사장을 잠들게 했다는 겁니까?"

"네. 그리고 잠든 남편의 목에 노끈을 걸어서 행거 파이프에 연결했어요. 그 정도는 여자 힘으로도 가능하니까요. 파이프 높이가 150센티미터 정도라 발이 땅에 닿은 상태에서 목을 맨 자세가 되기는 했지만요. 그 후에는 쿠라모치 씨가 얘기한 대로예요. 청소부가 와서 시체를 발견하고 뛰어나간 직후에 CCTV를 멈추고 방에서 탈출했어요."

쿠라모치가 "제 트릭을 훔쳐가지 마십시오!" 하고 비명처럼 내질렀다.

"어머, 당신들의 황당무계한 트릭보다 내 쪽이 훨씬 더 현실적이죠. 실제로 실행에 옮길 수도 있었고."

"뭐가 황당무계하다는 겁니까?"

"남편이 살인 계획을 세워서 운전기사나 직원을 불러냈다는 것 자체가 말이 안 되잖아요. 굳이 사장실에서 죽이고 경찰 수사를 피하기 위해 트릭을 짜낸다는 게 말이 된다고 생각해요? 리스크가 너무 크잖아요. 게다가 노끈을 들고 달려들었다고요? 용의주도하게 트릭까지 준비한 사람이 여차하면 상대에게 반격당할 수도 있는 그런 허술한 방법을 선택할까요?"

"그건…."

시카가와 부인은 상대에게 끼어들 틈을 주지 않고 계속해서 말을 이었다.

"몸싸움을 벌이다가 노끈을 빼앗은 다음 남편과 등을 맞댄 상태에서 메다꽂듯이 들어 올려 목을 졸라 살해했다? 전혀 그림이 그려지지 않는데요. 당신들 말대로라면 갑작스럽게 남편에게 공격을 당해서 필사적으로 반격에 나섰다는 건데 그 와중에 상대를 목매달아 자살한 시체로 위장할 수 있는 방법을 골라서 죽일 만한 여유가 있었다고요? 게다가 방 안에도 남편의 몸에도 몸싸움을 벌인 흔적 같은 건 찾아볼 수 없었어요. 그리고 죽인 다음에 행거에 매달아서 자살로 위장했다? 그렇게 하면 노끈 자국이 하나가 아니라 둘이 되지 않나요? 아무리 자국이 비슷하다고는 해도 완전히 일치하지는 않을 텐데 경찰이 과연 그런 수에 속아 넘어갔을까요?"

쿠라모치와 이시와다는 반론하지 않았다. 두 사람 모두 입을 꾹 다물고 있을 뿐이었다.

"나는 남편을 재운 다음에 매달았어요. 그게 다예요. 심플하지만 아내니까 가능한 방법이죠."

"한 가지 궁금한 게 있습니다만." 카미시마가 물었다. "동기는 뭡니까? 불륜을 들켜서?"

"그야 그렇죠."

"고작 불륜을 들킨 정도로 사람을 죽였다고요?"

시카가와 부인은 증오에 찬 표정으로 카미시마를 노려보았다.

"…남편은 나랑 이혼할 생각이었어요. 나를 구속하고 돈도 자유롭게 쓰지 못하게 했으면서 그래도 역시 도저히 용서할 수가 없었는지 변호사한테 연락해서 이혼 절차에 대해 물어보는 것 같았어요. 이혼하면 어떻게 되겠어요? 당연히 위자료를 청구당하는 건 내 쪽일 텐데. 지금 같은 생활은 더 이상 불가능해지겠죠. 그래서 이혼당하기 전에 죽일 수밖에 없었어요."

카미시마는 무표정한 얼굴로 말했다.

"…부부간에 아이가 없으면 아내는 죽은 남편의 재산 중 3분의 2를 상속받을 수 있으니까요. 나머지 3분의 1은 고인의 부모가 상속받게 되고요."

"쿠라모치 씨나 이시와다 씨보다는 강한 살인 동기 아닌가요?

나는 지금 생활을 지키기 위해 남편을 죽여야만 했어요."

시카가와 부인의 주장대로 동기는 충분했고 설득력도 있었다.

카미시마가 카펫 위에 책상다리를 하고 앉았다.

"'범인'이 정해진 것 같군요. 시카가와 부인의 '자백'이 가장 그럴듯합니다."

시카가와 부인이 발끈해서 쏘아붙였다.

"그럴듯하다니요? 나는 사실을 있는 그대로 털어놓았을 뿐이에요. 다른 사람들이 거짓 '자백'을 했다고 해서 나까지 동급으로 취급하지 말아 줄래요?"

"네네, 그렇다고 해 두죠. 현재로서는 부인의 논리에 모순을 지적할 만한 재료가 없습니다. 말꼬리를 잡고 늘어질 수는 있겠지만 그 정도로는 '범인'이 다른 사람에게 넘어가지는 않을 테니까요."

13

'하야시 소타로'는 사장실 안을 둘러보았다.

린도가 중역용 책상 앞 의자에 앉아 심드렁한 어조로 "아쉽게 됐네요, 하야시 씨, 이시와다 과장님, 쿠라모치 씨" 하고 말했다. 그는 다시 노트북을 들여다보고 있다. CCTV 영상을 확인하고 있는 듯했다.

그 후에는 이렇다 할 일 없이 그저 시간만 흘러갔다. 점심시간이 되자 모두 말없이 도시락을 먹었다.

다들 입을 다물고 있는 것은 어떻게 하면 자기가 '범인'이 될 수 있을지 그 방법을 고민하고 있기 때문인 걸까. 아니면 시카가와 부인의 '자백'에서 모순되는 부분을 찾고 있는 걸까.

하야시는 한숨을 내쉬며 화장실로 향했다.

이 데스 게임에서는 나중에 말하는 사람이 무조건 더 유리하다. 다른 사람이 한 '자백'의 허점을 지적한 다음 그 결점을 보완

해서 자기 것으로 삼을 수 있기 때문이다.

자신은 가장 먼저 '범인'이라고 '자백'했기 때문에 가장 불리한 입장에 처하게 됐다.

하지만.

하야시는 주먹을 꽉 움켜쥐었다.

그 타이밍에 '자백'할 수밖에 없었다.

정해진 운명의 궤도에서 벗어날 수는 없는 것이다.

지금의 불리한 상황을 단숨에 뒤집을 방법은 없을까. 시카가와 사장을 죽인 후 자살로 위장하는 완전 범죄를 가능하게 하는 트릭이….

하야시는 화장실에서 볼일을 보고 사장실로 돌아왔다. 페트병에 든 물로 마른 목을 축였다.

저녁이 되자 움직임이 있었다.

유메코가 소파에서 일어나 조용히 말했다.

"제가 살인을 '자백'할게요."

결말인 동시에 시작 1

'게임 마스터'라고 불리게 된 남자는 손목시계로 시간을 확인한 다음 방독면을 착용하고 철문의 잠금장치를 해제한 후 폐허로 걸어 들어갔다. 허리에 찬 벨트에는 도끼가 꽂혀 있고, 양손에는 휘발유 통이 들려 있었다.

복도에는 시체가 층층이 쌓여 있었다. 제일 위에 린도 모토야가 엎어지듯 쓰러져 있었다.

옆에는 방독면이 떨어져 있었다. 방독면을 서로 차지하려고 싸우다가 결국 아무도 쓰지 못한 듯했다.

'범인'은 도끼로 직접 죽일 생각이었건만.

걸리적거리는군.

시체에 닿지 않고 지나가는 것은 불가능했기에 '게임 마스터'는 시체의 등을 밟고 넘어갔다. 코너를 지나서 계속 걸어 들어가자 '모의 사장실' 앞에 카나에가 쓰러져 있었다.

시체를 피해 '모의 사장실'로 들어갔다. 방 안에 휘발유를 뿌렸다.

증거를 없애야 했다. 뒤처리는 중요하다.

'모의 사장실'에서부터 지그재그로 휘발유를 뿌리며 복도로 나왔다. 카나에의 시신에도 골고루 뿌려주었다.

안쪽에서부터 휘발유를 뿌리는 것은 몸에 휘발유가 묻지 않게 하기 위해서였다. 입구에서부터 뿌리면서 들어가면 나올 때 휘발유를 밟게 되기 때문에 자칫 잘못했다가는 자기까지 위험해질 수 있었다.

복도를 뒤로 걸어 나오면서 입구 쪽으로 향했다.

입구까지 휘발유를 뿌린 다음 밖으로 나가서 라이터로 불을 붙일 것이다. 그걸로 끝이다.

통로를 막고 있는 시체의 산을 넘어가서 휘발유를 뿌렸다.

'게임 마스터'는 폐허 밖으로 나와 불을 붙였다. 붉은 화염이 치솟으며 건물을 집어삼켰다.

다 끝났다.

파란 하늘에 검은 연기가 피어올랐다.

연기를 본 사람이 산불이 난 줄 알고 달려올 수도 있겠다는 생각에 마주치지 않도록 나무 뒤로 몸을 숨겼다.

다행히 불이 자연 진화될 때까지 아무도 나타나지 않았다.

신이 도와주고 있는 것 같았다.

'게임 마스터'는 다시 폐허에 들어가 불에 탄 시체를 바라보았다. 미리 파 놓은 구멍에 시체를 가져가 묻으면 모든 작업이 완료된다. 숲속에는 소형 트럭을 숨겨 두었다.

시체를 하나씩 발로 밀어서 확인했다.

'응?'

'게임 마스터'는 동요를 억누르며 폐허 안쪽까지 샅샅이 살펴보았다.

'시체가 여섯 구밖에 없다.'

있을 수 없는 사태에 초조함이 밀려왔다.

건물 안에 있는 시체는 다 태웠다. 그런데 어째서 수가 부족한 것인가.

문득 이상하다는 생각이 들었다.

처음에 잠금장치를 풀고 폐허에 들어갔을 때는 린도를 꼭대기로 삼아 층층이 쌓인 시체의 산이 길을 막아서 밟고 지나가야만 했다. 그런데 폐허 안쪽에서부터 휘발유를 뿌리며 돌아왔을 때는 시체를 밟지 않고도 그냥 넘어갈 수 있었다.

다시 말해 시체의 산이 낮아졌다는 말이었다.

들어갈 때보다 나올 때 시체의 높이가 더 낮아진 이유는 무엇인가. 생각할 수 있는 이유는 하나뿐이다.

생존자가 시체의 산 밑에서 탈출 기회를 노리고 있었던 것이다.

당했다….

'게임 마스터'는 폐허에서 뛰쳐나와 주위를 둘러보았다.

하지만 역시나 사람 그림자도 보이지 않았다. 일곱 명이 타고 온 밴은 타이어에 펑크를 냈기 때문에 차를 타고 도망치는 것은 불가능하다. 걸어서 숲속을 가로질러 도망쳤다면 찾아낼 방법이 없었다.

'제기랄!'

시체 속에 숨어 있다가 탈출하다니.

모 아니면 도라는 각오였을 것이다.

탈출한 사람은 누구인가? 시체를 직접 눈으로 확인한 린도 모토야와 시카가와 카나에가 아니라는 건 분명했다. 나머지 다섯 명 중 하나일 터였다.

신원이 드러나지 않도록 시체를 태워버렸으니 생존자가 누구인지 알아내는 건 불가능하다.

'게임 마스터'는 주먹을 힘껏 움켜쥐었다.

폐허에서 일어난 데스 게임의 전모를 생존자가 세상에 폭로하면 어떻게 될 것인가.

어디선가 파멸의 발소리가 들려오는 것 같았다.

14

'시카가와 카나에'는 말없이 유메코를 노려보았다.

"시카가와 사장을 죽인 건 저예요." 유메코가 단언했다. "제가 죽이고 자살로 위장했어요."

카미시마가 말했다.

"이로써 다섯 명째네요."

카나에가 쯧 하고 혀를 찼다.

"들을 것도 없이 헛소리예요. 이렇게 너나 할 거 없이 다들 '자백'을 해대는데 이제 와서 누가 그 말을 믿겠어요?"

유메코는 차가운 시선으로 카나에를 힐끗 쳐다보았다.

"당신한테 믿어 달라는 건 아니지만 일단 이야기를 좀 들어 보시죠?"

"당신은 내 남편이 제일 경계하던 사람이잖아요. 시카가와사와 남편을 그렇게 집요하게 공격해 댔으면서. 남편이 눈앞에 있으면 정말로 찔러 죽일 듯한 기세로. 남편은 당신 같은 사람한테 살해당할까 봐 그게 두려워서 회사에 틀어박히게 된 거라고요."

"진정하시죠." 카미시마가 두 사람 사이에 끼어들었다. "우리는 지금까지 부인을 포함해 네 사람의 자백을 들었습니다. 유메코 씨도 자백하겠다는 거라면 일단은 들어 봐야 하지 않을까요?"

카나에는 한숨을 내쉬더니 흥 하고 고개를 돌렸다.

카미시마가 유메코에게로 시선을 옮겼다.

"그럼 말해 보시죠."

유메코는 작게 고개를 끄덕이고는 담담한 목소리로 말하기 시작했다.

"저는 함께 시위하는 동료들을 통해 출입증을 손에 넣은 다음 가발과 마스크로 변장하고 시카가와사 건물에 들어갔어요. 아무렇지 않은 얼굴로 엘리베이터를 타고 꼭대기 층으로 올라갔죠. 거기서부터는 하야시 씨가 말한 내용과 같아요. 밤이 되기를 기다렸다가 시카가와 사장이 화장실에 간 틈을 타서 엘리베이터 홀을 빠져나왔죠. 곧장 사장실로 가려고 했는데 갈림길에서 오른쪽을 보니 CCTV가 눈에 들어오더군요."

"당신은 시카가와사 직원도 아니고 관계자도 아니니 시카가와 사장이 복도에 CCTV를 설치했다는 사실을 몰랐겠군요."

"당황했어요. CCTV에 찍히면 붙잡히는 건 시간문제니까요. 어떻게 해야 하나 우왕좌왕하다가 왼쪽 복도에는 CCTV가 없다는 사실을 깨달았어요. 그래서 망설임 없이 왼쪽으로 가서 열린 문을 통해 사장실에 침입했죠."

사장실 앞쪽 복도에는 방문자의 뒷모습이 찍히는 위치에 CCTV가 설치되어 있다. 복도 입구에서 사장실 쪽을 찍고 있는 것이다.

그에 반해 뒤쪽 복도는 사장실에서 나오는 사람의 뒷모습이 찍히는 위치에 CCTV가 설치되어 있다. 사장실 쪽에서 복도를 찍고 있는 것이다.

"열린 문 뒤에 CCTV가 설치되어 있는 줄은 몰랐어요."

"만약 시카가와 사장이 화장실에 갈 때 방문을 닫아 두었다면 유메코 씨의 모습은 CCTV에 찍혔겠지요."

"운이 좋았죠."

"그 후에는 어떻게 했습니까?"

"사장실을 둘러봤어요."

유메코는 당시 상황을 재연하듯 박스형 냉장고로 다가가더니 뚜껑을 들어 올렸다.

"저는… 여기에 숨었어요."

쿠라모치와 이시와다가 깜짝 놀라 짧게 소리를 질렀다.

"농담이시죠?" 하야시가 쓴웃음을 지었다. "냉장고 안에 들어갔다가는 얼어 죽을 겁니다."

"숨기 전에 플러그는 콘센트에서 뽑아 두었어요."

"하지만 안쪽에서는 문을 열 수가 없을 텐데…."

"열 수 있어요."

유메코는 냉장고 뚜껑을 몇 차례 열었다 닫았다 해 보였다.

"아마 열릴 겁니다." 카미시마가 말했다. "과거 냉장고에 들어간 어린아이가 사망하는 사고가 발생해서 사회적으로 큰 문제가 되었고, 그때부터 모든 냉장고는 안쪽에서도 열리는 구조로 만들어진다는 이야기를 들은 적이 있습니다."

"그렇다니까요. 저는 이 냉장고에 숨었어요. 한밤중에 냉장고를 열 일은 없을 테니까요."

"음료수를 꺼내거나 할 수는 있을 것 같습니다만."

"테이블에 500밀리리터짜리 페트병이 놓여 있었거든요. 목이 마르면 그걸 마실 테니까 시카가와 사장이 돌아오더라도 냉장고를 열지는 않을 거라고 판단했어요."

"알겠습니다. 그러고 나서 어떻게 했습니까?"

"제가 시카가와 사장을 살해할 목적으로 챙겨 간 것은…."

유메코는 네 손가락을 말아쥐더니 남아 있는 엄지를 앞뒤로 움직여 보였다. 카나에는 그 동작이 무엇을 뜻하는지 바로 알아차렸다.

린도가 "주사기…"라고 중얼거렸다.

"맞아요, 수면제가 든 주사기."

"그런 물건을 어디서 손에 넣은 거죠?"

"시위 참가자들 얼굴을 보면 모두가 다 근면 성실한 일반 시민 같아 보이지는 않지 않아요? 그런 시위에는 빠지지 않고 얼굴을 내미는 사람도 있고, 나를 이용하고 싶어 하는 정치 활동가라든지 양아치 같은 인간들도 섞여 있죠. 그중 한 명이 준비해 줬어요. 저는 두 시간 정도 기다렸다가 시카가와 사장이 잠든 것을 확인하고 냉장고에서 빠져나왔어요. 그리고 소파에서 잠든 시카가와 사장에게 수면제를 주사했어요. 수면제 덕분에 한동안 깨어날 일은 없으니 안심하고 행거 앞으로 끌고 가서 목에 노끈을 걸었죠. 시카가와 사장은 고통받을 일 없이 자다가 숨이 끊어진 거예요."

"잠시만요." 탐정 역할을 맡아서 입을 연 사람은 하야시였다. "수면제를 주사했다는 건 말이 안 됩니다."

"왜죠?"

"부검 과정에서 수면제 성분이 검출되면 경찰은 당연히 타살을 의심할 테니까요. 하지만 실제로는 자살로 마무리되지 않았습니까. 즉 수면제처럼 타살을 의심할 만한 흔적이 발견되지 않았다는 거겠죠. 제 말이 틀립니까?"

"경찰이 어떤 흔적을 살펴보고 어떤 식으로 결론을 내린 건지는 모르겠지만 저도 아무 생각 없이 수면제를 사용한 게 아니에요. 시카가와 사장은 누군가에게 살해당할지도 모른다는 생각에 겁을 먹고 사장실에 틀어박힌 상태였어요. 그런 극한의 정신 상태에서 잠이 올 리가 없죠. 잠을 못 자는 사람이 수면제를 복용하는 건 하나도 이상한 일이 아니고요. 시신에서 수면제 성분이 검출되었다고 해서 그게 곧 타살을 의미하는 건 아니라는 말이에요."

"그건 그럴지도 모르지만…."

"그래서 저는 주사기에 든 약물과 동일한 성분의 알약도 준비해 갔어요. 그리고 알약은 테이블 위에 올려놨죠. 시카가와 사장이 평소에도 수면제를 복용하고 있었던 것처럼 보이도록."

쿠라모치가 불쑥 끼어들었다.

"지금 생각해 낸 거 아닙니까?"

유메코가 "뭐라고요?" 하고 쿠라모치를 돌아보았다.

"시신에서 수면제 성분이 검출되면 타살 의혹이 제기될 수 있다는 지적에 재빨리 머리를 굴려서 처음부터 알약도 준비해 왔다고 덧붙인 거겠죠."

"증거 있어요?"

"현장에서 수면제가 발견되었다는 내용은 보도된 적이 없습니다."

유메코가 깔깔대며 소리 높여 웃었다.

"수면제를 먹고 자살한 것도 아닌데 '피해자는 평소 수면제를 복용하고 있었던 것으로 보입니다'라든지 '테이블에는 수면제가 놓여 있었습니다' 같은 내용을 뉴스에서 뭐 하러 내보내겠어요?"

쿠라모치는 말문이 막혔는지 입을 다물었다.

"알겠어요? 저는 알약으로 된 수면제로 위장 공작을 했어요. 그 덕분에 시신에서 수면제 성분이 검출되어도 타살일지 모른다는 의심을 받지 않을 수 있었던 거겠죠."

"주사한 흔적이 남을 텐데요."

"…그래서 일부러 잘 보이지 않는 위치를 골라서 겨드랑이에 주사했어요."

"유메코 씨의 말을 부정할 근거가 없네요." 카미시마가 말했다. "지금으로서는 경찰에 확인해 볼 수도 없고."

"맞습니다." 린도가 동의했다. "밖에 나가면 지금 한 말이 사실인지 아닌지 확인할 수 있겠지만 '범인' 외에는 모두 여기서 죽을 테니까요. 거짓임을 증명하는 건 불가능합니다. 이 자리에서 한 '자백'에 게임 마스터가 얼마나 설득력을 느끼느냐가 관건이지요."

유메코는 승리를 확신한 듯 엷은 미소를 지었다.

카나에는 이리저리 머리를 굴리다가 한 가지 걸리는 점을 발견했다.

"사망 추정 시각은요?"

유메코가 "네?" 하고 눈을 가늘게 떴다.

"사망 추정 시각이요. 경찰한테 듣기로는 새벽 1시 반에서 2시 사이라던데요. 냉장고 안에 두 시간 정도 숨어 있었다면 남편을 죽인 건 3시 반 이후라는 말이잖아요. 이상하지 않아요?"

하지만 유메코는 승리의 미소를 거두지 않았다.

"바로 그 냉장고를 이용한 거예요."

"그게 무슨 말이죠?"

"냉장고에 시체를 넣고 다시 플러그를 꽂았어요. 시카가와 사장은 마른 편이었고, 체중도 많이 나가지 않아서 다행이었죠."

유메코는 목을 매단 인형에게 다가가 냉장고 앞으로 끌고 왔다. 인형의 양쪽 겨드랑이에 손을 넣어 들어 올리더니 그대로 냉장고 안에 넣었다.

"체온을 낮추면 사망 추정 시각이 달라지잖아요."

유메코는 인형을 가리키며 말했다.

인형은 냉장고 안에서 무릎을 살짝 구부린 채 바닥에 엉덩이를 대고 앉아 있었다. 가슴 윗부분이 바깥쪽으로 튀어나와서 뚜껑은 닫히지 않았다.

"이 자세, 어디서 본 것 같지 않아요?"

유메코가 도발하듯 말했다.

대답한 사람은 카미시마였다.

"목매달아 죽은 자세와 똑같네요."

"맞아요. 행거에서 목을 매단 상태와 같죠. 그러니 사후 반점도 당연히 같은 위치에 나타나고요."

린도가 냉장고 쪽으로 다가와 인형의 머리를 가볍게 두드렸다.

"사후 반점이 생기는 위치까지 생각했다니 정말이지 치밀하고 꼼꼼한 계획이네요. 누가 보면 아까 카미시마 씨가 한 이야기를 듣고 생각해 낸 트릭인 줄 알겠습니다."

의심할 여지 없는 도발이었다.

하지만 유메코는 끄떡도 하지 않았다.

"예전에 서스펜스 드라마에 비슷한 내용이 나온 적이 있었어요. 현장에서 그 장면이 생각나서 즉석에서 위장 공작을 한 거예요."

거짓말도 잘만 우기면 진짜가 되는 자리다. 유메코는 이 상황을 가장 효과적으로 이용하고 있었다.

"얼마나 넣어놨는데요?"

카나에가 물었다.

"정확히는 기억이 안 나네요. 한 시간이나 두 시간, 아니면 세 시간 정도? 아무튼 시체를 차갑게 만들어서 사망 추정 시각을 조작함으로써 용의선상에서 벗어나고자 한 거예요."

"그렇게 조작한 사망 추정 시각이 시체 상태와 절묘하게 맞아 떨어졌다는 거네요."

"운이 좋았죠."

"그게 말이 된다고 생각해요?"

"말이 되든 안 되든 그게 사실이니까요. 저는 냉장고에 숨어 있었기 때문에 시카가와 사장이 화장실에서 돌아올 때는 뒤쪽이 아니라 앞쪽 문으로 들어왔고 그래서 그 모습이 CCTV에 찍혔다는 사실을 몰랐어요. 그러다 보니 어떻게든 사망 추정 시각을 조작해서 제게 알리바이가 있는 시간에 자살한 것처럼 꾸며야겠다는 생각뿐이었죠."

쿠라모치는 벽에 설치된 스피커를 올려다보았다.

"운 좋게, 우연히도, 어쩌다 보니… 유메코 씨의 '자백'은 하나부터 열까지 전부 다 엄청난 우연으로 이루어져 있다는 사실을 분명히 지적해 두고자 합니다!"

결국 최종적으로 '범인'을 결정하는 사람은 게임 마스터이니 법정에서 판사에게 어필하듯 게임 마스터에게 직접 호소하겠다는 건가. 나쁘지 않은 접근이었다.

"방에서 탈출한 방법에 대해서는 아직 말하지 않은 거 같은데요."

카나에가 물었다.

"…저도 청소부가 시체를 발견하고 뛰쳐나간 후에 CCTV를 끄고 도망쳤어요. 시체를 차갑게 만드는 데 시간을 많이 잡아먹기도 했고, 싸늘해진 시체를 다시 행거에 매다는 일도 쉽지 않았어요. 정신을 차리고 보니 아침이었고, 그때 하야시 씨가 사장실을 청소하러 온 거죠. 노크 소리에 깜짝 놀라서 재빨리 냉장고에 숨었어요. 뛰어나가는 발소리를 듣고 냉장고에서 나와서 저도 도망친 거예요."

유메코는 말을 마치고는 중역용 책상 뒤쪽에 있는 행거로 다가갔다.

"사장실 앞쪽 문으로 들어오면 행거의 아랫부분, 그러니까 시카가와 사장이 목을 매단 모습은 책상에 가려서 보이지 않아요. 청소부인 하야시 씨가 시체를 발견했다는 건 여기까지 들어왔다는 거죠. 쿠라모치 씨와 이시와다 씨는 책상 밑에 숨어 있었다고 '자백'했지만 정말 그랬다면 하야시 씨한테 발각되지 않았을까요? 책상 밑에 있으면서 들키지 않고 넘어갈 방법이 있나요?"

유메코는 중역용 책상 아래를 들여다보는 동작을 취해 보였다.

"그에 반해 냉장고 안에 숨어 있으면 들킬 일은 없죠. 시체를 발견한 청소부가 음료를 꺼내려고 하지는 않을 테니까."

성인 남자가 들어가기는 어렵지만 몸집이 작은 여자라면 냉장고에 들어가서 뚜껑을 닫을 수 있다.

남자는 흉내 낼 수 없는 수법을 고안해 낸 건가. 데스 게임에서 '범인'이 되어 살아남기 위해 죽을힘을 다해 머리를 짜낸 모양이었다.

"동기는요?" 카나에가 유메코에게 물었다. "설마 유족의 복수라고는 하지 않겠죠? 당신이 오늘 아침에 자기 입으로 '자백'했잖아요. 당신 아버지의 사고는 '라피도'와는 아무 상관도 없다고. 혼자서 멋대로 착각했던 것이니 시카가와사를 원망할 이유가 없죠. 그렇다면 살인 동기도 존재하지 않는 거 아닌가요?"

날카로운 지적에 당황해서 아무 말도 못 할 줄 알았다.

하지만 유메코는 전혀 동요하는 기색을 보이지 않았다.

"…맞아요. 나는 매일같이 시위를 하고, 기자 회견을 열고, 정치가에게 탄원서를 보내고, 기자에게 연락을 돌리며 끈질기게 시카가와사를 공격해 왔지만, 적어도 내 경우는 시카가와사의 잘못이 아니라는 걸 알게 되었죠."

"그렇다면…."

"하지만 물러설 수 없었어요."

"뭐라고요?"

"생각해 보세요. 그렇게 생난리를 치면서 시카가와사에 욕을 퍼부어댔는데 이제 와서 아버지가 죽은 건 자업자득이라고 고백할 수 있겠어요?"

"…그건 알겠는데 그거랑 살인이 무슨 관계가 있다는 거죠?"

"손해 배상 청구 소송도 문제였어요. 국회의원, 기자, 활동가, 인플루언서 같은 사람들이 나를 지원하고 있었거든요. 그 상황에서 내가 소송을 취하하겠다고 하면 과연 그 사람들이 순순히 그러라고 했을까요? 당연히 나를 설득하려고 했겠죠. 시카가와사를 상대로 싸우는 건 정의니까. 시카가와사에서 위자료를 받아내는 건 정의니까. 재판에서 승소하면 민사이기는 하지만 그래도 시카가와사가 죄를 인정했다는 말이 되는 거니까."

카나에는 묵묵히 고개를 끄덕였다.

"재판을 계속하면 우리 아버지가 '라피도' 때문에 죽은 게 아니라는 게 밝혀지겠죠. 하지만 재판을 그만둘 수는 없었어요. 이대로는 내가 괜히 애먼 사람한테 누명을 씌운 가해자가 될 판이었죠. 무고죄로 고소당할지도 모르는 데다가 사람들은 나를 거짓말쟁이라고 욕할 게 뻔했어요."

"제대로 알아보지도 않고 감정에 휩쓸려서 그렇게 날뛰었으니 자업자득이잖아요. 남편과 회사가 받은 고통을 당신도 조금이라도 느껴 봐야 하지 않겠어요?"

유메코는 그 말에는 대답하지 않고 이렇게 말했다.

"상황을 수습하려면 시카가와 사장이 죽는 수밖에 없었어요."

의미를 알 수 없는 고백이었다.

"뭐라고요?"

유메코는 얼굴을 일그러뜨린 채 카펫을 노려볼 뿐이었다.

"그게 무슨 말이냐고요!"

카나에가 언성을 높였다.

유메코는 한숨을 내쉬더니 천천히 고개를 들었다. 그리고, 감정을 억누른 목소리로 말했다.

"시카가와 사장이 자살하면 나도 물러설 수 있으니까."

그 말의 의미를 이해한 순간, 온몸에 소름이 돋았다.

"대체 사람 목숨을 뭐라고 생각하는 거예요!"

카나에가 소리를 지르자 린도가 그와는 대조적으로 침착한 목소리로 확인하듯 물었다.

"재판을 그만둘 이유가 필요해서 그랬다는 겁니까?"

"맞아요." 유메코는 더는 망설이지 않고 대답했다. "시카가와 사장이 죽으면 그걸 이유로 나도 물러설 수 있어요. 더 이상 시위를 하지 않아도 된다는 거죠."

"얼굴마담이군요." 카미시마가 업신여기는 투로 말했다. "사회에서 무슨 문제가 일어날 때마다 나대고 싶은 활동가들이 내세우는 '피해자 유족'이라는 이름의 얼굴마담. 당신은 시카가와사를 무찌르기 위해 선택된 겁니다. 피해자 유족이 선두에 서 있으면 아무도 그들을 비난할 수 없으니까요."

유메코는 죽일 듯한 눈빛으로 카미시마를 쏘아보았다.

"사실이지 않습니까. 처음에는 오해였다고 하지만 결과적으로는 거짓말로 시카가와사와 시카가와 사장을 공격한 거죠. 그리고 오해였다는 사실을 깨달았을 때는 이미 돌아갈 타이밍을 놓쳐서 아무 죄도 없이 누명을 쓴 피해자인 시카가와 사장을 죽임으로써 '죄'에서 벗어나려고 했고요. 비열하기 이를 데 없군요."

"…당신, 우리 편 아니었어요? 당신도 시카가와사를 비판했잖아요."

"적어도 당신처럼 '죄'를 만들어 내지는 않았습니다. 자기 잘못을 깨닫고도 물러서지 않고 상대를 계속 비난하는 그런 짓, 저는 못 합니다. 당신은 자신의 분노를 주체하지 못하고 많은 사람을 끌어들였으면서 아무 책임도 지지 않고 조용히 발을 빼려고 했다는 거 아닙니까. 서노 당신한테 속은 피해지입니디."

유메코는 시선을 피했다. 꽉 다문 입술이 부들부들 떨렸다.

린도가 한 발 앞으로 나왔다.

"얘기 끝난 것 같군요. 아무래도 유메코 씨가 가장 '범인'에 가까워 보입니다. 바꿔 말하자면 제일 '질'이 안 좋달까요."

쿠라모치가 "아직 끝나지 않았습니다!" 하고 크게 소리쳤다.

"그렇다면 지금 이 상황에서 유메코 씨의 '자백'을 뛰어넘는 '자백'이 가능하십니까?"

쿠라모치가 윽 하고 입을 다물었다.

"그런 겁니다." 린도는 의자에 앉아 다시 노트북을 만지기 시작했다. "뭐 이대로 순순히 '범인'이 결정될 거라고는 생각하지 않습니다만."

의미심장한 말이었다.

카나에는 무슨 뜻이냐고 되물으려다가 결국 침묵을 선택했다.

방 안에 정적이 내려앉았다. 조금 전까지의 열띤 논쟁과 대비되어 조용함이 더욱 두드러지게 느껴졌다.

"저녁이라도 먹을까요?"

분위기를 읽지 못하고 생뚱맞은 발언을 한 사람은 하야시였다.

하지만 그 말을 듣고 보니 배가 고픈 것도 사실이었다.

"조금 이르지만 나는 먼저 먹겠어요." 카나에는 냉장고에서 도시락을 꺼내 전자레인지에 돌리며 자조적인 말투로 중얼거렸다. "마지막 만찬이니까."

다른 사람들이 흠칫 어깨를 떨었다.

"그건 생각하지 않기로 하죠." 카미시마가 냉장고에서 페트병을 꺼내 뚜껑을 열어서 입으로 가져갔다. "이렇게 된 이상 나머지는 운명에 맡기는 수밖에요."

전자레인지가 다 돌아가자 카나에는 도시락을 꺼내 소파로 돌아왔다. 테이블에 음료수를 내려놓고 먹기 시작했다.

다른 사람들도 차례로 도시락을 데우는 가운데 린도는 혼자서 노트북을 뚫어져라 응시하고 있었다.

"린도 씨는 안 먹어요?"

카나에가 말을 건네자 린도는 화면에서 눈을 떼지 않고 대답했다.

"식사할 기분이 아니라서요. 확인이 끝나기 전까지는…."

"무슨 확인이요?"

"…그건 말할 수 없습니다. 아무리 상대가 사모님이라고 해도."

카나에는 짧게 한숨을 내쉬고 식사를 재개했다.

30분 후, 린도를 제외한 모두가 식사를 마쳤다.

카나에는 중역용 책상으로 다가가서 린도의 등 뒤에서 어깨 너머로 노트북 화면을 들여다보았다.

CCTV 화면을 3배속으로 틀어놓고 있었다.

"뭔가 알게 된 거라도 있어요?"

린도가 화면을 보며 대답했다.

"글쎄요."

"…그 의미심장한 비밀주의는 '탐정'이기 때문이에요? 아니면 '범인'이 될 예정이라서?"

린도는 CCTV 영상을 멈추고 뒤를 돌아보았다. 입가에 만족스러운 미소가 걸려 있었다.

"모두가 '탐정'이 되는 것은 '범인'이 되기 위해서입니다. 목표는 단 하나, '범인'의 '자백'에서 모순을 찾아내어 지적하고 거짓임을 밝혀서 최종적으로는 자기가 '범인'이 되는 거죠. 살아남기 위해서."

"그렇긴 하죠."

"그럼 이번에는 제가 '탐정'이자 '범인'이 되어 볼까 합니다."

린도가 자리에서 일어났다. 주목을 끌기 위해서인지 일부러 소리 내어 노트북을 닫았다.

모두의 시선이 린도에게로 향했다.

카미시마가 "뭡니까?" 하고 물었다.

"마지막 밤입니다. 제게도 '자백'할 시간이 필요합니다."

유메코가 비웃듯이 말했다.

"당신한테 시카가와 사장을 죽일 동기가 있기는 해요? '라피도' 판매 촉진에 매진한 영업맨일 뿐이잖아요."

쿠라모치가 끼어들었다.

"시카가와 부인과 불륜을 저질렀기 때문이라고 할 생각입니까? 사장님께 위자료를 청구당할까 봐 죽였다고요?"

린도가 엷은 미소를 지었다.

"그것도 동기가 될 수는 있겠지만 다른 분들에 비하면 아무래도 설득력이 좀 떨어지죠."

"그럼 뭐가…."

"그렇게 조급해하지 마시고 일단 '탐정'부터 하게 해 주시죠."

"…탐정이요?"

린도는 책상을 두 손으로 짚고 사장실 안에 있는 사람들을 천천히 둘러보았다. 행동거지가 어딘지 모르게 법정에 선 변호사를 연상시켰다.

"처음에 여러분이 한 '자백'은 주로 사장님을 간접적으로 죽음으로 몰아넣었다는 것이었습니다. 기자인 카미시마 씨는 사장님을 규탄하는 기사를 썼고, 운전기사인 쿠라모치 씨는 차 안에서 이루어진 통화를 녹음해서 그 파일을 조작했으며, 이시와다 과장님은 허위 고발로 자신의 죄를 사장님께 뒤집어씌웠습니다. 피해자 유족을 위장한 유메코 씨는 시위와 기자 회견을 통해 사장님을 공격했고, 사모님은 사장님께 낙태를 강요당했다는 이야기를 지어냈으며, 청소부인 하야시 씨는 스파이 짓을 했습니다. 하나같이 우열을 가리기 어려울 정도로 나쁜 짓입니다. 모두가 개떼처럼 몰려들어 사장님을 궁지로 몰아넣은 거죠. 정의감, 금전욕, 자기보신, 원한, 분노, 명예욕. 인간은 다양한 이유로 거짓 증언을 하고 때로는 없는 죄를 지어내기도 한다는 현실을 적나라하게 보여주는 사례라고 할 수 있지 않을까 싶습니다."

쿠라모치와 하야시는 뭔가 켕기는 듯한 표정으로 시선을 피했다.

"누군가의 고발을 무조건 믿는다는 게 얼마나 위험한지도 배웠습니다. 물증이 있다 하더라도 그마저도 조작된 증거일지 모릅니다. 사진, 음성, 영상, 뭐든지 다 만들어 낼 수 있는 시대니까요. 이미지 변환 프로그램, AI, 기타 등등. 사장님이 수많은 '몰지각한 악의' 때문에 궁지에 몰려 자살하게 되었다는 주장은 그럴듯했고 꽤나 설득력이 있었습니다. 누가 '범인'인지는 알 수 없습니다. 오히려 모두가 '범인'이라고 할 수 있을지도 모릅니다. 사장님 입장에서 보면 저도 자기 아내와 바람이 난 파렴치한이니까요. 힘의 관계를 생각해 보면 아시겠지만 실제로 주도권을 쥐고 있던 사람은 제가 아니었지만 말입니다."

린도가 카나에를 슬쩍 쳐다보았다.

카나에는 고개를 돌려 외면했다.

"그런 가운데 흐름을 바꾼 사람은 하야시 씨였습니다. 시카가와 사장님을 직접 죽였다는 '자백'을 한 거죠. 자신이 청소부라는 점을 이용해서 사장실에 침입해 사장님을 살해하고 자살로 위장했다고요."

하야시가 "사실입니다"라고 대답했다.

"그리고 카미시마 씨가 노트북에 CCTV 영상이 들어있다는 사실을 발견했습니다. 영상 속에서 사장님 외에 제삼자가 사장실을 드나드는 모습은 찾아볼 수 없었습니다. 그러자 하야시 씨가 이번에는 그 상황을 이용한 트릭을 '자백'했죠. 사장님이 뒤쪽 문을 열어 둔 채 화장실에 간 덕분에 CCTV가 문에 가려져서 카메라에 찍히지 않고 무사히 침입할 수 있었다고 말입니다."

이미 트릭의 허점을 지적당한 후였기 때문에 하야시는 힘없이 고개를 끄덕일 뿐이었다.

"하지만 그 방법으로는 침입은 가능할지 몰라도 탈출은 불가능합니다. 사장님이 앞쪽 복도를 통해서 사장실로 돌아오는 모습은 CCTV에 찍혀 있습니다. 사장님이 방에 들어간 후 뒤쪽 문이 안쪽에서 닫히는 장면도 찍혀 있고요. 그 후에는 들어온 사람도 없고 나간 사람도 없었습니다. 하야시 씨는 오전 9시에 사장실에 와서 문을 열고 안으로 들어갔다가 시체를 발견했다고 경찰에 신고했습니다. CCTV에 찍히지 않고 건물 밖으로 나가는 방법이 있지 않은 이상 하야시 씨가 범행을 저지르는 것은 불가능합니다."

린도는 쿠라모치에게로 시선을 옮겼다.

"그러자 이번에는 쿠라모치 씨가 '자백'을 했죠. 연락을 받고 사장실로 찾아갔더니 사장님이 자기를 죽이려고 해서 저항하다가 죽이게 되었다고. 사장님이 살인 트릭을 준비해 둔 상태였고, 그걸 역이용했다는 말이었습니다. 하지만 그 트릭이 무엇이었는지는 제대로 설명하지 못했습니다. 사장실을 범행 현장으로 삼는 메리트가 있는지. 어떤 트릭을 사용하면 자기밖에 사용하지 않는 사장실에서 사람을 죽이고 혐의에서 벗어날 수 있는지."

쿠라모치가 끼어들었다.

"사장님은 돌아가셨으니 그건 저도 잘…."

"그렇겠지요. 피해자의 말을 직접 들어 볼 수 없으니 그렇게 말하면 더는 따지고 들기 어렵습니다. 하지만 정말로 사장님이 사장실에서 살인을 저지를 계획이었고 트릭까지 준비하고 있었다면 어느 정도 상상은 가능할 겁니다. 이런 트릭을 써서 알리바이를 만들려고 했던 게 아닐까. 범행 현장을 다른 곳으로 착각하게 만들 생각이었던 게 아닐까. 시체를 없애려고 한 게 아닐까. 하지만 실제로는 아무도 트릭을 생각해 내지 못했고 이야기는 흐지부지 끝나버렸죠."

쿠라모치는 반론하지 않았다.

"결론부터 말하자면 사장님이 살인 계획을 준비해서 쿠라모치 씨를 불러들였다는 이야기는 전혀 신빙성이 없습니다. 쿠라모치 씨의 '자백'에 올라탄 형국인 이시와다 과장님의 범행도 마찬가지입니다."

이시와다는 아랫입술을 깨물었다.

"가장 큰 문제는 역시 탈출 방법이겠지요. 쿠라모치 씨는 청소부인 하야시 씨가 와서 시체를 발견하고 놀라 뛰쳐나간 후에 CCTV를 멈추고 탈출했다고 말했습니다. 하지만 이것은 이시와다 과장님이 지적했다시피 너무 부자연스럽습니다. 범행 후 몇 시간이나 시 장실에 남아 있을 만한 합리적인 이유가 없으니까요. 이시와다 과장님은 자기가 이와 같은 수법으로 죽였다고 '자백'한 후 사장실을 청소하는 날이 언제인지 알고 있었기 때문에 하야시 씨를 희생양으로 삼기 위해 그가 올 때까지 기다리고 있었다고 설명했습니다. 쿠라모치 씨의 '자백'에서 부자연스러운 부분을 찾아 범행 수법을 좀 더 갈고닦은 형태라고 할 수 있죠."

이시와다는 뭔가 말하고 싶은 게 있는 것처럼 입을 열었다가 결국 아무 말도 하지 않고 묵묵히 린도를 쳐다보기만 했다.

"하지만 그것 역시 부자연스럽기는 마찬가지입니다. 사장실에서 청소부가 올 때까지 기다렸다가 뒤에서 덮쳐서 기절시킬 생각이었다? 리스크가 너무 큽니다. 청소부가 도망쳐서 경찰에 신고라도 하면 어쩌려고요? 일이 내 생각대로 그렇게 착착 굴러갈 거라는 보장이 어디 있습니까?"

이시와다가 "자신은 있었습니다"라고 대답했다.

"책상 밑에 숨어서 기다렸다고 하셨죠? 시체를 발견한 청소부에게 그 모습을 들키면 어떻게 할 생각이었습니까? 몸을 웅크린 채 숨어 있었다면 들키더라도 바로 움직일 수가 없어서 상당히 불리할 텐데요."

"그건…."

"애초에 일개 청소부에게 사장님을 죽일 만한 동기가 있겠습니까? 하야시 씨에게도 동기가 있다는 건 우리 모두 이곳에 와서 본인의 '고백'을 듣고 알게 된 것이지 당시로서는 하야시 씨는 아무 관계도 없는 제삼자에 불과했습니다. 아무나 기절시켜서 범행 현장에 남겨 두기만 하면 범인으로 몰아갈 수 있다고 생각한 겁니까?"

"…청소 중에 사장실에서 값나가는 물건을 훔치려다가 화장실에서 돌아온 사장님에게 들켰다든지, 가능성은 얼마든지 있지 않습니까."

"그건 불가능합니다. 새벽 1시 반에 화장실에서 돌아온 사장님은 그 뒤로 한 번도 방에서 나오지 않았습니다. CCTV 영상을 보면 알 수 있듯이 말입니다. 즉 청소부가 물건을 훔치려고 했다면 사장님과 함께 있는 자리에서 그랬다는 말이 됩니다. 사망 추정 시각 문제도 있습니다. 살인이 발생한 시각이 새벽 1시 반에서 2시 사이이니 아침에 올 청소부를 기다렸다가 죄를 뒤집어씌운다 한들 경찰이 조사하면 청소부에게는 범행이 불가능하다는 것 정도는 금방 알아냈을 겁니다."

이시와다는 더 이상 반론하지 않았다.

"결론적으로 새벽 1시 반에서 2시 사이에 범행이 이루어진 이상, 범인이 아침까지 방에 머무를 합리적인 이유가 없습니다. CCTV를 끄고 도망칠 거라면 들킬 위험이 적은 밤사이에 움직이는 게 더 안전하겠지요. 범행 현장에서는 되도록 빨리 떠나고 싶어지는 게 인간의 자연스러운 심리니까요."

린도는 연극배우처럼 여유로운 미소를 지어 보였다.

"이제 남은 건 시카가와 부인과 유메코 씨의 '자백'입니다. 시카가와 부인은 수면제를 탄 음료수로 남편을 잠들게 한 다음 목을 매달았다고 주장했습니다. 여자라면 시카가와 사장을 힘으로 제압하기는 어려웠을 테니 이 주장은 상당히 설득력 있게 느껴집니다. 유메코 씨는 냉장고를 사용해서 사망 추정 시각을 조작했다고 주장했습니다. 매우 참신하고 흥미로운 트릭이죠. 하지만 역시 걸림돌이 되는 것은 탈출 방법입니다. 하야시 씨가 시체를 발견하고 사장실에서 뛰쳐나간 직후에 영상이 끊겼으니 이때 CCTV가 멈춘 것은 분명합니다. 그래서 다들 그 시각이 될 때까지 방에 있다가 CCTV를 끄고 도망쳤다고 '자백'할 수밖에 없었던 겁니다."

"그야 그렇죠." 카나에가 말했다. "CCTV가 양쪽 복도를 녹화하고 있으니 그걸 멈추지 않으면 탈출할 수 없잖아요. 다른 시간대에는 사람이 드나드는 것 자체가 불가능했고요."

"맞습니다. CCTV 영상이 '밀실'을 만들어 낸 겁니다."

"그렇다면 역시 탈출한 건 CCTV를 멈춘 후겠죠. 남편을 자기 손으로 직접 죽인 '범인'이 실제로 존재한다면 말이죠."

린도는 가볍게 소리 내어 웃었다.

"인간 심리가 참 재미있는 게 이걸 잘만 이용하면 존재하지 않는 탈출 시간을 만들어 내는 것도 가능하단 말이죠."

"무슨 뜻이죠?"

"이번에는 제가 '자백'하겠습니다. 완벽한 범행을."

린도는 중역용 책상 앞으로 이동했다. 그리고 어딘지 모르게 의기양양한 표정으로 이렇게 단언했다.

"저는 사모님께 살인을 의뢰받아 그것을 실행에 옮겼습니다."

15

갑작스러운 고백에 모두가 얼어붙었다.

'쿠라모치 타카시'는 하야시와 얼굴을 마주 보았다가 다시 린도에게로 고개를 돌렸다. 린도는 위풍당당한 표정으로 서 있었다. 단정한 외모 때문인지 드라마에서 경찰을 가지고 노는 자기 과시형 살인범 같아 보였다.

"공범이라고요?"

하야시가 당황한 목소리로 물었다.

린도가 어이없다는 듯 웃었다.

"공범? 사모님은 아무것도 하지 않았습니다. 저에게 남편을 죽여 달라고 부탁했을 뿐입니다. 죽이지 않으면 우리 둘 다 파멸할 거라면서요. 이례적인 승진으로 당시 제 앞에는 화려한 꽃길이 펼쳐져 있었습니다. 저는 어렵게 손에 넣은 지위를 잃고 싶지 않았고, 그래서 실행에 나섰습니다."

"갑자기 무슨 말을 하는 거예요?"

시카가와 부인이 한 발 앞으로 나서며 감정적인 어투로 말했다. 린도는 엷은 미소를 지었다.

"제게 살인을 저지르게 해 놓고 상황이 이렇게 되자 혼자만 살겠다고 공을 가로채려 하다니 너무하지 않습니까."

"내가 언제 그런 부탁을 했다는 거예요!"

"당연히 부정하시겠죠. 그 사실을 인정했다가는 자기가 '범인'에서 밀려날 테니."

시카가와 부인은 믿었던 상대에게 뒤통수를 맞은 듯한 표정으로 입술을 꽉 깨물었다.

"그럼 계속해 보겠습니다. 저는 사장님께 연락해서 '사장님을 노리고 있는 사람이 누구인지 알고 있다'라고 말씀드렸습니다. 사장님이 누군가 자기를 죽이려 한다는 망상에 사로잡혀 있다는 건 모두가 아는 사실이었으니까요. 이렇게 말하면 관심을 보일 거라고 생각했고, 예상대로 사장님은 제가 던진 미끼를 덥석 물었습니다."

카미시마가 "일단 부자연스러운 부분은 없네요"라고 감상을 말했다.

"만나기로 한 시간은 다른 사람들 눈을 피할 수 있는 늦은 밤이었습니다. 제가 그렇게 하자고 제안했습니다. '사장님을 어떻게 죽일 계획인지 알아냈습니다. 직접 뵙고 자세히 설명드리겠습니다'라고 한 뒤 사장님께 뒤쪽 문으로 나와서 문은 그대로 열어 둔 채 엘리베이터 홀로 와 달라고 했습니다."

유메코가 코웃음을 쳤다.

"그게 지금 말이 된다고 생각해요? 시카가와 사장이 그런 수상한 이야기를 듣고 순순히 따랐다고요? 안 그래도 병적일 정도로 신경을 곤두세우고 있던 사람이?"

"아내의 불륜 상대가 저라는 건 모르셨을 테니까요. 사장님 입장에서 저는 '라피도'의 판매를 주도한 영업부 부장일 뿐이었고, 그런 사람이 자기한테 살의를 품고 있을 거라고는 상상도 하지 못했겠죠. 일개 직원이 자기가 다니는 회사의 사장을 죽일 만한 동기를 가지고 있는 경우는 잘 없으니까요. 아마 당시 사장님으로서는 상대에 대한 의심이나 경계심보다 살인 계획을 알고 싶다는 욕구가 더 컸던 게 아닐까 싶습니다. 엘리베이터 홀로 온 사장님을 보고 이번에는 앞쪽 복도를 통해 사장실로 돌아가 달라고 했습니다. 그런 다음 저는 뒤쪽 복도를 통해 사장실로 들어갔습니다. 이렇게 함으로써 저만 CCTV에 찍히지 않고 사장실에 침입할 수 있었던 겁니다."

지금까지 남들이 한 '자백'에서 쓸 만한 부분만 골라내어 합친 것이 아닌가, 하고 쿠라모치는 생각했다.

"사장실 소파에 마주 앉아서 저는 사장님께 이렇게 말했습니다. '방금 보여드린 것이 트릭입니다'라고요. 고개를 갸웃거리는 사장님께 '문으로 CCTV를 막아서 자기 모습이 찍히지 않게 한 다음 사장실에 몰래 숨어든다는 계획입니다'라고 설명했습니다."

"대담하군요." 카미시마가 말했다. "어떤 트릭인지 직접 보여준 다음 사장한테는 이런 방법으로 당신을 죽이려 하는 계획이 존재한다고 말했다고요?"

"인간의 심리를 이용한 겁니다. 보통은 자기한테 살인 트릭을 알려 준 사람이 그 직후에 살인자로 돌변할 거라고는 생각하지 않으니까요. 저는 거꾸로 사장님께 여쭤봤습니다. 사장님을 죽이려고 하는 사람이 누구일 것 같냐고요. 사장님은 몇몇 사람의 이름을 들었습니다. 그중에는 이시와다 과장님 이름도 있었습니다. 그러면서 이시와다 과장님이 허위 고발을 했다는 이야기를 하시더군요. 주간지에 실린 기사는 거짓이다, 정말로 제품 결함에 관한 보고서는 받은 적이 없다, 개발부에서 덮어버린 거다, 라고요. 저는 그 이야기를 듣고 이 트릭을 사용해서 사장님을 죽이려고 계획하고 있는 사람이 바로 이시와다 과장님이라고 말했습니다. 보고서를 사장님께 올리지 않았다는 사실을 알고 있는 사람은 이시와다 과장 본인과 사장님뿐이다, 사장님이 살아계신 한 거짓말이 언제 들통날지 모른다, 그렇게 되기 전에 사장님을 죽이려 하는 거다, 라고요."

이시와다가 불쾌하다는 듯 거칠게 내뱉었다.

"이 자리에서 알게 된 이야기를 짜깁기해서 '자백'하고 있는 거 아닙니까."

"괜한 트집 잡지 마시죠, 이시와다 과장님."

"계획은 어떻게 알아냈다고 한 겁니까?"

"회식 자리에서 이시와다 과장님이 술에 취해 트릭을 설명하는 걸 들었다고 했습니다. 진심인지 망상인지는 모르겠지만 일단 조심하시는 편이 좋을 것 같다고 말입니다. 사장님은 제게 고맙다고 했습니다. 그러고 나서 제가 은근슬쩍 목이 마르다는 시늉을 하자, 마실 것을 내오셨습니다. 액체로 된 수면제를 작은 주사기에 담아 갔던 저는 틈을 봐서 사장님 음료에 몰래 수면제를 탔습니다. 그러고는 사장님이 잠들기를 기다렸다가 행거에 목을 매달고 자살로 위장해서 죽였습니다."

카미시마가 눈썹을 긁적이며 말했다.

"…아쉽지만 현재로서는 모순되는 부분이 전혀 없네요."

"사실이니까요. 제가 했던 행동을 그대로 설명했을 뿐이니 오류나 모순이 있을 리가 없지요."

"하지만 역시 가장 큰 난관은 탈출입니다. 쿠라모치 씨를 비롯한 다른 사람들이 '자백'한 탈출 수단에는 설득력이 부족하다고 린도 씨가 지적하지 않았습니까. 그래 놓고 설마 똑같은 '자백'을 할 생각은 아니겠지요?"

린도가 씩 웃었다.

"인간 심리를 교묘하게 이용해서 존재하지 않는 탈출 시간을 만들어 냈다고 제가 말씀드리지 않았습니까."

"인간 심리로 CCTV 영상이라는 절대적인 물증을 뒤엎을 수 있단 말입니까?"

린도는 노트북을 열어서 모두가 화면을 볼 수 있도록 방향을 조절했다.

"이 CCTV 영상에는 30초가량 공백이 존재한다는 사실을 알고 계셨습니까?"

모두가 깜짝 놀라 "뭐라고요?" 하고 소리를 질렀다.

"그게 무슨 말입니까?" 하야시가 물었다. "30초의 공백이 존재한다고요?"

"그렇습니다."

린도는 새벽 4시 반에 멈춰 있는 영상의 재생 버튼을 눌렀다. 아무도 없는 복도가 찍혀 있었다.

1분, 2분… 시간이 지나도 영상 속에서는 아무런 움직임이 없었다.

"중간에 비는 부분이 있다면 거기까지 빨리 감기 하면 되잖아요."

시카가와 부인이 짜증을 내며 말했다.

"바로 그겁니다!" 린도가 검지를 들어 올렸다. "그게 바로 제가 이용한 인간의 심리입니다."

"뭐라고요? 그게 무슨 말이에요?"

"CCTV 영상으로 방문객의 출입 여부를 확인할 때, 며칠짜리 분량을 일일이 일반 속도로 확인할까요?"

"그렇게 비효율적으로 작업할 리 없잖아요."

"맞습니다. 아까 카미시마 씨가 영상을 재생할 때도 사장님이 사장실에 돌아온 후에는 12배속으로 돌렸습니다. 그렇게 하지 않았으면 청소부인 하야시 씨가 등장하는 아침 9시까지 7시간 반 동안 영상을 보고 있어야 했겠죠."

"그래서 뭐가 어쨌다는 거죠?"

린도가 화면 상단에 표시된 시각을 손가락으로 가리켰다.

"숫자에 주목해 주십시오. 거의 다 왔습니다."

쿠라모치는 1초씩 지나가는 숫자를 지켜보았다.

4시 35분 40초, 41초, 42초, 43초…. 다음 순간, 시간이 붕 떴다.

4시 35분 43초 다음은 4시 36분 18초였다.

"시간이…."

유메코가 얼떨떨한 표정으로 중얼거렸다.

"눈치채셨습니까, 여러분?" 린도가 의기양양한 목소리로 말했다. "이 영상에는 30초, 정확히는 35초의 공백이 존재합니다."

하야시가 "그럴 수가…" 하고 고개를 저었다.

"원래 속도로 재생하지 않으면 모르고 지나칠 수밖에 없습니다.

아무 변화도 없는 영상을 빨리 감기로 확인한다면 중간에 30초 정도는 비어도 눈치채지 못할 테니까요."

카미시마는 눈만 끔뻑였다.

"이것이 제가 사용한 탈출 트릭입니다." 린도가 말했다. "4시 35분까지 기다렸다가 녹화를 멈추고 30초 후에 다시 녹화가 시작되도록 설정한 다음 사장실을 나온 겁니다. 녹화할 시간은 4시간 반으로 설정해 놓고요. 그대로 복도를 빠져나와 엘리베이터를 타고 1층으로 내려간 다음 건물 밖으로 도망쳤습니다."

좀처럼 믿기 어려운 수법이었다. 그런 트릭을 사용했을 줄이야….

12배속으로 재생하면 30초가 불과 2초 만에 지나가 버린다. 영상을 확인하는 사람은 화면에 표시되는 시간을 계속 주시하고 있는 게 아니기 때문에 화면에 변화가 없다면 중간에 시간이 뜬다는 사실을 알아차리지 못할 것이다.

"어떻습니까? 일반인도 손쉽게 영상을 편집하고 조작할 수 있는 요즘 같은 시대에 CCTV 영상만으로 완벽한 밀실이 만들어졌다고 믿는 건 너무 순진한 발상 아닐까요?"

린도가 자신의 연기에 대한 감상을 말해 달라는 듯 배우처럼 두 팔을 활짝 벌렸다.

카미시마가 감탄 섞인 한숨을 내뱉었다.

"대단하네요."

"제가 곧바로 탈출하지 않고 방 안에서 4시 반까지 기다린 건 나중에 이 CCTV 영상을 확인하는 사람이 지루함을 견디다 못해 빨리 감기로 전환하게 될 타이밍을 노린 겁니다. 살해 직후라면 아직 일반 속도로 확인하고 있을 가능성이 높고, 그 상태에서는 공백의 존재를 알아차릴 수도 있으니까요. 그래서 복도에서 아무 움직임 없는 상태가 3시간 정도 이어진 후에 30초간의 공백을 넣은 겁니다."

"그야말로 인간 심리를 이용한 거네요."

"맞습니다. 새벽 4시 반이면 아무에게도 들키지 않고 건물을 빠져나올 수 있습니다. 굳이 날이 밝고 청소부가 올 때까지 기다렸다가 도망친다는 건 일반적인 살인범의 심리라고 보기 어렵죠."

린도가 털어놓은 '자백'에는 허점이 전혀 없었다. 실제 영상에 30초 정도 공백이 존재하는 이상 범인이 이 트릭이 사용했다는 건 사실일 터였다.

"이제 '범인'이 누군지 아시겠죠?" 린도가 의자에 앉아 등받이에 몸을 기댔다. "제가 시카가와 사장을 죽인 겁니다."

아무도 이의를 제기하지 않았다.

밤 11시가 되자 린도가 잠시 화장실에 다녀오겠다며 자리를 비웠다.

"…어떡하죠?"

불안한 표정으로 입을 연 사람은 하야시였다. 특정한 누군가를 향한 질문이라기보다는 모두에게 묻고 있는 듯했다.

"어떡하다니요?"

이시와다가 되물었다.

"아니… 이대로라면 린도 씨가 '범인'으로 확정될 겁니다. 우리는 모두 독가스를 마시고 죽을 거고요."

"그렇다고 하더라도 방법이 없지 않습니까. 생살여탈권을 쥐고 있는 사람은 게임 마스터입니다. 린도 부장님의 '자백'을 깨부수고 새로 '범인'이 되는 사람이 나타나지 않는 이상 린도 부장님이 살아남게 되겠지요."

"그렇다고 이대로 손 놓고 보고만 있겠다고요? 어떻게든 판을 뒤집을 방법이 없을까요?"

"설령 있다 해도 그 방법을 하야시 씨한테 가르쳐 줄 사람이 있을까요? 마지막에 살아남는 건 사장님을 죽인 '범인' 단 한 사람뿐입니다. 모두가 그 한 사람이 되고 싶어 하는 거고요."

하야시는 떨떠름한 표정을 지으며 입을 다물었다.

한동안 침묵이 이어졌다.

카미시마가 자리에서 일어나 앞쪽 문으로 향했다. 문을 열고 고개를 내밀어 복도를 살핀 후 뒤를 돌아보았다.

"여러분, 잠시 주목해 주십시오."

심각한 어조였다.

모두가 카미시마를 쳐다보았다.

시카가와 부인이 "뭔데요?" 하고 물었다.

"린도 씨에게는 비밀로 하고 싶은 이야기라서요."

쿠라모치가 고개를 갸웃거렸다.

"린도 씨가 '범인'이 되었으니 그가 자리를 비운 사이에 이야기를 끝내야 합니다."

모두의 시선이 한곳으로 모아진 가운데 카미시마는 뭔가 대단한 각오를 굳힌 듯한 표정으로 조용히 숨을 내쉬었다.

"…저는 게임 마스터와 한패입니다."

16

 화장실에서 돌아온 '린도 모토야'는 사장실에서 낮은 목소리가 새어 나오고 있다는 사실을 깨닫고 발소리를 죽였다.
 이 목소리는···.
 린도는 숨을 죽인 채 문 쪽으로 다가가 귀를 기울였다.
 "···저는 게임 마스터와 한패입니다."
 카미시마가 게임 마스터와 한패라고?
 갑자기 무슨 소리를 하는 건가.
 "짧게 말하겠습니다. 모든 것은 시카가와 사장의 죽음의 진상을 밝히기 위해서였습니다. 얼마 전 '자살했다고 알려진 시카가와 사장이 사실은 살해당한 것이다'라는 익명의 제보를 받았습니다. 제게 전화를 걸어온 상대는 '용의자는 추려진 상태'라고 했습니다."
 카미시마는 거기서 말을 끊고 몇 초간 뜸을 들였다.

"…제보자가 누구인지는 모릅니다. 상대는 음성 변조기를 사용했기 때문에 목소리로 성별이나 나이를 알아내는 것은 불가능했지만, 말하는 투로 봐서는 시카가와 사장과 가까운 위치에 있는 사람 같았습니다. 저는 그가 하는 말에 흥미를 느끼고 제안을 받아들이기로 했습니다."

시카가와 부인이 "믿을 수가 없네요! 공범이었다니!" 하고 외치는 소리가 사장실 밖에서도 똑똑히 들렸다.

"공범이라는 말은 듣기 좀 불편하네요. 저는 살인의 진상을 파헤친다는 목적에 공감해서 협력하기로 한 겁니다."

"왜 이제 와서 고백하기로 한 거죠? 같은 '피해자'인 척하며 지금까지 우리를 잘도 속여왔으면서."

카미시마의 목소리가 한층 더 낮아졌다.

"게임 마스터의 목적은 복수이기 때문입니다."

"복수?"

"…'범인'을 죽이는 것 말입니다."

린도는 눈이 휘둥그레져서 문 앞에 그대로 얼어붙었다.

"무슨 소리예요?" 시카가와 부인이 짜증 섞인 투로 말했다. "'범인'만 살려 주겠다고 했잖아요."

"실은 반대입니다. '범인'만 죽을 겁니다."

"그럼 우리는 다 살아서 나갈 수 있다고요?"

"…린도 씨의 '고백'이 가장 신빙성이 높았습니다. 그 '고백'이 뒤집히지 않는 한 여기서 죽는 사람은 린도 씨뿐입니다."

"그럼 우리는 이대로…"

"맞습니다."

"…당신이 자백 대결을 시작만 해 놓고 나머지는 시종일관 수수

방관하고 있었던 이유를 이제야 알겠네요."

"누가 시카가와 사장을 죽인 '범인'인지 '자백'하게 만들어야 했으니까요."

"그리고 '자백'한 '범인'만 죽는다."

"더 이상 아무도 새로운 '자백'을 하지 않고 이대로 린도 씨가 '범인'이 되면 되는 겁니다. 그는 희생양입니다."

이것이 '진상'인가.

린도는 아랫입술을 깨물며 조용히 문 앞에서 물러 나왔다. 그런 다음 이번에는 일부러 발소리를 내며 사장실로 다가갔다.

방 안에서 들려오던 말소리가 갑자기 뚝 끊겼다.

린도는 심호흡을 한 뒤 문을 열었다. 입구 옆에 카미시마가 서 있었다. 모두의 시선이 일제히 린도에게 쏠렸다.

"…왜 그러시죠?"

린도가 시치미를 떼며 누구에게랄 것도 없이 물었다.

"아, 아니…." 하야시가 당황한 목소리로 입을 열었다. "아무것도 아닙니다."

누가 봐도 수상한 반응이었다. 그럴 만도 했다. 카미시마가 실은 게임 마스터와 한패이고, '범인'만 살아남는 게 아니라 범인만 죽게 될 거라는 말을 들은 직후였으니까. 그리고 그 타이밍에 가여운 희생양이 돌아온 것이다.

쿠라모치가 얼버무리듯 말했다.

"내일 과연 무슨 일이 일어날지 그 얘기를 하고 있었습니다."

카미시마의 고백을 문밖에서 엿들었다는 건 비밀로 해야 했다. 그렇다고 해서 마냥 손 놓고 있을 수만도 없었다.

린도는 중역용 책상으로 다가가 의자를 끌어당겨 앉았다. 후 하고 숨을 내쉬었다.

"자, 저의 완벽한 '자백'으로 이제 '범인'은 정해진 거나 다름없습니다. 이걸 뛰어넘는 '자백'은 나오지 않겠지요?"

린도는 주위를 돌아보며 모두의 표정을 살폈다.

하야시와 쿠라모치와 이시와다는 쭈뼛거리며 셋이서 시선을 교환했다. 시카가와 부인과 유메코는 딴청을 피우며 린도와 눈을 마주치려 하지 않았다. 카미시마는 무표정으로 일관했다.

"다들 묵비권이라도 행사하는 겁니까?"

이대로 가다가는 의심을 살지도 모른다고 생각했는지 이시와다가 다소 억지스러운 목소리로 말했다.

"린도 부장님의 '자백'에는 허점이 없습니다. 안타깝지만 제 머리로는 모순을 찾아낼 수가 없네요."

이시와다는 무의식중에 '안타깝지만'이라는 부분을 강조해서 발음했다. 카미시마의 고백을 엿듣지 않았다면 린도도 이상함을 눈치채지 못했을 것이다.

마음속으로는 이대로 내가 '범인'으로 확정되기를 바라고 있는 주제에….

린도는 페트병을 입으로 가져갔다.

시카가와 부인이 하품을 했다.

"아, 졸려."

"그러게요." 유메코가 고개를 끄덕였다. "말을 많이 해서 그런지 피곤하네요."

대립각을 세우던 자들끼리의 동조.

"벌써 자겠다는 겁니까?"

린도가 묻자 시카가와 부인이 대답했다.

"시계 좀 봐요. 벌써 한밤중이라고요."

"마지막 밤이 될지도 모르는데 잠이 온다는 게 신기하네요."

시카가와 부인의 눈썹이 꿈틀했다.

"내일은 '심판'의 날입니다." 린도는 엷은 미소를 지었다. "저만 살아남게 돼서 죄송합니다."

"…아직 그렇다고 정해진 건 아니죠."

"하지만 반론이 없지 않습니까. '탐정'을 자처하고 나서는 사람도, 자기가 '범인'이라고 주장하는 사람도 더는 없는 것 같은데요."

"그럴 수밖에요." 옆에서 카미시마가 말했다. "CCTV 영상에 30초간의 공백이 존재한다는 사실을 다들 자기 눈으로 확인한 이상 결론은 이미 난 거나 다름없습니다. 그건 '범인'만이 알고 있는 트릭이니까요."

린도는 턱을 쓸어내리며 생각했다.

조금 전까지만 해도 모두가 '범인'이 되고 싶어 했으면서 게임마스터의 진짜 목적을 알게 된 지금은 일치단결해서 '범인'을 떠넘기려 하고 있다.

어떻게 행동하는 것이 정답일까.

지금 내게 요구되는 것은 무엇일까.

"이제 됐죠?" 시카가와 부인이 지긋지긋하다는 투로 내뱉으며 자리에서 일어나더니 벽에 붙은 스위치로 다가갔다. "나는 빨리 자고 싶다고요. 어차피 내일이면 다 끝날 테니까."

시카가와 부인이 주저 없이 불을 끄자, 사장실은 어둠에 덮였다.

17

마지막 날 아침이 밝았다.

'센바 유메코'는 사장실 불을 켰다. 주위가 밝아지자 사람들이 하나둘 일어나기 시작했다.

이시와다와 쿠라모치와 하야시는 푹 잤는지 개운한 얼굴을 하고 있었다.

카펫 위에 누워 있던 린도가 몸을 일으키고 앉아서 세 사람을 쳐다보았다.

"세 분 다 뭔가 여유가 느껴지네요."

셋의 표정이 한순간에 굳었다.

"그럴 리가요…." 하야시가 시선을 이리저리 돌리며 부정했다. "속으로는 초조해 미칠 것 같습니다."

"그렇습니까? 전혀 그래 보이지 않는데요."

"남은 시간은 4시간입니다. 초조하지 않을 리가 없지 않습니까."

유메코는 수납장 위에 놓인 탁상시계를 보았다.

오전 8시 반.

48시간은 생각보다 빨리 지나갈 것 같았다.

"이대로 아무것도 하지 않고 '심판'이 내려지기만을 기다릴 겁니까?" 린도가 도발하는 투로 말했다. "갑자기 다들 얌전해지셨네요."

하야시가 대답했다.

"…린도 씨가 한 '자백'의 허점을 찾으려고 노력해 봤지만 아무것도 찾지 못했습니다."

"그렇습니까?"

"네…."

린도는 자리에서 일어나 목을 가볍게 한 바퀴 돌린 다음 의자에 앉았다. 중역용 책상 위에서 양손을 포개며 말했다.

"저는 어제 계속 노트북을 보고 있었습니다. 기억하십니까?"

쿠라모치가 고개를 끄덕였다.

"물론입니다. 하지만 그게 뭐…."

"왜 아무도 지적하지 않는 겁니까? 영상 속 공백의 존재를 알고 있는 '범인'이라면 일일이 찾을 필요는 없었을 거라고 말입니다."

세 사람의 눈이 휘둥그레졌다. 놀란 듯 입이 떡 벌어졌다.

"저는 몇 시간 동안 영상 데이터를 들여다보다가 30초간의 공백을 발견하고 탈출 트릭을 짜낸 겁니다."

소파에 다리를 꼬고 앉아 있던 시카가와 부인이 린도를 노려보았다.

"갑자기 왜 그래요? 마치 자기가 한 '자백'의 허점을 일부러 알려 주는 것 같잖아요."

린도는 시카가와 부인을 흘깃 쳐다보고는 다른 사람들에게로 고개를 돌렸다.

"어째서인지 여러분이 갑자기 소극적으로 변한 것 같아서요. 이대로는 재미가 없지 않습니까."

유메코가 옆에서 말했다.

"지금 이 상황을 게임처럼 여기는 건 변함이 없군요."

"데스 게임도 게임이니까요."

"당신이 그렇게 부르고 있을 뿐이지 게임 마스터가 그렇게 말한 건 아니잖아요. 애초에 '게임 마스터'라는 호칭도 당신이 붙인 거고."

"그렇긴 하죠. 하지만 그건 그만큼 이 상황이 게임과 닮았기 때문입니다. 어쨌거나 남은 4시간 동안 가만히 앉아서 기다리기만 하는 건 너무 지루할 것 같지 않습니까?"

"…그래서 도발하는 건가요?"

린도가 차갑게 웃었다.

"어제는 필사적으로 '범인'이 되려고 했던 여러분이 지금은 아무도 입을 열지 않으니까요. 너무 시시하지 않습니까. 그래서 제 허점을 알려드린 겁니다. 자, 이제 어떻게 하시겠습니까?"

아무도 입을 열지 않는 가운데 침묵만이 이어졌다.

"…아무 말도 안 하실 겁니까?"

린도가 물었다.

다시 침묵이 흘렀다.

린도가 어깨를 으쓱 추켜올리자 이시와다가 입을 열었다.

"린도 부장님이 노트북에 담긴 CCTV 영상을 계속 살펴봤다는 건 알고 있습니다. 하지만 그것마저 연기였을지도 모르죠."

"제가 뭐 하러 그런 연기를 하겠습니까? 우리는 모두 '범인'이 되고 싶은 사람들 아닙니까. 그런데 왜 굳이 자기 '자백'에 흠집을 내는 행동을 하겠습니까?"

"그건…."

"제가 영상 속 '30초간의 공백'을 어제 처음 발견했다는 건 누가 봐도 명백한 사실인데 아무도 지적을 안 하길래 좀 의아했습니다. 퍽이나 허술한 탐정들이라고 생각했죠."

카미시마가 의아한 눈빛으로 린도를 쳐다보았다.

"린도 씨 말대로 우리는 모두 '범인'이 되고 싶은 사람들입니다. 하지만 그렇게 따지자면 지금 린도 씨가 한 말도 이상하지 않습니까? 자기가 한 '자백'에 스스로 의문을 제기하고 있는 격이니까요."

"조금 전에 말씀드리지 않았습니까. 처진 분위기를 다시 띄우기 위해서라고요. 만화나 영화에서라면 게임이 진행되는 과정에서 참가자들이 하나씩 죽어 나갑니다. 잔인하게 살해당하기도 하죠. 하지만 우리 중에 희생자는 나오지 않았습니다. 솔직히 말해서 이대로 평화롭게 끝나버린다고 생각하면 아쉬울 정도입니다."

"평화롭긴 뭐가 평화로워요!" 유메코가 소리쳤다. "4시간 후에는 독가스 때문에 '범인'을 제외한 모두가 죽을 거라고요!"

린도는 미소를 거두지 않았다.

"그렇다면 더욱 '탐정' 역할에 힘을 쏟아서 제 '자백'을 무너뜨려야 할 텐데요. 뭔가 '탐정'이 되고 싶지 않은 이유라도 있는 겁니까?"

"그런 게 있을 리 없잖아요!"

린도가 스스로 자신의 허점을 드러내 보였지만 누구 한 사람 그 점을 깊이 파고들려 하지 않았다.

그도 그럴 것이 조금 전 카미시마가 한 고백으로 전제 조건 자체가 뒤집혀버렸기 때문이다.

'범인'만 살아남는 것이 아니라 '범인'만 죽는다.

그렇다면 당연히 아무도 '범인'이 되고 싶지 않을 것이다.

린도가 말했다.

"게임 마스터가 사장실 안에서 이루어지는 대화를 듣고 있다는 건 분명합니다. 그렇다면 행동은 어떨까요? 벽이나 천장에 핀홀 카메라 같은 걸 설치해서 감시하고 있는 걸까요? 대화와 마찬가지로 행동도 실시간으로 감시하고 있다면 제가 노트북을 한참 동안 뒤져서 '30초간의 공백'을 찾아냈다는 사실 역시 알고 있을 겁니다. 그 상태에서 제가 범인이라고 우겨도 당연히 믿지 않을 테고요."

시카가와 부인이 린도를 노려보며 "무슨 말을 하고 싶은 거죠?" 하고 물었다.

"제 딴에는 완벽한 '자백'을 한 줄 알았는데 치명적인 실수를 저지르는 바람에 아무래도 '범인'이 되지 못할 것 같다는 말입니다. 그렇다면 게임 마스터는 과연 누구를 '범인'이라고 판단할까요?"

모두의 얼굴에 긴장감이 감돌았다.

"…저는 아닐 겁니다." 쿠라모치가 말했다. "린도 씨가 지적했다시피 사장님이 저를 죽이려고 사장실로 불러냈다는 것 자체가 말이 안 되는 소리고, 탈출 방법도 무리가 있으니까요."

이시와다가 질세라 "저도 마찬가지입니다"라고 말했다.

하야시도 필사적으로 항변했다.

"저도 '범인'이 되기는 힘들 것 같습니다. 사장님이 뒤쪽 문을 열고 화장실에 간 건 어디까지나 우연이었고, 계획적인 살인이라고 하기에는 너무 허점투성이죠."

린도가 비웃듯이 말했다.

"갑자기 왜들 이러시죠? 다들 '범인'이 되기 싫어하는 것 같은데요."

"그런 게 아니라…."

양심의 가책 때문인지 하야시가 말끝을 흐리며 방구석으로 시선을 돌렸다.

다시금 침묵이 이어지자 린도가 도발적인 어조로 말했다.

"쿠라모치 씨, 이시와다 과장님, 하야시 씨의 '자백'이 상대적으로 약하다면 '범인'은 시카가와 부인과 유메코 씨 중에서 정해지겠네요."

유메코는 린도의 얼굴을 빤히 쳐다보았다.

데스 게임을 즐기는 듯한 린도의 언동은 지금까지 보아온 모습과 크게 다르지 않았다. 다만 흠잡을 데 없는 트릭과 논리로 살인을 '자백'해 놓고 이제 와서 갑자기 뒤엎는다는 게 좀 이상했다.

"저기요." 유메코는 린도에게 물었다. "린도 씨, 혹시 뭔가 들었어요?"

린도는 일부러 과장되게 고개를 갸웃거렸다.

"무슨 말씀이신지?"

질문에는 대답할 수 없었다.

카미시마가 고백한 내용을 이쪽에서 먼저 알려 줄 수는 없는 노릇이었다. 만약 린도가 엿들은 게 아니라면 누가 시키지도 않앉는데 알아서 비밀을 털어놓는 게 될 테니까.

린도가 도발하듯 물었다.

"유메코 씨는 자기가 '범인'이 아니라고 부정하지 않을 겁니까?"

"…네."

린도는 유메코의 진의가 무엇인지 모르겠다는 듯 눈을 가늘게 떴다.

"자기가 '범인'이라고 주장하는 겁니까?"

"처음부터 그렇다고 했잖아요. 린도 씨가 '자백'을 뒤집는다면 '범인'은 순서상 내가 되겠죠."

린도를 제외한 모두가 놀란 표정을 지었다. 그들은 눈으로 말하고 있었다. 이 게임에서 '범인'이 되는 사람은 죽을 텐데요, 라고.

시카가와 부인이 린도를 노려보며 확신에 찬 어조로 말했다.

"당신, 알고 있는 거죠?"

린도가 다시금 고개를 갸웃거렸다.

"뭘 말입니까?"

시치미를 떼고 있다는 게 빤히 보이는 말투였다.

"저기 있는 기자가 털어놓은 비밀이요."

린도는 코웃음을 치며 대답했다.

"절묘한 타이밍으로 목소리가 들리더군요."

시카가와 부인이 눈썹을 찌푸리며 카미시마를 쏘아보았다. 부주의함을 탓하는 기색이 역력했지만 카미시마는 무표정으로 일관했다.

린도가 웃음을 거두었다.

"죽는 게 '범인'이라고 했던가요? 생각지도 못한 급전개네요."

시카가와 부인은 핏빛 입술을 꽉 깨물었다.

"완벽한 트릭을 선보인 저를 '범인'으로 만들어 놓고 모두 함께 구경만 할 심산이셨습니까?"

하야시가 몸을 움찔했다.

"우연히 카미시마 씨의 고백을 듣지 못했다면 저 혼자 아무것도 모른 채 '범인'으로 몰려서 죽었겠죠. 의기양양하게 트릭을 설명해 놓고 마지막에 가서 게임 마스터에게 살해당한다니 광대가 따로 없네요."

유메코가 의미심장한 미소를 지었다.

"정말 우연이었을까요?"

린도가 그게 무슨 소리냐는 듯한 눈빛으로 유메코를 쳐다보았다.

"린도 씨가 화장실에 가고 얼마 지나지 않아 카미시마 씨가 '고백'하기 시작했어요. 린도 씨는 그걸 문밖에서 들은 거고요. 카미시마 씨는 이야기를 시작하기 전에 고개를 내밀어 복도를 확인했으면서, 그리고 문 바로 옆에 서 있었으면서, 린도 씨가 돌아왔다는 사실을 눈치채지 못한 채 게임 마스터의 진짜 목적을 '고백'한 거예요. 너무 부자연스럽지 않아요? 복도에서 목소리가 제일 잘 들리는 위치가 문 앞인데 굳이 거기 서 있었다는 게."

린도가 놀란 표정으로 말했다.

"자기가 하는 '고백'을 일부러 제게 들려줬다는 겁니까?"

카미시마의 얼굴에 희미하게 동요가 일었다.

하야시가 이해가 가지 않는다는 표정으로 "왜 그런 무의미한 짓을…?" 하고 물었다.

"…제가 스스로 '자백'을 뒤엎게 만들기 위해서죠."

하야시와 쿠라모치와 이시와다는 그래도 여전히 알아듣지 못한 눈치였다.

"카미시마 씨가 게임 마스터와 한패라는 건 거짓말입니다. 사실은 카미시마 씨도 우리와 같은 '참가자'입니다."

하야시가 "네?" 하고 되물었다.

"게임 마스터는 '범인'만 살려 주겠다고 했습니다. 그래서 우리는 서로 '범인'이 되려고 '자백 대결'을 펼치게 된 거고요. 그 결과 일곱 명 중 여섯 명이 직접적인 살인을 '자백'했습니다. 하지만 카미시마 씨는 아니었습니다. 그야 그럴 수밖에요. 기자가 시카가와 사장을 죽이고 자살로 위장했다는 황당무계한 이야기를 누가 믿겠습니까? 카미시마 씨 본인도 그 정도는 알고 있었을 겁니다. 자기가 '자백'을 하더라도 결코 '범인'이 될 수 없다는 걸 말입니다. 자, 그렇다면 어떻게 해야 할까요?"

몇 초간 침묵이 흐른 뒤 시카가와 부인이 입을 열었다.

"다른 여섯 명이 각자 자기가 한 '자백'을 뒤엎으면 되죠."

'범인'만 죽는다고 하면 모두 '자백'을 뒤집을 것이다. 그러면 카미시마에게도 '범인'이 될 기회가 다시 돌아오게 된다.

카미시마가 쯧 하고 혀를 찼다.

그 반응을 보고 추리가 적중했다는 확신을 얻었다.

"대단하시네요, 카미시마 씨." 린도가 말했다. "고백한 내용은 설득력이 있었고 말을 꺼낸 타이밍도 절묘해서 저를 포함해 모두가 감쪽같이 속아 넘어갔습니다."

린도가 유메코를 흘끗 쳐다보았다.

"유메코 씨는 믿지 않았던 것 같지만요."

하야시가 카미시마에게 "거짓말이었던 겁니까!" 하고 언성을 높였다. 분노가 폭발한 듯한 느낌이었다.

"…저는 솔직하게 진실을 고백했을 뿐입니다. 저는 게임 마스터와 한패이고, 죽는 건 '범인'뿐입니다."

쿠라모치와 이시와다가 당혹스러운 눈빛으로 얼굴을 마주 보았다. 누구 말을 믿어야 좋을지 모르겠다는 표정이었다.

린도가 말했다.

"그런 뻔한 거짓말을 누가 믿겠습니까?"

"거짓말이 아닙니다. 잘 생각해 보십시오. 제가 '고백'한 건 사장실 안에서였습니다."

"그게 뭐 어쨌다는 겁니까?"

"게임 마스터가 다 듣고 있었을 거라는 말이죠."

린도는 눈썹을 찌푸렸다.

카미시마가 말을 이었다.

"여러분이 '자백'을 뒤집더라도 그건 다 제 고백 때문이라는 게 너무도 명백하지 않습니까. 게임 마스터도 당연히 제 고백 때문에 모두가 '자백'을 뒤집었다는 사실을 알아차렸을 겁니다. 제 말을 듣고 여러분이 태도를 바꾸었다고 해서 제가 '범인'으로 승격될 수 있는 건 아니라는 겁니다. 사장실 안에서 이루어지는 모든 대화를 엿듣고 있는 게임 마스터의 '심판'에는 영향을 주지 않았을 겁니다."

카미시마의 말에는 설득력이 있었고, 그러다 보니 어느 쪽이 진실인지 알 수 없게 되어버렸다. 지금 한 말이 사실이라면 그런 고백을 한 이유는 대체 무엇인가.

어차피 자신의 계략은 들통났으니 이렇게 된 바에는 차라리 모든 것을 애매하게 만들어서 서로가 서로를 의심하게 만드는 게 낫겠다고 판단한 걸까.

말하자면 이것은 카미시마의 고육지책인 것이다.

하야시가 카미시마와 린도의 얼굴을 번갈아 쳐다보았다.

"어느 쪽을 믿어야 할까요?"

유메코가 냉소에 찬 목소리로 대답했다.

"결국 자기가 믿고 싶은 쪽을 믿을 수밖에 없을 것 같은데요. '범인'만 살아남는 건지, '범인'만 죽는 건지."

무엇이 진실인지는 아무도 모른다.

남은 시간은 3시간 반.

18

'심판'의 순간이 시시각각 다가오고 있다.

'이시와다 칸'은 사장실 안을 둘러보았다.

모두가 입장을 정하지 못하고 있는 듯했다. 카미시마의 고백이 사실인지 덫인지, '범인'이 되는 게 좋을지 되지 않는 게 좋을지….

카미시마가 수납장 위에 놓인 탁상시계를 보았다.

"남은 시간은 1시간 반. '심판'의 순간이 머지않았네요."

의미 없이 시간이 흘러가 버린 것은 다들 카미시마가 어떻게 나올지만 살피고 있었기 때문이다. 카미시마가 어떻게 움직이는지를 보고 참고로 삼고자 한 것이다.

고백의 진위 여부를 아는 사람은 카미시마 본인뿐이니 그가 '범인'이 되고 싶어 하는지 아닌지를 보면 어느 쪽이 정답인지 판단할 수 있을 터였다.

하지만.

카미시마는 아무것도 하지 않았다. 자기가 '범인'이라고 주장하며 범행 수법을 '자백'하지도 않았고, 반대로 자기가 쓴 기사가 시카가와 사장을 자살로 몰고 갔다는 '죄'를 부정하려고 하지도 않았다.

그렇게 서로 눈치만 보다가 2시간이 지나버렸다.

카미시마는 자기가 간접 살인을 '자백'한 정도로는 '범인'이 되지 않을 거라고 보고 아무 말도 하지 않는 것인지도 모른다. 만약 그렇다면 죽는 건 '범인'이라는 말이 된다.

"저는…." 린도가 입을 열었다. "'범인'입니다."

모두의 시선이 린도에게 쏠렸다.

린도는 카미시마의 고백이 거짓이라고 판단하고 '범인'이 되는 길을 선택한 것인가.

그렇다고는 해도….

"이제 와서 그런 말을 하는 건 의미가 없지 않나요?" 유메코가 자조하듯 말했다. "이미 자기 입으로 '자백'을 번복했잖아요. CCTV 영상을 뒤지다가 우연히 '30초간의 공백'을 발견하고 탈출 트릭을 생각해 냈다, 그래서 그걸 이용해서 '범인'이 되려고 했다면서요."

"아닙니다. 저는 '30초간의 공백'을 이용해서 범행을 완수했습니다."

"뻔뻔하긴. 내 트릭을 훔쳐 갈 셈이에요?"

"…유메코 씨의 트릭이라고요?"

"네. 영상에서 30초 정도가 잘려나간 걸 보면 시카가와 사장은 자살이 아니라 누군가에게 살해당한 것이고, 그 누군가는 시카가와 사장을 죽인 후 사장실에서 도망친 게 분명해요. 하지만 CCTV 영상을 뒤져서 '30초간의 공백'을 찾아낸 린도 씨는 '범인'이 아니에요. 사실은 내가 '30초간의 공백'을 이용해서 탈출한 거예요."

"유메코 씨야말로 제 트릭을 훔칠 셈입니까?"

"나는 냉장고를 이용해서 사망 추정 시각을 조작하고, 미스터리 작품에나 나올 법한 트릭을 썼어요. '30초간의 공백'도 그중 하나죠."

"…그렇다면 왜 자기 차례가 왔을 때 '자백'하지 않은 겁니까? 제가 말할 때까지 '30초간의 공백'이 존재한다는 사실을 몰랐기 때문 아닙니까?"

"전부 다 솔직하게 털어놓지 않아도 '범인'이 될 수 있을 거라고 생각해서 말하지 않은 것뿐이에요."

"왜죠?"

"게임 마스터가 '범인'을 특정해서 세상에 공표할 생각일지도 모르니까 그때에 대비해서 '죄'를 부정하고 도망갈 구멍을 남겨 두고 싶었어요. 범행 수법이 너무 완벽하면 내가 '범인'이 되어 살아남더라도 결국 체포돼서 감옥에 가게 될 거 아니에요. 그래서 말하지 않은 거예요."

설득력 있는 이유였다. 센바 유메코가 범인이라는 사실이 알려지더라도 '자백'에 구멍이 있다면 비정상적인 상황 속에서 살아남기 위해 거짓 '자백'을 했다고 주장할 수 있고, 사람들도 그 말을 믿을 테니까. 설령 믿지 않더라도 무엇이 진실인지 확인할 방법은 없다.

유메코는 2시간 동안 이런 논리를 짜낸 모양이었다.

"이제 알겠어요?" 유메코가 미소를 지었다. "나는 냉장고를 이용해서 사망 추정 시각을 조작하고 '30초간의 공백'을 만들어서 탈출했어요. 이게 바로 시카가와 사장을 살해한 수법이에요."

린도는 입술을 꾹 다물고 아무 말도 하지 않았다.

시카가와 부인이 "나는 '범인'이 아니에요"라고 말했다. "저 두 사람 중 하나가 '범인'이겠네요."

부인은 '범인'이 죽을 거라는 카미시마의 고백이 더 신빙성이 있다고 판단했는지 자기는 '범인'이 아니라고 부인했다.

"저도 마찬가지입니다."

하야시와 쿠라모치가 동조했다.

곰곰이 생각해 보면 '범인'만 살려 주겠다는 말은 잘 이해가 가지 않는다.

'범인'만 살려 주겠다고 하면 모두가 '자백'할 것이다. 그런 식으로 유인해서 '범인'을 특정한 다음 벌할 생각이라면….

게임 마스터가 그런 조건을 내건 이유도 설명이 된다.

그렇다면 여기서 취해야 할 올바른 선택은….

"저도 범인이 아닙니다." 이시와다는 딱 잘라 말했다. "어제 한 '자백'은 전부 제가 지어낸 이야기였습니다."

카미시마가 자리에서 일어나 사장실 한가운데 서서 모두를 둘러보았다.

"다들 결론을 내리셨네요."

시카가와 부인이 "당신은 아직이잖아요"라고 말했다.

"저는 더 고백할 게 없습니다. 이대로 '심판'을 기다리겠습니다."

"…그래요?"

시카가와 부인이 흥 하고 콧방귀를 뀌었다.

그 후로는 별다른 대화 없이 시간만 흘러갔다.

남은 시간이 30분 정도 되었을 때.

지직, 하고 스피커에서 소리가 났다.

모두가 일제히 숨을 들이마시며 스피커를 올려다보았다. 잠시 후 음성 변조기를 사용한 기계적인 음성이 들려왔다.

"지금까지 48시간 동안 당신들이 나눈 대화는 전부 다 듣고 있었다. 처음에 고지한 대로 '범인'만 살려 주겠다."

시카가와 부인이 "진심으로 하는 말이에요?" 하고 소리쳤다. "사실은 반대잖아요!"

목소리는 대답하지 않고 몇 초간 침묵했다.

"…'심판'이다."

목소리가 똑똑히 말했다.

"우리를 어쩔 셈입니까?"

하야시가 긴장된 목소리로 물었다.

"지금부터 한 사람씩 순서대로 화장실에 들어가서 문을 잠그고 1분간 대기하도록."

유메코가 "뭐라고요?" 하고 얼굴을 찌푸렸다. "지금 뭐 하자는 건데요?"

"지시에 따르지 않으면 연대 책임으로 천벌이 내려질 것이다. 첫 번째는 이시와다 칸."

"저, 저 말입니까?"

이시와다는 다른 사람들을 둘러보았다.

시카가와 부인이 턱을 치켜올렸다.

"가 봐요."

"아, 네…"

무엇이 기다리고 있는지도 모른 채 이시와다는 사장실을 나섰다. 정적이 흐르는 복도를 지나 화장실 문을 열고 안으로 들어가 문을 잠갔다.

대체 뭘까.

10초 정도 지나 천장에 달린 환기구에서 종이 조각 하나가 하늘하늘 떨어져 내려왔다.

변기 안으로 떨어지지 않도록 황급히 변기 뚜껑을 덮었다. 손으로 잡으려다가 놓친 종이 조각이 바닥에 떨어졌다.

종이를 집어 들자 거기에는 이렇게 적혀 있었다.

『28645라는 숫자를 기억한 다음 이 종이는 변기에 흘려보내라. 이 지시에 대해서는 아무도 모르게 할 것』

이 다섯 자리 숫자는 대체 뭘까.

암호일까. 아니면 전자 잠금장치를 푸는 비밀번호일까.

영문을 알 수 없었지만 이시와다는 일단 지시에 따르기로 했다.

28645.

28645.

28645.

28645.

숫자를 외우며 종이 조각을 변기에 흘려보낸 다음 화장실에서 나왔다.

아무 일 없이 풀려났다는 사실에 긴장이 탁 풀렸다. 저도 모르게 크게 한숨을 내쉬었다.

사장실로 돌아오자 시카가와 부인이 기다렸다는 듯 물었다.

"뭐였어요?"

이시와다는 필사적으로 고개를 저었다.

"아무것도 아니었습니다…."

"그럴 리가 없잖아요! 솔직하게 말해 봐요! 의미도 없이 이런 짓을 시킬 리 없잖아요!"

"아무리 그러셔도… 정말로 아무 일도 없었습니다."

모두의 의심에 찬 시선이 이시와다의 온몸을 훑고 지나갔다.

"다음은 린도 모토야."

목소리는 가차 없이 다음 사람을 지명했다.

린도가 사장실을 나갔다가 3분 정도 지나서 돌아왔다. 린도도 자기와 마찬가지로 의문의 숫자를 받은 걸까.

이번에는 유메코가 "무슨 일 있었어요?" 하고 물었다.

"…설령 있었다고 하더라도 적에게 알려 줄 것 같습니까?"

뭔가 있었던 것처럼 보이게 해서 상대를 동요시키려는 작전인 걸까.

린도의 태연한 표정에서는 아무것도 읽어낼 수 없었다.

"다음은 하야시 소타로."

하야시도 사장실을 나갔다가 약 3분 후에 돌아왔다.

이어서 이름이 불린 순서대로 쿠라모치와 시카가와 부인과 카미시마가 차례로 화장실로 향했다.

돌아온 사람들은 모두 아무 말도 하지 않았다.

19

"마지막은 센바 유메코."

게임 마스터가 부르는 이름을 듣고 '센바 유메코'는 소파에서 일어났다.

사장실을 나가서 복도를 지나 화장실로 들어갔다. 안쪽에서 문을 잠그고 내부를 둘러보았다.

이시와다는 아무 일도 없었다고 대답했다. 그 말이 사실일까. 이토록 주도면밀한 계획을 준비한 게임 마스터가 왜 이런 무의미한 일을 시키는 걸까.

갑자기 천장에서 달칵거리는 소리가 났다.

고개를 들어 천장을 올려다보았다.

환풍기 커버가 위로 올라가더니 구멍에서 뭔가가 떨어졌다.

반사적으로 받아 들고 보니 방독면이었다.

이건….

이어서 종이 조각 하나가 춤추듯 떨어져 내렸다. 바닥에 닿기 전에 손으로 낚아챘다.

종이에는 이렇게 적혀 있었다.

『당신이 '범인'으로 정해졌다. 생존자는 당신뿐이다. 이대로 여기 숨어서 방독면을 쓰고 살아남아라.』

20

"안 돌아오네요…."

'하야시 소타로'는 누구에게랄 것도 없이 중얼거렸다.

유메코가 사장실을 나간 지 5분이 넘었다. 다른 사람들보다 복귀가 늦어지고 있었다.

무슨 일이 생긴 건가?

막연한 불안감에 초조해하고 있는데 스피커에서 기계적인 음성이 흘러나왔다.

"당신들은 저마다 서로 다른 다섯 자리 숫자가 적힌 종이를 받고 그 사실을 다른 사람에게 말하지 말라는 지시를 받았을 것이다."

말하지 말라고 해 놓고 이렇게 빨리 게임 마스터 본인이 폭로해 버릴 거라고는 생각도 하지 못했다.

"대체 뭐 하자는 거예요!"

시카가와 부인이 호통을 쳤다.

"안 좋은 소식을 전해 주지. 당신들이 받은 다섯 자리 숫자에는 아무 의미도 없다. 단순한 눈속임일 뿐이다."

"뭐라고요?" 시카가와 부인이 카랑카랑한 목소리로 따지듯이 물었다. "그게 무슨 소리예요? 눈속임이라니요!"

"뭔가 그럴듯한 지시를 내림으로써 진짜 목적을 눈치채지 못하게 한 것이다. 조금 전 '범인'으로 정해진 센바 유메코는 화장실에서 방독면을 받았다. 센바 유메코만이 살아남을 것이다."

"지금 무슨 말을 하는 거예요? 방독면이라고요?"

"건물 내에 살포될 독가스에서 살아남을 유일한 방법…. 그게 바로 '범인'이 되어 방독면을 받는 것이었다. 센바 유메코는 천장에 설치된 환기구를 통해 방독면을 손에 넣었고, 현재는 화장실에 숨어 있다."

좀처럼 믿기 힘든 이야기였다.

이것이 '진상'인가….

하야시는 몸을 부르르 떨었다.

게임 마스터는 린도의 '자백'을 부정하고, 린도 다음으로 신빙성이 있어 보이는 유메코를 '범인'으로 인정한 것인가.

"말하는 사이에 48시간이 지났다. 게임 오버다. 아디오스."

스피커가 침묵하고, 대신 천장에 달린 환기구 쪽에서 쉬익 하는 소리가 들려왔다. 어두운 연기가 천천히, 하지만 확실하게 뿜어져 나오기 시작했다.

"거짓말…."

린도의 얼굴에 초조함이 묻어났다.

"도망쳐!"

카미시마가 사장실을 한달음에 뛰쳐나갔다.

다른 사람들도 뒤따랐다.

하야시도 허둥지둥 사장실 밖으로 뛰어나갔다. 카미시마가 코너를 도는 모습이 보였다.

뒤를 쫓았다.

복도 끝에 카미시마가 서 있었다. 카미시마는 굳게 닫힌 철문을 노려보더니 다시 돌아와 화장실 문을 힘껏 두드렸다.

"안에 계시죠? 혼자만 살겠다는 겁니까?"

방독면을 받은 사람은 유메코 단 한 명뿐.

뒤따라온 다른 사람들도 화장실 앞에 도착했다. 시카가와 부인이 침을 튀기며 소리쳤다.

"비겁하게 굴지 말고 당장 이 문 열어요!"

하지만 화장실 안에서는 아무 대답이 없었다.

린도와 이시와다도 문을 거세게 두드렸다.

그러자….

화장실 안에서 유메코가 고래고래 악을 쓰며 소리를 질렀다.

"이건 내 거예요! 당신들 게 아니라고요!"

연기가 복도 맞은편에서부터 스멀스멀 다가오기 시작했다.

"저기 좀 보세요!" 쿠라모치가 다급하게 외쳤다. "이대로는 다 죽겠어요!"

"그건 나도 알아요!" 시카가와 부인은 버럭 소리를 지르고는 계속해서 화장실 문을 두드렸다. "이 문 열라고요!"

"시끄러워요!" 유메코의 히스테릭한 목소리가 들려왔다. "나는 여기서 살아서 나갈 거예요! 들어오지 말아요!"

카미시마가 말했다.

"방독면은 하나밖에 없어요! 빼앗아야 합니다!"

모두가 고개를 돌려 카미시마를 쳐다보았다.

"문을 부숩시다!"

카미시마가 온 힘을 다해 화장실 문을 들이받았다. 반동으로 튕겨 나와서 잠시 비틀거렸다.

"제기랄!"

"제가 해 보겠습니다!"

린도가 앞으로 나와서 신발 바닥으로 문을 냅다 걷어찼다. 나무로 된 문이 흔들거렸다.

하지만 부서지지는 않았다.

린도가 두 번, 세 번 연달아 발길질을 했다.

"빨리 좀 열어 봐요!"

시카가와 부인이 신경질적인 목소리로 외쳤다.

문 너머에서 유메코가 날카로운 비명을 내질렀다.

"멈춰요! 하지 마요! 하지 말라고!"

린도가 망설임 없이 문에 몸을 던졌다. 몇 번이고 반복해서.

"서둘러요! 죽고 싶어요?"

시카가와 부인이 소리쳤다.

이시와다와 쿠라모치도 합세해서 문을 들이받기 시작했다.

카미시마가 갑자기 뒤로 돌아 복도 반대편으로 달려갔다.

"카미시마 씨, 어디 가세요!"

하야시가 크게 소리 질렀다.

카미시마는 바닥을 타고 슬금슬금 다가오는 연기를 타 넘으며 전진하더니 그대로 코너를 돌아서 사라져 버렸다.

사장실로 돌아간 건가?

린도와 이시와다와 쿠라모치가 번갈아 가며 몸을 던져서 문을 부수려고 시도했다. 경첩 하나가 부서지면서 문이 크게 흔들렸다.

카미시마가 왼손으로 입을 가린 채 헐레벌떡 달려왔다. 오른손에는 수납장 위에 놓여 있던 모조 단검을 움켜쥐고 있었다.

"이걸로 해 보시죠!"

린도가 고개를 돌려 단검을 보았다. 카미시마와 눈이 마주쳤다. 잠깐 사이에 카미시마의 의도를 파악한 듯 린도는 고개를 끄덕였다.

"이리 주십시오!"

린도는 단검을 받아 들었다. 문과 벽 사이 틈에 단검을 꽂아 넣고 덜컥덜컥 흔들었다.

문틈으로 찔러 넣은 칼끝을 보았는지 안에 있는 유메코가 비명을 질렀다.

린도는 온 힘을 다해 문을 어깨로 들이받고 발로 걷어찼다. 연기가 점점 짙어지면서 벽처럼 솟아오르기 시작했다.

이제 사장실로 돌아가는 것은 불가능해 보였다.

경첩이 완전히 떨어져 나갔다. 린도가 문을 확 당겨서 떼어 냈다. 유메코가 화장실 안에 우두커니 서 있었다. 양팔로 방독면을 꽉 끌어안고 있었다.

제일 먼저 뛰어든 사람은 이시와다였다.

"이리 내!"

이시와다가 유메코에게 달려들었다. 유메코가 비명을 질렀다. 짧은 몸싸움 끝에 이시와다가 방독면을 빼앗아 들었다.

"이건 내 거야!"

이시와다가 핏발 선 눈을 부라리며 허둥지둥 방독면을 자기 얼굴로 가져갔다.

"웃기지 말아요!"

시카가와 부인이 덤벼들었다. 쿠라모치도 이시와다가 방독면을 쓰지 못하도록 팔을 꽉 붙들었다.

하야시는 그 틈을 놓치지 않고 행동에 나섰다. 이시와다의 손에서 방독면을 낚아챘다.

"당신!"

시카가와 부인이 버럭 소리를 질렀다.

"가로챌 생각 말아요!"

쿠라모치가 우악스럽게 손을 뻗었다.

하야시는 방독면을 품에 끌어안고 빼앗기지 않으려고 애썼다. 하지만 이시와다와 시카가와 부인까지 합세해서 세 사람이 달려드니 당해 낼 노릇이 없었다.

방독면이 바닥에 나동그라졌다.

"앗…."

방독면을 집어 든 사람은 카미시마였다. 다른 사람들을 노려보며 한 발짝 뒤로 물러섰다.

린도가 단검을 손에 쥔 채 앞으로 한 걸음 내디뎠다.

"이리 내놓으시죠…."

카미시마는 고개를 저으며 재빨리 방독면을 뒤집어쓰더니 휙 하고 뒤로 돌아 연기 속으로 뛰어들었다.

"독가스 속으로…."

이시와다가 놀란 표정으로 중얼거렸다.

"기다려!"

린도가 단검을 높이 쳐들고 뒤를 쫓았다. 린도의 모습이 연기 속으로 사라졌다.

"저건 내 거라고요!"

시카가와 부인이 두 사람을 쫓아 복도 안쪽으로 달려갔다.

그 모습을 보고 이시와다와 쿠라모치가 뒤따랐다.

문득 들려온 소리에 하야시는 뒤를 돌아보았다. 유메코가 증오에 찬 표정으로 화장실에서 걸어 나왔다.

"절대로 용서 못 해!"

유메코도 연기 속으로 사라졌다.

혼자 남은 하야시는 심호흡을 한 뒤 연기 속으로 뛰어들었다. 연기가 시야를 가려서 앞이 거의 보이지 않았다.

복도에서는 아무와도 마주치지 않았다.

사장실 문이 열려 있었다. 안으로 들어가자 연기로 가득 찬 방 안에서 그림자들이 한데 뒤엉켜 몸싸움을 벌이고 있었다. 카펫 위에 쓰러져 있는 사람도 있었다. 자욱하게 들어찬 연기 때문에 한 치 앞도 분간하기 어려웠다.

"이리 내!"

"내놔!"

"어디야!"

"빨리!"

"죽고 싶지 않다고!"

"야!"

"방독면은!"

비명과 절규와 고함.

"그걸로 날 죽일 작정입니까…?"

카미시마가 다급한 목소리로 외쳤다.

잠깐의 침묵이 흐른 뒤에 린도의 목소리가 들렸다.

"다 죽이고 내가 살아남을 겁니다!"

연기 속에서 그림자 하나가 힘없이 쓰러져 내렸다.

하야시는 그 모습을 보고 한쪽 무릎을 바닥에 대고 꿇어앉았다. 연기를 마시지 않도록 입과 코를 손바닥으로 틀어막았다.

"방독면!"

"대체 어디 있는 거야!"

"내놔!"

"죽이지 말아요!"

"그만해요!"

외치는 소리가 하나씩 줄어들었다. 방독면을 손에 넣지 못한 사람은 독가스를 마시고 죽어가는 것이다. 아니면 단검에 찔려서.

이것이 '진상'….

하야시는 콜록대며 사장실 밖으로 뛰어나왔다. 방독면을 손에 넣지 못한 사람은 독가스가 발생한 지점에서 조금이라도 더 멀리 떨어지려고 할 것이다. 그것이 가장 자연스러운 행동이다.

복도에도 연기가 가득 차서 아무것도 보이지 않았다.

팔을 휘저으며 가까스로 철문 앞까지 와서 그 자리에 널브러졌다. 엎드린 채로 고개를 들었다.

최종적으로 방독면을 차지한 사람은 누구일까. 살아남은 사람은….

5분 정도 지났을 때, 이쪽으로 다가오는 발소리가 들렸다. 시야에 들어온 사람은 카미시마였다.

이자가 최후의 생존자인가.

아니면….

카미시마는 문 쪽으로 걸어가더니 주먹으로 문을 두드렸다.

"끝났습니다! 열어 주세요!"

미리 정해 둔 신호였다.

10초 정도 지나 반대편에서 삐빅 하는 소리가 들렸다. 그리고, 문이 열렸다.

다 끝난 것이다.

하야시는 갑자기 몰려드는 피로에 한숨을 내쉬며 자리에서 일어나 카미시마와 함께 문을 나섰다.

그곳은 시카가와사 건물 꼭대기 층에 있는 엘리베이터 홀이었다. 직원과 경찰 열몇 명이 죽 늘어서 있었다.

잠시 후 안쪽에서 '이시와다', '쿠라모치', '시카가와 부인', '유메코', '린도'가 차례대로 걸어 나왔다.

21

'시카가와 카나에 역을 맡은 탐정'은 시카가와사 건물의 엘리베이터 홀을 둘러보았다. 데스 게임이 끝나기를 기다리던 시카가와사 직원 및 경찰 열몇 명이 줄지어 서 있었다.

"…이것이 '진상'입니까?"

경찰관 한 명이 물었다.

'카미시마 테츠 역을 맡은 탐정'이 앞으로 나와서 사람들을 향해 고개 숙여 인사했다. 배우가 연극이 끝난 후 커튼콜에서 관객들에게 인사하는 것처럼 정중하게.

"맞습니다. 이것이 폐허 감금 살인 사건의 진상입니다."

그 말을 들은 사람들은 서로 얼굴을 마주 보았다.

"사건 현장을 재현함으로써 폐허에서 무슨 일이 있었는지 알게 될 거라고 말씀드리지 않았습니까."

'카미시마 테츠 역을 맡은 탐정'이 의기양양한 표정으로 말했다.

S현 XX시 북부 산중에서 여섯 명의 시신이 발견된 것은 지금으로부터 약 3주 전, 11월 25일이었다. 진상 규명에 고전하는 경찰을 대신해 이번에 '카미시마 테츠' 역할을 맡은 탐정이 자기에게 맡겨 달라며 나섰다. 그는 사건의 유일한 생존자인 카미시마 테츠를 찾아내어 만나러 갔다. 탐정은 그에게 폐허에서 무슨 일이 있었는지 물었고, 카미시마는 자신이 겪은 일을 말해 주었다. 하지만 아직 사건의 충격과 공포에서 완전히 벗어나지 못한 카미시마에게서 들을 수 있었던 내용은 일부에 불과했고, 가장 중요한 부분은 빠져 있었다.

이에 '카미시마 테츠 역을 맡은 탐정'은 사건을 재연해 볼 것을 제안했다. 그는 탐정들을 모아 각자에게 역할을 부여했다.

모두가 실제로 탐정이었던 것이다.

'쿠라모치 타카시 역을 맡은 탐정'이 옆에서 말했다.

"저도 최선을 다해 제가 맡은 역할을 연기했습니다. 그렇게 함으로써 이번 사건의 진상을 밝힐 수 있다고 믿고 '공포에 사로잡힌 운전기사'가 된 겁니다."

"맞습니다." '린도 모토야 역을 맡은 탐정'이 말했다. "저도 진짜 린도 모토야 씨라면 어떻게 말하고 행동할지를 생각하면서 연기했습니다."

'이시와다 칸 역을 맡은 탐정'이 뺨을 긁적이며 입을 열었다.

"쉽지 않은 경험이었습니다. 모두 각자가 맡은 역할을 연기하고 있을 뿐이라는 걸 알지만 머릿속으로는 지금 이게 실제 상황이라고 생각하고 배역에 완전히 몰입해야 했으니까요. 젊었을 때 배우로 활동한 적도 있는데 이번 일은 전혀 다른 느낌이었습니다. 어느 타이밍에 비밀을 고백하면 좋을지 같은 걸 하나하나 고민하고 계산해 가면서 움직였습니다."

폐허에서 일어난 참극의 진상을 밝히기 위해 마련된 재연극에 참가하는 탐정들에게는 연기하는 데 필요한 최소한의 정보만이 주어졌다. A4 용지 한 장에 담긴 내용은 참가자들의 개인정보와 성격뿐이었다.

시카가와 카나에는 까칠하고 오만한 성격이고, 운전기사와 직원들을 대놓고 하대하는 경향이 있으며, 유족 대표인 센바 유메코에게 적의를 품고 있다. 린도 모토야는 젊은 사람답게 영화와 만화를 좋아하고, 전체적으로 행동이 가볍고 진지함이 부족하며, 스피커에서 나오는 목소리에 '게임 마스터'라는 이름을 붙인다, 등등.

그리고 각자에게 비밀이 주어졌다. 물론 리얼한 반응이 필요하기 때문에 다른 참가자들의 비밀에 대해서는 알려 주지 않았다.

'시카가와 카나에 역을 맡은 탐정'에게는 그녀가 린도 모토야와 불륜 관계에 있고, 남편에게 낙태를 강요당했다는 거짓 기사를 주간지에 내보냈다는 사실만 알려 주었다.

'독가스'는 특수 효과용 안개로 사용되는 안전한 물질이니 들이마셔도 인체에는 해가 없다고 했다. 연극 초반에 참가자들에게 겁을 주기 위해 가스가 살포될 거라는 사실도 미리 들어서 알고 있었다.

카나에는 폐허와 똑같이 만들기 위해 모든 창문을 합판으로 막은 꼭대기 층에서 데스 게임에 시작되자 지금 나오는 것은 진짜 '독가스'라고 스스로에게 최면을 걸며 겁에 질려 패닉 상태에 빠진 사장 부인을 연기했다. 모두가 절박한 표정을 지으며 우왕좌왕하는 것을 보고 질 수 없다는 마음으로 연기에 임했다.

'이시와다 칸 역을 맡은 탐정'이 말을 이었다.

"제가 탐정으로서 갖고 있는 지식과 평범한 회사원인 이시와다 씨가 갖고 있는 지식은 전혀 다를 것이기 때문에 이시와다 씨가 모를 법한 내용을 입에 담지 않도록 주의했습니다. 예를 들어 딥페이크 같은 단어는 사용하지 않는다든지…."

'하야시 소타로 역을 맡은 탐정'이 말했다.

"덕분에 정말로 연기가 아니라 실제 상황 같았습니다. 다들 완벽한 연기를 보여 주셔서 저도 역할에 몰입할 수 있었습니다. 제일 먼저 '자백'하는 역할이었기 때문에 극 중에서는 불리한 처지에 놓이게 되었지만 그래도 열심히 했습니다."

'센바 유메코 역을 맡은 탐정'이 한숨을 내쉬었다.

"저는 모두에게 미움받는 역할이어서 솔직히 배역이 썩 마음에 들지는 않았어요. 중간중간 너무 오버하는 거 아닌가 싶기도 했는데 원래 그런 성격이라고 들었기 때문에 그대로 밀고 나갔죠. 그걸로 괜찮았는지 모르겠네요."

'카미시마 테츠 역할을 맡은 탐정'이 "다들 좋았습니다" 하고 칭찬했다. 그러고는 경찰 쪽으로 시선을 돌렸다.

"이제 아시겠습니까? 폐허 안에서는 이런 식으로 서로 죽고 죽이는 살육이 벌어졌고, 그 결과 시체의 산이 만들어진 겁니다."

경찰관 한 명이 긴장된 목소리로 물었다.

"정말로 폐허에서 이런 일이 있었다는 말입니까…?"

"유일한 생존자인 카미시마 테츠 씨에게 들은 이야기를 그대로 재연한 것이니까요. 폐허와 조금 다른 점이 있기는 하지만 사건의 큰 줄기는 대체로 동일합니다."

"다른 점이라면?"

"폐허가 아무리 시카가와사 건물의 꼭대기 층을 본떠 만든 것이라고는 해도 환풍기까지 달려 있지는 않았을 겁니다. 하지만 이곳에는 환풍기가 달려 있어서 게임이 시작된 직후 독가스를 내보내는 데 이 환풍기를 사용했습니다. 또 폐허 화장실에 있는 변기는 쪼그려 앉아서 사용하는 타입이었지만 여기 있는 건 일반적인 양변기 타입이죠."

사실 가능하면 사건 현장인 폐허를 무대로 사용하는 것이 가장 좋았겠지만, 현장에는 불에 탄 흔적이 남아 있고 문도 다 떨어져 나가는 등 이런저런 문제가 많았다. 그래서 폐허와 동일한 구조로 되어 있는 시카가와사 꼭대기 층을 사용하게 된 것이다.

'시카가와 카나에 역을 맡은 탐정'이 주먹 쥔 자기 손을 내려다보았다. 손이 빨갛게 부어 있었다.

연기에 몰두한 나머지 정말로 온 힘을 다해 복도 벽을 내리친 탓이었다.

'진정하시죠. 그런 식으로 콘크리트 벽을 두드리다가는 뼈가 부러질지도 모릅니다.'

'카미시마 테츠 역을 맡은 탐정'이 넌지시 주의를 준 덕분에 '콘크리트로 만들어진 폐허'에 갇혀 있다는 설정을 기억해 낼 수 있었다.

시카가와사 건물 복도는 콘크리트 벽이 아니기 때문에 저도 모르게 주먹에 힘을 싣고 말았다. 정말로 콘크리트 벽이었다면 그런 짓은 결코 하지 않았을 것이다.

'카미시마 테츠 역을 맡은 탐정'이 쓴웃음을 지었다.

"아이가 들어왔을 때는 내심 당황했습니다."

여직원 하나가 앞으로 나와서 "죄송합니다" 하고 고개를 숙였다. "잠깐 눈을 뗀 사이에 문을 열고 들어간 것 같습니다…."

시카가와사는 일과 육아를 병행하는 직원들을 배려해 아이를 데리고 출근하는 것을 허용하고 있다. 그래서 그 직원도 어린 아들을 회사에 데려왔던 것이다.

참극의 현장인 무대에 남자아이가 등장했을 때는 진심으로 놀랐다. 이것도 폐허에서 일어난 일의 일부인 것인지 아닌지 판단이 서지 않았다. 그래서 갑자기 나타난 아이를 보고 놀란 연기를 했다. 다른 사람들도 마찬가지였을 것이다.

'카미시마 테츠 역을 맡은 탐정'이 하는 말을 듣고서야 무슨 상황인지 이해했다.

'게임 마스터도 예상하지 못한 사태가 아닐까요? 상식적으로 생각해서 완벽하게 폐쇄된 공간에 제삼자가 들어올 수 있을 리가 없지 않습니까.'

'제가 보기에는 게임 마스터가 준비한 이벤트 같지는 않은데요. 예측하지 못한 사고 같은 거겠지요.'

재연극은 '카미시마 테츠 역을 맡은 탐정'이 주도하고 있었고, 시작하기 전에 모두가 그에게 '어떻게 해야 좋을지 모르겠다 싶을 때는 제가 하는 말과 행동을 참고해서 움직여 주십시오'라는 지시를 받은 상태였다.

'아이는 예상 밖의 요소입니다. 데스 게임과는 관계가 없습니다.'

'카미시마 테츠 역을 맡은 탐정'이 이렇게 단언했기 때문에 남자아이의 침입은 단순한 트러블이라고 판단하고 모두가 아이의 존재를 무시하는 방향으로 움직였다.

아이가 문을 열고 이쪽으로 들어왔을 때, 바깥에서 상황을 알아차린 직원은 바로 아이를 데리고 나가려고 했을 것이다. 하지만 그보다 먼저 '하야시 소타로 역을 맡은 탐정'이 아이를 발견해 버렸다. 그래서 아이가 열었던 문을 다시 잠근 다음 이후의 일은 안에 있는 사람들에게 맡기고 재연극을 이어가기로 한 것이다.

그리고 '카미시마 테츠 역을 맡은 탐정'이 화장실에 아이의 상태를 살펴보러 갔을 때, 아이를 밖으로 내보냈다.

아무도 예상하지 못한 일이었지만 그렇다고 해서 이제 와서 아이가 처음부터 존재하지 않았던 것처럼 행동하는 것은 흐름상 부자연스러웠기 때문에 모두가 아이가 사라졌다는 사실까지 극에 반영해서 연기를 이어갔다.

최종적으로는 '카미시마 테츠 역을 맡은 탐정'의 선언으로 아이 일은 일단락되었다.

'아이의 등장은 예상치 못한 버그 같은 거였을 겁니다. 그래서 게임 마스터가 없앤 겁니다.'

'죽였다거나 처리했다거나 그런 게 아니라 이 데스 게임의 현장에서 내보냈다는 의미입니다.'

'단언컨대 무의미한 고민입니다.'

모두가 '카미시마 테츠 역을 맡은 탐정'이 하는 말과 행동을 주의 깊게 살피며 움직였다. '센바 유메코 역을 맡은 탐정'이 숨은 화장실의 문을 모두가 부술 때도, 모조 단검으로 서로를 죽일 때도, '카미시마 테츠 역을 맡은 탐정'이 눈에 띄지 않게 모두를 이끌었다.

경찰관이 물었다.

"죽은 사람들을 산속에 묻은 사람은 '게임 마스터'일까요? 그의 정체는…?"

'카미시마 테츠 역을 맡은 탐정'이 아쉬운 표정으로 고개를 저었다.

"거기까지는 모르겠습니다. 다만 이렇게 해서 폐허에서 일어난 참극의 진상이 밝혀졌으니 그 점에 대해서는 앞으로 경찰이 알아낼 수 있지 않겠습니까?"

그는 "뒷일을 부탁드립니다"라고 말하며 고개를 숙였다.

22

 진짜 카미시마 테츠는 탐정 사무소를 찾아갔다. 방문 전에 미리 전화로 연락을 해 두었기 때문에 바로 안으로 들어갈 수 있었다.
 낡은 책상 앞에 '카미시마 역을 맡은 탐정'이 앉아서 두 손으로 깍지를 끼고 있었다. 혼자서 운영하는 사무소인 듯했다.
 "설마 직접 오실 줄은 몰랐습니다."
 "일전에는 병원까지 저를 만나러 와 주셔서 감사했습니다."
 가볍게 고개를 숙이자 '카미시마 역을 맡은 탐정'이 미소를 지었다.
 "카미시마 씨가 그곳에서 겪은 일을 제게 말씀해 주신 덕분에 사건의 진상을 밝힐 수 있었습니다. 감사합니다. 퇴원하셨나 보네요."
 폐허에 독가스가 살포된 후 시신들 사이에서 죽은 척하고 있다가 '게임 마스터'가 철문을 열고 들어와 건물 안쪽으로 사라진 틈을 타서 도망쳤다. 그 일이 트라우마로 남아서 정상적인 생활이 불가능했고, 결국 병원에 입원하게 되었다. 너무도 끔찍한 경험이었기에 경찰에 신고할 생각도 하지 못했다.

입원하고 세 달 정도 지났을 때, 눈앞에 있는 탐정이 병원으로 찾아왔다. 그는 산속에서 시신 여섯 구가 발견되었다는 뉴스를 보고 사건에 관심을 갖게 되었다고 했다. 생존자가 있다는 사실을 알고 여기저기 수소문한 끝에 병원에 입원 중인 카미시마를 찾아낸 듯했다.

범인으로 의심받을 수도 있는 상황이었기 때문에 오해를 풀기 위해서는 폐허에서 진행된 데스 게임에 대해 솔직하게 털어놓을 수밖에 없었다. 일부러 말하지 않고 넘어간 부분도 적지 않았지만….

'카미시마 역을 맡은 탐정'이 "앉으시죠" 하고 맞은편에 놓인 의자를 권했다.

카미시마는 의자에 앉아 후우 하고 숨을 내쉬었다.

"폐허에서 진행된 데스 게임을 재연한 영상, 잘 봤습니다."

'카미시마 역을 맡은 탐정'의 눈썹이 꿈틀했다.

재연극이 진행되는 상황은 당시 밖에 있던 경찰들이 실시간으로 모니터링하고 있었고, 녹화한 영상도 남아 있었다.

경찰서에 가서 유일한 생존자라고 신분을 밝히고 영상을 보여달라고 하자 순순히 내 주었다. 경찰 입장에서는 탐정들이 재연한 내용이 사실인지 아닌지 당사자에게 확인받고 싶은 마음도 있었을 것이다.

'카미시마 역을 맡은 탐정'이 말했다.

"산속에서 시신이 발견된 것이 '결말인 동시에 시작'이었던 셈이네요."

실제 폐허에서 비극적인 결말을 맞이한 것이 재연극의 시작이 되었다는 의미였다. 카미시마가 생각하기에도 맞는 말이었다.

"제가 말씀드린 내용이 정확하게 재연되어 있어서 놀랐습니다."

'카미시마 역을 맡은 탐정'이 "감사합니다"라고 대답했다. "이 정도면 진상 규명에 성공했다고 봐도 되지 않을까 싶습니다."

"역시 실력 있는 탐정님이셔서 그런지 제가 말씀드리지 않은 대사까지 완벽하게 재연하셨더군요."

'카미시마 역을 맡은 탐정'이 눈을 가늘게 떴다.

"폐허에서 진행된 데스 게임을 직접 본 사람이 아니라면 재연할 수 없는 대사였습니다. 어찌나 놀랍던지요."

"…무슨 말을 하고 싶은 겁니까?"

탐정이 차갑고 건조한 말투로 물었다.

"반대로 제가 말씀드린 사실에 반하는 부분도 있었습니다. 실제로 폐허에서는 서로 죽고 죽이는 참상은 벌어지지 않았으니까요."

'카미시마 역을 맡은 탐정'은 입술을 꾹 다문 채 아무 말도 하지 않았다.

"저는 탐정님께 독가스로 모두가 죽었다고 말씀드렸습니다. 하지만 재연극에서는 서로가 서로를 죽인 것처럼 되어 있더군요. 그렇게 되도록 흐름을 주도한 사람은 탐정님이었고요. 사장실에서 단검을 가져와 이제부터 무슨 일이 일어날지 암시하는 발언을 함으로써 모두의 행동을 유도했죠. 다른 사람들은 거기에 맞춰서 움직였을 뿐입니다."

"저를 포함해 모두가 역할에 지나치게 몰두한 탓입니다. 그 자리에서는 그것이 현실이었고 그렇게 될 수밖에 없었습니다."

"그 정도로 철저하게 준비한 재연극에서, 그것도 가장 중요한 진상이 드러나는 부분에서 당신이 평정심을 잃었다고요?"

"평범한 대학생들에게 죄수와 교도관 역할을 부여한 심리학 실험에서 교도관 역할을 맡은 학생은 죄수 역할을 맡은 학생을 진짜 교도관이 죄수를 다루듯이 잔인하고 폭력적으로 대했다고 하죠. 이처럼 실험을 진행하다 보면 본래 목적에서 벗어나 제어 불능 상태에 빠지게 되는 경우가 종종 있습니다. 실험이 리얼하면 리얼할수록 현실과의 경계가 애매해지는 거죠."

"스탠퍼드 교도소 실험이라면 물론 저도 알고 있습니다."

"그렇다면 이해하실 텐데요."

"제 추리는 좀 다릅니다."

"추리라고요? 뭔가 제가 아니라, 카미시마 씨가 탐정 같네요."

"당신은 의도적으로 진상을 왜곡했습니다."

"…제가 왜 그런 짓을 하겠습니까? 탐정이라면 누구나 진상을 밝히고자 노력하기 마련입니다. 그런데 왜곡이라니요."

"탐정이라면 그렇겠지요. 하지만 당신은 탐정인 동시에 피해자인 동시에 범인이기도 했습니다."

'카미시마 테츠 역을 맡은 탐정'의 얼굴은 부자연스러울 정도로 무표정했다.

"독가스를 사용한 대량 살인. 당신은 그 죄에서 벗어나기 위해 재연극이라는 형태로 당시 상황을 재연해 보임으로써 경찰로 하여금 이것이 바로 폐허에서 일어난 참극의 진상이라고 믿게끔 한 겁니다."

그렇다. 그것이야말로 재연극의 진짜 목적이었다.

"경찰에게 진상을 알리는 것이 목적이었다면 굳이 연극으로 재연해 보일 필요는 없었을 겁니다. 그냥 제가 말한 내용을 그대로 진하기만 해도 충분했을 테니까요. 그런데 왜 이런 귀찮은 방법을 선택한 걸까. 그 이유를 생각해 보다가 당신의 정체를 깨달았습니다."

카미시마 테츠는 '카미시마 테츠 역을 맡은 탐정'의 코앞에 손가락을 들이대며 말했다.

"제 말이 틀립니까? '게임 마스터'… 아니, 시카가와 쿄이치 사장님."

'게임 마스터'는 눈앞에 있는 카미시마 테츠의 얼굴을 빤히 쳐다보았다.

설마 마지막까지 살아남은 일개 기자가 탐정이 되어 '게임 마스터'의 정체까지 밝혀낼 줄이야….

"그렇게 생각하면 재연극에서 '카미시마 테츠'가 몇 번인가 시카가와 사장을 편드는 듯한 발언을 한 것도 이해가 갑니다. 시카가와사를 규탄하는 기자 역할인데 지나치게 감정적인 태도로 '무고한 사람한테 누명을 씌우는 가해자'를 비난하는 걸 보고 이상하다 싶었죠. 본인이 '누명을 뒤집어쓴 피해자'였으니 그럴 만도 합니다. 분노를 억누르지 못한 거겠죠. 아무리 연극이라고 해도 말입니다."

'게임 마스터'는 초조함이 드러나지 않도록 애쓰며 턱끝을 살짝 들어 보였다.

"시카가와 사장은 목을 맨 상태로 발견됐습니다. 경찰 조사 결과, 자살로 결론이 났고요. 살아 있을 리가 없지 않습니까."

카미시마는 천천히 고개를 저었다.

"대역을 사용한 겁니다."

"대역이요?"

"네. 제가 어떻게 눈치챘는지 아시겠습니까?"

"…설명해 주시겠습니까?"

"재연극에서 생략된 내용이 힌트가 되었습니다. '게임 마스터'로서 폐허에서의 48시간을 하나도 빠짐없이 전부 보고 들은 당신이 재연극에서 재연하지 않은 부분. 그것이 곧 '게임 마스터'에게 불리한 부분이겠지요."

완벽한 논리다.

"제가 뭘 생략했다는 말입니까?"

게임 마스터가 묻자 카미시마는 검지를 들어 보였다.

"예를 들면 참가자들이 '게임 마스터'의 정체에 대해 논하는 부분 같은 거죠. 우리는 폐허에서 '게임 마스터'가 누구일지 각자 짐작 가는 사람을 말해 보았습니다. 당연하죠. 상대의 정체를 알아내면 그걸 이용해서 폐허에서 탈출할 수 있을지도 모르니까요."

"게임 마스터의 정체에 대해서라면 재연극에서도 이야기를 나누었던 것 같은데요."

"부족했습니다. 폐허에서는 시카가와 부인이, 그러니까 당신의 아내가 당신 남동생의 존재에 대해 언급했습니다. 하지만 그 부분은 재연되지 않았죠."

"시카가와 사장에게 동생이 있다는 건 저도 알고 있습니다. 하지만 그는 형의 원수를 갚겠다고 나설 만한 사람이 아니기 때문에 굳이 재연극에 포함시킬 필요가 없다고 판단했을 뿐입니다. 어떻습니까?"

"시카가와 부인 말에 따르면 시카가와 쿄이치의 남동생인 시카가와 쿄지는 쓰레기 같은 인간이라고 하더군요. 인간 말종에 악덕 탐정이라고요. 부인과 회사 직원이 남몰래 만나는 장면을 촬영해서 그 사진을 가지고 부인을 협박했다고 합니다."

"그 얘기는 지금 처음 들었습니다. 하지만 제가 알아본 시카가와 쿄지의 성격과도 일치하니 딱히 놀랍지는 않네요. 적어도 형의 죽음을 슬퍼하며 죽음의 진상을 알아내기 위해 데스 게임을 계획할 만한 인물 같아 보이지는 않습니다. 그러니 재연극에서 다룰 필요도 없을 것 같아서 언급하지 않은 겁니다."

"시카가와 쿄지는 지금 어디 있을까요?"

"글쎄요. 불륜 사진을 빌미로 뜯어낸 돈으로 어디 경치 좋은 곳에서 술이라도 마시고 있겠죠."

카미시마의 눈이 날카롭게 빛났다.

"저는 '시카가와 쿄이치의 남동생이 자기가 찍은 사진을 가지고 부인을 협박했다'라고만 했지 돈을 뜯어냈다는 말은 하지 않았습니다만."

'게임 마스터'가 눈썹을 찌푸렸다.

"부인이 사진을 빌미로 협박을 당해서 상대에게 돈을 건넸다는 사실을 알고 있는 사람은 폐허에서 참가자들의 이야기를 듣고 있던 '게임 마스터', 그리고 부인에게 이야기를 듣고 부인 대신 본인 계좌에서 돈을 보낸 남편 시카가와 쿄이치, 이 둘뿐입니다. 아니면 두 사람이 동일 인물이거나."

'게임 마스터'는 말없이 어깨만 으쓱해 보였다.

"제 생각에는 시카가와 쿄지는 지금쯤 유골함에 담겨 있지 않을까 싶습니다. 시카가와 쿄이치를 대신해서 살해당한 다음 화장터에서 뼛가루가 된 거죠. 두 사람은 일란성 쌍둥이여서 똑같은 얼굴을 하고 있었습니다."

시카가와 카나에는 폐허에서 다른 참가자들에게 사실을 왜곡해서 이야기했다. 불륜 사진을 빌미로 탐정에게 협박당하는 바람에 남편에게 사실대로 털어놓고 대응책을 상의했다는 건 거짓말이었다. 탐정이 준 사진에는 카나에의 불륜 현장이 아니라 그녀의 남편이 유흥업소에 들어가는 장면이 찍혀 있었다. 카나에는 남편에게 그 사진을 들이밀며 거센 비난을 퍼부은 다음 탐정이 원하는 대로 돈을 주고 뒤탈이 생기지 않도록 알아서 잘 처리하라고 했다.

당시 카나에와 나눈 대화가 선명하게 되살아났다.

'그럼 이건 뭔데요?'

'이, 이건…. 누가 이런 사진을….'

'누가? 가지도 않은 유흥업소에 간 사진을 어떻게 찍었는지가 아니라 누가 찍었는지가 궁금해요?'

'아니, 그게 아니라….'

'유흥업소라니… 더러워서 정말. 이런 시기에 이런 곳에 가다니 대체 무슨 생각이에요?'

'이건 오해… 아니, 오해는 아니지만….'

'당신, 그 탐정이 누군지 알아요?'

'아니. 내가 그걸 어떻게 알겠어.'

'흐음….'

'…왜?'

'그러고 보니 당신한테 원한이 있는 듯한 말투였어요. 피해자도 아니고 유족도 아니지만 당신을 파멸시키고 말겠다며 으르렁대던데요. 당신하고 아무 상관도 없는 사람이라고 보기에는 그 정도가 좀 지나쳤달까…'

'…세상에는 이상한 사람도 많으니까.'

'그건 그렇지만요. 뭔가 더 숨기고 있는 게 있어 보이기도 했고, 아무튼 그냥 무시하고 넘어갈 수는 없어요.'

'그러지 말라니까. 그건 현명한 판단이 아니야.'

'당신 뭔가 짚이는 데가 있는 거죠? 유흥업소에 간 게 사실인지 아닌지는 중요하지 않아요. 당신한테 이성으로서의 관심 따위 남아 있지 않으니까. 하지만 그런 기분 나쁜 인간의 정체를 나한테 숨기는 건 용납할 수 없어요. 이대로라면 나, 무슨 짓을 할지 몰라요. 당신이 곤란해질지도 모른다고요.'

'…아마 동생일 거야.'

'뭐라고요?'

'그 탐정은 내 동생이라고.'

'당신한테 동생이 있다는 말은 처음 들었는데요.'

'동생은 어렸을 때부터 품행이 불량하고 막 나가는 구석이 있었거든. 결국 스물한 살 때 부모님과 싸우고 집을 뛰쳐나갔어. 사실상 의절당한 거나 다름없지. 그 이후로 완전히 소식이 끊겼고 한 번도 연락한 적 없어. 기억도 가물가물해서 나한테 정말로 동생이 있었나 싶을 정도야. 얽혀서 좋을 일이 없으니까 존재 자체를 잊어버리려고 노력하며 살아왔어. 언젠가 지나가는 말로 탐정 나부랭이가 되었다는 이야기를 듣기는 했는데….'

'동생이 왜 당신을 원망하는 건데요?'

'동생은 나와는 달리 부모님의 지원을 전혀 받지 못했어. 그러니 내가 아버지 뒤를 이어 사장 자리에 오른 걸 질투하고 있을지도 모르지.'

'직업이 탐정이라는 말만 듣고 잘도 동생을 떠올렸네요. 사실은 당신이랑 아무 상관도 없는 악덕 탐정일지도 모르잖아요.'

'아아, 물론 그럴 가능성도 있지. 하지만 조심해서 나쁠 건 없으니까. 아무튼 돈은 내 개인 계좌에서 보내 두도록 할게. 이걸로 만족하길 바랄 수밖에. 그 녀석은 뱀 같은 성격이라 이 이상 얽히면 골치 아파질 거야.'

카나에가 미심쩍어하는 것도 무리는 아니었다. 아무리 동생이 탐정 일을 하고 있다고는 해도 어떻게 탐정이라는 말만 듣고 아내를 협박한 사람이 동생이라고 확신했는가.

그것은 자신이 간 적도 없는 유흥업소에 들어가는 모습이 찍힌 사진 때문이었다.

'라피도'의 브레이크 결함에 관한 보고서 따위는 받은 적이 없는데도 불구하고 현장의 보고를 묵살했다는 의심을 받았고, 사실을 말했을 뿐인데 책임 회피라느니 변명이라느니 하는 비난이 쏟아졌다. 소중히 키워온 회사가 세간의 뭇매를 맞고 있었다. 그런 상황에서 유흥업소 같은 곳에 갈 리가 없지 않은가.

하지만 사진에는 자신의 얼굴이 찍혀 있었다. 카나에가 남편이라고 믿어 의심치 않을 정도로 꼭 닮은 얼굴이.

그걸 본 순간, 쿄지가 '시카가와 쿄이치'로 위장해서 찍은 사진임을 확신했다. 겉모습을 최대한 형과 비슷하게 꾸민 다음 자신이 유흥업소에 들어가는 장면을 누군가에게 찍게 한 것이다.

'누가 이런 사진을⋯.'

'누가? 가지도 않은 유흥업소에 간 사진을 어떻게 찍었는지가 아니라 누가 찍었는지가 궁금해요?'

어떻게 찍었는지는 물어보지 않아도 알 수 있었다. 문제는 이 사진을 아내에게 건넨 사람이 누구냐는 것이었다.

이 이상 골치 아픈 일을 더 늘리고 싶지 않았기 때문에 돈을 보냈다.

하지만 동생은 그걸로 만족하지 않았다. 돈을 보낸 사람이 형이라는 사실을 알고는 그때부터 시도 때도 없이 전화해서 돈을 요구하기 시작했다. 자신이 형과 똑같이 생겼다는 점을 이용해서 '시카가와 쿄이치'의 스캔들 사진을 조작해 인터넷에 뿌리겠다고 협박했다. 온 국민의 미움을 받고 있는 지금 같은 상황에 그런 사진이 나돌면 어떤 결과를 초래하게 될지는 불 보듯 뻔했다. 사진 속 인물이 자기가 아니라 쌍둥이 동생이라고 아무리 해명해도 다들 들은 척도 하지 않을 것이다. 오히려 위기를 모면하기 위해 뻔한 거짓말을 한다고만 생각할 것이다.

몇 번이고 돈을 보냈다.

세상 사람 모두가 적으로 느껴졌다.

'게임 마스터' 시카가와 쿄이치는 후후 하고 소리 내어 웃었다.

"멋진 추리군요, 명탐정 씨."

카미시마는 "감사합니다"라고 대답했다. "계속해도 되겠습니까?"

"…그러시죠."

"재연극에서 빠진 중요한 대화는 이것 말고도 더 있습니다. 예를 들어 청소부 하야시 씨가 사장실에서 노트북을 훔쳐봤을 때, 당시 상황과 관련된 구체적인 정보 같은 것 말입니다. 하야시 씨

말에 따르면 노트북 화면에는 방검조끼와 방탄조끼 등을 판매하는 호신용품 전문점의 홈페이지가 열려 있었고, 인터넷 검색 창을 확인해 보니 '경호원, 프로, 비용', '협박, 상담', '실력 있는 성형외과 의사' 등의 키워드로 검색한 기록이 남아 있었다고 합니다."

시카가와 쿄이치는 잠자코 턱을 쓸어내렸다.

카미시마는 시카가와 쿄이치의 얼굴을 찬찬히 들여다보았다.

"재연극을 보고 있던 경찰들에게 시카가와 쿄이치가 성형했을지도 모른다는 사실을 알리고 싶지 않았던 것 아닙니까? 당신의 얼굴은 시카가와 쿄이치와 하나도 닮지 않았습니다. 당신은 쌍둥이 동생을 자기 대신 죽게 한 다음 본인은 성형 수술을 받아서 전혀 딴사람이 된 겁니다. 여기는 원래 동생이 운영하던 탐정 사무소겠죠."

"상상에 맡기겠습니다."

"제가 맞혔다고 가정하고 계속해 보지요. 당신은 거짓으로 죽음을 위장한 후 자신을 궁지로 몰아넣은 사람들을 폐허로 불러 모았습니다. 그리고 독가스로 협박해서 '자백'을 강요했습니다."

"그건 추리가 아니라 단순한 사실인 것 같은데요."

"저 말고 다른 사람들은 모두 독가스를 마시고 죽었습니다. 당신의 목적은 복수입니까?"

"복수라…. 그건 좀 다릅니다."

"그럼 뭡니까?"

"…정신적으로 궁지에 몰린 내 앞으로는 셀 수 없이 많은 협박장이 날아들었습니다. '용서하지 않겠다' '죽어 버려' 등 유명인이나 정치인이라면 종종 받을 법한 전형적인 협박들 사이에 정말로 진심이라는 게 느껴지는 살인 예고가 하나 섞여 있었습니다. 동일인이 보내는 것이 분명했습니다. 그것도 매일 하루도 빠짐없이 몇십 통씩 말입니다."

시카가와 쿄이치.
너는 죄인이다. 용서받지 못할 죄를 저질러 놓고 그 사실을 숨긴 채 떵떵거리며 살고 있는 죄인.
죄를 고백하고 세상의 심판을 받아라.
그렇지 않으면 지옥의 심판대에 오르게 될 것이다. 아무리 발버둥 쳐도 심판은 피해 갈 수 없다. 목숨을 부지해 보고자 무슨 수를 쓴다 한들 소용없다. '요새'는 죽음의 관이 될 것이다.
죄인에게는 그에 걸맞은 결말이 기다리고 있다.
시카가와 쿄이치를 기다리고 있는 것은 죽음뿐이다.

"나는 죽음의 공포에 떨었습니다. 협박장에는 사장실에 틀어박혀도 소용없다고 적혀 있었습니다. 누가 어떤 수법으로 나를 죽이려 하는 건지 알 수가 없으니 불안해서 미칠 것만 같았습니다. 이렇게 강한 살의를 품고 있는 사람은 대체 누구일까. 나는 과거에 저를 공격하거나 모함한 적이 있는 사람들을 의심했습니다."
카미시마는 묵묵히 이야기에 귀를 기울였다.
"위장에 성공해서 죽은 사람이 된 나는 나를 죽이려고 한 자의 정체와 수법을 알아내기 위해 데스 게임을 열었습니다. 시카가와 쿄이치를 죽였다고 자백해야만 하는 상황이 주어지면 범인은 사장실에 틀어박힌 나를 죽일 수 있었던 트릭을 털어놓을 테니까요. 범인과 수법과 동기가 밝혀지면 나도 안심할 수 있을 테고요."

"고작 그런 이유로…."
"내게는 중요한 문제였습니다. 살인을 예고하는 협박장을 받은 사람이 느끼는 공포가 어느 정도일지 상상이 갑니까? 상대가 진심이라면 차에서 내린 순간 총알이 날아들지도 모릅니다. 체포되는 것을 두려워하지 않는 상대에게서 자기 몸을 지킬 수단 같은 건 존재하지 않습니다. 몇 달 동안 아무 일도 일어나지 않다가 경계가 느슨해진 틈을 노릴지도 모르죠. 경호원이 자리를 비우는 순간 목숨을 잃을지도 모릅니다. 계속 회사에 틀어박혀 생활하더라도 누가 살의를 품고 사장실까지 침입해 올지 알 수 없습니다. 범인이 살아 있는 한 한순간도 마음을 놓을 수 없다는 말입니다. 미국의 증인 보호 프로그램처럼 거짓으로 사망 신고를 하고 신분을 위장해 새 삶을 얻더라도 언제 범인이 사실을 알고 나를 죽이러 올지 모릅니다. 그래서 용의자들을 폐허에 불러 모은 겁니다."

"…결과적으로 협박장을 보낸 사람이 누군지는 알아냈습니까?"

"그 일곱 명 중에는 없다고 확신했습니다. 왜냐하면 아무도 협박장을 보내서 저를 압박했다고는 말하지 않았으니까요."

"결국 다들 개죽음당한 거네요."

"일곱 명 모두 저를 궁지로 몰아넣은 사람들이니 전혀 죄가 없다고는 할 수 없죠."

카미시마는 시카가와 쿄이치를 흉내 내듯 책상 위에서 깍지를 꼈다.

"재연극을 녹화한 영상에는 실제와는 다른 결정적인 차이점이 하나 있습니다. 아마 이건 당신도 예상하지 못했을 것 같은데요."

"…뭡니까?"

"'자백 대결'에서 나온 수많은 트릭들입니다."

시카가와 쿄이치가 오른쪽 눈썹을 살짝 들어 올렸다.

"실제로 폐허에서는 사람들이 재연극에서처럼 느긋하게 자백을 늘어놓지 않았습니다. 현장에 함께 있었던 당신도 알다시피 말입니다. 모두가 초조함을 감추지 못했고, 자백에 들인 시간보다는 탈출 수단을 함께 논의한 시간이 훨씬 더 길었습니다. 하지만 재연극에 참가한 사람들은 다들 탐정이라서 그런지 아니면 진짜로 죽는 게 아니어서 그런지 시종일관 침착함을 잃지 않았고, 모든 수단을 총동원해서 자기가 '범인'임을 증명하고자 했습니다."

"일종의 직업병 같은 거겠죠. 다들 본격 미스터리에나 나올 법한 트릭을 잘도 만들어 내더군요."

"당신에게는 그것이 가장 큰 오산이었을 겁니다."

"…왜죠?"

"'자백 대결'에서 나온 트릭 중 하나가 당신이 동생을 죽일 때 사용한 방법과 정확하게 일치했으니까요."

시카가와 쿄이치는 카미시마의 뛰어난 직감과 추리력에 내심 감탄했다.

"쌍둥이 동생을 사장실에서 죽인 뒤 자신이 자살한 것처럼 위장한다. 이렇게 하기 위해서는 반드시 트릭이 필요합니다. 당신은 교묘한 트릭을 써서 대역 살인을 멋지게 마무리 지었습니다. 그런데 재연극에서 탐정들이 서로가 자백한 트릭을 갈고닦아 발전시켜 나가는 과정에서 실제로 당신이 사용한 트릭까지 재현해 버린 겁니다."

진상을 간파당했다는 충격보다 감탄이 앞섰다. 아무래도 자신이 카미시마를 너무 얕잡아 본 모양이었다.

"동생은 어떻게 불러낸 겁니까?"

카미시마가 묻자 시카가와 쿄이치는 엷게 웃었다.

"…재연극에서 누군가 언급한 방법을 썼습니다."

카미시마가 고개를 갸웃거렸다.

"상대의 제안을 역이용한 겁니다."

몇 번이고 돈을 달라며 연락해 온 쿄지에게 저도 모르게 하소연을 했다. 매일같이 날아드는 협박장 얘기를 하면서 언제 살해당할지 모르는 상황이라고 불안을 토로했다. 일본의 전 총리가 길거리 연설을 하던 중에 총에 맞아 죽는 전대미문의 테러 사건이 발생한 지 얼마 지나지 않은 시기였다.

이 세상 어딘가에 자신을 죽이고 싶어 하는 사람이 존재한다는 사실은 머지않아 찾아올 죽음을 상기시켰다.

그러자 동생이 대역을 제안했다.

'형은 안전을 원하는 거잖아. 나는 돈을 원해. 그러니 내가 대역이 되어 줄게.'

쿄지가 '시카가와 쿄이치'가 되어 위험을 감수하는 대신 '시카가와 쿄이치'로서 호화로운 생활을 누린다. 쿄지는 이게 바로 누이 좋고 매부 좋은 거 아니겠냐며 웃었다.

생각할 시간을 달라고 한 뒤 일단 전화를 끊었다. 처음에는 황당무계하게만 느껴졌던 계획이 자꾸 머릿속에 맴돌았다. 이 기회에 골칫거리인 동생을 죽이고 자살로 위장하면 두 가지 문제를 동시에 해결할 수 있겠다는 생각이 들었고, 협박장을 보낸 범인을 찾기 위한 데스 게임에까지 생각이 미쳤다.

준비를 마친 후 쿄지에게 전화를 걸어 제안을 받아들이겠다고 대답했다.

쿄지에게 평소 자기가 입는 브랜드의 옷을 사서 보낸 다음 사장실 CCTV의 맹점을 이용해 바꿔치기하는 방법에 대해 설명했다. 그리하여 그날 밤, 쿄지는 쿄이치와 똑같은 모습으로 회사를 찾아왔다.

약속 시간이 되자 뒤쪽 문을 열어 둔 채 사장실을 나섰다. 이렇게 하면 CCTV에 자신의 모습이 찍힐 일은 없었다. 곧장 엘리베이터 홀로 가서 쿄지를 만났다. 쿄지에게는 오른쪽 복도를 가리키며 앞쪽 문을 통해 사장실로 들어가라고 지시했다. 얼굴이 제대로 나오도록 CCTV 쪽을 쳐다보는 것도 잊지 말라고 했다.

쿄지가 사장실로 들어가는 소리를 확인하자마자 바로 반대편 복도로 향했다. 뒤쪽 문을 통해 사장실로 들어가 문을 닫았다.

이로써 '시카가와 쿄이치'가 뒤쪽 문을 통해 복도로 나와서 화장실에 갔다가 앞쪽 문을 통해 사장실로 돌아온 다음 열려 있던 뒤쪽 문을 방 안에서 닫았다는 스토리가 완성되었다.

나중에 경찰이 CCTV 영상을 확인하더라도 설마 이 시점에 사장실 안에 똑같은 옷을 입고 똑같은 얼굴을 한 사람이 두 명 존재했을 거라고는 상상도 하지 못할 것이다.

사장실에서 쿄지와 마주 보고 앉아 앞으로 어떻게 할지 이야기를 나누었다. 쿄지가 방심한 틈을 타서 수면제가 든 음료를 건네 잠들게 한 후 자기 손으로 목을 매달아 자살한 것처럼 꾸몄다.

그러고는 '린도 모토야 역을 맡은 탐정'이 알아차렸듯이 '30초간의 공백'을 만들어 사장실을 빠져나왔다. 탈출에 성공한 후 성형 수술을 받아서 완전히 다른 사람이 되었다.

일일이 설명하지 않아도 대충 알겠다는 듯 카미시마가 고개를 끄덕였다.

"린도 모토야 역을 맡은 탐정'이 '자백'한 내용을 듣고 당신은 꽤나 당황했을 겁니다. '30초간의 공백'은 트릭의 핵심이었으니까요. 이대로 놔두었다가는 누군가 진실을 눈치챌지도 모르는 상황이었습니다. 동일한 수법으로 살인이 이루어진 게 아닌가 하고 말입니다. 그래서 당신은 게임 마스터와 한패라고, 제가 폐허에서 하지도 않은 자백을 한 겁니다."

"…뭘 위해서?"

카미시마가 어렵지 않게 대답할 수 있을 거라는 사실을 알면서도 물었다.

"'린도 모토야 역을 맡은 탐정'으로 하여금 자기가 한 자백을 부정하게 만들기 위해서였겠지요. 재연극 안에서도 누군가 지적하지 않았습니까. 사장실에서 나누는 대화는 전부 게임 마스터가 듣고 있을 텐데 당신이 그런 고백을 하는 건 부자연스럽다고요. 하지만 '린도 모토야 역을 맡은 탐정'이 자신의 트릭을 부정하게 만들기 위해서였다고 생각하면 말이 됩니다. 그가 말한 트릭이 바로 당신이 실제로 사용한 트릭이었으니 그게 정답이라고 결론이 나면 곤란했겠죠. 재연극에서 최종적으로 누가 '범인'이 될지는 당신이 정했을 텐데 '린도 모토야 역을 맡은 탐정'이 아니라 '센바 유메코 역을 맡은 탐정'을 고른 것도 그런 이유에서였을 겁니다. 유메코 씨가 말한 냉장고 트릭은 진실과는 전혀 상관없는 탁상공론에 지나지 않고, 그렇기 때문에 문제 될 것도 없으니까요."

시카가와 쿄이치는 미소를 지었다.

"흠잡을 데 없이 완벽한 추리군요."

카미시마는 딱히 만족스러워하는 기색도 없이 담담하게 말을 이어 나갔다.

"당신이 정신적으로 코너에 몰려 있었던 건 사실일 겁니다. 하지만 폐허에서 진행된 데스 게임은 정신이 불안정한 상태에서 충동적으로 밀어붙인 폭주의 결과물이 아니라 상당히 용의주도하게 준비된 계획이었을 거라고 봅니다."

"…왜죠?"

"폐허의 구조와 시카가와사 꼭대기 층의 구조가 정확히 일치하기 때문입니다."

"그게 무슨 뜻입니까?"

"저희는 게임 마스터가 우연히 시카가와사 꼭대기 층과 동일한 구조의 폐허를 발견했을 거라고 생각했습니다. 하지만 그런 기적과도 같은 일이 일어날 가능성이 얼마나 될까요?"

"희박하겠죠."

"저도 그렇게 생각합니다. 하지만 게임 마스터가 시카가와 쿄이치 본인이라면 기적도 필연이 됩니다."

"네?"

"사실은 반대였던 거죠. 당신이 발견한 폐허의 구조에 맞춰서 시카가와사 꼭대기 층의 리모델링 공사를 진행한 겁니다."

다 꿰뚫어 보고 있다는 건가.

"쌍둥이 동생을 자신의 대역으로 삼아 죽인 다음 관계자들을 폐허로 불러 모아 '자백'을 강요한다. 당신은 처음부터 이 모든 것을 계획한 상태였습니다. 그래서 무대가 될 폐허를 발견하자 회사 건물 꼭대기 층을 폐허와 동일한 구조로 바꾼 겁니다. 꼭대기 층을 리모델링했다는 이야기는 하야시 씨한테 들었습니다. 사장실 뒤쪽 문을 열면 CCTV가 가려지는 것도, 복도 앞쪽과 뒤쪽에 있는 CCTV가 서로 반대 방향으로 설치되어 있는 것도 모두 트릭을 위해서였겠죠. 당신은 동생을 대역으로 삼기 위해 꼭대기 층 구조 변경을 비롯해 모든 것을 치밀하게 준비한 겁니다."
 시카가와 쿄이치는 몇 초간 눈을 감았다. 각오를 다지기 위해 잠시 시간이 필요했다.
 심호흡을 한 뒤 천천히 입을 열었다.
 "데스 게임 참가자 중에 협박장을 보낸 사람이 없다는 사실을 알았을 때, 나는 그자의 정체를 깨달았습니다."
 카미시마가 눈을 가늘게 떴다.
 "누굽니까?"
 "…쿄지, 내 동생입니다. 내가 압박을 견디지 못하고 자살이라도 하면 자기는 큰 재산을 얻게 될 테니 그걸 노렸던 거겠죠."
 시카가와 쿄이치가 이혼 후에 자살하면 전처인 카나에는 유산 상속 대상에서 제외되기 때문에 모든 재산은 살아 계신 부모님에게 상속된다. 이미 고령인 부모님이 죽은 후에는 유일한 자식인 쿄지가 유산을 상속받게 된다.
 그래서 쿄지는 불륜 사진으로 형의 이혼을 부추기고, 협박장을 보내 자살로 유도한 것이다.
 "아니면 단순히 대역을 제안하기 위한 포석이었을지도요. 협박장을 보내서 나를 압박한 다음 자기가 대역을 맡겠다고 제안해서 재산을 손에 넣을 계획이었을지도 모릅니다. 아내가 곁에 있으면 둘이 바꿔치기했다는 사실을 알아차릴 가능성이 높으니까 이혼을 시켜서 떨어뜨리려고 한 걸 테고요."
 형에게 열심히 협박장을 써서 보내던 동생은 머지않은 미래에 자기가 살해당할 거라고는 꿈에도 생각하지 못했을 것이다.
 "쿄지는 '탐정'이라는 본업을 살려 내 스캔들을 캐내고자 했습니다. 동생은 내게 살해당한 '피해자'인 동시에 '범인'이기도 했던 겁니다."

"당신처럼 말입니까?"

"…맞습니다. 나는 하지도 않은 일로 억울하게 세간의 공격을 받은 '피해자'였지만, 동시에 살인을 저지른 '범인'이기도 합니다. 그리고 내 목숨을 노린 자를 알아내기 위해 움직이는 '탐정'이기도 했죠."

시카가와 쿄이치는 카미시마의 눈을 똑바로 쳐다보았다. 방 안에는 잠시 침묵이 흘렀다.

"…카미시마 씨. 당신은 진상을 경찰에 알릴 겁니까?"

카미시마는 무표정한 얼굴로 아무 말도 하지 않았다.

"말하지 않겠지요. 나는 그렇게 확신합니다."

"왜 그렇게 생각하십니까?"

"당신은 재연극에 사실과 다른 부분이 있다는 걸 알면서도 말하지 않았으니까요."

"이제부터 말하러 갈지도 모르죠."

"말할 생각이었다면 진작에 했겠지요. 굳이 명탐정 흉내를 내면서 직접 '범인'을 만나러 오는 게 무슨 의미가 있겠습니까."

"저는 탐정이 아니라 기자니까요. 특종이다 싶으면 경찰에 신고하기 전에 당연히 사실 확인부터 해야죠."

"그럴듯한 이유이긴 하군요." 시카가와 쿄이치가 코웃음을 쳤다. "당신은 경찰에게는 말하지 않을 겁니다, 절대로."

"과연 그럴까요?"

시카가와 쿄이치가 몸을 앞으로 숙였다.

"왜냐하면 당신은 폐허에서 일어난 참극의 '피해자'인 동시에 어떤 측면에서는 '범인'이기도 하니까요."

카미시마가 눈썹을 찌푸렸다.

"제가 '범인'이라고요? 무슨 뜻으로 그런 말을 하는 건지 모르겠지만 듣기 거북하군요."

"당신이 하는 이야기를 들으면서 알게 된 사실이 있습니다. 예기치 않은 침입자, 어린아이를 재연극에 끌어들인 사람은 당신이죠?"

카미시마는 엷은 미소를 지으며 되물었다.

"'탐정' 놀이를 계속 이어갈 생각입니까?"

"딱히 숨길 생각도 없었을 텐데요. 그 소년은 누굽니까?"

"…'피해자'입니다. '라피도'의 브레이크 결함으로 인한 사망 사고가 보도되자 사람들은 모두 시카가와사를 욕했습니다. 매일같이 회사 앞에서 규탄 시위가 벌어졌죠. TV 뉴스도 SNS도 시카가와사를 악의 화신처럼 묘사하고 거세게 비난했습니다. 그 결과, 시카가와사에서 일하는 어머니를 둔 아이는 학교에서 따돌림을 당했습니다. 너희 엄마는 나쁜 사람이다, 너는 부모가 나쁜 짓을 해서 번 돈으로 살고 있는 거다, 라고요. 당신이 자살하기 전에 시카가와사 건물 앞에서 아이에게 손 편지를 건네받은 적이 있습니다. 편지에는 서툰 글씨로 '우리 엄마 회사를 괴롭히지 말아 주세요'라고 적혀 있었습니다. 당시에는 그냥 무시하고 넘어갔습니다. 아이를 다시 만난 건 재연극 당일입니다. 재연극을 한다는 게 아무래도 신경이 쓰여서 몰래 회사를 찾아왔다가 우연히 아이를 발견했습니다. 아이는 엄마를 따라와서 엄마 일이 끝나기를 기다리고 있는 듯했습니다. 그래서 아이가 혼자 되기를 기다렸다가 말을 걸었죠."

"극 중간에 복도에 침입해서 화장실에 숨으라고 시켰다는 거군요. 그리고 '카미시마 테츠 역을 맡은 탐정'인 내게 쪽지를 건네주라고요."

"아이의 정의감을 자극했습니다. 소년 탐정단이 나오는 만화를 좋아한다길래 '네가 직접 탐정이 되어 보지 않겠느냐. 그렇게 하면 엄마를 구할 수 있다'라고 부추겼죠."

"탐정이라…." 시카가와 쿄이치가 쓴웃음을 지었다. "제 눈에는 협박장을 전달하는 역할을 맡은 범인 같아 보이던데요."

"보는 시점에 따라 역할이 달라질 수도 있다는 말을 하고 싶은 겁니까? 어쨌거나 당신은 쪽지에 적힌 지시대로 따라 주었습니다."

"맞습니다. 카미시마 테츠 역할을 맡은 나는 모조 단검을 가져와 '린도 모토야 역을 맡은 탐정'에게 건넸습니다. 그리고 그는 그걸 들고 다른 참가자들을 공격했습니다. 여섯 명은 독가스와 린도가 휘두른 단검에 의해 목숨을 잃었다. 재연극에서는 이렇게 결론이 났죠."

카미시마는 무표정한 얼굴로 아무 말도 하지 않았다.

"하지만 사실은 다릅니다. 카미시마 씨 당신은 방독면을 손에 넣기 위해 단검을 사용해 다른 사람들의 목숨을 빼앗았습니다."

카미시마가 짧게 탄식했다.

"살인까지 저질러가며 방독면을 빼앗은 당신은 독가스로부터 자기 몸을 지킬 수 있었고, 시체 더미 아래 숨어서 철문이 열리기를 기다렸다가 도망쳤습니다. 그렇게 해서 혼자만 살아남았죠. 지금 여기서 명탐정 행세를 하고 있는 당신은 참극의 '피해자'인 동시에 '범인'이기도 합니다. 그 사실이 재연극을 통해 밝혀지는 것을 막기 위해 아이를 시켜서 내게 쪽지를 건넨 거죠."

'린도 모토야가 모두를 죽이게 할 것.'

"사람들은 재연극의 내용이 곧 사실이라고 믿었고, 살아 있는 당신은 살인죄에서 벗어나게 되었습니다. 결과적으로는 당신이 아니라 린도 모토야가 다른 참가자들을 죽인 게 됐죠."

두 사람 사이에 숨 막히는 긴장감이 흘렀다.

"나는 죽음의 공포에 시달리다가 동생을 대역으로 삼아 살아남았습니다. 이 사실이 밝혀지면 세상 사람들은 나를 거세게 비난할 겁니다. 짐승만도 못한 놈이라고 욕하겠죠. 하지만 당신은요? 당신 역시 자기가 살기 위해 다른 이들을 희생시키지 않았습니까. 당신과 내가 다를 게 뭡니까?"

"저는 점점 차오르는 독가스 속에서 죽음을 눈앞에 두고 있었습니다. 그야말로 목숨이 경각에 달린 절체절명의 위기 상황이었습니다. 폭풍우가 휘몰아치는 바다에 빠졌을 때 튜브가 하나밖에 없다면 그걸 차지하기 위해 다른 사람을 밀어내는 행위는 정당화될 수 있을까요?"

"'카르네아데스의 판자' 말이군요. 이런 경우 긴급피난이 인정되는가 하는."

"맞습니다."

"나도 마찬가지입니다. 죽음의 공포를 도저히 견딜 수가 없었습니다. 그래서 타인을 희생양으로 삼아 내가 살아남는 길을 택했죠. 이건 법 해석의 문제가 아니라 인간의 감정과 본질에 관한 문제입니다."

카미시마는 말의 의미를 곱씹듯 잠시 침묵했다.

시카가와 쿄이치는 말을 이었다.

"대다수 사람들에게 진실은 중요하지 않습니다. 인터넷이나

SNS에 올라오는 글을 보면 알 수 있듯이 말입니다. 누구나 공격을 당하면 자기는 '피해자'라며 동정을 호소하고, 남을 공격하고 싶을 때는 '탐정'이 되어서 자신의 주장에 부합하는 결론을 이끌어 냅니다. 그리고 모두가 어느 날 갑자기 '범인'이 되어버리죠. 그렇다면 진실이라는 것이 대체 무슨 의미가 있을까요?"

몇 초간 정적이 흘렀다.

카미시마가 크게 한숨을 내쉬며 의자에서 일어났다. 뒤로 돌아 감정이 느껴지지 않는 목소리로 말했다.

"저는 당신의 '공범'입니다. 앞으로 평생, 살아 있는 한…."

그것은 '앞으로 평생, 살아 있는 한 아무에게도 진실을 말하지 않겠다'라는 선언이나 다름없었다.

연극은 끝났지만 막은 영원히 내려가지 않을 것이다.

옮긴이 남소현

연세대학교와 이화여자대학교 통역번역대학원에서 공부하였고, 일본 문학 번역가로 활동하고 있다. 번역작으로 《형사의 약속》, 《여섯 명의 거짓말쟁이 대학생》, 《설원》, 《기묘한 괴담 하우스》, 《형사 변호인》, 《녹색의 나의 집》, 《죄의 경계》, 《그리움을 요리하는 심야식당》, 《의대 9수를 시킨 엄마를 죽였습니다》 등이 있다.

전원 범인, 하지만 피해자, 게다가 탐정

초판 1쇄 2025년 7월 25일
저자 시모무라 아쓰시
옮긴이 남소현
편집 나다연 디자인 배석현
ISBN 979-11-93324-60-8 03830

발행인 아이아키텍트 주식회사
출판브랜드 북플라자
주소 서울시 강남구 학동로 329 북플라자 타워
홈페이지 www.bookplaza.co.kr

오탈자 제보 등 기타 문의사항은 book.plaza@hanmail.net으로 보내주세요.
잘못된 책은 구입하신 서점에서 교환해 드립니다.